악령 2

Бесы

세계문학전집 385

악령 2

Бесы

표도르 도스토옙스키
김연경 옮김

민음사

일러두기

1. 번역 대본은 아카데미판 도스토옙스키 전집(1972~1990) 10권(『악령』), 12권(『티흔의 암자에서』)이다.

2. 러시아인의 이름은 이름, 부칭(父稱), 성(姓)으로 이루어지는데 『악령』에 유달리 많은 프랑스어 애칭과 호칭은 모두 우리말로 전사했다. (예: Lise → 리즈, Nocolas → 니콜라, Marie → 마리, Pierre → 피에르, madame → 마담, mademoiselle → 마드무아젤, monsieur → 무슈)

3. 본문에 나오는 프랑스어 및 외국어의 경우, 우리말 번역 뒤에 괄호를 쳐서 원어를 병기했다.

4. 러시아어 고유 명사 표기는 모두 개정된 외래어 표기법을 따르는 것을 원칙으로 했다.

5. 작품 속에 인용, 변주되는 성경 텍스트는 대한성서공회에서 1977년 번역하여 초판된 후 2001년 2판된 공동 번역 『성서』를 토대로 옮겼다.

6. 원문의 각종 따옴표 강조와 첫 철자 대문자 강조는 작은따옴표로, 원문의 이탤릭 강조는 고딕체로 표현했다.

차례

2권 2부

주요 등장인물

스타브로긴가(家)와 주변 인물

니콜라이 프세볼로도비치 스타브로긴(니콜라, 니콜렌카) 28세, 과거의 장교이자 귀족.

바르바라 페트로브나 스타브로기나 니콜라의 어머니, 장군 부인, 이 도시의 유지.

스테판 트로피모비치 베르호벤스키 스타브로긴 집안의 가정 교사, 역사학자.

표트르 스테파노비치 베르호벤스키(피에르, 페트루샤) 스테판의 아들, 혁명가.

알렉세이 예고로비치(예고리치) 스타브로긴 집안의 하인.

안톤 라브렌티예비치 G—v 스테판의 말벗이자 이 소설의 화자.

드로즈도바가(家)

프라스코비야 이바노브나 드로즈도바 바르바라의 동창, 리자베타의 어머니.

리자베타 니콜라예브나 투시나(리자, 리즈) 프라스코비야의 딸.

마브리키 니콜라예비치(모리스) 젊은 장교, 리자의 약혼자.

도지사와 가족들

안드레이 안토노비치 폰 렘브케 신임 도지사, 독일인.

율리야 미하일로브나(줄리) 렘브케의 아내.

블륨 렘브케의 부하 직원, 독일인.

5인조와 주변 인물

알렉세이 닐로비치(닐리치) 키릴로프 27세 정도, 건축 기사.

랴신, 톨카첸코, 시갈료프, 비르긴스키 표트르가 조직한 5인조의 일원.

리푸틴 관리, 자칭 푸리에주의자, 5인조의 일원.

에르켈 표트르의 앞잡이를 자처한 소년.

아리나 프로호로브나 비르긴스카야 비르긴스키의 아내, 조산사.

이반 파블로비치 샤토프(샤투시카) 스타브로긴 집안의 농노 출신, 과거의 대학생, 현재 관리.

마리야 이그나티예브나 샤토바(마리) 샤토프의 전처.

다리야 파블로브나 샤토바(다샤, 다셴카) 샤토프의 여동생, 바르바라의 수양딸.

이그나트 티모페예비치 레뱌드킨 퇴역 대위, 주정뱅이.

마리야 티모페예브나 레뱌드키나 레뱌드킨의 여동생, 지적 장애인.

그 밖의 인물들

페디카 유형수, 과거 베르호벤스키의 농노.

세묜 예고로비치 카르마지노프 대작가.

세묜 야코블레비치 이 지역의 성자로 통하는 인물.

2부

1장

밤

1

여드레가 지났다. 이미 모든 일이 끝나고 연대기를 쓰고 있는 지금은 문제가 무엇인지 이미 안다. 그러나 당시에 우리는 아직 아무것도 몰랐고, 당연하게도 온갖 것이 이상하게 생각되었다. 적어도 나와 스테판 트로피모비치는 처음 한동안 완전히 집에 틀어박혔고 경악에 사로잡힌 채 멀리서 사태를 관망하기만 했다. 나는 어디라도 나가면 예전처럼 다양한 소식을 가져왔는데, 그것마저 없었더라면 그는 죽치고 있을 수도 없었을 것이다.

도시에 몹시 다양한 풍문이, 즉 따귀와 리자베타 니콜라예브나의 기절, 그 밖에 그 일요일의 사건에 관한 풍문이 떠돌았음은 말할 필요도 없겠다. 그러나 우리가 놀란 것은 바로 이 점이다. 즉, 누구를 통해 이 모든 것이 그토록 빨리, 그리고 정확히 밖으로 새어 나갈 수 있었을까? 당시 함께 있던 인물 중 단 한 명도 그럴 필요가 없었고 사건의 비밀을 누설한다고 이득을 볼 것도 아니었다. 그때는 하인도 없었다. 레뱌드킨만이 뭐라고 입을 놀렸을 수 있지만, 그 당시 극도로 경악한 상태로 나갔기 때문에 분노에서 그랬다기보다는(적에 대한 공포는 적에 대한 분노를 상쇄하니까) 오로지 참지 못해서 그랬을 것이다. 하지만 레뱌드킨은 이튿날 누이동생과 함께 소리 소문도 없이 종적을 감추었다. 필리포프 집 어디에도 없었는데, 꼭 썩어 문드러진 것처럼 알려지지 않은 어떤 곳으로 옮겨 간 것이었다. 마리야 티모페예브나의 소식을 알아보러 갔더니 샤토프는 집 안에 틀어박혀 있었는데, 요 여드레 내내 시내의 일도 접은 채 집 안에 죽치고 있는 것 같았다. 그는 나를 받아들이지 않았다. 나는 화요일에 들러 문을 두드렸다. 대답은 없었지만 의심의 여지가 없는 증거들로 미루어 그가 집에 있으리라는 확신이 들어 다시 한번 문을 두드렸다. 그러자 그는 침대에서 뛰어내린 다음 묵직한 걸음걸이로 문 쪽으로 다가오는 듯하더니 목청껏 소리쳤다. "샤토프는 집에 없어." 그래서 그냥 돌아왔다.

감히 어떤 가정을 한다는 것이 두렵지 않은 건 아니었으나 나와 스테판 트로피모비치는 서로에게 용기를 북돋워 주었고, 그 결과 마침내 한 가지 생각에 이르렀다. 이렇게 퍼진 풍문의 책임자는 오직 표트르 스테파노비치 한 사람뿐이라는 결론을 내린 것인데, 비록 시간이 좀 지난 다음 표트르 스테파노비치가 아버지와 대화를 나누면서, 알고 보니 그 이야기가 벌써 모두의 입에 오르내리고 특히 클럽에서는 더 심하고 도지사 부인과 그녀의 남편은 아주 사소한 것까지 완전히 알더라고 단언했음에도 말이다. 자, 더욱더 주목할 만한 일이 있다. 그다음 날인 월요일 저녁, 나는 리푸틴을 만났고, 그는 이미 최후의 말까지 모든 것을 알았으니, 그가 사건의 당사자에게서 직접 알아낸 것이 분명했다.

많은 부인들은(최고 상류층에 속하는 부인들은) 이른바 '수수께끼 같은 절름발이 여인', 즉 마리야 티모페예브나에 대해서도 호기심을 보였다. 심지어 그녀를 꼭 개인적으로 만나고 인사를 나누고 싶다는 사람들마저 나타났으니, 레뱌드킨 가족을 서둘러 감추어 버린 양반들의 행동은 명백히 적절한 것이었다. 하지만 그럼에도, 제1열에 오른 것은 리자베타 니콜라예브나의 기절이었으니, 벌써 그 일이 리자베타 니콜라예브나의 친척이자 보호자인 율리야 미하일로브나와 직접 관련되어 있다는 이유만으로도 '전 사교계'가 관심을 보인 것이다. 그러니 무슨 소리인들 지껄이지 못했을까! 상황의 은밀함도 수다를 부채질했다. 두 여자가 완전히 집에 틀어박혔다. 리자베타 니콜라예브나가 섬망 상태에 빠져 앓아누웠다는 이야기가 돌았다. 니콜라이 프세볼로도비치에 대해서도 이가 부러진 것 같다는 둥, 뺨이 잇몸의 염증 때문에 팅팅 부어올랐다는 둥 혐오스러울 만큼 시시콜콜, 자신만만하게 떠들어 댔다. 심지어 구석구석에서 우리 도시에서 살인이 일어날 것이라고, 스타브로긴이 그런 모욕을 그냥 참을 위인이 아니니까 샤토프를 죽일 것이라고, 그것도 코르시카의 벤데타[1]처럼 몰래 할 것이라는 이야기도 돌았다. 이런 생각이 마음에 들었다. 그러나 우리 사교계의 젊은이 대다수는 이 모든 얘기를 들으면서 경멸하고 아주 무심하게 무시하는 듯한 표정을 지었는데, 응당 허세였다. 대체로 니콜라이 프세볼로도비치에 대한 우리 사교계의 해묵은 적의가 훤히 도드라졌다. 심지어 점잖은 사람들조차 이유도 제대로 알지 못한 채 그를 비난하기에 여념이 없었다. 그가 리자베타 니콜라예브나의 명예를 파멸시킨 것 같고 스위스에서 그들 사이에 은밀한 접촉이 있었다고 쑥덕거렸다. 물론 신중한 사람들은 언행을 자제했지만 그래도 다들 군침을 흘리며 들었다. 다른 이야기도 있었지만 공통된 것이 아니라 부분적이고 희귀하고 거의 은폐되고 굉장히 이상한 것이었는데, 내가 그 존재를 언급하는 것은 그저 내 이야기에서 앞으로 진행될 사건을 고려해 독자들에게 미리 귀띔을 해 주기 위해서다. 다름 아니라, 어떤 사람들은 눈썹을 찌푸리면서, 대체 무슨 근거가 있는지는 모르겠지만, 니콜라이 프세볼로도비치가 우리 도(道)에 온 것은 어떤 특별한 용무가 있어서이며, 그가 페테르부르크에서 K백작을 통해 상류 집단과 모종의 관계를 맺게 되었고 심지어 그런 일에 종사할 수도 있으며 누군가에게서 무슨 임무를 부여받은 것이나 다름없다고 얘기했다. 엄격

1) 이탈리아어로 '복수'를 뜻한다. 목숨 바쳐서 꼭 해내야 할 보복을 의미하며 코르시카 지역에서 많이 행해졌다.

하고 신중한 사람들이 이 소문에 미소를 지으며, 스캔들로 먹고살면서 잇몸 염증으로 우리 도시에 신고식을 한 사람이 관리처럼 보이지는 않는다고 현명하게 지적하자, 그는 공식적이 아니라 말하자면 은밀하게 근무한다고, 그런 경우에는 용무의 특성상 근무자가 최대한 관리처럼 보이지 않아야 한다고 귀띔해 주었다. 이런 지적은 효과를 불러일으켰다. 수도에서 다소 특별한 주의를 기울여 우리 도(道)의 젬스트보[2]를 예의주시하고 있다는 사실이 우리 도시에 알려진 까닭이었다. 반복하건대, 이런 소문은 니콜라이 프세볼로도비치가 처음 나타났을 때 한순간 반짝하다가 시간이 지나면서 흔적도 없이 사라졌다. 그러나 많은 소문의 원인이 일정 부분 최근 페테르부르크에서 돌아온 퇴역 기병대 대위 아르테미 파블로비치 가가노프가 클럽에서 내뱉은 불분명하고 퉁명스러운 말, 짧지만 독설에 가까운 말 때문이라는 것을 지적해야겠는데, 그는 우리 도(道)와 군(郡)에서 극히 유력한 지주이자 수도의 사교계에도 속한 사람이며 또 존경받은 특무 상사 고(故) 파벨 파블로비치 가가노프의 아들로서, 전에 이야기 시작 부분에서 이미 언급했듯이, 사 년 전쯤 니콜라이 프세볼로도비치는 무례함과 돌발성에 있어 그분과 이례적인 충돌을 빚은 적이 있었다.

당장 모두에게 알려진바, 율리야 미하일로브나가 큰마음 먹고 바르바라 페트로브나를 방문했는데 그 집 현관 계단 옆에서 '건강이 좋지 않아서 손님을 맞을 수가 없다'라는 보고를

---

2) 제정 러시아 시대의 지방 자치회.

들었다고 한다. 율리야 미하일로브나는 자기가 직접 방문 후 이틀쯤 지나 특사를 보내서 바르바라 페트로브나의 안부를 물어보았다. 마침내 곳곳에서 바르바라 페트로브나를 '옹호'하기 시작했는데, 물론 가장 고귀한 의미, 즉 가능한 한 가장 모호한 의미의 '옹호'였다. 일요일 사건에 대한 최초의 모든 조급한 암시는 엄격하고 냉정한 태도로 들었기 때문에 최근 그녀가 있는 데서 그 얘기가 재개되는 일은 없었다. 이렇듯, 율리야 미하일로브나가 이 모든 비밀스러운 사건뿐 아니라 그녀의 비밀스러운 생각을 가장 소소한 세부 사항까지 모두 알고 있다는, 그것도 제삼자로서가 아니라 관여자로서 알고 있다는 생각이 곳곳에서 굳어졌다. 겸사겸사 지적하자면, 그녀는 의심의 여지 없이 그토록 얻어 내고자 했던 상류 사회의 영향력을 벌써 조금씩 획득하기 시작했고 벌써 자신을 사람들에게 '에워싸인' 존재로 보기 시작했다. 사교계 일부는 그녀의 실리적인 지혜와 용병술을 인정했지만……. 이 얘기는 나중에 하도록 하자. 우리 사교계에서 표트르 스테파노비치가 빠르게 성공한 것도 일정 부분 그녀의 후원 덕분이었는데, 이 성공에 당시 스테판 트로피모비치는 특히나 충격을 받았다.

나와 그가 과장했는지도 모르겠다. 첫째, 표트르 스테파노비치는 나타난 지 나흘 만에 거의 일순간에 온 도시와 인사를 나누었다. 나는, 일요일에 나타난 그가 화요일에 벌써 — 사교 능력은 뛰어나지만 오만하고 신경질적이고 교만한 — 성격상 좀처럼 어울리기 쉽지 않은 아르테미 파블로비치 가가노프와 한 마차에 타고 있는 것을 보았다. 표트르 스테파노비치는 도지사 댁에서도 당장 가까운 이웃이나, 말하자면 귀염받는 젊은이의 입장이 될 만큼 훌륭한 대접을 받았고 식사는 거의 매일 율리야 미하일로브나 집에서 했다. 스위스에 있을 때부터 그녀와 인사를 나누긴 했지만 각하[3] 댁에서 그토록 급속히 성공을 거둔 데에는 정말로 흥미진진한 뭔가가 숨어 있었다. 어쨌든 그는 한때 외국에서 활약한 혁명가로 알려졌으며, 사실인지 아닌지는 몰라도 어떤 해외 출판 사업과 의회에 참가했고, 이 점은 슬프게도 지금은 퇴역 관리에 불과하지만 한때는 늙은 도지사 댁에서 역시나 귀염받던 청년 알료샤 텔랴트니코프가 나와 만난 자리에서 독살스럽게 표현한 대로, '신문으로도 증명할' 수 있는 일이었다. 하지만 여기에는 엄연한 사실이 버티고 있었다. 이 과거의 혁명가가 무슨 불안을 내비치기는커녕 격려까지 받으며 사랑하는 조국에 나타났다는 점이다. 고로, 아무 일도 없었을지 모른다. 한번은 리푸틴이, 소문에 따르면 표트르 스테파노비치가 어딘가에서 회개하고 사면받았으며 그 밖의 몇몇 이름을 대고 벌써 그 죗값을 치렀으리라고, 그런 식으로 앞으로 조국에 유용한 존재가 되리라 약속했으리라고 귀띔해 주었다. 내가 이 독살스러운 어구를 스테판 트로피모비치에게 전하자 그는 거의 생각을 가다듬을 상태가 아니었음에도 곰곰 깊은 생각에 잠겼다. 훗날 밝혀진바, 표트르 스테파노비치는 굉장히 존경받는 사람들의 추천서를 갖고 왔으며 적어도 그중 하나는 페테르부르크에서

---

3) 도지사를 말한다.

굉장히 영향력 있는 어느 노부인이 도지사 부인에게 보낸 것으로서 그 남편이 페테르부르크의 가장 저명한 어르신 중 하나였다. 율리야 미하일로브나의 대모인 이 노부인은 자신의 편지에서 K백작이 니콜라이 프세볼로도비치를 통해 표트르 스테파노비치를 잘 알고 있다고, 그를 귀여워했다고, '과거의 방황에도 불구하고 훌륭한 청년'이라고 생각한다고 언급했다. 율리야 미하일로브나는 이토록 간신히 지탱되는 '상류 세계'와의 빈한한 인맥을 극도로 높이 평가했기 때문에, 영향력 있는 노부인의 편지를 받고 물론 기뻐했다. 하지만 그럼에도 여기에는 뭔가 유별난 것이 있는 듯했다. 심지어 남편마저 표트르 스테파노비치와 거의 가족적인 관계를 갖도록 하고, 그러자 폰 렘브케 씨가 불평하고……. 그러나 이 얘기도 나중에 하도록 하자. 역시 기억의 편의를 위해 지적하건대, 대작가도 표트르 스테파노비치에게 극히 공손한 태도를 취하고는 당장 그를 자기 집으로 초대했다. 허파에 바람이 잔뜩 든 이 인간의 이러한 조급함이 스테판 트로피모비치의 제일 아픈 곳을 찔렀다. 그러나 나는 스스로 다른 식으로 해명해 보았다. 카르마지노프 씨는 이 허무주의자를 자기 집에 초청함으로써 물론, 두 수도의 진보적인 청년들과의 관계를 염두에 두었던 것이다. 대작가는 이 새로운 혁명적 젊은이들 앞에서 병적으로 떨고 있었고, 사태를 잘 모르는 탓에 러시아의 미래의 열쇠가 이 젊은이들의 손에 쥐어져 있다고 상상하고는 그들 앞에서 굴욕적으로 알랑방귀를 뀌었는데, 무엇보다도 그들이 그에게 조금도 주의를 기울이지 않았기 때문이다.

2

표트르 스테파노비치는 두 번쯤 부친을 찾아왔는데, 불행히도 두 번 다 내가 없을 때였다. 수요일, 즉 그 첫 만남이 있고 나흘째 되는 날에야 처음으로 그를 방문했지만 역시나 업무 때문이었다. 겸사겸사, 영지 관련 계산은 소리 소문도 없이 조용히 끝났다. 바르바라 페트로브나가 모든 것을 떠맡았는데 응당 작은 땅뙈기를 사들이면서 값을 다 치르고 스테판 트로피모비치에게는 모든 것이 끝났다는 사실만 통보했을 뿐이고, 그녀에게서 전권을 위임받은 시종 알렉세이 예고로비치가 뭔가 서명할 것을 가져오자 그는 굉장한 위엄을 갖추어 말없이 서명했다. 위엄에 관한 한, 나는 요즈음 우리 영감에게서 이전 모습을 거의 찾아볼 수가 없었다는 점을 지적하려고 한다. 행동거지도 예전과 완전히 달랐고 말수도 놀라울 정도로 줄었으며, 심지어, 내게는 기적처럼 생각된 일인데, 그 일요일 이후 바르바라 페트로브나에게 편지를 한 통도 쓰지 않았고, 무엇보다도 평온해졌다. 어떤 최종적인 굉장한 이념으로 단단히 무장했고 그 이념이 그에게 평온을 가져다준 것이 분명했다. 그는 이 이념을 발견하고는 얌전히 앉아 뭔가를 기다렸다. 그래도 처음에는, 특히 월요일에는 좀 아팠다. 의사 콜레라였다. 역시나 소식을 듣지 못하면 한시도 가만히 있지 못했다. 그래 놓고서도 내가 사실들을 늘어놓으며 사건의 핵심으로 옮겨 가 어떤 가정들을 얘기하면 당장 양손을 내저으며 그만하라고 했다. 그런데 두 번에 걸친 아들과의 만남이 — 동요까지는 아니어도 — 어쨌든 그에게 병적인 영향을 끼쳤다. 두 번의 만남 이후 요 이틀 동안 식초를 적신 수건을 머리에 두르고 소파에 누워 있긴 했다. 그래도 고상한 의미에서 여전히 평온했다.

하긴 그가 나에게 양손을 내젓지 않는 때도 가끔 있었다. 가끔은 이미 확고해진 은밀한 결단이 그를 떠난 것처럼, 그래서 새로이 밀려드는 어떤 새로운 유혹적인 이념들과 싸우기 시작한 것처럼 보였다. 그런 순간들이 있는 것이었지만, 나는 기재하고자 한다. 나는 그가 이 고립에서 벗어나 다시 자신의 존재를 천명하고 전쟁을 제안하고 최후의 전투를 벌이고 싶어 안달하는 것이 아닌가 싶었다.

"이봐요(Cher), 난 그들을 분쇄해야 했어요!" 표트르 스테파노비치와의 두 번째 만남 이후 목요일 저녁에 그는 머리에 수건을 싸매고 소파에 드러누워서 이렇게 내뱉었다.

그 순간까지 그는 하루 종일 나에게 단 한마디도 하지 않았다.

"'아들, 소중한 아들(Fils, fils chéri)' 등등 이따위 표현이 몽땅 헛소리에 부엌데기 아줌마나 하는 말이라는 것을 인정하고, 그렇다고 칩시다, 이제는 나도 알겠어요. 내가 애한테 밥 한 끼, 물 한 모금 안 챙겨 주고 그 젖먹이를 우편으로 베를린에서 △도(道)로 보냈고 등등 나도 인정합니다……. '나한테 물 한 모금 안 주고 우편으로 보내 버린 주제에 이제는 강도질까지 했잖아요.'라고 말합디다. 하지만 나는 그 애에게 외치길, 이 불쌍한 것, 너 때문에 평생 가슴앓이를 했단다, 비록 우편이긴 하지만! 그 애는 웃더군요!(Il rit!) 그러나 나는 인정, 인정합니다…… 우편이라 해도." 그는 미망에 들뜬 듯 말을 끝맺었다.

"그만하죠.(Passons.)" 그는 오 분쯤 뒤에 다시 말을 꺼냈다. "투르게네프가 이해가 안 돼요. 그의 바자로프는 전혀 존재하지 않는 무슨 허구적 인물에 불과합니다. 저들 쪽에서 먼저 그때 아무것도 닮지 않았다며 그를 거부했지요. 이 바자로프라는 인물은 노즈드료프와 바이런[4]을 섞어 놓은 무슨 불분명한 잡종 같은 것에 불과하다, 이 말이올시다.(c'est le mot.) 저들을 주의 깊게 들여다보세요. 저들은 해바라기 하는 강아지들처럼 기뻐 날뛰고 공중제비를 도는데, 행복한 거죠, 승리자란 말입니다! 여기에 바이런은 무슨……! 게다가 얼마나 지리멸렬한 일상입니까! 무슨 부엌데기 아줌마처럼 걸핏하면 발끈하는 자존심에다가, 자기 이름(son nom)이 뭔지도 모르면서 이름을 두고 소란을 일으키려는(faire du bruit autour de son nom) 저속한 욕망인 거죠……. 오, 캐리커처라고요! 난 그 애에게, 당치도 않지, 아니, 넌 지금의 너를 그리스도 대신 사람들에게 내놓고 싶은 거냐고 소리쳤지요. 그 애는 웃더군요. 그 애는 많이, 너무 많이 웃어요.(Il rit. Il rit beaucoup, il trop.) 그 애에게는 어떤 이상한 미소가 있어요. 그 애 어미에게는 그런

---

4) 바자로프는 이반 투르게네프(Ivan Turgenev, 1818~1883)의 소설 『아버지와 아들』(1859)의 주인공. 노즈드료프는 니콜라이 고골(Nikolai Gogol, 1809~1852)의 『죽은 혼』에 나오는 지주. 조지 고든 바이런(George Gordon Byron, 1788~1824)은 영국의 낭만주의를 대표하는 시인.

미소가 없었는데. 그 애는 언제나 웃어요.(Il rit toujours.)"

다시 침묵이 찾아왔다.

"저들은 교활해요. 일요일에 입을 맞추어 놓았던 거예요……." 그는 입을 험하게 놀렸다.

"오, 의심의 여지가 없죠." 나는 귀를 바싹 곤두세우고 소리쳤다. "이 모든 것이 흰 실로 꿰매 놓은 비밀 협정인데, 어찌나 허술하게 꿰매 놨는지."

"난 그 얘기가 아니오. 알겠소, 이 모든 걸 일부러 흰 실로 꿰매 놓은 겁니다, 필요한 사람은…… 누구나 알아채도록. 알겠습니까?"

"아니요. 모르겠는데요."

"그렇다면 더 잘됐네요. 그만 넘어가죠.(Tant mieux. Passons.) 나는 오늘 신경이 몹시 날카로워요."

"그럼 뭐 때문에 그와 다툰 겁니까, 스테판 트로피모비치?" 내가 나무라듯 말했다.

"사상을 바꾸게 하고 싶었다오.(Je voulais convertir.) 물론 비웃으실 테지. 저 가엾은(Cette pauvre) 이모, 그녀가 좋은 얘기를 들을 수 있도록!(elle entendra de belles choses!) 오, 나의 벗이여, 믿으실지 몰라도, 나는 아까 내가 애국자라는 느낌이 들었어요! 하긴 나는 언제나 나 자신이 러시아인임을 의식해 왔고…… 게다가 진짜 러시아인은 당신과 나처럼 될 수밖에 없어요. 여기에는 뭔가 맹목적이고 미심쩍은 것이 들어 있어요.(Il y a là dedans quelque chose d'aveugle et de louche.)"

"반드시 그렇죠." 내가 대답했다.

"내 벗이여, 진정한 진실은 언제나 그럴듯하지 않다는 것, 이걸 아시는지요? 진실을 그럴듯하게 보이도록 하려면 반드시 거기에 거짓말을 덧대야 합니다. 사람들은 언제나 그렇게 행동해 왔지요. 아마 여기에 우리가 이해하지 못하는 뭔가가 있을지도 모르겠어요. 어떻게 생각하십니까, 여기에, 이 의기양양한 비명 속에 우리가 이해하지 못하는 뭔가가 있는 것은 아닐까요? 나는 그랬으면 해요. 꼭 그랬으면 한다고요."

나는 침묵했다. 그도 몹시 오랫동안 입을 다물었다.

"사람들 말로는 프랑스의 지성이……." 그가 갑자기 열에 들뜬 듯 중얼거렸다. "그건 거짓이다, 그건 언제나 그랬다고들 하더군요. 왜 프랑스의 지성을 비방해야 합니까? 여기에는 그저 러시아의 나태, 이념을 생산하지 못하는 우리의 굴욕적인 무기력, 민족들의 열에 선 우리의 역겨운 기생 생활이 있을 뿐인걸요. 그들은 기껏해야 게으름뱅이일 뿐(Ils sont tout simplement des paresseux), 프랑스의 지성은 아닙니다. 오, 러시아인들은 유해한 기생충으로서 인류의 복지를 위해 박멸해야 합니다! 우리가 지향했던 것은 전혀, 전혀 그런 게 아니었다고요. 도무지 이해하지 못하겠어요. 나는 이해하기를 멈추었습니다! 그래서 내가 그 애에게 소리치길, 만약 단두대가 우리 나라에서 1열에 서고 대단한 황홀을 불러일으킨다면 그건 오직 머리를 자르기가 제일 쉽고 이념을 갖는 것이 제일 어렵기 때문이라는 걸 이해하겠어? 이해하겠냐고? 네놈들은 게으름뱅이야! 네놈들의 깃발은 걸레 조각이고, 무능함의 상징이야.(Vous êtes des paresseux! Votre drapeau est une guenille, une impuissance.)

이놈의 달구지나, 아니면 그때 뭐라더라. '인류에게 빵을 실어다 주는 달구지의 덜커덩 소리'가 시스티나 성당의 마돈나보다 더 유용하다거나 그런 유의…… 그런 유의 멍청한 소리뿐이오.(une bêtise dans ce genre.) 그러나 내가 그 애에게 소리쳤죠. 인간에게는 행복 말고도 정확히, 또 완전히 그만큼의 불행이 꼭 필요하다는 것을 이해하느냐고요. 그 애는 웃더군요.(Il rit.) 그러고는 영감은 '벨벳 소파에 사지를(더 저속한 표현을 썼어요.) 놀리고 있다가……' 여기서 느닷없이 명언을 내뱉네요, 라고 말하더라고요. 그리고 아버지와 아들이 '너나들이'하는 습관 좀 봐요. 둘이 화목할 때야 좋지만, 자, 욕지거리를 할 때는?"

다시 일 분쯤 침묵이 이어졌다.

"이봐요.(Cher.)" 그는 재빨리 몸을 일으키더니 갑자기 말을 끝맺었다. "이 일이 꼭 어떻게든 끝나리라는 것은 아시죠?"

"물론이죠." 내가 말했다.

"당신은 이해하지 못하는군요. 그만 넘어가죠.(Vous ne comprenez pas. Passons.) 그러나…… 세상일은 보통 끝이 흐지부지하지만 이 일에는 끝이 있을 거요, 꼭, 꼭!"

그는 일어나서 심히 흥분한 상태로 방을 왔다 갔다 하더니 다시 소파에 이르자 힘없이 그 위로 나자빠졌다.

금요일 아침, 표트르 스테파노비치는 군(郡) 어딘가로 떠나서 월요일까지 그곳에 머물렀다. 그가 떠났다는 사실은 리푸틴을 통해 알게 되었는데, 마침 이야기를 하다가 어떻게 레뱌드킨 오누이가 둘 다 강 건너 어딘가 고르셰치나야 마을에 있다는 사실도 알게 되었다. "내가 데려다주었거든요." 리푸틴은 이렇게 덧붙이더니 레뱌드킨 오누이 얘기는 중단하고 갑자기 리자베타 니콜라예브나가 마브리키 니콜라예비치에게 시집간다는 소식을 알려 주었는데, 공식적인 발표는 하지 않았으나 약혼도 했고 일도 다 끝났다는 것이었다. 다음 날 나는 리자베타 니콜라예브나가 병을 앓은 뒤 처음으로 마브리키 니콜라예비치를 대동한 채 말을 타고 나온 것을 보았다. 그녀는 멀리서 나를 향해 눈을 반짝이고 웃으면서 몹시 다정한 모습으로 고개를 끄덕였다. 이 모든 것을 나는 스테판 트로피모비치에게 전해 주었다. 그는 오직 레뱌드킨 오누이 소식에만 약간의 주의를 기울였다.

한데 이제는, 우리가 아무것도 알지 못했던 그 여드레 동안 우리가 처해 있던 수수께끼 같은 상황을 묘사한 뒤 내 연대기의 다음 사건들을, 말하자면 이미 사건에 대한 지식을 갖고서 그 모든 것이 밝혀졌고 해명된 지금의 형태 그대로 묘사하려고 한다. 그 일요일로부터 여드레가 지난 때부터, 즉 월요일 저녁부터 시작하는 것은 본질상 그날 저녁에 '새로운 사건'이 시작되었기 때문이다.

3

저녁 7시였고, 니콜라이 프세볼로도비치는 서재에 혼자 앉아 있었는데, 훨씬 전부터 싫증 난, 양탄자가 깔리고 고풍스러운 분위기를 풍기는 다소 무거운 가구가 놓인 천장이 높은 방이었다. 그는 외출할 것처럼 차려입고 소파의 한구석에 앉아 있었지만 어디에 가려는 것 같지는 않았다. 책상 위, 그의 앞에는 갓 달린 램프가 있었다. 큰 방의 측면과 모서리에는 어둠이 드리워져 있었다. 그의 시선은 곰곰이 생각에 잠긴 듯 한 곳을 응시하고 있었으나 마냥 평온하지만은 않았다. 얼굴은 지치고 다소 여위어 있었다. 정말로 치조염(齒槽炎)을 앓고 있긴 했다. 그러나 이가 부러졌다는 것은 과장된 소문이었다. 이는 좀 흔들렸을 뿐 이제는 다시 굳었다. 윗입술 안쪽도 찢어졌지만 그 상처도 아물었다. 일주일이 지나도록 치조염이 낫지 않은 것은 오직 환자가 의사를 받아들여 적시에 고름을 짜내는 것을 원하지 않고 고름이 알아서 저절로 터져 주기를 기다렸기 때문이다. 그는 의사뿐만 아니라 어머니조차 거의 자기 방에 들이지 않았는데 그나마 하루에 한 번, 어둑해진 황혼 녘인데도 불이 없는 상태에서 아주 잠깐만 들였다. 표트르 스테파노비치도 만나지 않았지만, 그는 그래도 도시에 머무는 동안 하루에 두세 번씩 바르바라 페트로브나에게 달려왔다. 그러다가 마침내 월요일, 사흘 동안 안 오다가 아침 녘에야 돌아온 표트르 스테파노비치는 온 도시를 돌고 율리야 미하일로브나 집에서 식사를 하고서 마침내 저녁 무렵에야 초조하게 그를 기다리던 바르바라 페트로브나 집에 나타났다. 금기는 풀렸고 니콜라이 프세볼로도비치는 손님을 받아들였다. 바르바라 페트로브나가 직접 손님을 서재의 문 쪽으로 데려갔다. 그녀는 오래전부터 그들이 만나기를 바라 왔고 표트르 스테파노비치는 니콜라와 만난 다음 그녀에게 달려와 이야기를 전해 주겠노라고 약속했다. 그녀는 조심스럽게 니콜라이 프세볼로도비치의 방을 두드렸고, 대답이 없자 용기를 내서 문을 2베르쇼크 정도 살짝 열어 보았다.

"니콜라, 표트르 스테파노비치를 들여보내도 되겠니?" 그녀는 램프 뒤로 니콜라이 프세볼로도비치의 얼굴을 살피려고 애쓰면서 조용하고 신중하게 물었다.

"그럼요, 그럼요, 물론 되죠!" 표트르 스테파노비치는 자기 쪽에서 큰 소리로 명랑하게 외친 다음 제 손으로 문을 열고 들어갔다.

니콜라이 프세볼로도비치는 노크 소리를 못 듣고 모친의 조심스러운 질문만 들었지만 미처 대답할 여유는 없었다. 그 순간 그의 앞에는 이제 막 다 읽은, 그를 깊은 생각에 잠기게 한 편지가 놓여 있었다. 그는 표트르 스테파노비치의 갑작스러운 외침을 듣고서 몸을 부르르 떨더니 마침 손 밑에 있던 문진으로 편지를 급하게 감추었지만 완전히 성공적이지는 못했다. 편지 모서리와 봉투의 거의 전체가 밖으로 삐져나와 있었다.

"당신이 준비할 수 있도록 일부러 힘껏 소리를 질렀어요." 표트르 스테파노비치는 놀라울 정도로 순진하고 조급하게 속삭인 다음 탁자 쪽으로 다가가더니 눈 깜짝할 새에 문진과 편지 모서리를 응시했다.

"그리고 물론 내가 지금 막 받은 편지를 당신 눈을 피해 문진 밑에 감추는 것을 직접 엿볼 수도 있었고요." 니콜라이 프세볼로도비치는 자리에서 꼼짝도 하지 않고 평온하게 말했다.

"편지라고요? 당신과 당신의 편지가 나한테 무슨 상관이라고!" 손님은 고함을 질렀다. "하지만…… 무엇보다도." 그는 다시 속닥대다가 벌써 닫혀 버린 문 쪽으로 몸을 돌리더니 저쪽을 향해 고갯짓했다.

"어머니는 절대로 엿듣지 않아요." 니콜라이 프세볼로도비치가 냉담하게 말했다.

"그러다가 엿듣기라도 한다면!" 표트르 스테파노비치는 곧바로 말을 받아넘기며 즐겁게 목소리를 높이며 의자에 앉았다. "그 일에 대해서는 굳이 반대할 게 전혀 없고요, 그저 지금 단둘이 얘기나 좀 나눌까 해서 온 거예요……. 자, 드디어 당신 집까지 왔군요! 무엇보다 건강은 어때요? 좋아 보이는데, 내일은 납셔 주실 법도 한데, 예?"

"아마도요."

"드디어 그들을 좀 해결해 주세요, 나도 해결해 주시고!" 그는 장난기 어린 유쾌한 표정을 지으며 손과 발을 광포하게 놀렸다. "내가 그들에게 수다를 잔뜩 떨어야 했다는 걸 알아주신다면야. 하긴 아실 테지만." 그가 웃었다.

"다 알지는 못해요. 내가 어머니한테 들은 얘기는 당신이 몹시…… 움직였다는 것뿐이라."

"즉, 나는 확고한 건 아무것도 얘기하지 않았어요." 표트르 스테파노비치는 끔찍한 공습으로부터 자신을 방어하듯 갑자기 펄쩍 뛰었다. "아시겠지만, 나는 샤토프 부인의 소문을, 즉 그녀가 파리에서 당신과 관계를 맺었다는 소문을 퍼뜨렸고, 물론 이것으로 일요일의 그 사건도 해명되었고요……. 화난 건 아니죠?"

"당신이 몹시 애썼다는 확신이 드는군요."

"뭐, 그럴까 봐 두려워했을 뿐입니다. 그런데 '몹시 애썼다'라는 건 대체 무슨 뜻인가요? 이건 비난이잖습니까. 하긴 단도직입적으로 나오시니까요, 여기 오면서 제일 두려워한 것이 당신이 단도직입적으로 나오지 않으면 어쩌나 하는 것이었죠."

"난 아무것도 단도직입적으로 얘기하고 싶지 않아요." 니콜라이 프세볼로도비치는 좀 신경질적으로 말했지만 곧 미소를 지었다.

"그 얘기가 아닙니다. 그 얘기가 아니에요, 오해하신 거예요, 그 얘기가 아니거든요!" 표트르 스테파노비치는 말을 콩알처럼 흩뿌리며 양손을 내저었지만 주인의 짜증스러운 태도에 바로 기뻐했다. "'우리 편'[5] 일로 당신의 신경을 자극하지는 않겠습니다, 특별히 지금 당신의 처지로 봐서는 더더욱. 나는 그저 일요일의 사건만, 그것도 꼭 필요한 만큼만 얘기하려고 달려왔어요, 그냥은 안 되니까요. 아주 허심탄회하게 해명하겠는데요, 그래야 하는 사람은 무엇보다 당신이 아니라 나 자신입니다. 이건 당신의 자존심을 생각해서 하는 얘기지만 동시에 사실이기도 하죠. 나는 이 순간부터 언제나 만사를 탁 터놓으려고 온 겁니다."

"그렇다면 이전에는 탁 터놓지 않았다는 말이군요?"

---

5) 러시아어 'nashi'는 기존 국역본에서 '동지', '우리 일당'으로 번역되기도 했다.

"그 점은 당신이 더 잘 아실 텐데요. 나는 여러 번 잔재주를 부렸지만…… 당신은 미소를 지으니, 그 미소가 해명을 위한 빌미를 제공해 주는 것 같아 아주 기쁘군요. 사실 나는 '잔재주를 부렸다'라는 잘난 척하는 단어를 씀으로써 일부러 그 미소를 도발했고 또 그로써 당장 당신을 화나게 하려고 한 겁니다. 당장 해명을 해도 뭣 할 판에 어떻게 감히 잔재주를 부리려고 하나 하고요. 봐요, 봐, 내가 지금 얼마나 탁 터놓고 얘기하는지! 자, 경청해 보는 것이 당신에게도 좋겠죠?"

미리 준비해 둔 뻔뻔스러운 말과 조잡하도록 순진한 속셈으로 주인의 신경을 자극하려는 손님의 온갖 명백한 바람에도 니콜라이 프세볼로도비치의 얼굴에는 경멸적일 정도로 평온하고 심지어 냉소적인 표정이 감돌다가 결국은 다소 불안한 호기심이 나타났다.

"자, 들어 보세요." 표트르 스테파노비치는 이전보다 더 심하게 말을 배배 꼬았다. "여기로 오면서, 즉 열흘쯤 전 여기 이 도시로 오면서 나는 물론 모종의 역할을 맡겠노라고 결심했어요. 역할 없이 자신의 본래 얼굴을 취한다면 그게 제일 좋겠죠, 안 그렇습니까? 본래 얼굴만큼 간교한 것은 아무것도 없죠, 아무도 믿지 않을 테니까요. 솔직히 말해서 나는 바보 역할을 맡고 싶었나 봐요, 본래 얼굴보다는 바보가 더 쉬우니까요. 그러나 바보란 어쨌든 극단이고, 극단이란 호기심을 불러일으키니까 결국은 나 자신의 본래 얼굴을 고수하기로 했어요. 자, 나의 이 본래 얼굴이 어떻습니까? 그야말로 중용이죠. 멍청하지도, 영리하지도 않고 상당히 무능하고 이곳의 양식 있는 사람들이 표현한 대로 달에서 떨어진 것 같죠, 안 그런가요?"

"뭐 그렇다고 해 두죠." 니콜라이 프세볼로도비치는 아주 살짝 미소를 지었다.

"아, 동의해 주시니 아주 기뻐요. 그것이 당신 자신의 생각인 줄 미리 알았어요. 염려 마세요, 염려 말아요. 화가 난 것도 아니고 당신에게서 오히려 '아니요, 당신은 무능하기는커녕 영리합니다' 하는 식의 칭찬을 받아 내려고 이런 식으로 나를 정의한 건 아니거든요……. 아, 다시 미소를 지으시네……! 내가 다시금 걸려들었군. 당신이 '당신은 영리합니다'라고 하지는 않았겠지만 뭐 그렇다고 칩시다. 나는 모두 허용합니다. 아버지 말대로 그만 넘어가고(passons), 말 나온 김에, 내가 말이 많다고 화내지는 마세요. 겸사겸사, 여기 좋은 예가 있군요. 나는 언제나 말을 많이 하지만, 즉 많은 말을 하고 조급해하지만 언제나 제대로 되지를 않아요. 말은 많이 하는데 왜 제대로 되지 않는 걸까요? 말하는 능력이 없기 때문이죠. 훌륭하게 말하는 능력을 갖춘 사람들은 말을 짧게 합니다. 고로, 나는 정말 재능이 없는 거죠, 안 그렇습니까? 하지만 이 무능함이라는 재능이 이미 나에게는 자연스러운 것이니, 그것을 인공적으로 사용하지 못할 까닭도 없잖아요? 그래서 나는 사용하는 겁니다. 사실 여기로 올 때 우선은 침묵할 생각이었습니다. 그러나 침묵하는 것이야말로 큰 재능이고 고로 나는 점잖지 않은 것이고, 둘째, 어쨌든 침묵하는 것은 위험한 일 아닙니까. 그래서 결국에는 말하는 것이 제일 낫겠다, 그것도 무능함의 방식대로, 즉 많이, 많이, 많이 지껄이고 몹시 조급하게 증명하려 들고 결국에 가서는 스스로 증명할 때조차 마구 혼동해서 청자 쪽에서 갈피를 못 잡고 두 손을 벌린 채 떠나도록, 차라리 침을 탁 뱉도록 하겠노라고 결심했지요. 결과적으로, 첫째, 자신의 소박함을 확신시키고, 상대방이 넌덜머리를 내도록 만들고, 또 이해하지 못하도록 하고, 이 세 가지 이득을 모두 한꺼번에! 이러고 나면, 어림도 없지, 누가 당신에게 비밀스러운 속셈이 있으리라고 의심하겠습니까? 오히려 그들 모두 내가 은밀한 속셈을 품고 있노라고 말해 준 사람에게 개인적인 모욕감을 느낄 테죠. 게다가 나는 가끔 사람을 웃겨 주니까 이것도 귀중하고요. 저쪽에서 격문까지 출판한 현자가 여기서는 자기들보다 멍청한 자로 밝혀졌다는 이유만으로도 벌써 나의 모든 것을 용서해 줄 겁니다, 안 그런가요? 미소 지으시는 걸 보니 승인하시는 모양이죠."

정작 니콜라이 프세볼로도비치는 미소 따위는 전혀 보이지도 않고 오히려 얼굴을 찌푸린 채 다소 초조하게 듣고 있었다.

"예? 뭐라고요? '아무래도 상관없다'라고 하신 것 같은데?" 표트르 스테파노비치는 쩍쩍 갈라지는 소리로 말했다.(니콜라이 프세볼로도비치는 한마디도 하지 않았다.) "물론, 물론 그렇죠. 분명히 말하지만, 동지애를 내세워 당신과 타협[6]하려고 온 것은 절대 아닙니다. 그런데 오늘 끔찍이도 깐깐하시군요. 나는 마음을 활짝 열고 즐겁게 왔는데, 당신은 내가 한마디 할 때

---

6) '명예를 훼손하다'라는 의미도 있는 단어다.

마다 걸고넘어지시니. 분명히 말씀드리지만, 오늘은 까다로운 문제는 전혀 언급하지 않겠습니다, 약속드리고요, 당신의 모든 조건에 미리 동의합니다!"

니콜라이 프세볼로도비치는 집요하게 침묵을 고수했다.

"예? 뭐라고요? 뭔가 말씀을 하신 거죠? 알겠어요, 알겠어. 내가 또 헛소리를 지껄인 것 같군요. 당신은 어떤 조건을 제시하지도 않았고 게다가 그러지도 않겠지만, 믿어요, 믿으니까 진정하세요. 또 나는 그런 걸 제시할 가치도 없는 몸이라는 걸 나 자신도 잘 압니다, 안 그렇습니까? 내가 앞으로 당신을 대신해 책임지죠. 물론 무능함 때문이죠. 무능함, 무능함이라……. 비웃는 겁니까? 예? 뭐라고요?"

"아무것도 아니오." 드디어 니콜라이 프세볼로도비치가 웃었다. "이제야 언젠가 내가 당신을 무능한 자라고 불렀던 일이 기억났는데, 그때는 당신이 없었으니까 누가 전해 주었다는 소리군요……. 부탁인데, 어서 빨리 본론으로 들어가 주시죠."

"저도 그 본론 때문에, 바로 그 일요일 건 때문에 온 겁니다!" 표트르 스테파노비치가 중얼거렸다. "자, 그 일요일에 나는 무엇, 무엇이었습니까, 당신 생각은 어떻습니까? 바로 그 성급한 중치의 무능함으로, 가장 무능력한 방식으로 나는 억지로 대화를 이끌어 갔지요. 그러나 나의 모든 것이 용서받았는데, 첫째, 내가 달에서 떨어졌고 현재 이곳의 모든 사람 사이에서 그렇게 결정되었기 때문입니다. 둘째, 내가 사랑스러운 사건 하나를 얘기함으로써 당신들 모두를 구출했기 때문입니다, 안 그렇습니까, 안 그런가요?"

"즉, 당신은 의혹을 남겨 두고 우리의 파업과 조작극을 보이기 위해 그렇게 얘기했지만, 실은 파업은 없었다는 것인데, 나는 당신에게 무슨 요구를 한 적이 전혀 없습니다."

"바로, 바로 그겁니다!" 표트르 스테파노비치는 황홀한 듯 말을 받았다. "내가 그렇게 한 건 바로 당신이 이 모든 핵심을 알아채도록 하기 위해서였습니다. 무엇보다도 당신을 위해 그렇게 버둥댔는데 당신을 붙잡아 타협하고 싶었기 때문이에요. 무엇보다도, 당신이 어느 정도로 두려워하는지 알아보고 싶었습니다."

"궁금하군요, 지금 왜 이렇게 노골적이실까?"

"화내지 마세요, 화내지 말아요, 그렇게 눈을 번득이지도 말고……. 하긴 번득이지도 않는군요. 내가 왜 이렇게 노골적인지 궁금하다고요? 이제 모든 것이 변했고 물론 끝났고 모래성 하나가 생겨났기 때문이죠. 나는 갑자기 당신에 대한 생각을 바꾸었습니다. 낡은 방식은 완전히 끝났어요. 이제 나는 더 이상 낡은 방식으로 당신과 타협하지 않을 겁니다, 이제는 새로운 방식으로."

"전술을 바꿨다, 이 말씀?"

"전술 따위는 없어요. 이제는 모든 것이 완전히 당신의 의지에 달려 있다, 즉 내키면 '그렇다'라고 하고 또 내키면 '아니다'라고 하면 돼요. 바로 이게 나의 새로운 전술입니다. '우리 편'의 과업에 관한 한 당신이 직접 명령을 내릴 때까지는 입도 벙긋하지 않겠습니다. 웃는 건가요? 건강을 위해 나도 웃도록 하죠. 그러나 이제는 진지, 진지합니다, 진지해요, 이렇게 서두르는 사람은 물론 무능한 것이지만, 안 그렇습니까? 무능하다고 해도 아무 상관 없지만 어쨌든 나는 진지, 진지합니다."

그는 정말로 진지하게, 완전히 다른 어조로, 왠지 유달리 흥분하며 말했기 때문에 니콜라이 프세볼로도비치는 호기심을 갖고 그를 쳐다보았다.

"나에 대한 생각을 바꾸셨다고요?" 그가 물었다.

"당신에 대한 생각을 당신이 샤토프 이후에 곧장 뒷짐 지는 것을 본 순간에 바꾸었는데요, 됐어요, 됐고요, 질문은 하지 마세요, 이제는 더 이상 아무 말도 하지 않겠어요."

그는 질문은 사절이라는 듯 양손을 내저으며 벌떡 일어났다. 그러나 질문도 없었고 딱히 떠날 이유도 없었던 탓에 어느 정도 진정하고 다시 의자에 주저앉았다.

"겸사겸사 말이 나온 김에……" 그는 당장 재빨리 지껄였다. "여기 어떤 사람들은 당신이 그를 죽일 거라고 떠들어 대고 내기까지 하는 바람에 렘브케가 경찰을 동원할 생각까지 했지만 율리야 미하일로브나가 막았어요……. 됐어요, 이 얘기는 됐고요, 난 그저 알려 주려고 한 거예요. 겸사겸사, 다시요. 바로 그날 레뱌드킨 오누이를 피신시켰어요, 아시겠지만. 그들의 주소가 적힌 내 쪽지는 받았죠?"

"바로 그때 받았어요."

"이건 나의 '무능함' 때문이 아니라 진정으로 만반의 태세를 갖추자는 뜻입니다. 결과적으로 무능한 짓이 될지언정 대신 진정한 것이었죠."

"예, 됐어요, 그렇게 할 필요가 있었겠죠……." 니콜라이 프세볼로도비치는 생각에 잠기며 이렇게 말했다. "단, 나에게 쪽지는 더 이상 보내지 말아요, 제발."

"어쩔 수 없었어요. 겨우 하나였는걸요."

"그럼 리푸틴은 알고 있나요?"

"어쩔 수 없었어요. 그러나 리푸틴은, 당신도 아시겠지만, 감히 그럴 용기가 없어서……. 겸사겸사 우리 편, 즉 그들이 아니라 '우리 편'의 집을 다녀가셔야겠는데요, 안 그러면 당신이 또 구설수에 오를 테니까요. 하지만 염려 마세요, 지금이 아니라 언제든. 지금은 비가 와요. 내가 그들에게 알리면 다 모일 테고 우리도 저녁에 모입시다. 다들 둥지의 까마귀 새끼들처럼 입을 쩍 벌리고 우리가 무슨 선물을 갖고 오나 하고 기다리고 있어요. 열렬한 족속이죠. 책을 꺼냈으니 논쟁하려고 몰려드는 겁니다. 비르긴스키는 보편 인간이고 리푸틴은 경찰 업무에도 큰 관심이 있는 푸리에주의자예요. 분명히 말씀드리건대, 어떤 점에서는 소중한 사람이지만 다른 모든 점에서는 까다로운 사람입니다. 끝으로, 귀가 긴 사람이 있는데, 그는 자신의 체계를 읽을 겁니다. 아시겠지만, 그들은 내가 자기들을 제멋대로 다루고 찬물을 끼얹는다고 골이 났어요, 헤헤! 어쨌든 꼭 다녀가셔야겠습니다."

"그곳에다 나를 무슨 우두머리로 소개했나요?" 니콜라이 프세볼로도비치는 가능한 한 제멋대로 이 말을 내뱉었다. 표트르 스테파노비치는 재빨리 그를 쳐다보았다.

"겸사겸사," 하고 그는 알아듣지 못한 듯 서둘러 상대편의 말을 무시하고 말을 받았다. "두 번, 아니 세 번씩이나 저 존경하는 바르바라 페트로브나를 찾아와 역시나 많은 얘기를 해야 했습니다."

"상상이 가는군요."

"아니, 상상은 하지 마시고요, 나는 그저 당신이 살인하지 않을 것이다 등등 그런 식의 달콤한 말을 해 주었을 뿐이에요. 그럼 상상해 보세요, 부인은 내가 마리야 티모페예브나를 강 건너로 옮긴 것을 다음 날 벌써 알고 있습디다. 당신이 부인에게 얘기했습니까?"

"생각도 못 했어요."

"그럴 줄 알았어요, 당신일 리 없지. 당신이 아니라면 누구일까요? 재미있군요."

"당연히, 리푸틴이겠죠."

"아-아니, 리푸틴은 아닙니다." 표트르 스테파노비치는 얼굴을 찌푸리며 중얼거렸다. "누군지는 내가 알아요. 이 경우에는 샤토프 냄새가 나거든요……. 하긴 헛소리예요. 이 얘기는 그만합시다! 하긴 이건 끔찍이도 중대한 문제인데…… 겸사겸사 나는 줄곧 당신의 어머니가 그렇게 갑자기 나에게 중요한 질문을 툭 던져 주시길 기다렸는데……. 아하, 그러고 보니 부인은 요 며칠간 처음에는 무섭도록 침울하셨는데 오늘 내가 갑자기 가 보니 만면에 희색이 가득하더군요. 대체 무슨 일이죠?"

"그건 내가 오늘 어머니께 닷새 뒤에 리자베타 니콜라예브나에게 청혼하겠다고 약속했기 때문입니다." 니콜라이 프세볼로도비치는 갑자기 뜻밖에도 노골적으로 이렇게 말했다.

"아, 그럼…… 뭐, 물론……." 표트르 스테파노비치는 우물거리며 말을 얼버무렸다. "저쪽에서는 약혼 소문이 들리던데, 알고 계시죠? 어쨌든 그렇겠죠. 하지만 당신이 옳아요, 그녀는 당신이 부르기만 하면 결혼식장에서라도 달려올 테니까. 내가 이렇게 굴어서 화나신 건 아니죠?"

"아니, 화 안 났어요."

"오늘 당신을 화나게 한다는 것은 끔찍이도 어려운 일이라는 사실을 알고 나니 당신이 슬슬 무서워지는군요. 당신이 내일 어떤 모습으로 나타나실지 끔찍이도 궁금해요. 아마 많은 건수를 준비해 두셨겠죠. 내가 이렇게까지 나오는데도 화를 내지 않으시는 건가요?"

니콜라이 프세볼로도비치는 숫제 대답도 하지 않았고 이것이 진작부터 표트르 스테파노비치의 신경을 긁었다.

"겸사겸사, 어머니께 리자베타 니콜라예브나에 대해 한 얘기는 진지한 건가요?" 그가 물었다.

니콜라이 프세볼로도비치는 유심히, 그리고 냉담하게 그를 바라보았다.

"아, 알겠어요. 그냥 진정시키려고 그랬군요, 뭐."

"만약 진지했다면요?" 니콜라이 프세볼로도비치가 강경하게 물었다.

"그럼, 이런 경우에 흔히 하는 말대로, 잘되길 바라고요. 과업에 해를 끼치지는 않을 테고(봐요, 나는 우리의 과업이라고 말하지 않았어요, 당신이 '우리'라는 말을 좋아하지 않으니까요.) 나는…… 그러니까 당신을 위해서라면 물불을 가리지 않겠습니다, 아시겠지만."

"그런 생각이신가요?"

"난 아무, 아무 생각이 없어요." 표트르 스테파노비치는 웃으면서 서둘러 말했다. "왜냐하면 당신이 자기 일에 대해 미리 숙고했음을, 당신은 모든 것에 대해 생각이 있음을 아니까요. 나는 그저 내가 진지하게 언제나, 어디서나 어떤 경우에나 당신을 위해서라면 물불을 가리지 않겠다고 말씀드리는 건데, 어떤 경우에나 그렇다는 점, 아시겠죠?"

니콜라이 프세볼로도비치는 하품을 했다.

"내가 지겨워진 모양이로군요." 표트르 스테파노비치는 갑자기 벌떡 일어서더니 완전히 새것인 둥근 모자를 거머쥐었는데, 곧 나갈 듯하면서도 줄곧 그 자리에 머물며 비록 서 있긴 해도 가끔 방 안을 여기저기 거닐며 대화를 하다가 흥미로운 부분에서는 모자로 무릎을 치면서 끊임없이 말을 이어 갔다.

"렘브케 부부 얘기로 당신을 즐겁게 해 드릴 생각이었는데." 그가 즐겁게 소리쳤다.

"아니, 그 얘기는 다음에 합시다. 그나저나 율리야 미하일로브나의 건강은 어떤가요?"

"어쨌든 당신네는 모두 사교계의 처세술에 능하다니까요. 부인의 건강 따위는, 그 회색 고양이의 건강 따위는 아무래도 상관없을 테지만, 그래도 알뜰히 물어보시니. 정말 칭찬할 만해요. 부인은 건강하고, 미신에 가까울 정도로 당신을 존경하고 역시 미신에 가까울 정도로 당신에게 많은 것을 기대하고 있습니다. 일요일 사건에 대해서는 침묵한 채 당신이 한번 나타나기만 해도 모든 것을 극복하리라고 확신하고 있습니다. 정말 부인은 당신이 무슨 일이든 할 수 있다고 믿고 있어요. 하긴 지금 당신은 어느 때보다도 수수께끼 같고 소설 같은 인물이 되어 있으니 굉장히 유리한 상황인 거죠. 모두가 믿을 수 없을 정도로 당신을 기다리고 있어요. 내가 떠나 버렸을 때도 열렬했지만 지금은 더해요. 겸사겸사, 편지 건은 다시 한번 감사드려요. 그들은 모두 K백작을 무서워하고 있어요. 그들이 당신을 간첩쯤으로 생각하는 건 아실 테죠? 내가 좀 부추기고 있는데 혹시 화나신 건 아니죠?"

"괜찮아요."

"지금은 괜찮죠. 앞으로는 꼭 필요한 일이 될 겁니다. 이곳 사람들에게는 저들 나름의 질서가 있어요. 물론, 내가 북돋워 주고 있죠. 율리야 미하일로브나가 선두에 있고 가가노프도…… 지금 웃으시는 건가요? 정말이지 나는 전술이 있으니까요. 계속 공갈을 치다가 저들이 모두 영리한 말을 찾을 바로 그때 갑자기 그것을 말해 줄 겁니다. 저들이 나를 에워싸면 다시 공갈을 치는 겁니다. 진작부터 다들 나더러 '수완은 있지만 달에서 떨어졌'다며 손사래를 쳤죠. 렘브케는 내 마음을 바로잡아 주기 위해 나에게 일자리를 제안하더군요. 아시겠지만, 나는 그를 끔찍이도 마구 다루지만, 즉 타협을 시도하지만 그는 눈알만 굴리고 있어요. 율리야 미하일로브나는 북돋워 주더군요. 그래, 겸사겸사, 가가노프는 당신에게 끔찍이도 화가 나 있습니다. 어제 두호보에서는 당신에 대해 아주 더러운 얘기를 늘어놓더군요. 나는 당장 그에게 모든 진실을 알려 주었는데, 즉, 당연히 모든 진실은 아니고요. 나는 하루 종일 두호보에 있는 그의 집에 머물렀습니다. 멋진 영지에 훌륭한 저택이죠."

"그럼 그가 지금 정말로 두호보에 있다는 건가요?" 니콜라이 프세볼로도비치가 갑자기 펄쩍 뛰었는데 거의 벌떡 일어나 몸을 앞쪽으로 쑥 내밀었다.

"아니요, 아까 아침에 나를 여기로 데려다주었어요, 우리는 함께 돌아왔거든요." 표트르 스테파노비치는 이렇게 말했는데, 니콜라이 프세볼로도비치의 순간적인 흥분을 전혀 알아채지 못한 듯했다. "아니, 이런, 책을 떨어뜨렸군요." 그는 몸을 숙여서 자기가 건드린 선물용 그림책을 들어 올렸다. "『발자크의 여인들』이라, 삽화까지 있군." 그가 갑자기 책을 펼쳤다. "읽지는 않으셨군요. 렘브케도 소설을 씁니다."

"그래요?" 니콜라이 프세볼로도비치가 관심이 가는지 물었다.

"러시아어로 쓰는데, 당연히 쉬쉬하고 있지요. 율리야 미하일로브나는 알면서도 내버려 두고요. 벽창호지만 그래도 기법이 있어요. 잘 다듬어졌더라고요. 그 엄격한 형식에 철저한 절제! 우리도 뭐든 그런 유가 있으면 좋겠는데."

"행정 기관을 찬미하는 건가요?"

"못 할 것도 없죠! 러시아에서 유일하게 자연스럽고 성공적인 것인데…… 그만, 그만하겠습니다." 그가 갑자기 펄쩍 뛰었다. "이런 얘기를 하려던 게 아닌데, 민감한 문제는 입도 벙긋하지 않겠어요. 어쨌든 안녕히 계세요, 어째 안색이 좋지 않군요."

"열이 좀 있어서요."

"그래 보입니다, 좀 누우시죠. 겸사겸사 여기 군(郡)에는 거세 종파[7]들이 있는데 흥미로운 족속이지요……. 하긴, 이것도 나중에 하죠. 얘깃거리가 하나 더 있어요. 지금 보병대가 군(郡)을 지나가고 있습니다. 금요일 저녁에 나는 B에서 장교들과 술을 마셨어요. 그곳에는 우리의 친구들이 셋 있는데, 무슨 말인지 아시겠죠?(Vous comprenez?) 무신론 얘기를 하면서 당연히 신을 마구 깎아내리더라고요. 신나게 날뛰면서요. 겸사겸사, 샤토프는 러시아에서 반역이 시작된다면 반드시 무신론에서 시작될 거라고 확신합디다. 정말 그럴 테죠. 어느 희끗희끗한 병사 출신 대위가 가만히 앉아서 줄곧 한마디도 하지 않다가 갑자기 방 한가운데로 나와 서더니, 아시겠죠, 혼잣말처럼 큰 소리로 외치더군요. '신이 없다면 그러고도 내가 무슨 대위란 말인가?' 그러고는 군모를 쥐고 두 팔을 벌린 채 나가 버렸어요."

"상당히 완전한 사상을 표현했군요." 니콜라이 프세볼로도비치는 세 번째로 하품했다.

"뭐라고요? 난 이해가 안 돼서 당신한테 묻고 싶었거든요. 자, 또 있어요. 시피굴린 공장이 흥미로워요. 거기에는, 아시겠지만, 500명의 노동자들이 있는데 십오 년 동안 청소를 하지 않아서 콜레라의 온상이나 다름없고 일꾼들의 임금까지 떼먹

7) 러시아 정교의 한 분파.

어요. 상인들은 모두 백만장자면서. 단언하건대, 노동자 중 어떤 자들은 인터내셔널(Internationale)[8]을 압니다. 아니, 웃으셨나요? 직접 아시게 될걸요. 단, 아주, 아주 짧은 기한을 줘 보세요! 나는 진작부터 당신에게 기한을 달라고 부탁했고 지금도 그렇지만 그때는…… 하긴 잘못했습니다. 그만, 그만하겠습니다, 이 얘기를 하려는 게 아닌데, 인상 좀 쓰지 마세요. 어쨌든 안녕히 계십시오. 도대체 난 왜 이 모양이지?" 그는 걸음을 뗐다가 갑자기 되돌아왔다. "제일 중요한 걸 깜박했군. 방금 페테르부르크에서 우리의 짐 상자가 도착했다는 말을 들었거든요."

"그러니까?" 니콜라이 프세볼로도비치는 영문을 모르겠다는 듯 쳐다보았다.

"그러니까 당신의 짐 상자, 당신의 물건들, 연미복, 바지, 속옷 말입니다. 도착했던가요? 정말로?"

"맞아요, 아까 뭐라고 하더군요."

"아하, 그럼 지금 좀 보면 안 될지……!"

"알렉세이에게 물어봐요."

"자, 내일, 내일은요? 거기에는 당신 물건과 함께 내 윗도리, 연미복, 당신의 권유로 산 샤메르산(産) 바지 세 벌이 들어 있어요, 기억나시죠?"

"들리는 바로는 당신이 여기서 신사 행세를 하고 다닌다던

8) 국제노동자협회(International Working Men's Association). 1864년 런던에서 결성된 1차 사회주의 운동 조직. 이후 4차까지 결성되었다.

데요?" 니콜라이 프세볼로도비치가 씩 웃었다. "정말로 조마사에게서 말 타는 법을 배우고 싶은 건가요?"

표트르 스테파노비치는 일그러진 미소를 지었다.

"있잖습니까," 그는 갑자기 왠지 떨리고 탁탁 끊기는 목소리로 굉장히 다급하게 말했다. "있잖습니까, 니콜라이 프세볼로도비치, 인신공격이라면 영원히 접어 둡시다, 어때요? 물론 당신이 그렇게 웃긴다면 마음 내키는 대로 나를 경멸해도 되지만 어쨌든 당분간은 인신공격은 하지 않는 편이 낫지 않을까요, 안 그래요?"

"좋아요, 더 이상은 말하지 않겠어요." 니콜라이 프세볼로도비치가 말했다. 표트르 스테파노비치는 씩 웃더니 모자로 무릎을 탁 치고 두 다리를 꼬아서 아까와 같은 자세를 취했다.

"이곳의 어떤 사람들은 나를 심지어 리자베타 니콜라예브나를 사이에 둔 당신의 연적이라고 생각하는데 어떻게 외모에 신경을 쓰지 않을 수 있겠습니까?" 그가 웃기 시작했다. "그런데 그런 얘기는 누가 일러바치는 거죠? 음. 정각 8시군요. 그럼 나는 길을 떠납니다. 바르바라 페트로브나에게 들르기로 약속했지만 그냥 넘어가도록 하고, 당신은 좀 누우셔야 내일 좀 더 기운이 나시겠죠. 바깥에는 비도 오고 날도 어둑하지만 나는 마차가 있어요, 이곳의 거리는 밤이면 흉흉하다기에……. 아, 겸사겸사, 지금 여기 도시와 근교에는 시베리아에서 도망친 '유형수' 페디카가 어슬렁거리는데, 생각해 보세요, 아버지가 십오 년 전쯤에 나의 옛 종놈을 군대로 쫓아 버리고 그 대가로 돈을 받았어요. 아주 대단한 인간이죠."

"당신은…… 그와 얘기를 해 본 적이 있나요?" 니콜라이 프세볼로도비치가 눈을 치켜떴다.

"해 봤죠. 나한테서 숨지는 못하니까. 무슨 짓이든 할 위인입니다, 무슨 짓이든. 당연히 돈을 준다면 그렇지만, 물론 자기 나름의 신념도 있어요. 아, 그렇지, 이번에도 겸사겸사. 당신이 아까 리자베타 니콜예브나에 관한 한, 기억하시죠, 그 의도가 진지한 것이라면 다시 한번 상기시키지만, 나 역시 무슨 짓이든 할 준비가 되어 있는 위인이올시다, 당신이 원하는 것이라면 모든 종류의 일을, 전적으로……. 이게 뭐죠? 지팡이를 잡는 건가요? 아하, 아니군, 지팡이가 아니야……. 생각 좀 해 보세요, 나는 꼭 당신이 지팡이를 찾는 것 같았거든요."

니콜라이 프세볼로도비치는 아무것도 찾지 않았고 아무 말도 하지 않았지만 정말로 얼굴에 이상한 경련이 이는 가운데 무엇 때문인지 불쑥 일어났다.

"가가노프 씨에 대해서도 뭐든 필요한 게 있다면……." 표트르 스테파노비치는 문진을 향해 노골적으로 고개를 끄덕이면서 갑자기 입을 놀렸다. "당연히 내가 모든 것을 처리할 수 있고요, 당신이 나를 피해 갈 수는 없으리라고 확신합니다."

그는 대답도 기다리지 않고 갑자기 나갔지만 문 뒤에서 다시 한번 고개를 내밀었다.

"그러니까 내 말은," 하고 그가 빠른 말씨로 소리쳤다. "예를 들면 샤토프가 당신에게로 걸어갔던 그 일요일에, 그때 그자도 자기 목숨을 걸 만한 권리는 없었다는 얘기죠, 안 그렇습니까? 이 점을 당신이 인지했으면 하는 바람입니다만."

그는 이번에도 대답을 기다리지 않고 사라졌다.

4

사라지면서 그는 아마 혼자 남은 니콜라이 프세볼로도비치가 주먹으로 벽을 쾅쾅 칠 것이라 생각했고, 가능하다면 그것을 기쁜 마음으로 엿보고 싶었을 것이다. 하지만 그는 호되게 속은 꼴이 됐다. 니콜라이 프세볼로도비치는 여전히 평온했으니 말이다. 그는 이 분쯤 아까 그 자세 그대로 책상 옆에 서 있었는데, 깊은 생각에 잠긴 것처럼 보였다. 하지만 곧 생기 없이 싸늘한 미소가 입술 위로 배어 나왔다. 그는 천천히, 원래 앉아 있던 구석진 자리의 소파에 앉아 지친 듯 눈을 감았다. 편지의 모서리는 아까처럼 문진 밑으로 삐져나와 있었지만 그는 몸을 움직여 바로잡을 생각도 하지 않았다.

곧 그는 완전히 망아지경에 빠졌다. 요즈음 온갖 근심거리로 괴로워하던 바르바라 페트로브나는 표트르 스테파노비치가 자기에게 들르겠다던 약속을 어기고 그냥 가 버리자, 지정된 시간이 아님에도 직접 니콜라를 방문하는 모험을 감행했다. 그녀는 계속 그 애가 마침내 뭐든 결정적인 말을 해 주지나 않을까 하는 꿈을 꾸었다. 아까처럼 조용히 문을 두드렸고 이번에도 대답을 듣지 못한 채로 직접 문을 열었다. 니콜라가 왠지 너무 꼼짝도 하지 않고 앉아 있는 것을 보자 가슴이 두근거리는 가운데 그녀는 조심스럽게 몸소 소파로 다가갔다.

이렇게 빨리 잠들었다는 것, 이렇게 똑바로 앉아 숨을 쉬는 것조차 알아챌 수 없을 만큼 꼼짝하지 않고 잘 수 있다는 것에 충격을 받은 것 같았다. 얼굴은 창백하고 준엄했지만 완전히 얼어붙어 꼼짝도 하지 못하는 것 같았다. 약간 치켜 올라간 눈썹은 잔뜩 찌푸려져 있었다. 단연코, 영혼 없는 밀랍 인형을 닮은 모습이었다. 그녀는 삼 분 정도 거의 숨도 쉬지 못한 채 그를 내려다보며 서 있다가 불현듯 공포에 휩싸였다. 발뒤꿈치를 들고 나온 다음에는 문간에 멈추어 서서 서둘러 성호를 긋고 새로운 힘겨운 감정과 새로운 비애를 느끼면서 눈에 띄지 않게 물러났다.

그는 오랫동안, 한 시간이 넘도록 잤고 계속 그처럼 굳은 자세였다. 얼굴 근육 하나 움직이지 않고 몸 전체에 손톱만큼의 움직임도 감지되지 않았다. 눈썹은 계속 그처럼 준엄하게 치켜 올라가 있었다. 바르바라 페트로브나가 삼 분만 더 머물렀다면 이 혼수상태 같은 부동의 짓누르는 감각을 견디지 못하고 그를 깨웠을 것이다. 그러나 그는 갑자기 스스로 눈을 떴고 아까처럼 꼼짝도 하지 않고 십 분 정도 더 죽치고 앉아 자기에게 충격을 안겨 준 방구석의 어떤 대상을 집요하고 흥미진진하게 뚫어져라 들여다보는 듯했지만, 그곳에는 어떤 새로운 것도, 유별난 것도 없었다.

마침내 커다란 벽시계가 딱 한 번 조용하고 둔탁한 소리를 내며 울려 퍼졌다. 그는 다소 불안한 기색으로 숫자판을 보려고 고개를 돌렸는데, 거의 그 순간 복도로 통하는 뒷문이 열리더니 시종 알렉세이 예고로비치가 나타났다. 한 손에는 따뜻한 외투와 목도리, 모자를, 다른 손에는 쪽지가 놓인 은 쟁반을 들고 있었다.

"9시 30분입니다." 그는 조용한 목소리로 말한 다음 가져온 외투를 구석 의자 위에 올려놓고 쟁반 위의 쪽지, 즉 봉하지 않은, 연필로 두 줄을 쓴 조그만 종이를 가져왔다. 니콜라이 프세볼로도비치는 그 두 줄을 훑어본 뒤 마찬가지로 책상에서 연필을 쥐고 쪽지의 말미에 두 마디를 쓰더니 다시 쟁반 위에 올려놓았다.

"내가 나가자마자 전해 주게. 그리고 옷을 입어야겠는데." 그는 의자에서 일어나며 말했다.

자신이 가벼운 벨벳 윗도리를 입고 있음을 알아챈 그는 잠깐 생각을 한 뒤 좀 더 격식을 갖추어야 하는 저녁 방문 때 입는 다른 프록코트, 즉 포플린 프록코트를 내오라고 했다. 마침내 옷을 다 차려입고 모자까지 쓰자 바르바라 페트로브나가 들어왔던 그 문을 잠그고 문진 밑에 감추어 둔 편지를 꺼낸 다음 알렉세이 예고로비치를 대동하고 말없이 복도로 나갔다. 그들은 복도에서 뒤쪽의 비좁은 돌계단으로 나가 곧장 정원으로 통하는 현관으로 내려갔다. 현관 구석에는 특별히 마련해 둔 작은 등불과 커다란 우산이 있었다.

"비가 억수같이 내릴 때는 이곳 거리의 진흙탕이 참 골칫거리입니다." 알렉세이 예고로비치는 마지막으로 도련님의 행차를 말려 보려는 심산인지 완곡하게 말했다. 그러나 도련님은 우산을 펼치더니 말없이 지하 창고처럼 어둡고 습하고 축축한 정원으로 나갔다. 바람이 요란하게 불어 대고 반쯤 벌거숭

이가 된 나무들의 정수리가 흔들렸다. 좁은 모랫길은 질퍽하고 미끄러웠다. 연미복을 입은 알렉세이 예고로비치는 모자도 쓰지 않고 등불로 앞길을 밝히며 세 걸음쯤 앞서 걸었다.

"혹시 눈에 띄지는 않겠지?" 니콜라이 프세볼로도비치가 갑자기 물었다.

"창문에서는 눈에 띄지 않을 것이고 그 밖의 것은 모두 미리 준비해 두었습니다." 하인은 조용히, 찬찬히 대답했다.

"어머니는 주무시는가?"

"마님께서는 최근 습관대로 9시 정각에 방에 들어가셨고, 지금은 그분에 관해서는 아무것도 알아내실 수 없습니다. 도련님께서는 몇 시에 돌아오시는지요?" 그는 용기를 내어 질문을 덧붙였다.

"1시나 1시 30분, 어쨌든 2시는 넘기지 않을 거야."

"잘 알겠습니다."

두 사람은 외우다시피 잘 아는 꼬불꼬불한 오솔길을 따라 정원을 한 바퀴 돌아서 정원의 석조 담벼락에 다다랐으며 거기, 벽의 한구석에서 인적이 드문 협소한 골목으로 통하는 작은 쪽문을 찾았는데, 거의 언제나 잠겨 있는 문이지만 지금은 알렉세이 예고로비치의 손에 열쇠가 들려 있었다.

"문이 삐걱거리지 않을까?" 니콜라이 프세볼로도비치가 다시 물어보았다.

그러나 알렉세이 예고로비치는 어제도 기름칠했고 '오늘도 마찬가지'라고 아뢰었다. 그는 이미 온몸이 흠뻑 젖어 버렸다. 쪽문을 연 다음에는 니콜라이 프세볼로도비치에게 열쇠를 건네주었다.

"먼 길을 떠나실 요량이라면, 한 말씀 드리겠는데요, 이곳 족속은 믿을 게 못 됩니다, 특히 인적이 드문 골목길이나 무엇보다도 강 건너에서는." 그는 이번에도 참지 못했다. 이 늙은 하인은 니콜라이 프세볼로도비치를 유모처럼 품에 안고 키워 준 예전의 삼촌 같은 사람으로서 됨됨이가 진지하고 엄격하여 성스러운 책의 낭독을 듣거나 직접 읽는 것을 좋아했다.

"염려 말게, 알렉세이 예고리치."

"신이 도련님을 축복해 주시길, 하지만 꼭 좋은 일을 하실 때만요."

"뭐라고?" 니콜라이 프세볼로도비치는 걸음을 멈추었는데, 벌써 골목길로 발걸음을 떼 놓은 상태였다.

알렉세이 예고로비치는 자신의 소망을 고집스레 반복했다. 예전 같으면 주인 앞에서 그런 말을 큰 소리로 내뱉을 엄두조차 내지 못했을 것이다.

니콜라이 프세볼로도비치는 문을 잠그고 열쇠를 호주머니에 넣은 다음 3베르쇼크 정도에 한 번씩 진흙탕 속에 발을 푹푹 빠뜨리면서 골목을 걸어갔다. 드디어 포장도로로 통하는 길고 황량한 거리가 나왔다. 이 도시라면 손바닥 들여다보듯 훤히 알았다. 하지만 보고야블렌스카야 거리는 아직 까마득했다. 그가 드디어 어둡고 낡은 필리포프 집의 잠긴 대문 앞에 멈추어 선 것은 10시가 넘어서였다. 레뱌드킨 가족이 떠난 이후 아래층은 지금 완전히 비어 창문에 못을 박아 두었지만 샤토프의 다락방에서는 불빛이 비치고 있었다. 초인종이 없어서 그는 손으로 대문을 두드리기 시작했다. 창문이 열리고 샤토프가 거리 쪽을 내다보았다. 섬뜩할 정도의 어둠이 깔려 사람을 알아보기가 힘들었다. 샤토프는 일 분쯤, 오랫동안 살펴보았다.

"당신인가요?" 갑자기 그가 물었다.

"그렇습니다." 초대받지 않은 손님이 대답했다.

샤토프는 창문을 쾅 닫고 아래로 내려와 대문을 열었다. 니콜라이 프세볼로도비치는 높은 문지방을 넘어섰고, 한마디도 하지 않고 그의 곁을 그냥 지나쳐 곧장 키릴로프가 사는 곁채로 갔다.

5

그곳은 죄다 빗장도 걸려 있지 않고 숫제 닫혀 있지도 않았다. 현관과 첫 번째 방 두 칸은 어두웠지만 키릴로프가 살고 있고 차를 마시는 마지막 방에서는 불빛이 빛났고 웃음소리와 어떤 이상한 외침 소리가 들렸다. 니콜라이 프세볼로도비치는 불빛 쪽으로 다가갔지만 들어가지는 않고 문지방에 멈추어 섰다. 식탁 위에는 차가 놓여 있었다. 방 한가운데에는 여주인의 친척인 할멈이 서 있었는데, 머리에는 아무것도 쓰지 않고 치마 하나만 입고 맨발에 슬리퍼를 신고 토끼 가죽으로 된 윗옷을 입고 있었다. 그녀는 태어난 지 일 년 반쯤 된 어린애를 품에 안고 있었는데, 이제 막 요람에서 데려왔는지

배내옷 하나만 입고 조그만 발이 그대로 드러나고 뺨은 발갛게 상기되고 하얀 머리카락이 뭉친 채였다. 어린애의 눈 밑에 아직도 눈물이 고여 있는 것으로 보아 아까 심하게 운 것이 분명했다. 하지만 이 순간에는 조그만 손을 뻗어 짝짜꿍 손뼉을 치고, 어린애들이 흔히 그렇듯, 훌쩍대면서도 까르르 웃고 있었다. 어린애 앞에서 키릴로프는 크고 빨간 고무공을 마룻바닥으로 던져 올렸다. 공이 천장까지 튕겨 올라갔다가 다시 떨어지자 어린애가 소리쳤다. "옹아, 옹아!" 키릴로프가 '옹아'를 붙잡아 건네주었더니, 아이는 벌써 스스로 조그만 손으로 공을 던졌고 키릴로프는 그것을 받으려고 다시 뛰어갔다. 마침내 '옹아'는 장롱 밑으로 굴러 들어갔다. "옹아, 옹아!" 하고 아이가 소리쳤다. 키릴로프는 마룻바닥에 엎드려 몸을 쭉 펴고 손으로 장롱 밑의 공을 꺼내려고 안간힘을 썼다. 니콜라이 프세볼로도비치가 방으로 들어왔다. 아이는 그를 보고서 할멈의 품에 바싹 안겨 붙더니 어린애답게 오랫동안 울어 댔다. 할멈은 곧 아이를 데리고 나갔다.

"스타브로긴?" 키릴로프는 손에 공을 든 채 마룻바닥에서 몸을 일으키며 말했는데 예기치 못한 방문에도 전혀 놀라지 않았다. "차 드시겠습니까?"

그는 완전히 몸을 일으켰다.

"물론이죠, 따뜻하다면 거절하지 않겠습니다." 니콜라이 프세볼로도비치가 말했다. "흠뻑 젖었거든요."

"따뜻하다 못해 뜨겁답니다." 키릴로프는 만족스럽게 되풀이했다. "앉으시죠. 진흙투성이군요, 괜찮지만. 마룻바닥은 나중에 내가 물걸레로 닦으면 되니까요."

니콜라이 프세볼로도비치는 자리에 앉자마자 거의 단숨에 방금 채워진 찻잔을 비웠다.

"더 드시겠습니까?" 키릴로프가 물었다.

"아니, 됐어요."

그때까지 앉지도 못하고 있던 키릴로프는 곧 반대편에 앉더니 물었다.

"무슨 일로 오셨습니까?"

"용건이 있어서요. 여기, 가가노프에게서 온 편지인데, 읽어 보세요. 기억하시죠, 페테르부르크에서 당신한테 말했잖아요."

키릴로프는 편지를 받아 들고 쭉 읽은 다음 탁자 위에 내려놓더니 기대에 찬 듯 그를 바라보았다.

"가가노프라는 사람을," 하고 니콜라이 프세볼로도비치가 설명하기 시작했다. "아시다시피, 한 달 전에 페테르부르크에서 난생처음 만났습니다. 우리는 사람들이 있는 데서 두세 번 마주쳤어요. 나와 인사도 나누지 않고 말도 걸지 않다가, 기어코 아주 뻔뻔스럽게 굴 기회를 잡은 겁니다. 그때 내가 당신에게 말하긴 했지만 당신이 모르는 것이 있어요. 그는 당시 나보다 먼저 페테르부르크를 떠나면서 갑자기 편지를 보내왔는데, 이것과 같은 것은 아니지만 극도로 점잖지 못하고 무슨 동기로 썼는지 전혀 설명되지 않는, 그 때문에 더욱 이상한 편지였죠. 나는 그에게 곧장 역시 편지로써 답을 했는데, 아마 사 년 전 이곳 클럽에서 자기 아버지에게 일어난 사건 때문에 나에게 화가 난 것 같더군요. 나로서는 내 행동이 터무니없는 짓이었고 아플 때 일어났다는 근거하에 가능한 한 모든 사과를 할 용의가 있다고 완전히 탁 터놓고 얘기했습니다. 나의 사과를 고려해 주십사 부탁한 거죠. 그는 대답도 하지 않고 그냥 떠났어요. 하지만 지금 여기서 그를 보니 이미 미쳐 날뛰는 수준이더라고요. 그가 나에 대해 몇 번이나 내놓은, 놀라운 비방이 섞인, 완전히 욕설이나 다름없는 공개적인 평가도 전해 들었습니다. 마침내 오늘 이 편지가 온 건데, 아마 누구도 '당신의 박살 난 낯짝' 같은 표현과 욕설이 담긴 편지를 받아 본 적은 결코 없을 겁니다. 나는 당신이 결투 입회인이 되는 것을 거절하지 않으리라 희망하면서 이렇게 찾아온 겁니다."

"누구도 이런 편지를 받아 본 적이 없을 거라고 하셨는데요." 키릴로프가 지적했다. "미쳐 날뛰는 상태라면 가능하죠. 한두 번이 아닙니다. 푸시킨도 헤케른에게 그렇게 썼고요.[9] 좋습니다, 가겠습니다. 그럼 말씀해 보시죠, 어떻게 해야 합니까?"

니콜라이 프세볼로도비치가 설명하길, 우선 반드시 사과의 뜻을 환기했으면, 심지어 사과의 뜻을 담은 두 번째 편지를 쓰겠다는 약속까지도 했으면 하지만 그것은 가가노프 쪽에서도 더 이상 편지를 쓰지 않겠다고 약속할 경우에 한해서라는 것이다. 이미 받은 편지는 아예 없었던 일로 간주하겠다는 것이

9) 알렉산드르 세르게예비치 푸시킨(Aleksandr Sergeevich Pushkin, 1799~1837). 러시아의 국민 시인. 헤케른 남작은 푸시킨의 아내와 염문설이 있던 단테스의 양아버지다. 푸시킨은 결국 단테스와의 결투에서 입은 부상으로 사망한다.

었다.

"너무 많이 양보하시는군요, 동의하지 않을 텐데요." 키릴로프가 중얼거렸다.

"내가 온 것은 무엇보다도, 당신이 이런 조건을 그쪽에 전해 줄 의사가 있는지 알아보기 위해서입니다."

"전해 드리죠. 당신의 일이니까요. 하지만 그는 동의하지 않을 겁니다."

"동의하지 않으리라는 거, 나도 알아요."

"그는 싸우고 싶어 합니다. 어떻게 싸울지 말씀해 보시죠."

"문제는 내가 꼭 내일 모든 것을 끝냈으면 한다는 겁니다. 오전 9시경 당신은 그의 집에 가 있는 겁니다. 그가 다 듣고서 동의하지 않겠지만, 당신을 자신의 결투 입회인과 연결해 주고 그러면 11시쯤 된다고 칩시다. 그 사람과 함께 결정해 주시고, 그런 다음 1~2시에는 모두가 그 자리에 나올 수 있도록 해 주세요. 부디 그렇게 되도록 애써 주세요. 무기는 물론 권총이고, 특별히 부탁드리는 건 결투선을 열 걸음 간격으로 정하게 해 달라는 겁니다. 그런 다음 우리를 각각 결투선에서 열 걸음 떨어진 곳에 세우고 주어진 신호에 따라 맞붙는 거죠. 두 사람 다 반드시 자신의 결투선까지 와야 하지만 좀 더 일찍, 즉 걷는 도중에 쏴도 됩니다. 자, 내 생각은 이게 전부입니다."

"결투선 사이에서 열 걸음이라면 가까운데요." 키릴로프가 지적했다.

"그럼 스무 걸음으로 합시다, 단, 더 이상은 안 돼요. 아시다시피, 그는 진지하게 싸우고 싶어 하니까요. 권총을 장전할 줄은 아시죠?"

"압니다. 나도 권총이 있으니까요. 당신이 그런 것으로 쏘아 본 적이 없다고 약속하겠습니다. 그의 결투 입회인도 약속할 겁니다. 두 벌의 권총에 동전 던지기로 그의 것과 우리 것을 결정하는 거죠, 예?"

"멋지군요."

"권총을 좀 보시겠습니까?"

"그러죠."

키릴로프는 구석의 트렁크 앞에 쪼그리고 앉았는데, 아직 다 풀지는 않았지만 필요할 때마다 거기서 물건을 꺼내곤 했다. 그는 밑바닥에서 내부가 붉은 벨벳으로 된 종려나무 상자를 끌어내더니 그 안에서 굉장히 멋스러운 값비싼 권총들을 꺼냈다.

"전부 있습니다. 화약, 총알, 탄창. 연발 권총도 있어요. 잠깐만요."

그는 다시 트렁크를 헤적여 미국식 6연발 권총이 든 다른 상자를 끌어냈다.

"무기가 상당하군요. 그것도 매우 값비싼 걸로."

"몹시. 굉장하죠."

가난하다 못해 거의 빈곤한, 그럼에도 결코 자신의 빈곤을 인지한 적 없는 키릴로프가 지금은 자부심까지 역력히 드러내며 틀림없이 굉장한 희생을 치르고야 획득했을 귀중한 무기고를 보여 주는 것이었다.

"아직도 여전히 그 생각에 사로잡혀 있습니까?" 잠시 침묵한 뒤 스타브로긴이 다소 조심스럽게 물었다.

"바로 그 생각이죠." 키릴로프는 목소리만으로도 무엇을 묻는지 즉각 알아채고 짧게 대답한 다음 탁자에서 무기를 치우기 시작했다.

"그럼 언제?" 니콜라이 프세볼로도비치는 이번에도 잠깐 침묵하다가 훨씬 더 조심스럽게 물었다.

그사이 키릴로프는 상자 두 개를 트렁크 안에 넣고 아까 그 자리에 앉았다.

"그건 나한테 달린 게 아니고요, 아시다시피, 사람들이 말해 줄 그때." 그는 이렇게 대답했는데, 이 질문에는 좀 부담을 느끼는 것 같았지만 동시에 다른 모든 질문에는 대답할 의향이 있음을 내비쳤다. 그는 예의 그 광채 없는 검은 눈을 떼지 않고 스타브로긴을 바라보았는데, 어쩐지 평온하지만 선량하고 반가운 감정이 느껴졌다.

"나는 물론 자살하는 것[10]을 이해합니다." 삼 분쯤 길고 의미심장한 침묵이 흐른 다음 니콜라이 프세볼로도비치가 미간을 약간 찌푸리며 다시 말을 꺼냈다. "나도 가끔 어떤 상상을 했고 그때마다 언제나 어떤 새로운 생각이 떠올랐어요. 만약 악행을 저지르거나 무엇보다도 부끄러운 짓, 즉 치욕스러운 짓을, 단 몹시 비열할뿐더러…… 웃긴 짓을 저지른다면 사람

10) 권총 자살의 의미가 있는 단어인데, 이 부분에서 '자살'은 모두 같은 단어를 번역한 것이다.

들이 그것을 천년 동안 기억하고 천년 동안 침을 뱉을까 싶은데, 갑자기 새로운 생각이 떠오르더라고요. '관자놀이에 한 방만 쏘면 아무것도 없을 거야.' 그때는 사람들이 무슨 상관입니까, 그들이 천년 동안 침을 뱉는다고 한들 무슨 상관입니까?"

"그걸 새로운 생각이라고 부르는 겁니까?" 키릴로프는 잠깐 생각하더니 말했다.

"나는…… 그렇게 부르는 것이 아니라…… 어느 날 잠깐 생각하다가 완전히 새로운 생각을 느꼈습니다."

"'생각을 느꼈다'고요?" 키릴로프가 말을 똑같이 반복했다. "그거 좋군요. 언제나, 또 갑자기 새로운 것이 되는 생각들은 많죠. 그럴듯해요. 난 많은 것이 지금은 꼭 처음인 듯 보이거든요."

"가령 당신이 달나라에 살았다고 칩시다." 스타브로긴은 상대의 말은 듣지도 않고 가로막더니 자기 생각을 계속 얘기했다. "그리고 당신이 그곳에서 온갖 웃기고 추잡한 짓거리를 했다고 칩시다. 그곳에서 천년 동안 영원히, 달나라 전체를 향해 당신을 비웃고 당신의 이름에 침을 뱉으리라는 것을 당신은 여기서도 잘 알고 있습니다. 하지만 지금은 여기서 달을 올려다봅니다. 당신이 거기서 무슨 짓을 저질렀든, 그곳 사람들이 천년 동안 당신에게 침을 뱉든 여기 있는 당신에게 무슨 상관입니까, 안 그렇습니까?"

"모르겠군요." 키릴로프가 대답했다. "달에 가 본 적이 없어서요." 이렇게 덧붙였는데, 어떤 아이러니도 없고 오로지 사실을 명시하려는 목적뿐이었다.

"방금 그 아이는 누구의 아이입니까?"

"할멈의 시어머니가 왔습니다. 아니, 며느리지…… 아무래도 상관없지만. 사흘 됐어요. 아파서 누워 있어요, 아이를 안고서. 배가 아픈지 밤마다 몹시 비명을 질러요. 엄마가 자면 할멈이 데리고 와요. 그러면 내가 공으로 놀아 줘요. 이 공은 함부르크에서 가져온 겁니다. 던지고 받고 하려고 함부르크에서 샀지요. 등뼈를 튼튼하게 해 주거든요. 여자애랍니다."

"아이들을 좋아하십니까?"

"좋아하죠." 키릴로프는 만족스러운 듯, 그럼에도 무심한 듯 말했다.

"그렇다면 삶을 좋아하시겠군요?"

"예, 삶도 좋아하죠, 그래서요?"

"만약 자살할 결심이시라면."

"그래서요? 왜 함께 엮는 거죠? 삶은 삶이고, 그건 또 별개죠. 삶은 존재하는 것이지만 죽음은 전혀 없는 거니까요."

"미래의 영원한 삶을 믿게 되셨군요?"

"아니요, 미래의 영원한 삶이 아니라 이곳의 영원한 삶을 믿어요. 어떤 순간들이 있는데 당신이 그 순간들에 이르면 갑자기 시간이 멈추고 영원해질 겁니다."

"그 순간에 이르길 바라십니까?"

"그래요."

"우리 시대에는 불가능할 것 같은데요." 니콜라이 프세볼로도비치도 어떤 아이러니도 없이 생각에 잠긴 듯이 천천히 평했다. "묵시록에서 천사는 더 이상 시간이 존재하지 않으리라고 맹세하잖습니까."[11]

"알아요. 그곳에선 분명히 그럴 테죠. 명료하고 정확하니까. 전(全) 인간이 행복에 이르면 시간은 더 이상 존재하지 않을 겁니다. 그럴 필요가 없으니까요. 몹시 그럴듯한 생각입니다."

"그것을 대체 어디다 감추죠?"

"어디에도 감추지 않아요. 시간은 물체가 아니라 관념이니까요. 머릿속에서 꺼질 겁니다."

"케케묵은 철학적 문구군요, 개벽 이래 한결같아요." 스타브로긴은 왠지 꺼림칙하면서도 안됐다는 듯 중얼거렸다.

"한결같다니! 개벽 이래 한결같고 다른 것은 결코 없을 것이라니!" 키릴로프는 이 관념 속에 거의 승리라도 들어 있는 듯 번득이는 시선으로 말을 받았다.

"매우 행복하신 것 같군요, 키릴로프?"

"예, 매우 행복합니다." 그는 가장 평범한 답을 내놓는다는 듯 대답했다.

"그러나 얼마 전만 해도 슬퍼하셨고 리푸틴에게 화를 내셨잖습니까?"

"음…… 이제는 욕하지 않아요. 그때는 아직 내가 행복하다는 것을 몰랐습니다. 잎을, 나뭇잎을 보셨습니까?"

"봤습니다."

"나는 최근에 초록빛이 좀 남아 있는 노란 잎을 보았어요, 잎사귀 끝이 좀 시들었죠. 바람에 날려 왔더군요. 열 살이었

11) 「요한의 묵시록」 10장 6절.

던 해의 겨울에 일부러 눈을 감고 잎사귀를, 잎맥이 반짝거리는 초록색 잎사귀를 그려 보았고, 그리고 햇빛이 반짝이고 있었고요. 눈을 뜨면 너무 좋아서 믿어지지 않았고, 그래서 다시 눈을 감았죠."

"그건 뭐죠, 알레고리인가요?"

"아, 아니요……. 왜요? 알레고리가 아니라 그저 잎사귀, 잎사귀 하나를 말하는 겁니다. 잎사귀는 좋아요. 모든 것이 좋아요."

"모든 것이?"

"모든 것이. 인간은 자신이 행복하다는 것을 모르기 때문에 불행한 겁니다, 오직 그 때문이죠. 이게 전부, 전부입니다! 알기만 한다면, 그는 지금 당장 이 순간 행복해질 겁니다. 이 시어머니가 죽고 소녀는 남아도 모든 것이 좋아요. 난 갑자기 발견했습니다."

"누가 굶어 죽어도, 누가 소녀를 모욕하고 능욕해도, 이것도 좋습니까?"

"좋죠. 누가 아이의 머리를 짓뭉개도 그것도 좋아요. 누가 짓뭉개지 않아도 그것도 좋고요. 모든 것이 좋아요, 모든 것이. 모든 것이 좋다는 것을 아는 사람들은 모두 좋은 거예요. 자기들이 좋다는 것을 안다면 그들은 좋을 것이지만, 자기들이 좋다는 것을 모르는 동안에는 그들은 좋지 않을 겁니다. 이것이 생각의 전부, 전부이고, 더 이상은 어떤 것도 없어요!"

"언제 당신이 그렇게 행복하다는 것을 알게 됐습니까?"

"지난주 화요일, 아니 수요일이군요, 이미 새벽이었으니 수요일이었죠."

"어떤 계기로요?"

"기억나지 않아요, 그냥. 방을 걷다가…… 아무래도 상관없습니다. 난 시계를 정지시켰어요, 2시 37분으로."

"시간은 정지해야 한다는 것의 상징으로?"

키릴로프는 한동안 침묵했다.

"그들은 좋지 않습니다." 갑자기 그가 다시 말을 시작했다. "자기들이 좋다는 것을 모르기 때문이죠. 알게 되면 여자애를 강간하지 않을 겁니다. 자기들이 좋으면 하나에서 열까지 모두가 당장 좋아진다는 것을 알아야 해요."

"그럼 알게 됐으니 당신은 좋은가요?"

"난 좋아요."

"하긴 그 점은 나도 동의합니다." 스타브로긴은 얼굴을 찌푸린 채 중얼거렸다.

"모두가 좋다는 것을 가르친 사람, 그가 세상을 끝낼 겁니다."

"그렇게 가르친 사람, 그를 못 박았죠."

"그가 올 겁니다. 그 이름은 인신(人神)입니다."

"신인(神人)이라고요?"

"인신이죠. 그게 다른 점입니다."

"램프에 불을 밝히는 사람은 당신이 아닙니까?"

"예, 제가 밝혔습니다."

"믿게 된 겁니까?"

"할멈이 램프에 불 밝히는 것을 좋아하지만…… 오늘은 시간이 없어서요." 키릴로프가 중얼거렸다.

"여전히 기도는 하지 않으시고요?"

"난 모든 것에 기도합니다. 봐요, 거미가 벽을 기어오르죠, 저 것을 바라보면서 나는 저것이 기어오르는 것에 감사드립니다."

그의 눈이 다시 불타올랐다. 그는 계속 단호한 불굴의 시선으로 스타브로긴을 직시했다. 스타브로긴은 미간을 찌푸리며 꺼림칙하다는 듯 그를 계속 바라보았지만 그 시선에 냉소는 없었다.

"장담하지만, 내가 다시 올 때면 당신은 이미 신을 믿고 있을 겁니다." 이렇게 말하면서 그는 일어서며 모자를 쥐었다.

"왜요?" 키릴로프도 일어섰다.

"자기가 신을 믿는다는 것을 알게 되면 당신은 믿을 겁니다. 하지만 자기가 신을 믿는다는 것을 아직 모르기 때문에 당신은 믿지 않는 겁니다." 니콜라이 프세볼로도비치가 씩 웃었다.

"그게 아닙니다." 키릴로프가 곰곰이 생각했다. "생각을 뒤집어 놓았군요. 사교계에서나 통하는 농담이죠. 당신이 내 인생에서 어떤 의미를 지녔는지 기억해 줘요, 스타브로긴."

"안녕히 계시오, 키릴로프."

"밤에 오세요. 언제쯤?"

"설마 내일 일을 잊으신 건 아니죠?"

"아, 잊었군, 염려하지 마세요, 늦잠을 자지는 않을 테니. 9시라고요. 나는 원할 때 잠에서 깨는 능력이 있어요. 자리에 누워서 7시라고 말하면 7시에 깹니다. 10시라고 말하면 10시에 깨고요."

"대단한 자질이군요." 니콜라이 프세볼로도비치는 그의 창백한 얼굴을 바라보았다.

"나가서 대문을 열어 드리리다."

"염려하지 마세요, 샤토프가 열어 줄 겁니다."

"아, 샤토프가 있었지. 좋아요, 그럼 안녕히 가시오."

6

텅 빈 집의 현관문은 잠겨 있지 않았다. 그러나 스타브로긴이 들어간 현관 안은 칠흑 같은 어둠에 싸여 있었기 때문에 손을 더듬어 다락방으로 통하는 계단을 찾기 시작했다. 갑자기 위에서 문이 열리고 빛이 보였다. 샤토프는 직접 나오지는 않고 문만 열었다. 니콜라이 프세볼로도비치는 그의 방 문지방에 섰을 때 기대감에 차서 구석진 곳 탁자 옆에 서 있는 그를 알아보았다.

"용무가 있어 찾아온 나를 맞아 주겠습니까?" 그가 문지방에서 물었다.

"들어와서 앉으세요." 샤토프가 대답했다. "문 잠그고. 잠깐만요, 내가 직접 하죠."

그는 열쇠로 문을 잠그고 탁자로 돌아와서 니콜라이 프세볼로도비치의 맞은편에 앉았다. 요 한 주 동안 그는 좀 여위었는데 지금은 열도 있는 것 같았다.

"당신은 나를 괴롭히셨습니다." 그는 시선을 떨구며 조용히 반쯤 속삭이듯 말했다. "왜 오지 않으셨습니까?"

"내가 올 거라고 그렇게 확신했습니까?"

"그래요, 잠깐만요, 미망에 들떠서…… 어쩌면 지금도 미망에……. 잠깐만요."

그는 일어나더니 삼 단짜리 책장의 위쪽 선반에서 어떤 물건을 쥐었다. 연발 권총이었다.

"어느 날 밤에 나는 당신이 나를 죽이러 올 거라는 미망에 시달렸고, 아침 일찍 백수인 랶신에게서 마지막 남은 돈을 털어 이 연발 권총을 샀습니다. 나를 당신에게 내주고 싶지 않았거든요. 나중에 정신이 들었어요……. 화약도 총알도 없는 겁니다. 그때부터 이렇게 선반 위에 놓여 있죠. 잠깐만요……."

그는 일어나서 통풍구를 열려고 했다.

"버리지 말아요, 굳이 왜요?" 니콜라이 프세볼로도비치가 말렸다. "돈 주고 산 것인 데다가 내일이면 샤토프 집 창문 밑에 연발 권총들이 나뒹군다는 말이 나돌 겁니다. 다시 넣어 두고, 옳지 그래요, 앉아요. 자, 말해 봐요, 내가 당신을 죽이러 올 거라는 당신의 생각에 대해. 꼭 내 앞에서 참회하는 것 같은데, 왜죠? 난 지금도 화해하기 위해서가 아니라 불가피한 일에 대해 말하려고 왔을 뿐입니다. 우선 자세히 설명해 봐요, 당신 아내와 나의 관계 때문에 나를 때린 것은 아니죠?"

"아니라는 건 당신이 더 잘 아시잖습니까." 샤토프는 다시 시선을 내리깔았다.

"다리야 파블로브나에 대한 멍청한 유언비어를 곧이곧대로 믿었기 때문도 아니죠?"

"아니, 아닙니다, 물론, 아닙니다! 멍청한 소리! 여동생은 처음부터 나한테 얘기해 줬어요……." 샤토프는 성마르고 날카롭게, 심지어 발까지 좀 구르며 말했다.

"그러니까 나도 제대로 짐작했고 당신도 제대로 짐작한 거로군요." 스타브로긴은 평온한 어조로 말을 이어 갔다. "당신이 옳아요. 마리야 티모페예브나 레뱌드키나는 사 년 반 전쯤 페테르부르크에서 결혼식을 올린 나의 합법적 아내입니다. 그럼 그녀 때문에 나를 때렸단 말입니까?"

샤토프는 완전히 충격을 받아 말없이 듣고만 있었다.

"그렇게 짐작했지만 믿지는 않았어요." 그는 마침내 이렇게 중얼거리며 이상한 눈빛으로 스타브로긴을 바라보았다.

"그래서 때렸나요?"

샤토프는 발끈 달아올라 거의 연결도 되지 않는 말을 중얼거렸다.

"나는 당신의 타락 때문에…… 거짓말 때문에. 당신을 벌하려고 다가간 것은 아니었습니다. 다가갈 때만 해도 때리게 될 줄은 몰랐어요……. 당신이 내 인생에서 그토록 많은 의미를 지니셨기 때문에…… 나는."

"알겠습니다, 알겠어요, 말을 아껴요. 당신이 열에 들떠 있어 유감이군요. 나는 아주 불가피한 용건이 있거든요."

"나는 너무 오랫동안 당신을 기다려 왔어요." 왠지 거의 온몸을 부르르 떨면서 샤토프가 자리에서 일어나려고 했다. "당신의 용건을 말해 봐요, 나도 말할 테니…… 나중에……."

그는 앉았다.

"이 용건은 그런 범주에 들어가는 것이 아닙니다." 니콜라이 프세볼로도비치는 호기심을 갖고 그를 들여다보며 말을 시작했다. "어떤 상황 탓에 나는 오늘 이런 시간을 골라 저들이 당신을 죽일지도 모른다는 것을 경고하러 와야 했습니다."

샤토프는 기괴한 시선으로 그를 쳐다보았다.

"나한테 위험이 닥칠 수 있다는 건 압니다." 그는 또박또박 말했다. "하지만 당신은, 당신이 그것을 어떻게 아시는 겁니까?"

"나 역시 당신처럼 그들에게 속해 있으며 당신처럼 그들 조합의 회원이기 때문입니다."

"당신이…… 조합의 회원이시라고요?"

"당신의 눈을 보니 당신이 나에게서 모든 것을 예상했음에도 오직 이것만은 아니라는 것을 알겠군요." 니콜라이 프세볼로도비치는 조금씩 웃었다. "한데 죄송하지만, 그러니까 저들이 당신을 노리고 있다는 것을 진작부터 알고 있었단 말이죠?"

"생각도 못 했습니다. 그리고 당신의 말을 들은 지금도 그런 건 생각도 안 하고 또 비록…… 비록 당장 누가 이 바보들을 가지고 무슨 짓을 하든!" 그는 갑자기 미친 듯 소리치며 주먹으로 탁자를 쾅 내리쳤다. "나는 저놈들이 무섭지 않아요! 저놈들과 찢어졌거든요. 저 자식은 네 번이나 나를 찾아와서 말하더군요, 그럴 수 있다고……. 그러나," 하고 그는 스타브로긴을 쳐다보았다. "그래, 이 일에 대해 대체 뭘 알고 계신 거죠?"

"염려 말아요, 내가 당신을 속이는 일은 없을 테니까." 스타브로긴은 오직 의무를 이행하는 사람 같은 표정을 지으며 상당히 냉담하게 말을 이었다. "내가 뭘 알고 있는가를 시험하는 겁니까? 내가 아는 건 당신이 이 년 전 외국에 있을 때 아직은 낡은 조직 체계를 갖고 있던 이 조합에 가입했다는 것과 그 시기가 마침 당신이 아메리카로 떠나기 직전, 아마 우리가 마지막으로 대화를 나눈 직후였을 거라는 사실뿐인데, 당신은 아메리카에서 보낸 편지에서도 그 대화 얘기를 아주 많이 썼더군요. 겸사겸사, 답장을 못해서 죄송합니다만, 나로서는 그저…….”

“송금만 했죠. 잠깐만요!” 샤토프는 상대방을 저지하더니 서둘러 책상 서랍을 열고 종이 밑에서 무지갯빛 수표를 꺼냈다. “자, 받아요, 당신이 보내 주신 100루블입니다. 당신이 없었다면 난 거기서 파멸했을 겁니다. 당신의 어머니가 아니었다면 오랫동안 갚지도 못했을 테죠. 이 100루블은 구 개월 전 내가 병을 앓고 난 다음 부인이 나의 가난한 처지를 생각해서 선물로 주신 겁니다. 어쨌든 계속해요, 어서…….”

그는 숨을 헐떡였다.

“당신은 아메리카에서 당신의 사상을 바꿨으며 스위스로 돌아오자 탈퇴하려고 했죠. 저들은 당신에게 아무런 답도 주지 않았고 이곳 러시아에서 누군가로부터 어떤 인쇄기를 받도록, 저들이 당신에게 보낼 인물에게 양도할 때까지 그것을 맡아 주도록 지시했습니다. 모든 것을 완전히 정확히는 모르지만 핵심은 이런 것 같은데, 어떻습니까? 당신은 이것이 그들의 마지막 요구가 될 것이고 이 일이 끝나면 당신을 완전히 풀어 주리라는 희망 혹은 그런 조건에서 일을 떠맡았어요. 사실이 그런지는 모르겠지만 이 모든 것을 나는 저들을 통해서가 아니라 정말 우연한 기회에 알게 되었습니다. 그러나 여기에는 당신이 지금까지도 모르는 것이 있는 것 같아요. 바로 이 작자들은 절대로 당신과 헤어질 생각이 없다는 점입니다."

"그건 말도 안 돼요!" 샤토프가 소리쳤다. "나는 저놈들과 모든 점에서 갈라선다고 정직하게 선언했어요! 그건 나의 권리, 양심과 사상의 권리니까……. 참지 않을 겁니다! 나더러 강요할 힘 따윈 없어……."

"글쎄, 소리치지 말아요." 니콜라이 프세볼로도비치가 매우 진지하게 그를 저지했다. "이 베르호벤스키라는 작자는 지금도 당신의 현관 어디에서 자신의 귀로든 타인의 귀로든 당신의 말을 엿듣고 있을 수 있어요. 심지어 술주정뱅이 레뱌드킨조차 당신을 감시할 의무가 있고 아마 당신은 그를 감시하죠, 안 그런가요? 차라리 이걸 말해 봐요. 지금 베르호벤스키가 당신의 논점에 동의했습니까, 안 했습니까?"

"동의했어요. 그럴 수 있다, 내게는 그럴 권리가 있다고 말했거든요……."

"그렇다면 그가 당신을 속이는 겁니다. 나는 심지어 저들에게 거의 속해 있지 않은 키릴로프조차 당신에 대한 정보를 얻어 냈음을 알고 있습니다. 저들에게는 요원들이 아주 많아요, 심지어 자기가 조합에 봉사하고 있음을 모르는 사람들도 있습니다. 당신은 언제나 감시당하고 있습니다. 표트르 베르호벤스키는, 그나저나, 당신의 일을 완전히 해결하기 위해 여기에 왔으며 그럴 권한을 갖고 있는데, 바로 이런 것이죠. 즉, 너무 많은 것을 알고 있기 때문에 밀고할 수도 있는 당신을 적절한 순간에 없애는 것. 반복하건대, 이건 정말입니다. 덧붙이자면, 그들은 왠지 당신이 간첩이고 아직 밀고하지 않았더라도 언젠가는 할 것이라고 철석같이 믿고 있습니다. 이게 사실입니까?"

샤토프는 이토록 평범한 어조로 발화된 이와 같은 질문을 듣고서 입을 일그러뜨렸다.

"내가 만약 간첩이라면 누구한테 밀고해야 합니까?" 그는 직접적인 대답은 하지 않고 표독스럽게 말했다. "아니, 내버려 둬요, 빌어먹을!" 그는 갑자기 모든 징후로 보건대 신변의 위험을 알리는 소식과는 비교도 안 될 만큼 강렬하게 자신을 동요시킨 최초의 생각에 사로잡혀서 이렇게 외쳤다. "당신, 당신, 스타브로긴, 당신은 어떻게 그렇게 후안무치하고 무능하고 종놈처럼 터무니없는 짓거리로 자신을 짓뭉갤 수 있으셨을까요! 저들 조합의 회원이라니! 이것이 니콜라이 스타브로긴의 위업이란 말인가!" 그는 거의 절망에 사로잡혀서 외쳤다.

그는 심지어 자기로서는 이보다 더 쓰라리고 우울한 발견은 있을 수 없다는 듯 손뼉까지 쳤다.

"죄송합니다만," 니콜라이 프세볼로도비치는 정말로 깜짝 놀랐다. "나를 무슨 태양처럼 우러러보고 당신 자신은 나와 비교해서 무슨 벌레처럼 보는군요. 이 점은 아메리카에서 보낸 당신의 편지에서도 알아챘습니다."

"당신은…… 알겠지만…… 아, 내 얘기는 아예 하지 않는 편이 낫겠어요, 아, 예!" 갑자기 샤토프는 이런 말을 불쑥 내뱉었다. "뭐든 자기 자신에 대해 해명할 수 있으면 해 보시죠…….

내 질문에 대해서!" 그는 열에 들떠서 되뇌었다.

"기꺼이. 내가 어떻게 그런 쓰레기 같은 빈민굴에서 자신을 짓뭉갤 수 있었느냐고 묻는 거죠? 나도 벌써 당신에게 알려 드린 게 있으니 이제는 이 일에 관한 한 다소간 탁 터놓고 이야기해야 할 의무마저 있군요. 아시다시피, 엄격한 의미에서 나는 이 조합에 완전히 속한 것도 아니고 전에도 그렇지 않았기 때문에 저들을 떠날 권리는 당신보다 더 많습니다. 활동한 것이 없거든요. 오히려 아주 처음부터 나는 저들의 동지가 아니다, 우연히 도움을 주었다 해도 오직 별달리 할 일이 없는 사람이어서 그랬다, 라고 선언했습니다. 새 계획에 입각한 조합의 구조 개편에 일정 부분 참가했고, 그뿐입니다. 그러나 저들은 이제 와서 생각을 바꿔 나를 풀어 주는 것이 위험하다고 결정한 것이고, 나도 선고를 받은 셈이죠."

"오, 정말 저놈들은 계속 사형 타령에 계속 지령서에, 도장 찍힌 종잇장에 세 놈 반의 인간이 서명해요. 그런데 당신은 저들이 그럴 수 있는 상태라고 믿으시다니!"

"그건 일정 부분은 당신이 옳고 또 일정 부분은 아닙니다." 스타브로긴은 이전처럼 무심하게, 심지어 시들하게 계속했다. "이런 경우에는 언제나 그렇듯 의심의 여지 없이 많은 것이 환상이죠. 한 옴큼이 자신의 키와 의의를 과장하는 겁니다. 정 그러시다면, 내 생각으로는 그들은 기껏해야 표트르 베르호벤스키 하나에 불과한데, 그는 자신을 조합의 요원으로만 생각하기에는 너무 착하거든요. 하긴 기본 이념은 이런 종류의 다른 것보다는 덜 멍청한 편이죠. 저들은 인터내셔널과 관계를 맺고 있어요. 러시아에 요원들을 거느릴 줄 알고 심지어 상당히 독창적인 수법을 발견하기도 했지만…… 그래 본들 당연히 이론일 뿐이죠. 이곳에서의 저들의 의도에 관한 한, 우리 러시아 조직의 운동이란 워낙 어둡고 거의 언제나 워낙에 뜻밖이라 정말로 우리 나라에서는 모든 것을 시도해 볼 수 있다는 겁니다. 명심하십시오, 베르호벤스키는 집요한 사람입니다."

"그놈은 빈대에다 불한당이고 러시아에 대해서는 아무것도 이해하지 못하는 등신이에요!" 샤토프가 표독스럽게 소리쳤다.

"그를 잘 모르는군요. 저들 모두가 대체로 러시아를 거의 이해하지 못하는 건 사실이지만 당신과 나보다 조금 덜 모를 뿐입니다. 게다가 베르호벤스키는 열광자입니다."

"베르호벤스키가 열광자라고요?"

"오, 그래요. 그가 광대이기를 멈추고 그러니까…… 반쯤 정신 이상자로 변하는 지점이 있어요. '어떤 사람이 얼마나 강해질 수 있는지 아십니까?'라는 당신 자신의 표현을 상기해 주십사 부탁드립니다. 제발 비웃지 마시고요, 그는 진짜 방아쇠를 당길 수 있어요. 저들은 나도 간첩이라고 확신해요. 저들 모두 일을 꾸리는 능력이 없기 때문에 간첩 혐의를 씌우는 것을 끔찍이도 좋아하죠."

"그러나 무서워하지도 않잖습니까?"

"그, 그래요……. 나는 별로 무섭지 않아요……. 그러나 당신의 일이라면 완전히 다른 문제죠. 나는 어쨌든 유념하라고 경고했습니다. 내 생각으로는, 여기서 바보들이 위험스러운 위협을 한다고 해서 기분이 상할 이유는 전혀 없어요. 문제는 저들의 머리가 아닙니다. 저들이 당신이나 나 같은 사람한테 반기를 든 것도 아니고요. 하긴 11시 15분이군요." 그는 시계를 보더니 의자에서 일어났다. "이 문제와 완전히 동떨어진 질문을 하나 했으면 하는데……."

"부디!" 샤토프는 저돌적인 기세로 자리에서 일어나면서 소리쳤다.

"즉?" 니콜라이 프세볼로도비치는 의문의 시선을 던졌다.

"해요, 질문하라고요, 부디!" 샤토프는 표현할 수 없는 흥분에 휩싸여 되뇌었다. "단, 나도 질문할 수 있다는 조건으로. 간청하건대, 나는 당신이 제발…… 아니, 할 수 없어…… 당신이나 질문을 해 보세요!"

스타브로긴은 잠깐 기다렸다가 말을 시작했다.

"당신이 여기서 마리야 티모페예브나에게 다소간의 영향력이 있고 그녀가 당신을 보고 또 당신 얘기를 듣는 것을 좋아한다고 들었습니다. 정말 그렇습니까?"

"그래요……. 내 얘기를 듣곤 했죠……." 샤토프는 다소 당혹스러워했다.

"나는 조만간 그녀와 나의 결혼 사실을 이곳 도시에 공개적으로 알릴 생각입니다."

"정말 그게 가능한가요?" 샤토프는 거의 공포에 휩싸여 우물거렸다.

"즉, 어떤 의미에서 불가능하다는 겁니까? 여기에는 어떤 난관도 없어요. 결혼식의 증인들이 여기 있는걸요. 그 모든 것이 당시 페테르부르크에서 완전히 합법적이고 평온하게 진행되었고, 지금까지 드러나지 않았다면 오직 결혼식의 유일한 두 증인, 즉 키릴로프와 표트르 베르호벤스키, 끝으로 레뱌드킨(그를 나는 지금 기꺼이 나의 인척으로 여깁니다.)이 침묵을 지키기로 약속했기 때문입니다."

"나는 그 얘기가 아니고요…… 참 평온하게 말씀하시는데…… 어쨌든 계속해 보세요! 들어 보세요, 혹시 완력을 써서 억지로 결혼시킨 것은 아닙니까?"

"아니요, 그 누구도 나에게 완력으로 강제할 수는 없었어요." 니콜라이 프세볼로도비치는 샤토프가 전투적으로 성급하게 나오자 미소를 지었다.

"그럼 저-기 자기 아이에 대해 중얼거리는 건 뭐죠?" 샤토프는 열병에 걸린 듯 두서없이 허둥거렸다.

"자기 아이에 대해 중얼거린다고요? 아하! 나는 몰랐어요, 처음 듣는 소리인걸요. 그녀한테는 아이가 없었고 있었을 수도 없어요. 마리야 티모페예브나는 처녀니까요."

"아! 내 그럴 줄 알았지! 들어 봐요!"

"뭐요, 샤토프?"

샤토프는 두 손으로 얼굴을 가리고 몸을 돌리더니 갑자기 스타브로긴의 어깨를 억세게 거머쥐었다.

"그런데, 적어도 그런데 말입니다." 그가 소리쳤다. "무엇을 위해 이 모든 짓을 저지르셨으며 무엇을 위해 지금 그런 징벌을 결행하시려는 겁니까?"

"당신의 질문은 현명하고 독설적이지만 나도 당신을 놀라게 해 줄 생각입니다. 예, 나는 내가 그때 무엇을 위해 결혼했으며 무엇을 위해 지금 그런, 당신의 표현대로, '징벌'을 결행하려는지 거의 다 압니다."

"그건 그만두고⋯⋯ 그 얘기는 다음에 하고 잠깐만 기다려 봐요. 핵심, 핵심에 관해 얘기합시다. 이 년 동안 당신을 기다렸거든요."

"그래요?"

"나는 너무 오랫동안 당신을 기다려 왔고 끊임없이 당신을 생각했어요. 당신이야말로 그것을 하실 수 있는 유일한 사람으로서⋯⋯ 아메리카에 있을 때부터 내가 당신에게 이런 편지를 썼죠."

"당신의 그 긴 편지는 아주 잘 기억합니다."

"다 읽기에는 너무 길었나요? 그렇긴 합니다, 여섯 장이었으니까. 잠자코 있어요, 잠자코! 나에게 십 분도 더 할애해 주실 수 없는지 말해 보세요, 그러나 이제, 지금은⋯⋯ 너무 오랫동안 당신을 기다려 왔어요!"

"글쎄, 당신이 괜찮다면 삼십 분 정도는 할애하겠지만, 그 이상은 곤란해요."

"그렇지만," 하고 샤토프가 광포하게 말을 받았다. "당신이 그 어조를 바꾼다는 조건으로. 들리시죠, 나는 애원해야 하는 판에 요구하는 겁니다⋯⋯. 애원해야 하는 판에 요구한다는 것이 어떤 뜻인지 이해가 됩니까?"

"이해합니다, 당신이 그런 식으로 더 고귀한 목표를 위해 모든 평범한 것 위에 군림하는 것을." 니콜라이 프세볼로도비치는 조금씩 웃었다. "열병에 걸린 것을 보니 애처롭기도 하군요."

"나는 나에 대한 존경을 부탁드립니다, 요구한다고요!" 샤토프가 소리쳤다. "나의 인격이 아니라 — 그따위는 엿이나 먹으라지 — 다른 것에 대한 존경을, 그것을 위해 오직 시간을, 몇 마디를 위해……. 우리 두 존재는 무한 속에서 만났습니다……. 세계에서 마지막으로. 당신의 그 어조는 집어치우고 인간적인 어조로 말씀하시오! 일생에서 단 한 번만이라도 인간적인 목소리로 말해 보시라고요. 나를 위해서가 아니라 당신을 위해서. 당신은 내가 당신의 얼굴을 때린 것을 용서해야 한다는 것을 이해하시죠. 그것을 계기로 당신의 무한한 힘을 인식할 수 있는 기회를 주었다는 이유만으로도……. 다시 꺼림칙하다는 듯 예의 그 사교적인 미소를 지으시는군요. 오, 언제 나를 이해해 주실까! 그 도련님 근성은 버려요! 내가 그것을 요구, 요구한다는 점을 알아주시고요, 그렇지 않으면 말하고 싶지도 않고 어떤 일이 있어도 말하지 않을 겁니다!"

그의 광적인 흥분은 미망 수준에 이르렀다. 니콜라이 프세볼로도비치는 미간을 찌푸렸는데 더 신중해진 것 같았다.

"내가 삼십 분을 머물렀다면," 그는 위압적이고도 심각하게 말했다. "한편 나에게 너무 소중한 시간을 할애했다면 그건 진심으로, 적어도 당신의 말을 관심을 갖고 들을 생각이 있기 때문이며…… 당신에게서 새로운 얘기를 많이 듣게 되리라 확신하기 때문입니다."

그는 의자에 앉았다.

"앉으시오!" 샤토프는 이렇게 소리친 다음 왠지 자기도 느닷없이 자리에 앉았다.

"그래도 상기시켜 드릴 것이 있는데요." 스타브로긴은 다시 한번 생각난 듯 말했다. "내가 마리야 티모페예브나에 관해서 그야말로 간청을, 적어도 그녀로서는 매우 중대한 간청을 했다는 것을……."

"그래서요?" 샤토프는 갑자기 얼굴을 찌푸렸는데, 가장 중대한 대목에서 말을 제지당한, 그래서 상대방을 쳐다보면서도 그의 질문을 미처 이해하지 못한 사람 같은 표정이었다.

"내가 말을 끝내도록 해 주지도 않았어요." 니콜라이 프세볼로도비치는 미소를 지으며 말을 마저 했다.

"에, 뭐, 헛소리야, 다음에 얘기합시다!" 샤토프는 마침내 요구를 이해하고는 꺼림칙한 듯 한 손을 내젓고 곧바로 자신의 중요한 주제로 옮겨 갔다.

7

"아십니까," 그는 거의 위협적으로, 의자에 앉은 채 몸을 앞으로 굽히고 시선을 번득이며 오른손 검지를 위로 올리고(그 자신은 알아채지도 못한 것이 분명했다.) 말하기 시작했다. "지금 이 지구에서 '신의 잉태자'인 유일한 민족, 새로운 신의 이름으로 세계를 갱신하고 구원하기 위해 찾아올, 삶과 새로운 말의 열쇠를 쥔 그 민족이 누구인지 아십니까……. 그 민족이 누구인지, 그 민족의 이름이 무엇인지 아시냐고요?"

"반드시 당신의 방식대로 가능한 한 서둘러 결론을 내려야겠군요, 러시아 민족인 것 같다고……."

"벌써 비웃으시는군요, 오 당신이란 족속은 참!" 샤토프는 자리에서 튀어 나갈 기세였다.

"진정해요, 제발. 오히려 나는 바로 그런 종류의 것을 기대했어요."

"그런 종류의 것을 기대하셨다고요? 그럼 이런 말을 모르셨다는 말입니까?"

"아주 잘 알죠. 당신이 어디로 향할지 미리부터 너무 잘 보입니다. 당신의 모든 어구, '신의 잉태자'인 민족이라는 표현도 우리가 이 년 남짓 전, 당신이 아메리카로 떠나기 얼마 전 외국에서 나눈 대화의 결론일 뿐입니다……. 적어도 지금 내가 기억하기로는 그렇습니다."

"이건 통째로 당신의 어구이지, 내 어구가 아닙니다. 당신 자신의 어구이고, 우리 대화의 결론일 뿐이 전혀 아니라고요. '우리' 대화라는 건 아예 있지도 않았습니다. 대단한 말을 예언한 선생이 있었고 죽은 자들 사이에서 부활한 학생이 있었죠. 내가 그 학생이고 당신이 그 선생입니다."

"하지만 기억을 더듬어 본다면 당신은 내 말을 듣자마자 곧장 그 조합에 들어갔고 바로 그다음 아메리카로 떠났죠."

"그래요, 나는 아메리카에서 당신에게 그런 내용의 편지를 썼지요. 모든 것을 썼어요. 그래요, 어린 시절부터 뿌리내리고 있던 그것, 내 희망의 모든 환희와 내 증오의 모든 눈물이 흘러 들어간 그것으로부터 피를 쏟으며 당장 떨어질 수는 없었죠……. 신들을 바꾸는 건 어려운 일이니까. 난 그때 당신을 믿고 싶지 않았기 때문에 믿지 않았고 이 구정물 가득한 시궁창에 마지막으로 매달린 겁니다……. 그러나 씨앗이 남아서 무성하게 자라났습니다. 진지하게, 진지하게 말해 주세요, 내가 아메리카에서 보낸 편지를 다 안 읽으셨죠? 혹시 전혀 읽지 않으신 건가요?"

"난 그 편지의 석 장을, 즉 앞쪽의 두 장과 마지막 한 장을 다 읽었고 그 밖에도 가운데 부분을 대강 훑어보았습니다. 하긴, 난 줄곧 떠나려고 했어요……."

"에이, 아무렴 어때, 그만두세요, 젠장!" 샤토프는 한 손을 내저었다. "이제 와서 그 당시 민족에 대해 했던 말을 철회하셨다면, 그 당시에는 어떻게 그런 말들을 꺼내실 수 있었던 거죠……? 바로 그게 지금 나를 짓누르는 겁니다."

"그때도 당신과 농담한 건 아니었습니다. 분명히 말하지만, 난 당신보다도 나 자신에 대해 훨씬 더 많이 신경을 썼던 것 같아요." 스타브로긴은 수수께끼처럼 말했다.

"농담한 게 아니셨다! 아메리카에서 나는 석 달 동안 지푸라기 위에 누워 있었어요, 어느…… 불행한 사람과 나란히. 그리고 그 사람을 통해 알게 되었는데, 나의 가슴속에 신과 조국을 심어 놓으신 그때, 바로 그때, 심지어 아마 같은 날에 당신은 저 불행한 사람, 저 편집광 키릴로프의 가슴에 독을 퍼뜨리셨다고……. 당신은 그에게 기만과 비방을 심어 놓고 그의 이성을 광기로 몰고 가셨어요……. 지금 가서 그를 보세요, 바로 당신의 창조물이니까……. 참, 벌써 보셨군요."

"첫째, 일러 두건대, 바로 지금 키릴로프가 직접 나에게 자기는 행복하고 아름답다고 말했습니다. 그 모든 것이 같은 시기에 동시에 일어났다는 당신의 가정은 거의 정확합니다. 자, 그 모든 것이 어쨌다는 겁니까? 반복하건대, 나는 당신도, 그 사람도, 또 다른 사람도 속인 적이 없습니다."

"당신은 무신론자죠? 이제 무신론자죠?"

"그래요."

"그럼 그때는?"

"그때도 마찬가지였죠."

"난 대화를 시작하면서 나에 대한 존경을 부탁하진 않았어요. 당신의 머리라면 이해하셨을 텐데." 샤토프는 격분해서 중얼거렸다.

"나는 당신이 말을 꺼낼 때부터 일어나지도 않고 대화를 막지도 않고 당신을 떠나지도 않고 지금까지 이렇게 얌전히 앉아서 당신의 질문…… 아니, 비명에 대답하고 있고 따라서 아직까지 당신에 대한 존경을 무너뜨리지는 않은 셈이죠."

샤토프는 말을 끊고 한 손을 내저었다.

"기억하십니까, '무신론자는 러시아인이 될 수 없다, 무신론자가 되면 당장 러시아인이기를 멈춘다.'라는 당신의 표현, 이걸 기억하시냐고요?"

"그랬던가요?" 니콜라이 프세볼로도비치는 되묻는 듯했다.

"지금 묻고 계시는 겁니까? 잊으셨습니까? 어쨌든 이것은 당신이 짚어 낸 러시아 정신의 주된 특성 중 하나에 대한 가장 정확한 지적에 속하는 겁니다. 설마 잊으셨을 리가요? 당신에게 더 상기시키고 싶은 것이 있는데 그때 이런 말을 하셨죠. '정교도가 아니고서는 러시아인이 될 수 없다.'"

"그건 슬라브주의자의 사상 같은데."

"아니요, 요즘 슬라브주의자는 그걸 거부할 겁니다. 지금 민중은 똑똑해졌어요. 하지만 당신은 훨씬 더 멀리 나갔어요. 로마 가톨릭은 더 이상 기독교가 아니라고 믿었죠. 로마가 선언한 그리스도는 악마의 세 번째 유혹에 굴복한 그리스도다, 가톨릭은 지상의 왕국 없이는 그리스도가 이 땅 위에 서 있을 수 없다고 온 세계에 선언함으로써, 그로써 반(反)그리스도를 선언한 것이고 그로써 서구 세계 전체를 파괴했다고 주장했습니다. 프랑스가 고통받는다면 그건 오직 가톨릭의 죄다, 프랑스가 악취 나는 로마의 신을 거부했지만 새로운 신을 찾지 못했기 때문이다, 라고 지적했고요. 이게 그때 말했던 내용이라고요! 나는 우리의 대화를 기억하거든요."

"내가 믿었다면 의심의 여지 없이 지금도 그 말을 반복했을 겁니다. 신자로서 말하면서 거짓말을 하지는 않았거든요." 니콜라이 프세볼로도비치는 매우 진지하게 말했다. "그러나 단언하건대 과거의 내 사상들을 그렇게 반복하니, 너무나 불쾌한 기분이 드는군요. 그만하면 안 될까요?"

"믿었다면?" 샤토프는 상대방의 부탁은 아랑곳하지 않고 외쳤다. "그러나 사람들이 당신 앞에서 진리는 그리스도 밖에 있다는 것을 수학적으로 증명해 보인다 할지라도 진리보다는 차라리 그리스도 곁에 머무는 쪽을 택했을 것[12]이라고 말한 사람이 바로 당신 아니었습니까? 그렇게 말씀하셨죠? 그러셨죠?"

"실례지만, 드디어 나도 한 가지 물어봅시다." 스타브로긴은 언성을 높였다. "이 참을 수 없고…… 표독스러운 시험은 모두 무엇을 위한 겁니까?"

"이 시험은 영원토록 지나가 버릴 것이고 결코 다시는 상기되지 않을 테죠."

"계속 우리가 공간과 시간 밖에 있다고 고집하는군요……."

"침묵하시오!" 갑자기 샤토프가 외쳤다. "나야 멍청하고 어설픈 인간이지만, 내 이름 따위는 웃긴 몰골로 파멸하라지! 당신 앞에서 당시 당신의 주된 사상을 모두 반복하는 것은 허락해 주실 테죠……. 열 줄만이라도, 결론 하나만이라도……."

"반복해 봐요, 결론만이라면……."

스타브로긴은 시계를 볼까 싶어 몸을 좀 달싹거렸지만 자제하고는 보지 않았다.

샤토프는 의자에서 다시 몸을 굽히고 심지어 금방 다시 손가락까지 들어 올리려고 했다.

"어떤 민족도……" 그는 글자 열을 읽는 것처럼 말을 시작하면서 동시에 계속 스타브로긴을 위협적으로 쳐다보았다. "어떤 민족도 아직 과학과 이성의 원칙 위에 건설된 적은 없다. 오직 어리석음 때문에 한순간 그렇게 된 것을 제외하면 그런

---

12) 도스토옙스키가 편지에서 남긴 유명한 말.

예는 한 번도 없다. 사회주의는 그 본질상 벌써 무신론이 되어야만 하는데, 바로 첫 줄부터 그것은 무신론적인 토대를 갖고 있으며 오직 과학과 이성의 근원 위에 건설될 생각이라고 선언했기 때문이다. 이성과 과학은 민족들의 삶에서 지금도 창세에도 언제나 오로지 부차적이고 보조적인 의무만 수행해 왔다. 민족들은 명령하고 지배하는 어떤 힘에 의해 조직되고 움직이지만 그 기원은 알려지지도, 설명되지도 않았다. 그 힘은 끝까지 이르려는 채울 길 없는 소망의 힘이며 동시에 그 끝을 부정하는 힘이다. 그건 자신의 존재를 지칠 줄 모르고 끊임없이 확신시키려는 힘이자 죽음을 부정하려는 힘이다. 성경에서 말하듯, 삶의 정신은 '살아 있는 물의 강'으로서 묵시록에서는 그것이 마를 것이라고 위협한다. 철학자들이 말하는 미학적 근원은, 역시 그들이 동일시하는 대로, 도덕적 근원이다. '신의 추구', 나는 그것을 가장 간단히 이렇게 부르고자 한다. 어떤 민족이든, 그 존재의 시기가 언제든 민족의 모든 움직임의 유일한 목표는 오직 신을 추구하는 것, 틀림없는 자기 민족만의 신을 추구하는 것이며 그리고 그 신을 진실한 유일한 존재로 믿는 것이다. 신은 민족의 시작부터 끝까지 취해진 민족 전체의 종합적인 인격이다. 아직까지 모든 민족 혹은 많은 민족에게 공통된 하나의 신이 있었던 적은 없고 언제나 각 민족마다 특수한 신이 있었다. 신들이 공통의 신이 되기 시작하면 민족성이 파괴된다는 징후다. 신들이 공통의 신이 되면 신들과 그들에 대한 믿음은 바로 그 민족과 함께 죽어 간다. 민족이 강할수록 그 민족의 신은 더 특수해진다. 종교가 없는 민족, 즉 선악의 개념이 없는 민족은 결코 없었다. 모든 민족은 선악에 대한 자기만의 개념을 갖고 있고 또 자기만의 선악을 갖고 있다. 많은 민족이 선악에 대한 공통의 개념을 갖기 시작하면 민족들은 죽어 가고 그때는 선과 악의 차이조차 지워지고 사라진다. 이성은 결코 선악을 정의할 힘이 없고 대략적으로도 선악을 구별할 힘조차 없다. 오히려 언제나 치욕적이고 애처롭게 혼동해 왔다. 과학은 주먹구구식 해결책만 내놓았다. 이것은 특히 페스트나 기아, 전쟁보다 더 고약하고 금세기 이전까지는 알려지지 않은 가장 섬뜩한 채찍인 반(半)과학의 특징이었다. 반과학, 이것은 지금까지 나타난 적이 없는 폭군이다. 자신의 사제들과 노예들을 가진 폭군, 그 폭군 앞에 언제나 지금까지 생각도 할 수 없었던 사랑과 미신으로 경배하고 심지어 과학조차 그 앞에서 전율하고 수줍어하며 그의 비위를 맞춘다. 이 모든 것이, 스타브로긴, 오직 반과학에 관한 말만 제외하고 당신의 말씀입니다. 이건 내 말인데, 나 자신이 반과학이고 그런 까닭에 그걸 유난히 증오하니까요. 당신의 사상, 당신의 말씀에서 아무것도, 심지어 단어 하나도 바꾸지 않았습니다."

"바꾸지 않았다는 생각은 들지 않는데요." 스타브로긴이 조심스럽게 지적했다. "당신은 열정적으로 받아들였으며 알아채지 못하는 사이에 열정적으로 바꾸었습니다. 신을 민족성의 가장 단순한 속성으로 끌어내리는 것만 봐도 벌써……."

그는 갑자기 유달리 주의를 집중하며 샤토프를 예의주시했는데 그의 말보다는 그 인간을 예의주시했다.

"신을 민족성의 속성으로 낮춘다고요?" 샤토프가 소리쳤다. "오히려 민족을 신으로까지 끌어올리는 겁니다. 언제든 그렇지 않은 적이 있던가요? 민족, 이것은 신의 육신입니다. 모든 민족은 자신의 특수한 신을 갖고 있는 동안만, 어떤 화해도 없이 세계의 나머지 모든 신을 배제하는 동안만 오직 그때까지만 민족입니다. 즉, 자신의 신으로 승리를 거두고 나머지 모든 신을 세계에서 쫓아낼 것이라고 믿는 동안만요. 창세부터 다들, 적어도 조금이나마 두드러졌고 인류의 선두에 서 있던 위대한 민족들은 모두 그렇게 믿어 왔습니다. 이 사실에 반박할 수는 없습니다. 유대인들은 진정한 신을 만날 날만을 기다리며 살아왔고 세계에 진정한 신을 남겨 주었습니다. 그리스인들은 자연을 신격화했으며 세계에 자신의 종교를, 다시 말해 철학과 예술을 남겨 주었습니다. 로마는 국가 내에서 민족을 신격화했고 민족에게 국가를 물려주었습니다. 프랑스는 그 기나긴 역사가 지속하는 내내 로마 신의 관념의 현현이었고 발전에 불과했지만, 마침내 자신의 로마 신을 심연 속으로 던져 버리고 당분간 그들 사이에서 사회주의라고 불리는 무신론으로 치달았다면 그건 오로지, 그저 무신론이 어쨌든 로마 가톨릭보다 더 건강했기 때문입니다. 위대한 민족이 자기 민족 속에만(다름 아니라 자기 민족 하나만, 배타적으로) 진리가 있음을 믿지 않는다면, 그것 하나만이 자신의 진실로써 모두를 부활시키고 구원할 능력이 있으며 그런 소명을 부여받았음을 믿지 않는다면, 그 민족은 당장 위대한 민족이 되기를 멈추고, 당장 위대한 민족이 아니라 인종 지리학적인 물질로 변합니다. 진정으로 위대한 민족은 결코 인류에서 부차적인 역할을, 심지어 일차적인 역할을 하는 것으로도 타협할 수 없고 반드시 배타적으로 첫 번째 역할을 하려 들 겁니다. 이 믿음을 잃어버린 민족은 이미 더 이상 민족이 아닙니다. 하지만 진실은 하나고 따라서 나머지 민족들은 자신만의 특수하고 위대한 신들을 갖겠지만 민족들 중에서 유일한 민족만이 진실한 신을 가질 수 있습니다. '신의 잉태자'인 유일한 민족, 바로 이 민족이 러시아 민족이고…… 그리고…… 설마, 설마 나를 그따위 바보로 생각하시는 건 아닐 테죠, 스타브로긴." 그가 갑자기 광포하게 외쳤다. "이 순간 자신의 말들이 모스크바 슬라브주의자들의 방앗간에서 빻고 빻아서 이미 닳을 대로 닳은 그런 말인지, 아니면 완전히 새로운 말, 최후의 말, 갱신과 부활의 유일한 말인지 구별할 능력이 없는 그런 바보로. 하지만…… 이 순간 당신의 비웃음이 무슨 상관이람! 당신이 나를 전혀, 전혀 한 마디도, 한 소리도 이해하지 못한다는 것이 무슨 상관인가……! 오, 이 순간 당신의 그 오만한 웃음과 시선을 정말 경멸합니다!"

그는 자리에서 벌떡 일어났다. 심지어 입술에 게거품까지 물었다.

"그 반대예요, 샤토프, 정반대입니다." 스타브로긴은 자리에서 일어나지도 않고 이례적일 만큼 진지하고 신중하게 말했다. "정반대로, 당신은 열렬한 말을 통해 내 속에 들어 있는 굉장히 강렬한 기억들을 많이 되살려 놓았습니다. 당신의 말을 통해 이 년 전 나 자신의 기분 상태를 인정하고, 이제는 더 이상 아까처럼 당신이 그 당시 나의 사상을 과장했다는 말은 하지 않겠습니다. 심지어 그것이 훨씬 더 배타적이고 독단적이었을 것 같기도 하고, 세 번째로 단언하건대, 당신이 지금 말한 것을 마지막 단어까지도 모두 확증할 수 있으면 좋겠는데, 그러나…….”

“그러나 당신에겐 토끼가 필요하시다고요?”

“뭐, 뭐라고요?”

“당신의 저열한 표현이죠.” 샤토프는 다시 자리에 앉으면서 표독스럽게 웃었다. “‘토끼 소스를 만들기 위해서는 토끼가 필요하고 신을 믿기 위해서는 신이 필요하다.’ 이 말을 페테르부르크에서 토끼의 뒷발을 잡으려고 했던 노즈드료프처럼 말하곤 하셨다더군요.”

“아니, 노즈드료프는 벌써 토끼를 잡았다면서 우쭐거렸잖습니까. 겸사겸사, 실례지만 무례한 질문을 해도 될지 모르겠는데, 그러잖아도 내 생각으론 이제는 나도 질문할 만한 권리가 충분히 있는 것도 같거든요. 어디 한번 말해 봐요, 당신의 그 토끼는 잡혔습니까, 아니면 아직 달아나고 있습니까?”

“나한테 감히 그런 말로 묻지 마시오, 다른 말로, 다른 말로 물어보라고요!” 샤토프가 갑자기 온몸을 덜덜 떨었다.

“그렇다면 다른 말로!” 니콜라이 프세볼로도비치는 그를 준엄하게 쳐다보았다. “내가 알고 싶은 것은 오직 이겁니다. 당신은 신을 믿습니까, 아닙니까?”

“나는 러시아를 믿고 러시아의 정교를 믿고……. 나는 그리스도의 육신을 믿고…… 새로운 재림이 러시아에서 일어날 것임을 믿고…… 나는 믿고…….” 샤토프는 거의 광적인 흥분에 들떠서 더듬거렸다.

“그럼 신은? 신은 말입니다.”

“나는…… 나는 신을 믿게 될 겁니다.”

스타브로긴의 얼굴에서는 근육 하나 꿈틀하지 않았다. 샤토프는 자신의 시선으로써 불을 붙이려는 듯 도전적으로, 열정적으로 그를 바라보았다.

“내가 전혀 믿지 않는다고 말한 건 아니잖습니까!” 마침내 그가 소리쳤다. “나는 그저, 지금으로서는, 지금으로서는 내가 불행하고 지루한 책에 불과할 뿐, 더 이상 아무것도 아님을 알려 주려는 것뿐입니다……. 하지만 내 이름은 망해 버려라! 문제는 당신에게 있지, 나에게 있는 것이 아닙니다……. 나는 재능이 없는 사람이라 모든 재능 없는 사람들처럼 내 피 말고는 내놓을 게 아무것도 없어요. 내 피 따위도 망해 버려라! 나는 당신에 대해 말하는 겁니다, 여기서 이 년이나 당신을 기다려 왔거든요……. 당신을 위해서라면 지금 삼십 분 동안 벌거벗고 춤이라도 추겠어요. 당신, 당신 한 사람만 그 깃발을 들어 올리실 수 있으니까요……!”

그는 말을 다 끝내지도 못하고 절망에 빠진 듯 탁자 위에 팔꿈치를 세워 괴고서 두 손으로 머리를 움켜쥐었다.

“그저 겸사겸사 지적하지만, 참 이상한 일이군요.” 갑자기 스타브로긴이 말을 막았다. “왜 모두 무슨 깃발을 들먹이며 나한테 그렇게 매달릴까요? 표트르 베르호벤스키도 내가 ‘그들의 깃발을 들어 올릴’ 수 있는 사람이라고 확신하더군요, 적어도 나에게 전해진 그의 말은 그랬습니다. 그는 내가 '비상한 범행 능력 덕분에' — 이 역시 그의 말인데요 — 그들을 위해 스텐카 라진[13]의 역할을 맡을 수 있으리라는 생각에 사로잡혀 있다고요."

"뭐라고요?" 샤토프가 물었다. "'비상한 범행 능력 덕분'이라고요?"

"바로 그렇습니다."

"음. 그럼 사실인가요……" 그는 표독스럽게 웃었다. "당신이 페테르부르크에서 짐승처럼 음탕한 비밀 조합에 속했다는 것이 사실이냐고요? 사드 후작조차 당신에게서 한 수 배워야 할 수준이었다는 것이 사실이란 말입니까? 아이들을 유혹하고 타락시켰다는 것이 사실이냐고요? 말해 보세요, 감히 거짓말할 생각은 말고." 그는 완전히 정신이 나간 채 소리쳤다. "니콜라이 스타브로긴은 자기 얼굴을 때린 샤토프 앞에서 거짓말을 할 수 없어! 모든 것을 말해요, 사실이라면 지금 당장 이 자리에서 당신을 죽여 버릴 거야!"

"그런 말을 한 적은 있지만 아이들을 능욕한 적은 없어요." 스타브로긴은 이렇게 말했지만 너무 긴 침묵이 흐른 다음이었다. 그는 창백해졌고 눈은 불타올랐다.

"하지만 당신이 말했잖아요!" 샤토프는 번득이는 눈을 떼지 않으며 고압적으로 말을 이었다. "당신이, 무슨 음탕하고 짐승

---

13) 스테판 티모페예비치 라진(Stepan Timofeevich Razin, 1630~1671)의 다른 이름. 러시아 역사상 최대 규모의 농민 반란을 주도한 인물.

같은 짓거리와 심지어 인류를 위해 목숨을 희생하는 것 같은 무슨 위업 사이에 어떤 미적인 차이가 있는지 모르겠다고 주장한 것이 사실인가요? 두 극단 사이에서 미의 일치를, 쾌감의 동일성을 발견했다는 것이 사실인가요?"

"그렇게는 대답할 수 없고…… 대답하고 싶지도 않군요." 스타브로긴은 이렇게 중얼거렸는데, 당장 일어나서 나갈 것 같았지만 일어나지도, 나가지도 않았다.

"왜 악은 추하고 선은 아름다운지 나도 모르지만 스타브로긴 같은 양반들한테서는 그 차이의 감각이 왜 지워지고 사라지는지 알아요." 온몸을 부들부들 떨고 있는 샤토프는 물러서지 않았다. "당신이 그때 왜 그토록 치욕적이고 비열하게 결혼했는지 압니까? 바로 그 경우 치욕과 터무니없음이 천재성에까지 이르렀기 때문입니다! 오, 벼랑 끝에서도 헤매지 않고 용감하게 머리를 쳐들고 아래로 날아 떨어질 인간입니다. 수난을 향한 열정 때문에, 양심을 갉아먹으려는 열정 때문에, 도덕적인 열정 때문에 결혼한 겁니다. 이건 신경 발작이었어요……. 건전한 상식에의 도전이 너무 유혹적이었겠죠! 스타브로긴과 더럽고 모자라고 헐벗은 절름발이 여자! 도지사의 귀를 깨물었을 때도 음욕을 느꼈나요? 느꼈냐고요? 빌빌거리는 귀족 도련님, 느꼈습니까?"

"당신은 심리학자군요." 스타브로긴은 점점 더 창백해졌다. "비록 나의 결혼 이유에 대해서는 일정 부분 오해하고 있지만……. 한데 대체 누가 당신에게 이 모든 정보를 흘려 준 걸까요?" 그는 간신히 억지 미소를 지었다. "키릴로프던가요? 그러나 그는 관여하지 않았는데……."

"창백해지는 겁니까?"

"무슨 소리를, 그랬으면 좋겠습니까?" 니콜라이 프세볼로도비치는 마침내 언성을 높였다. "삼십 분 동안 당신의 채찍을 맞으며 앉아 있었으니 적어도 나를 정중하게 풀어 줄 수는 있을 텐데요……. 정말로 나를 이런 식으로 대할 어떤 이성적인 목적이 없다면."

"이성적인 목적이라고요?"

"의심의 여지 없이 그렇죠. 적어도 마침내는 당신의 목적을 알리는 것이 당신의 의무겠죠. 당신이 그래 주길 줄곧 기다려 왔지만 오직 광적 흥분에 찬 악의만을 발견했습니다. 부탁입니다, 문 좀 열어 줘요."

그가 의자에서 일어났다. 샤토프는 광포하게 그의 뒤를 따라 돌진했다.

"대지에 입을 맞춰요, 눈물로 적셔요, 용서를 구하라고요!" 샤토프는 그의 어깨를 움켜잡고 외쳤다.

"어쨌든 나는 당신을 죽이지 않았어요…… 그날 아침…… 오히려 두 손을 돌려 뒷짐을 졌지……." 스타브로긴은 거의 통증을 느끼는 듯 눈을 내리깔고 말했다.

"끝까지, 끝까지 말해요! 당신은 나에게 위험을 경고하러 왔고 나에게 말을 하도록 허락했으며 내일 당신의 결혼 사실을 공개적으로 알리려 합니다……! 어떤 위협적인 새로운 생각이 당신을 사로잡고 있음을 당신 얼굴을 보면 모를까요…….
스타브로긴, 무엇 때문에 나는 영원토록 당신을 믿어야 하는 운명을 타고난 걸까요? 과연 내가 다른 사람과 이렇게 말할 수 있을까요? 나는 원래 숫기가 없지만 나를 까발리는 것이 무섭지 않았어요, 왜냐하면 스타브로긴과 말했으니까요. 위대한 사상이 내 손에 닿아 우스운 꼬락서니가 되는 것도 두려워하지 않았습니다, 왜냐하면 스타브로긴이 내 말을 들어 주었으니까요……. 당신이 떠난 후에 내가 과연 당신 발의 흔적에 입을 맞추지 못할 것 같습니까? 당신을 내 심장에서 떼어 낼 수가 없습니다, 니콜라이 스타브로긴!"

"나는 당신을 그렇게 사랑할 수가 없어 유감이군요, 샤토프." 니콜라이 프세볼로도비치는 쌀쌀맞게 말했다.

"당신이 그럴 수 없다는 것도 알고 거짓말이 아니라는 것도 압니다. 들어 봐요, 나는 모든 것을 고칠 수 있어요. 당신에게 토끼를 잡아다 드리죠!"

스타브로긴은 침묵했다.

"당신은 무신론자예요, 왜냐하면 귀족 도련님, 그것도 갈 데까지 간 도련님이니까. 당신은 더 이상 자신의 민족을 알려고 하지 않았기 때문에 선악의 차이를 잃어버렸습니다. 민족의 심장에서 새로운 세대가 오고 있지만 당신도, 베르호벤스키 부자도, 나도 그것을 알아볼 수 없습니다, 왜냐하면 나도 도련님이니까요, 당신의 농노인 파시카의 아들이니까요……. 들어 봐요, 노동으로써 신을 얻으십시오. 모든 본질이 여기에 있거니와 아니면 비열한 곰팡이처럼 사라질 겁니다. 노동으로써 얻으십시오."

"신을 노동으로써? 어떤 노동으로써?"

"농군의 노동으로써. 가서 당신의 부를 버려요……. 아! 비웃는군요, 마술이라도 튀어나올까 무서운가요?"

하지만 스타브로긴은 웃지 않았다.

"노동, 그것도 농군의 노동으로써 신을 얻을 수 있다고 생각합니까?" 그는 잠깐 생각하더니 정말로 숙고의 가치가 있는 뭔가 새롭고 진지한 것을 발견한 듯 되물었다. "겸사겸사." 그는 갑자기 새로운 생각으로 옮겨 갔다. "당신이 지금 상기시켜 준 것이 있어요. 내가 전혀 부자가 아니라서 버릴 것이 아무것도 없다는 사실, 알고 있습니까? 심지어 마리야 티모페예브나의 미래를 보장해 줄 재산조차 거의 없는 상태입니다……. 그래서 말인데, 오직 당신만이 그녀의 박약한 머리에 모종의 영향력을 행사할 수 있으니, 가능하다면, 앞으로도 마리야 티모페예브나를 그냥 내버려 두지 말라고 부탁하러 온 셈이기도 합니다……. 만일의 경우를 생각해서 하는 말입니다."

"좋아요, 좋아, 마리야 티모페예브나 문제라면." 샤토프는 한 손에는 촛불을 들고 다른 손을 흔들어 댔다. "좋아요, 그건 나중에 저절로……. 들어 봐요, 티혼에게 한번 가 봐요."

"누구라고요?"

"티혼 말입니다. 전에는 대사제였지만 병 때문에 이 도시, 이 도시 근방의 우리 예피미옙스키 보고로드스키 수도원에서 쉬고 있죠."

"그건 무슨 소리죠?"

"아무것도 아니에요. 방방곡곡에서 그를 찾아오거든요. 가 봐요, 뭐 그리 힘든가요? 정말 그리 힘든 일도 아니잖습니까, 예?"

"금시초문인 데다가…… 그런 종류의 사람을 만나 본 적이 전혀 없어서요. 감사합니다, 가 보죠."

"이쪽으로." 샤토프가 계단을 따라 불을 밝혔다. "어서요." 그는 거리로 통하는 쪽문을 활짝 열었다.

"더 이상 당신을 찾지 않을 겁니다, 샤토프." 스타브로긴은 조용히 말하면서 쪽문을 지나 걸어갔다.

아까처럼 어둠과 비가 계속되고 있었다.

2장

밤(계속)

1

그는 보고야블렌스카야 거리를 다 지나왔다. 마침내 산 밑에 다다르자 발이 진흙탕에 푹푹 빠지더니 갑자기 안개가 자욱하고 광활한 텅 빈 듯한 공간이 나타났는데 강이었다. 집들은 판잣집으로 변하고 거리는 많은 무질서한 골목 속에서 자취를 감추었다. 니콜라이 프세볼로도비치는 강둑에서 떨어지지 않으면서 오랫동안 담장들 옆을 지나갔지만 자기 갈 길을 확고히 따라가면서도 정작 그 길 생각은 별로 하지 않았다. 완전히 다른 생각에 잠겨 있었는데, 이렇게 깊은 상념에 빠졌다가 갑자기 정신이 들어 자신이 비에 젖은 주교 한가운데에 서 있는 것을 발견하고는 깜짝 놀라 주위를 둘러보았다. 주위에 사람이라곤 코빼기도 보이지 않았고 그 때문에 정중하고도 허물없는, 그래도 상당히 유쾌하고 시를 읽을 때처럼 달달한 억양까지 가미된 목소리가 느닷없이 그의 팔꿈치 밑에서 울려 퍼졌을 때는 이상한 느낌마저 들었는데, 우리 나라에서는 아주 문명화된 상인이나 머리를 곱슬곱슬 지진 고스티니 랴드[14]의 젊은 점원이 멋을 부리느라 내는 목소리였다.

"실례지만, 친애하는 선생님, 우산 좀 같이 쓸 수 있을까요?"

진짜로 그의 우산 밑으로 어떤 형상이 들어왔거나 혹은 그렇게 들어오는 척하려고 했다. 부랑자는 군인들의 표현대로 거의 '팔꿈치로 상대를 느낄 만큼' 그와 나란히 걸었다. 니콜라이 프세볼로도비치는 걸음을 늦추며 어둠 속에서 가능한 한 그를 뜯어보려고 몸을 굽혔다. 크지 않은 키에 실컷 놀다 온 서민 같은 데가 있는 사람이었다. 별로 따뜻하지도 않고 볼품도 없는 차림새였다. 덥수룩한 곱슬머리 위로는 차양이 반쯤 찢어진 축축한 포플린 모자가 튀어나와 있었다. 짙은 갈색 머리카락에 다소 여위고 얼굴이 거무스름한 사람 같았다. 눈은 크고 반드시 검은색이며 집시처럼 강렬한 광채와 노란 물결이 어른거릴 것 같았다. 어둠 속에서 짐작한 바로는 그랬다. 분명히 마흔 살 정도 됐고 술은 마시지 않은 상태였다.

"나를 알고 있나?" 니콜라이 프세볼로도비치가 물었다.

"스타브로긴 씨, 니콜라이 프세볼로도비치시죠. 지난주 일요일, 역에서 기차가 막 정지할 때 가르쳐 주더라고요. 안 그

14) 페테르부르크의 대형 상가를 말하는 듯하다.

래도 전에도 얘기를 많이 들었지만요."

"표트르 스테파노비치로부터? 너는…… 네가 유형수 페디카?"

"세례명은 표도르 표도로비치입니다. 이 몸을 낳아 주신 어머님은 지금까지도 이 근방에 사시는데, 하느님의 할멈이라고 할까요, 땅에 찰싹 붙어서는 늘그막의 시간을 이렇게 페치카 위에서 허비하지 않으려고 매일 밤낮으로 이 몸을 위해 하느님께 기도하지요."

"유형지에서 도망친 그놈이지?"

"운명을 바꿨지요. 책과 종과 교회의 업무를 포기했는데, 평생 유형지를 전전하도록 정해진 몸이라 형기를 채우려면 엄청 많이 기다려야 했거든요."

"여기서 뭘 하는 거지?"

"이렇게 밤낮, 하루 종일 꼬박 이리저리. 우리 아저씨도 지난주에 이곳 감옥에서 위폐범으로 돌아가셨는데요, 아저씨의 명복을 빌어 주느라 돌멩이 스무 개를 개들에게 마구 던졌죠. 지금으로선 우리의 일이란 그뿐이랍니다. 그것 말고도, 표트르 스테파노비치가 라세야[15] 전역에서 쓸 수 있는, 대략 상인용 여권 같은 것을 만들어 주신다고 하셔서 그 자비를 또 학수고대하고 있죠. 그분은 그때 우리 아버지가 영국[16] 클럽에서 카드 도박을 하면서 너를 팔아 버렸지, 라고 말씀하시더군요. 그 비인간적인 짓거리를 부당하다고 생각하거든, 하고요.

---

15) 러시아를 말한다.

16) 페디카의 발음이 거칠어서 '엉국' 정도로 들린다.

나리, 따뜻한 차라도 한잔 마시게 3루블만 적선해 주시면 안 될까요?"

"그러니까 여기 숨어서 나를 감시하고 있었군. 그런 건 좋아하지 않아. 누구의 명령을 받은 거냐?"

"명령이라뇨, 그런 일은 전혀 없었고요, 저는 오로지 나리가 인정이 많으신 줄 알아서요, 온 세상에 명성이 자자하던걸요. 우리 수입이라야 아시다시피 쥐꼬리 수준이잖아요. 저는 금요일에 만두를 배때기가 터지도록 먹었는데 그때부터 하루 종일 아무것도 못 먹고 그다음 날도 기다렸지만 또 그다음 날에도 못 먹었어요. 강물만 한껏 들이켜서 배때기 속에서 붕어가 새끼를 칠 정도라니까요……. 그러니까 적선 좀 해 주시면 안 될까요. 마침 여기 가까운 데서 대모가 저를 기다리는데, 땡전 한 푼 없이 가야 할 판이라."

"표트르 스테파노비치가 대체 나한테서 뭘 뜯어내 주겠다고 약속한 거냐?"

"그분은 약속하신 것이 아니라 그저 나리가 자비를 베풀어 두시면 대략 때가 왔을 때 제가 쓸모 있을 것이라는 말씀만 하셨고 정확히 뭔지는 설명해 주지 않았는데요, 표트르 스테파노비치는 저에게 카자크 같은 인내심이 있나 시험해 볼 뿐, 저란 놈을 전혀 신뢰하지 않거든요."

"왜 그렇지?"

"표트르 스테파노비치는 천문학자로서 하느님의 모든 별을 알지만 그래도 비난받아 마땅합니다. 나리, 저는 나리 앞에 '참된 자' 앞인 양 서 있습니다, 나리 얘기를 많이 들었거든요.

표트르 스테파노비치와 나리는 천양지판인 것 같아요. 그분의 경우 누가 비열한이라고 하면 그에 대해 비열한이라는 것 말고는 아무것도 몰라요. 혹은 바보라고 하면 그 사람에 대해 바보라는 것 말고는 그 사람의 이름도 없는 거죠. 한데 제가 화요일과 수요일에는 진짜 바보였다가도 목요일에 그분보다 똑똑해질 수도 있잖습니까. 자, 지금 그분은 제가 여권에 몹시 굶주려 있는 것을 아시고는 — 서류가 없으면 라세야에서 도무지 안 되니까요 — 제 영혼을 가득 채워 주었다고 생각하시죠. 나리, 말씀드리건대, 표트르 스테파노비치는 세상 살기 참 쉬운 분인데, 자기가 알아서 사람을 이래저래 생각해 놓고는 그걸로 먹고살거든요. 그것 말고도 억수로 노랑이입니다. 그분은 제가 자기를 제쳐 놓고서 감히 나리께 심려를 끼쳐 드리리라곤 생각도 못 하실 테지만, 나리, 저는 나리 앞에 '참된 자' 앞인 양 서 있죠. 벌써 나흘 밤째 이 다리에서 나리의 자비를 기다려 온 것인데, 그분 없이 조용한 제 발로 혼자서 제 길을 찾을 수 있다는 일념으로 말이죠. 짚신이 아니라 구둣발 밑에 머리를 숙이는 편이 낫겠다고 생각했기 때문입니다."

"그럼 내가 밤에 다리를 건너리라는 것은 누가 얘기해 주었지?"

"아, 그건 솔직히 우연히 알게 됐어요, 레뱌드킨 대위가 워낙에 멍청한 데다가 도무지 자제할 줄을 모르거든요……. 그러니까 나리가 3루블만 적선해 주시면 사흘 밤낮을 지겹도록 기다린 보람이 있을 텐데요. 옷이 흠뻑 젖은 것은 화가 나서라도 입 다물게요."

"난 왼쪽이고 너는 오른쪽이야. 다리는 끝났어. 이봐, 표도르, 나는 내 말을 단번에 영원토록 이해하는 걸 좋아해. 너한테는 1코페이카도 주지 않을 테니 앞으로 다리든 어디든 내 앞에 나타나지 마, 너 따위는 필요도 없고 앞으로도 그럴 것이고, 내 말을 듣지 않으면 묶어서 경찰에 넘길 거야. 어서 가!"

"아이고, 적어도 동행해 주었으니 뭘 좀 던져 주셔도 될 텐데, 오는 길이 좀 즐거우셨잖아요."

"꺼져!"

"그럼 나리는 이곳의 길을 아시나요? 이곳에는 샛길이 너무 많아서…… 제가 안내해 드릴 수 있고, 이 도시는 — 아무려나 상관없지만 — 쑥대밭에 요지경 속이랄까요."

"에잇, 묶어 버리겠다!" 니콜라이 프세볼로도비치가 위협적으로 몸을 돌렸다.

"살펴 주십시오, 나리, 고아를 이렇게 오랫동안 욕보이시다니."

"아니, 보아하니 너는 너 자신을 믿고 있어!"

"나리, 저는 나리를 믿지, 저 자신은 손톱만큼도 믿지 않아요."

"난 너 따위는 전혀 필요 없어, 분명히 말했을 텐데!"

"나리가 저에게 필요하거든요, 나리, 이게 문제죠. 돌아오시는 길목에서 기다리겠습니다, 할 수 없죠."

"진담이야. 혹시 마주치면 묶어 버릴 거야."

"그럼 새끼줄도 준비해 두어야겠네요. 잘 다녀오시고요, 나리, 고아에게 계속 우산을 받쳐 주신 것만도 이 몸은 무덤에 들어갈 때까지 감사드릴 겁니다."

그는 물러갔다. 니콜라이 프세볼로도비치는 착잡한 심정으로 다리까지 왔다. 하늘에서 떨어진 이 인간은 자기가 그에게 꼭 필요하리라고 완전히 확신했고 너무 뻔뻔하게 서둘러 그렇게 선언했다. 대체로 그 앞에서 전혀 거리낌이 없었다. 그러나 이 부랑자의 말이 완전히 거짓말이 아닐 수도, 정말로 오직 단독으로, 정확히 표트르 스테파노비치 몰래 봉사를 해 주겠노라고 간청한 것일 수도 있었다. 그렇다면 이건 더할 나위 없이 흥미진진한 일이었다.

2

니콜라이 프세볼로도비치가 다다른 집은 담장들 사이의 황량한 골목길에 있었으며 담장들 뒤로는 채소밭이 펼쳐졌는데, 문자 그대로 도시의 끝이었다. 그것은 지금 막 지어졌지만 아직 판자도 다 붙이지 않고 완전히 고립된, 크지 않은 목조 건물이었다. 덧문의 창문 중 하나는 일부러 잠그지 않았고 창턱에는 양초가 있었는데 분명히 오늘 밤 늦게 찾아올 손님을 위해 등대 구실을 해 줄 목적이리라. 서른 걸음쯤 더 갔을 때 니콜라이 프세볼로도비치는 키 큰 사람의 형상이 현관에 서 있는 것을 알아보았는데 초조한 마음에 길을 살펴보려고 나온 집주인이 분명했다. 겁을 먹은 듯 초조한 목소리도 들려왔다.

"당신입니까요? 당신 맞죠?"

"나요." 니콜라이 프세볼로도비치는 현관에 완전히 다다르기도 전에 우산을 접으며 말했다.

“드디어 오셨군요!” 레뱌드킨 대위는 — 바로 이 사람이었다 — 발을 구르며 법석을 떨었다. “우산 이리 주세요. 흠뻑 젖었군요. 우산은 여기 마룻바닥 구석에 활짝 펴 놓겠습니다. 어서, 어서 들어오세요.”

현관문은 촛불 두 개가 환히 밝혀진 방을 향해 활짝 열려 있었다.

“꼭 오겠다던 말씀이 없었다면 믿음이 사라졌을 겁니다.”

“12시 45분이군.” 니콜라이 프세볼로도비치는 방으로 들어서며 시계를 보았다.

“게다가 비도 오고 거리가 꽤 되니까요……. 저는 시계도 없고 창문에서는 채소밭만 보이고 그래서…… 사건들은 손을 떼고……. 하지만 사실 불평하는 건 아니고요, 감히, 감히 그럴 자격도 없고요, 오로지 요 한 주 내내 초조해 죽을 것 같아서요, 마침내는…… 결말을 내기로.”

“뭐라고요?”

“운명의 소리를 듣기로 했습니다, 니콜라이 프세볼로도비치. 앉으세요.”

그는 소파 앞, 조그만 탁자 옆자리를 가리키며 몸을 숙였다.

니콜라이 프세볼로도비치는 주위를 둘러보았다. 방은 조막만 하고 천장도 낮았다. 가구는 나무 의자, 역시 완전히 새로 만들었지만 덮개도, 쿠션도 없는 나무 소파, 두 개의 보리수나무 탁자 등 필수적인 것만 있었다. 탁자 하나는 소파 옆에, 다른 하나는 구석에 있었는데 식탁보를 씌우고 뭔가로 가득 채운 다음 가장 깨끗한 냅킨까지 올려놓았다. 방 전체도 보아하니 대단히 깨끗하게 해 둔 상태였다. 레뱌드킨은 벌써 여드레 정도나 술을 마시지 않았다. 그의 얼굴은 왠지 좀 싯누렇게 부어올랐고 시선은 불안하고 호기심에 차 있으면서도 명백히 의혹을 담고 있었다. 어떤 어조로 말을 꺼내야 할지, 곧장 어떻게 나가는 것이 제일 유리할지 아직 그 자신도 모르고 있음이 너무 훤히 보였다.

"보시는 바와 같이," 하고 그는 주위를 가리켰다. "조시마[17] 처럼 살고 있습니다. 말짱한 정신, 은둔, 적빈이니, 영락없이 고대 기사들의 서약이죠."

"고대 기사들이 그런 서약을 했다고 생각하는 거요?"

"혹시 착각했나요? 정말 슬프게도, 나는 발전이란 게 없어! 완전히 망했어! 믿기시나요, 니콜라이 프세볼로도비치, 여기서 처음으로 그 수치스러운 음탕에서 깨어났으니, 술잔도, 술 한 방울도 없어요! 내 집구석마저 있으니 엿새 동안 양심의 평안을 맛보고 있답니다. 심지어 벽에서도 타르 냄새가 나서 자연을 연상시키죠. 그럼 난 어땠을까요, 무엇이었을까요?

> 밤에는 잠자리도 없이 배회하고
> 낮에는 혀를 늘어뜨리고서 —

어느 시인의 천재적인 표현대로죠![18] 그러나…… 이렇게 온

---

17) 실존 인물이라기보다는 은둔자 일반을 지칭하는 이름으로 사용된다.

18) 표트르 뱌젬스키(Pyotr Vyazemsky, 1792~1878)의 시 「화가 오를롭스키를 기리며」(1838)의 변형, 인용.

통 젖으셔서…… 차라도 드시겠습니까?"

"신경 쓰지 말아요."

"7시부터 사모바르가 끓었지만…… 꺼졌고…… 세상의 모든 것처럼. 태양도 때가 오면 꺼진다고 하더군요……. 하긴 필요하시면 차를 끓이겠습니다. 아가피야가 아직 안 자니까요."

"그런데 마리야 티모페예브나는……."

"여기, 여기 있습니다." 레뱌드킨은 곧장 속삭이듯 말을 받았다. "한번 보시겠습니까?" 그는 다른 방으로 통하는, 닫힌 문을 가리켰다.

"자나요?"

"아니, 아니요, 그럴 리가 있습니까? 오히려 벌써부터 기다리고 있고 아까 알게 되자마자 곧장 화장을 했어요." 그는 입을 일그러뜨려 장난스러운 미소라도 지을 참이었지만 금방 찌그러졌다.

"상태는 대체로 어떻소?" 니콜라이 프세볼로도비치가 얼굴을 찌푸리면서 물었다.

"대체로라고요? 직접 아시게 될 텐데요.(그는 안쓰러운 듯 어깨를 으쓱했다.) 지금은…… 지금은 앉아서 카드 점을 치고 있어요……."

"좋아요, 좀 있다가. 우선은 당신과 담판을 지어야겠소."

니콜라이 프세볼로도비치는 의자에 앉았다.

대위는 이미 소파에 앉을 엄두도 못 내고 당장 다른 의자를 끌어온 다음 초조한 기대에 가득 차서 경청하느라 몸을 기울였다.

"저기 구석의 냅킨 밑에 있는 건 뭐요?" 니콜라이 프세볼로도비치는 갑자기 주의를 돌렸다.

"이것 말입니까?" 레뱌드킨도 몸을 돌렸다. "이건 당신의 관대함 덕분에 말하자면 집들이 삼아서, 또 머나먼 길을 오시느라 자연히 피곤하실 것을 감안해서요." 그는 감동한 듯 히히대더니 자리에서 일어나 발꿈치를 들고 정중하고 조심스럽게 구석 탁자의 식탁보를 벗겼다. 그 밑에는 햄, 송아지고기, 정어리, 치즈, 초록색이 감도는 작은 유리병, 그리고 긴 보르도산(産) 포도주병 등 미리 준비한 음식이 놓여 있었다. 모든 것이 이런 일을 잘 아는 사람의 손으로 거의 멋까지 곁들여 깔끔하게 마련되어 있었다.

"이런 수고를 한 게 당신이오?"

"접니다. 어제부터 명예를 위해 할 수 있는 모든 것을……. 마리야 티모페예브나는, 잘 아시겠지만, 이런 일에 무관심하죠. 하지만 무엇보다도 당신의 관대함 덕분이니, 당신의 것이고요, 이곳의 주인은 제가 아니라 당신이니까, 저로 말하자면 오직 당신의 심부름꾼이랄까, 어쨌든 니콜라이 프세볼로도비치, 어쨌든 정신은 독립되어 있습니다! 저의 이 최후의 재산마저 빼앗지는 말아 주십시오!" 그는 감동적으로 말을 끝냈다.

"음……! 웬만하면 다시 앉으시지."

"감-사-합니다, 감사는 하되 독립되어 있습니다!(그는 자리에 앉았다.) 아, 니콜라이 프세볼로도비치, 이 가슴속에서 얼마나 많은 것이 끓어오르는지 저도 몰랐습니다, 당신을 얼마나 기다렸는지! 이제 당신이 제 운명을 해결해 주시고…… 저 불행한 여자, 그러니까 저기…… 저기 예전, 태곳적에 그랬듯 사 년 전처럼 당신 앞에서 모든 것을 토로하겠습니다! 그때 제 말을 들어주시고 시를 읽어 주셨는데…… 그때 저를 셰익스피어에 나오는 팔스타프라고 불렀다고 한들, 어쨌든 당신은 저의 운명에서 너무 많은 의미가 있으시거든요……! 지금은 엄청난 공포를 느끼며 당신에게서 오직 충고와 빛을 기다릴 뿐입니다. 표트르 스테파노비치는 저를 사정없이 다루고 있습니다!"

니콜라이 프세볼로도비치는 흥미진진하게 귀를 기울이며 유심히 들여다보았다. 명백히, 레뱌드킨 대위는 술을 끊었을지라도 어쨌든 조화로운 상태와는 거리가 멀었다. 이처럼 해묵은 주정뱅이들은, 설령 필요하다면 거의 다른 사람들 못지않게 허풍도 떨고 잔재주도 부리고 사기도 치지만, 결국에는 그 내부에 뭔가 영원히 매끄럽지 않고 탄내 나는 것이, 뭔가 손상을 입은 듯 광기 어린 것이 굳어진다.

"내가 보기에 당신은 전혀 변하지 않았소, 대위, 요 사 년 남짓 동안." 니콜라이 프세볼로도비치는 좀 다정하게 말했다. "보통 인생의 하반기란 모두 상반기에 축적된 습관 중 하나일 뿐이라는 말이 사실인가 봅니다."

"고귀한 말씀이십니다! 삶의 수수께끼를 풀어 주시는군요!" 대위는 반쯤은 거짓으로, 또 반쯤은 정말로 꾸밈없는 환희에 사로잡혀 소리쳤는데, 원래 경구를 대단히 좋아하는 사람이었기 때문이다. "당신의 모든 말씀 중 니콜라이 프세볼로도비치, 특별히 페테르부르크에 계실 때 들려주신 한마디를 외우고 있습니다. '건전한 상식에 맞서기 위해서는 정말로 위대한 사람이 되어야 한다.' 이것이올시다!"

"뭐, 바보가 되어도 상관없죠."

"그러니까 바보라도 상관없지만 당신은 평생 재치 있는 말씀을 뿌리고 다니셨는데 저들은 어떤가요? 저 리푸틴이나 저 표트르 스테파노비치가 그와 같은 말을 뭐라도 내뱉어 보라죠! 오, 표트르 스테파노비치가 저를 얼마나 잔인하게 취급하는지……!"

"하지만 대위, 사실 당신의 처신은 어땠소?"

"술 취한 몰골에다가 저의 적들이 심연처럼 쌓여 있어요! 그러나 모든 것, 모든 것이 지나갔고 저는 뱀처럼 허물을 벗고 다시 태어난 겁니다. 니콜라이 프세볼로도비치, 제가 유서를 쓰고 있으며 이미 다 썼음을 아십니까?"

"흥미롭군요. 대체 무엇을, 누구에게 남기는 거요?"

"조국에, 인류에게, 학생들에게. 니콜라이 프세볼로도비치, 저는 신문에서 어느 아메리카인의 전기를 읽었습니다. 그는 자신의 엄청난 재산을 모두 공장과 실용 과학에 남기고 자신의 해골은 그곳 아카데미의 학생들에게, 자신의 살가죽은 밤낮없이 아메리카의 국가를 두들기라는 뜻에서 북 만드는 데 기증했다더군요. 슬프게도, 우리는 북아메리카 연합의 비상하는 사상에 비하면 피그미족에 불과합니다. 러시아는 자연의 유희지, 지성의 유희가 아닙니다. 제 살가죽을 북 만드는 데, 대략 제가 영광스럽게도 처음 군 복무를 시작한 아크몰린스키 보병대에 기증하고 매일 행군에 앞서 그 북으로 러시아의 국가를 두들기라는 뜻을 남긴다면, 자유주의로 간주하여 제

살가죽을 금지할 테니까…… 학생들에게만 주는 걸로 했습니다. 저의 해골을 아카데미에 물려주고 싶지만, 단 해골의 이마에다 세세토록 '회개한 자유사상가'라는 꼬리표를 붙여 놓는다는 조건으로 말입니다. 이것이올시다!"

대위는 열렬하게 말했고 당연히 이미 아메리카식 유서의 아름다움을 믿고 있었지만 워낙 협잡꾼인 데다가 니콜라이 프세볼로도비치를 웃기고 싶어 안달했는데, 전에도 오랫동안 니콜라이 프세볼로도비치 앞에서 광대역을 맡아 왔다. 그러나 상대방은 웃기는커녕 오히려 왠지 미심쩍은 듯 물었다.

"그러니까 당신의 유서를 살아생전에 발표해서 그 대가로 상을 받아 낼 작정이오?"

"그러면 뭐 어떻습니까, 니콜라이 프세볼로도비치, 뭐 어떠냐고요?" 레뱌드킨은 유심히 들여다보았다. "내 운명이 이런 꼬락서니인걸요! 심지어 시 쓰는 일마저 그만두었는데, 당신도 언젠가 술 마실 때 제 시를 갖고 잘 놀았잖습니까, 니콜라이 프세볼로도비치, 기억하시죠? 하지만 붓에는 종말이 왔지요. 고골이 '마지막 이야기'를 썼듯 오직 한 편의 시를 썼을 뿐인데, 흡사 고골이 '마지막 이야기'를 써서, 기억하시죠, 러시아를 향해 이 소설은 자기 가슴에서 '엮어 낸' 것이라고 외친 것과 같습니다. 저도 그렇게 노래해 왔으며 이제는 끝입니다."

"어떤 시를 말하는 거요?"

"'그녀의 다리가 부러질 경우!"

"뭐, 뭐요?"

바로 이것이 대위가 기다렸던 것이다. 그는 자신의 시를 떠받들고 가없이 높이 평가했지만 한편으로는 또한 약간 협잡꾼 같은 이중적인 영혼의 소유자였던 탓에 니콜라이 프세볼로도비치가 자신의 시에 대해 언제나 즐거워하고 때때로 배꼽이 빠질 만큼 깔깔대는 것을 좋아했다. 이런 식으로 두 목적, 즉 시적인 목적과 봉사의 목적에 도달했다. 그러나 지금은 세 번째, 유별나고 극히 까다로운 목적이 있었다. 대위는 시를 전면에 내세우면서 왠지 자기가 제일 두려워하고 실제로 자기의 잘못임을 제일 많이 느끼는 어느 부분에서 자신을 정당화하려고 했다.

"'그녀의 다리가 부러질 경우', 즉 말을 탈 경우요. 환상입니다, 니콜라이 프세볼로도비치, 미망, 그러나 시인의 미망이죠. 한번은 길을 가다가 말을 탄 여인을 만나고는 충격을 받았기에 물질적인 질문을 던져 보았습니다. '혹시 그러면 어떻게 될까?' 즉, 어떤 경우에 말이죠. 사태는 분명합니다. 모든 추종자가 뒷걸음치고 모든 신랑감이 꽁무니를 빼도, 모르건 프리, 노스 우트리,[19] 오직 한 시인만 가슴팍에 뭉개진 심장을 담은 채 변함없이 남아 있을 겁니다. 니콜라이 프세볼로도비치, 심지어 이[蝨]도, 그런 것도 사랑에 빠질 수 있는 법이요, 그런 것이라도 법률로 금지된 건 아닙니다. 하지만 아가씨는 편지도, 시도 상당히 언짢아했습니다. 당신도 화를 내셨다는데 정말인지. 참 애석합니다. 믿고 싶지 않았거든요. 아니, 저란 놈이 상상 하나만으로 누구에게 해를 끼칠 수나 있을까요? 게다

19) 당시 유행한, 별 의미 없는 말장난인 듯하다.

가 명예를 걸고 맹세코, 여기에는 리푸틴이 끼어들었어요. '어서, 어서! 사람은 누구나 편지를 쓸 권리가 있어.' 그래서 보낸 것이거든요."

"자기를 신랑감들 속에 포함한 것 같은데?"

"적들, 적들, 적들의 소행입니다!"

"그 시나 말해 봐요." 니콜라이 프세볼로도비치는 냉혹하게 말을 가로막았다.

"미망, 그야말로 미망입니다."

그러고서도 그는 곧추세우고 팔을 쭉 뻗은 다음 시작했다.

"아름답고 아름다운 여인의 사지가 부러졌네,
그래서 두 배나 흥미롭게 되었네,
그래서 두 배나 반하게 생겼네,
이미 홀딱 반한 이 사내는."

"그만 됐소." 니콜라이 프세볼로도비치가 손을 내저었다.

"피테르[20] 꿈을 꾸고 있답니다." 레뱌드킨은 시 따위는 있지도 않았다는 듯 급히 건너뛰었다. "갱생에 대한 꿈을 꾸는 겁니다……. 은인이시여! 여행 경비를 거절하지 않으시리라 기대해도 될까요? 당신을 일주일 내내 태양처럼 기다려 왔습니다."

"아니, 죄송하지만 돈이 거의 한 푼도 남지 않았거니와 내가

20) 페테르부르크의 약칭.

왜 당신한테 돈을 내놓아야 하죠……?"

니콜라이 프세볼로도비치는 갑자기 화가 난 것 같았다. 그는 건조하고 간결하게 대위의 죄상을 낱낱이 열거했다. 술주정, 공갈 협박, 마리야 티모페예브나의 몫인 돈을 낭비한 것, 그녀를 수도원에서 꺼내 온 것, 비밀을 공표하겠다는 협박을 담은 뻔뻔한 편지들, 다리야 파블로브나에게 한 짓 등. 대위는 안절부절못하고 손짓 발짓을 하며 반박하기 시작했으나 니콜라이 프세볼로도비치가 매번 그를 위압적으로 제지했다.

"죄송하지만," 드디어 그가 말했다. "줄곧 '가족의 치욕' 얘기를 쓴다더군요. 당신의 누이동생이 스타브로긴 집안과 합법적인 결혼을 한 것이 어째서 치욕이 되는 거요?"

"그러나 은밀한 결혼이었잖습니까, 니콜라이 프세볼로도비치, 은밀한 결혼 말입니다, 숙명적인 비밀이죠. 당신에게서 돈을 받으며 갑자기 자문하곤 합니다. 무슨 대가로 이 돈을 받는 거지? 저는 묶여 있는 몸인지라 대답할 수가 없어요, 누이동생에게 해가 될까 봐, 또 가족의 명예에 해가 될까 봐."

대위는 어조를 높였다. 그는 이 주제를 좋아했기 때문에 그것에 대단한 기대를 걸고 있었다. 아, 슬프게도, 눈이 확 뒤집힐 일이 생기리라곤 예감도 하지 못했던 것이다. 흔해 빠진 가정사를 다루듯 평온하게, 정확하게 니콜라이 프세볼로도비치가 알린 내용인즉, 조만간, 아마 내일이나 모레 결혼 사실을 방방곡곡에 '경찰에도 사교계에도' 알릴 생각이다, 고로 가족의 명예 문제도 저절로 끝나고 그와 더불어 보조금 문제도 끝난다는 것이다. 대위는 눈알을 부라렸다. 심지어 무슨 말인지 알아먹지도 못했다. 일일이 설명을 해 줘야 할 정도였다.

"그러나 그 애는…… 반쯤 미쳤잖아요?"

"그에 대한 조치는 내가 취할 거요."

"그러나…… 당신의 모친은 어떡하고요?"

"뭐 그건 어머님이 원하시는 대로."

"그러나 당신의 부인을 정말로 집으로 들이실 건가요?"

"아마 그럴 거요. 하긴 그건 전적으로 당신이 상관할 바가 아니고 당신과는 아무 관계 없소."

"상관이 없다뇨!" 대위가 소리쳤다. "그럼 저는 어떻게 되는 겁니까?"

"당연히 집에는 들어올 수 없소."

"하지만 인척이잖습니까."

"그런 인척이라면 줄행랑을 쳐야겠군. 직접 좀 생각해 보시지, 그런 경우라면 내가 왜 당신한테 돈을 내놓겠소?"

"니콜라이 프세볼로도비치, 니콜라이 프세볼로도비치, 그럴 수는 없어요, 좀 더 생각해 보십시오, 군이 스스로 무덤을 파실 생각은 없을 테죠……. 세간에서는 뭐라고들 생각하고 뭐라고들 떠들어 대겠습니까?"

"당신의 그 세간이 무서워 죽겠군요. 나는 그때 포도주 내기에서 져서 술 취한 식사가 끝난 다음 마음이 내켰을 때 당신의 누이동생과 결혼했던 것이고, 지금은 큰 소리로 그것을 공표하려는데…… 지금 그것이 나한테 위안이 된다면?"

이 말을 하는 그의 어조가 왠지 유달리 짜증스러웠고 그 때문에 레뱌드킨은 공포에 떨며 그의 말을 믿기 시작했다.

"그러나 저는, 저는 어쩌라고요, 여기서 중요한 건 저라고요……! 설마 농담이시겠죠, 니콜라이 프세볼로도비치?"

"아니, 농담이 아니오."

"당신의 뜻이지만, 니콜라이 프세볼로도비치, 전 믿지 못하겠고…… 그때는 소송을 제기하겠습니다."

"멍청하기 이를 데 없는 인간이군, 대위."

"멍청하든 말든, 이게 나한테 남은 전부라뇨!" 대위는 완전히 이성을 잃었다. "이전에는 그 애 덕분에 적어도 저 구석에서 집이라도 세줄 수 있었는데 저를 완전히 내팽개치시면 이제 어떻게 되겠습니까?"

"페테르부르크에 가서 출셋길을 바꿔 볼 작정이라면서요. 겸사겸사, 실은 당신이 다른 사람들 이름을 다 불고 혼자만 사면받을 속셈에 밀고하러 갈 작정이라는 소리가 들리던데?"

대위는 입을 벌리고 눈을 휘둥그렇게 뜬 채 아무 대답도 하지 못했다.

"이봐요, 대위." 니콜라이 프세볼로도비치는 탁자 쪽으로 몸을 기울이고 갑자기 굉장히 진지하게 말했다. 지금까지는 왠지 모호하게 말했고 그 때문에 광대역에 이력이 난 대위는 최후의 순간까지도 어쨌든 약간은 반신반의했다. 이 나리가 정말로 화를 내는 건가, 아니면 그저 농담을 하는 건가, 정말로 결혼 사실을 발표하려는 해괴망측한 생각을 하는 걸까, 아니면 그냥 장난을 치는 건가? 하지만 지금은 니콜라이 프세볼로도비치의 심상치 않을 만큼 엄격한 표정이 너무 확고부동해서 대위는 심지어 등골이 오싹해졌다. "잘 듣고 사실대로 말하시오, 대위. 뭐든 밀고한 거요, 아니면 아직은 아닌 거요? 정말로 무슨 일을 저지른 거요? 바보처럼 누구한테 무슨 편지를 보낸 건 아니오?"

"아닙니다, 아무 짓도 안 했고…… 아예 생각도 못 했어요." 대위는 꼼짝도 못하고 쳐다보기만 했다.

"아니, 거짓말이지. 생각도 하지 않았다니. 그러려고 페테르부르크에 가게 해 달라고 간청하는 거잖소. 편지를 안 썼다면 여기 누구한테 뭐라고 떠들어 댄 건 아니오? 사실대로 말하시오, 나도 들은 바가 있으니."

"술에 취해 그만 리푸틴에게 말했네요. 리푸틴은 배신자랍니다. 제 심경을 털어놓은 건데." 가련한 대위가 중얼거렸다.

"심경은 심경이고, 그렇다고 얼간이가 될 건 없지. 조금이라도 생각이 있었으면 처신을 잘했어야지. 요즘 현명한 사람들은 입을 다물고 있지 그렇게 입을 놀리지 않소."

"니콜라이 프세볼로도비치!" 대위는 벌벌 떨었다. "하지만 당신은 어디에도 가담하지 않으셨고 또 저는 당신을 해코지하려는 게 아니라……."

"자신의 젖소를 밀고할 엄두는 내지 못했겠지."

"니콜라이 프세볼로도비치, 살펴 주세요, 살펴 주십시오!"

대위는 절망에 휩싸여 눈물범벅이 된 채 지난 사 년간의 모든 얘기를 서둘러 늘어놓기 시작했다. 그것은 술에 빠져 허송세월하느라 자기와 상관도 없는 일인 데다가 최후의 순간까지도 그 중대성을 이해하지 못한 채 거기에 말려든 바보의 멍청하기 짝이 없는 신세타령이었다. 페테르부르크에 있을 때부터

'맨 처음에는 대학생은 아니었으되 그럼에도 신의 있는 대학생으로서 그저 우정에서 빠져들었으며' 아무것도 모른 채 '아무 죄도 없이' 온갖 종잇장을 계단 위에다 마구 뿌리고 수십 장이나 되는 종이 뭉치를 문 옆이나 초인종 옆에 두고 신문 대신에 쑤셔 넣고 극장에 가져다 나르고 모자 속에 쑤셔 넣고 호주머니 속에 떨구곤 했다고 이야기했다. 그다음에는 '생계 때문에, 정말이지 그놈의 생계 때문에!' 그들에게서 돈도 받게 되었다는 것이다. 두 도(道)에서 여러 군(郡)을 돌며 '온갖 걸레짝'을 뿌렸다고 한다. "오, 니콜라이 프세볼로도비치!" 그가 소리쳤다. "저를 제일 혼란스럽게 한 것은 그것이 시민적 법률, 특히 조국의 법률에 철저히 어긋난다는 점이었습니다! 갑자기, 갈퀴를 들고 나오라고, 아침에 가난하게 나온 자가 저녁이면 부자가 되어 집에 돌아갈 수 있다는 것을 기억하라고 인쇄되어 있으니 생각 좀 해 보십시오! 이 몸은 전율에 휩싸여 마구 뿌리는 거죠. 아니면 갑자기 밑도 끝도 없이 전 러시아를 향해 대여섯 줄을 휘갈기는 거죠. '서둘러 교회를 폐쇄하라, 신을 없애라, 결혼을 파괴하라, 상속권을 없애라, 칼을 쥐어라' 등 그뿐이지, 그러고서 어떻게 될지 알 게 뭡니까. 바로 그 종잇장 때문에, 그 다섯 줄짜리 때문에 하마터면 걸려들 뻔했는데, 어느 부대에서 장교들한테 좀 두들겨 맞고 하느님 덕분으로 풀려났어요. 작년에도 그곳에서 10루블짜리 프랑스 위조지폐를 코로바예프에게 전달했다가 하마터면 잡힐 뻔했지요. 천만다행으로 코로바예프가 마침 술에 취해 연못에 빠져 죽는 바람에 발각되지 않았지만요. 이곳 비르긴스키 집에서 사회적 아내의 자유[21]를 선언했습니다. 6월에는 다시 ○○군(郡)에 뿌렸어요. 또 일을 시킬 것이라는 말이 있는데…… 표트르 스테파노비치가 갑자기 저한테 복종해야 한다고 알려 주더군요. 협박한 지 벌써 오래됐어요. 정말이지 그때 일요일에는 저를 어떻게 취급했는지! 니콜라이 프세볼로도비치, 전 노예이자 벌레이지 신은 아니며, 이 때문에 오직 데르자빈[22]과 구별되는 겁니다. 하지만 생계, 그놈의 생계 때문에!"

니콜라이 프세볼로도비치는 모든 얘기를 흥미진진하게 들었다.

"많은 것을 전혀 몰랐군요." 그가 말했다. "당연히 당신한테는 모든 일이 일어날 수 있었겠지……. 이봐요." 그는 좀 생각한 다음 말했다. "마음이 내키면, 누구를 말하는지 알겠지만, 저기 저들한테 말하시오, 리푸틴이 공갈을 쳤다고, 당신은 그저 나 역시 명예가 훼손됐다는 생각에 나를 밀고해서 놀라게 해 줄 작정이었다고, 그런 식으로 나한테서 더 많은 돈을 우려낼 속셈이었다고……. 알겠소?"

"니콜라이 프세볼로도비치, 나리, 정말로 저한테 그런 위험이 도사리고 있는 건가요? 제가 당신을 기다린 건 오직 그 질문을 하기 위해서였습니다."

니콜라이 프세볼로도비치는 씩 웃었다.

"내가 여행 경비를 대 준다고 해도 물론 그들이 당신을 페

21) 맥락상으론 '여성의 사회적 자유'가 맞을 듯하다.

22) 가브릴라 로마노비치 데르자빈(Gavrila Romanovich Derzhavin, 1743~1816). 러시아 고전주의를 대표하는 시인이자 예카테리나 여제의 총신.

테르부르크에 가도록 내버려 두지 않을 테고…… 그나저나 마리야 티모페예브나에게 갈 때가 됐군." 그는 의자에서 일어났다.

"니콜라이 프세볼로도비치, 마리야 티모페예브나를 정말 어떻게 하시려고요?"

"내가 말했던 그대로."

"정말로 그러시려고요?"

"여전히 못 믿는 거요?"

"정말로 저를 낡아 빠진 헌신짝처럼 내버릴 건가요?"

"두고 봅시다." 니콜라이 프세볼로도비치가 웃었다. "자, 들여보내 주시죠."

"명령이라도 하시면 제가 현관에 서 있겠습니다. 혹시 어쩌다 누가 엿들을지도…… 방이 너무 작아서요."

"거참 문제군요. 그럼 현관에 서 있으시오. 우산도 가져가시고."

"우산은 나리 것인데요. 이 몸이 그럴 자격이나 있습니까?" 대위는 너무 알랑거렸다.

"사람은 누구나 우산을 쓸 자격이 있소."

"인간의 최소한의(minimum) 권리를 단번에 규정지으시는군요……."

그러나 그는 이미 기계적으로 중얼거렸다. 새 소식에 너무 짓눌린 나머지 최후의 정신마저 나간 것이다. 그래도 현관으로 나가서 우산을 펴 들자마자 거의 곧바로 이 경박한 사기꾼의 머릿속에서는 다시 언제나 그렇듯 위안이 되는 생각이, 즉 저놈들이 잔꾀를 굴려 자기를 속이는 거다, 그렇다면 자기가 두려워해야 할 일이 아니다, 오히려 저놈들이 두려워하는 것이다, 하는 생각이 부리를 놀리기 시작했다.

'만약에 저들이 거짓말하고 잔꾀를 부린다면 대체 어디에 술수가 있는 거지?' 그의 머릿속에서는 이런 생각이 사각거렸다. 결혼 선언은 터무니없는 일로 여겨졌다. '사실 저런 기적 창조자에게는 무슨 일이든 일어날 수 있어. 사람들에게 나쁜 짓을 하려고 사는 인간이니까. 그래, 저놈이 일요일의 그 망신 때문에 두려워한다면, 그 어느 때보다도 더 그렇다면? 자, 저놈은 내가 그런 선언을 하지 않을까 무서운 나머지 자기가 먼저 나서서 그러겠노라고 단언하러 이렇게 달려온 거야. 에잇, 정신 똑바로 차려, 레뱌드킨! 스스로 공표를 원한다면서 뭐 하러 이 밤에 몰래 찾아와? 저놈이 두려워한다면, 즉 이제, 지금 당장 두려워한다는 의미야, 바로 요 며칠 동안……. 에잇, 움츠러들 거 없어, 레뱌드킨……!

저놈은 표트르 스테파노비치를 미끼로 나를 놀래는 거야. 아이고, 무서워라, 아이고, 무서워 죽겠네. 아니, 여기서 정말 무서운 건 이거야! 나는 무슨 귀신에 씌어 리푸틴한테 입을 놀려 댔을까. 저 악마 놈들이 무슨 작당을 하는지 알게 뭐람, 통 알아낼 수가 없잖아. 오 년 전처럼 다시 슬슬 활동을 개시했어. 사실 내가 누구한테 밀고하겠어? '바보같이 누구에게 편지를 쓴 건 아니겠죠.' 음, 고로, 바보인 척하며 쓸 수 있다는 소리인가? 설마 충고를 해 주는 건가? '그러려고 페테르부르크에 가는 거요.' 사기꾼 같은 놈, 난 그냥 꿈으로 꾸었을 뿐인데, 저놈은 그 꿈을 알아맞혔어! 꼭 자기가 나서서 등을 떠미는 격이군. 여기엔 두 가지 술수가 있어, 둘 중 하나야. 이번에도 장난질을 너무 많이 쳤기 때문에 자기도 두려운 것이거나…… 아니면 그 자신은 아무것도 두려워하지 않는데, 그저 저들을 모조리 밀고하라고 내 등을 떠밀 뿐이거나! 아이고, 무서워라, 레뱌드킨, 아이고, 허방을 짚어선 안 돼……!"

그는 엿듣는 것조차 잊을 만큼 자기 생각에 골몰해 있었다. 하긴 엿듣기도 힘들었다. 문이 두꺼운 데다가 외여닫이였고 말소리도 별로 크지 않았기 때문에 어떤 불분명한 소리만이 희미하게 들려왔다. 대위는 심지어 침을 뱉고 생각에 잠긴 채 휘파람이나 불려고 다시 현관으로 나왔다.

3

마리야 티모페예브나의 방은 대위가 쓰는 방보다 두 배는 더 컸고 가구는 역시나 조잡한 것밖에 없었다. 그러나 소파 앞의 탁자는 총천연색의 화려한 식탁보로 덮여 있고 그 위에서는 램프가 타올랐다. 마룻바닥 전체에는 아름다운 양탄자가 깔려 있었다. 침대는 긴 초록빛 커튼으로 방 전체와 구분되고 그 밖에도 탁자 옆에는 크고 부드러운 안락의자가 있었지만 마리야 티모페예브나가 거기 앉는 일은 없었다. 구석에는 지난번 집처럼 성상이 있고 그 아래에는 램프가 타오르고 탁자 위에는 카드 한 세트, 손거울, 노래집, 심지어 버터 바른 흰 빵 등 예의 그 필수품이 흩어져 있었다. 그 밖에도 색칠한 삽화가 든 그림책 두 권이 나왔는데, 하나는 인기 있는 어느 여행기의 발췌로서 어린아이의 연령에 맞도록 개작한 것이고 다른 하나는 가벼운 교훈서 모음집으로서 대부분이 욜카[23] 와 대학을 위한 기사 이야기였다. 다양한 사진을 꽂아 둔 앨범도 있었다. 마리야 티모페예브나는 대위의 언질대로 물론 손님을 기다리고 있었다. 하지만 니콜라이 프세볼로도비치가 방에 들어갔을 때는 소파에 반쯤 누워 양모 쿠션에 몸을 기댄 채 자고 있었다. 손님은 아무 소리도 내지 않고 문을 닫은 다음 그 자리를 떠나지 않고 잠자는 여인을 뜯어보기 시작했다.

대위는 그녀가 화장을 했다고 알려 주었지만 거짓말이었다. 그녀는 일요일에 바르바라 페트로브나 집에서 입었던 것과 똑같은 거무스름한 원피스를 입고 있었다. 머리카락도 똑같이 목덜미 뒤에 아주 조그맣게 매듭지어져 있었다. 바싹 여윈 긴 목도 똑같이 드러나 있었다. 바르바라 페트로브나가 선물한 검은 숄은 아무렇게나 접힌 채 소파 위에 놓여 있었다. 예전처럼 그녀는 거칠게 분칠을 하고 연지곤지를 바른 상태였다. 니콜라이 프세볼로도비치가 서 있은 지 일 분도 지나지 않아 그녀는 자기 위로 쏟아지는 시선을 느낀 것처럼 갑자기 잠에서 깨 눈을 뜨고 급히 몸을 바로잡았다. 그러나 손님에게도 뭔가 이상한 일이 일어난 것이 분명했다. 그는 계속 문 옆의 원래 자리에 서 있었다. 꿰뚫는 듯한 시선으로 꼼짝도 하지 않고

23) '욜카'는 크리스마스트리를 말한다.

아무 말 없이 집요하게 그녀의 얼굴을 들여다보고 있었던 것이다. 그 시선은 어쩌면 지나칠 정도로 냉혹한 것이었으며 그 속에는 어쩌면 혐오가, 심지어 그녀의 경악을 탐닉하는 심술궂은 쾌락마저 표현되어 있었는지도 모르겠다. 단, 마리야 티모페예브나가 그런 꿈을 꾼 것이 아니라면 말이다. 그러나 그저 갑자기, 거의 일 분 동안의 기다림 뒤에 가련한 여인의 얼굴에는 극도의 공포가 나타났다. 경련이 그녀의 얼굴을 훑고 지나가자 그녀는 두 손을 벌벌 떨며 들어 올리더니 갑자기 깜짝 놀란 아이처럼 엉엉 울었다. 조금만 더 있었으면 비명을 질렀으리라. 그러나 손님은 정신이 번쩍 들었다. 순식간에 그의 얼굴이 변했고 그는 아주 상냥하고 다정한 미소를 지으며 탁자로 다가갔다.

"미안합니다, 그만 놀라게 했군요, 마리야 티모페예브나, 느닷없이 와서 잠도 깨우고." 그는 그녀에게 손을 내밀며 말했다.

부드러운 말의 울림이 영향력을 행사했는지 경악은 곧 사라졌지만, 여전히 겁을 먹은 시선으로 뭔가를 이해하려고 안간힘을 쓰는 기색이 역력했다. 겁을 내면서 그녀는 손도 내밀었다. 드디어 입가에는 조심스럽게 미소가 일렁였다.

"안녕하세요, 공작님." 그녀는 왠지 이상하게 그를 들여다보면서 속삭였다.

"나쁜 꿈을 꾼 모양이죠?" 그는 훨씬 더 상냥하고 다정하게 웃었다.

"제가 그 꿈을 꾼 걸 어떻게 아셨어요……?"

그리고 그녀는 갑자기 몸을 떨었고 방어하려는 듯 한 손을 자기 앞으로 들어 올리고 몸을 움찔 뒤로 뺐는데, 다시 울음을 터뜨릴 기세였다.

"정신 차리세요, 됐어요, 뭐가 그리 무서운지, 정말 저를 못 알아보겠습니까?" 니콜라이 프세볼로도비치가 달래 보았지만 이번에는 오래 달랠 수도 없었다. 그녀가 말없이 그를 쳐다보면서 줄곧 예의 그 고통스러운 의혹에 빠져 자신의 빈약한 머리로는 감당이 안 되는 힘겨운 생각을 품은 채 계속 어떤 생각에 이르기 위해 애쓰고 있었기 때문이다. 눈을 내리깨는가 하면 갑자기 상대방을 거머쥘 것 같은 재빠른 시선으로 훑어보기도 했다. 마침내 안심한 건 아니고 용단을 내린 것 같았다.

"앉으세요. 부탁입니다. 제 곁에, 제가 당신을 알아볼 수 있도록." 그녀는 분명히 뭔가 새로운 목적이 있는 듯이 상당히 확고하게 말했다. "이제 염려하지 마세요, 저도 당신을 직접 보지는 않고 아래를 보겠어요. 당신도 제가 먼저 부탁할 때까지 저를 쳐다보지 말아 주세요. 앉으세요." 그녀는 심지어 초조함마저 드러내며 덧붙였다.

새로운 감각이 점점 더 그녀를 사로잡는 기색이 역력했다.

니콜라이 프세볼로도비치는 자리에 앉아 기다렸다. 상당히 긴 침묵이 찾아왔다.

"음! 저는 이 모든 것이 이상하기만 해요." 그녀는 갑자기 거의 꺼림칙하다는 듯 중얼거렸다. "물론 나쁜 꿈들이 저를 사로잡은 것일 테죠. 단, 당신이 왜 하필 그런 모습으로 꿈속에 나타난 걸까요?"

"자, 꿈 얘기는 그만하고요." 그는 초조하게 말한 다음 그녀의 금지에도 불구하고 그녀 쪽으로 몸을 돌렸는데, 그의 눈 속에는 방금 그 표정이 다시 스치는 것도 같았다. 그녀가 몇 번이나 그를 쳐다보고 싶어 죽겠으면서도 집요하게 버티면서 아래쪽만 보는 것도 알았다.

"들어 보세요, 공작님." 그녀가 갑자기 언성을 높였다. "들어 보세요, 공작님……."

"대체 왜 몸을 돌렸죠, 왜 나를 쳐다보지 않는 건가요, 무엇 때문에 이런 코미디를?" 그가 참지 못하고 소리쳤다.

그러나 그녀는 아예 못 들은 것 같았다.

"들어 보세요, 공작님." 그녀는 얼굴에 불쾌하고 번잡스러운 표정까지 지으며 확고한 목소리로 세 번째로 반복했다. "공작님이 그때 저와 마차 안에서 결혼 사실이 공표될 거라고 말했을 때 저는 곧 비밀이 끝나는구나 하고 경악했어요. 지금도 모르겠어요. 계속 생각해 봤는데, 내가 도무지 쓸모없는 여자라는 게 뻔히 보이잖아요. 옷도 차려입을 줄 알고 손님 접대도 할 수 있겠지요. 특히 하인들이 있으면 차 한잔 대접하는 거야 뭐 그리 문제일까요. 하지만 어쨌거나 주변에서 어떻게들 보겠어요. 저는 일요일 아침에 바로 그 집에서 많은 것을 알아보았어요. 그 예쁜 아가씨는 줄곧 저를 쳐다봤어요, 특히 공작님이 들어왔을 때요. 그때 들어온 사람이 공작님 맞잖아요, 예? 그녀의 어머니는 그냥 웃긴 사교계 할망구에 불과했어요. 저의 레바드킨도 눈에 확 띄더라고요. 저는 웃음을 참느라고 줄곧 천장만 봤는데, 거기 천장이 예쁘게 색칠되어 있더라고요. 그이의 어머니는 수녀원장이 되면 좋을 텐데. 저는 그분이 무서워요, 비록 검은 숄을 선물해 주었지만. 분명히 그때 그들은 전부 제가 종잡을 수 없는 여자라고 결론 내렸을 거예요. 저는 화내지 않았고, 그때도 그냥 앉아서 생각만 했어요. 내가 저들에게 무슨 친척이라도 되나? 물론 백작 부인이야 살림은 하인들이 많으니 정신적인 자질만 갖추면 되지만 외국인 여행객들을 맞이할 줄 알려면 뭐든 사교적인 애교가 있어야 하잖아요. 그러나 어쨌든 그 일요일에 그들은 저를 무슨 구제 불능의 인간을 대하듯 봤어요. 다샤 하나만 천사예요. 그들이 어떻게든 저에 관해 성급한 판단을 내려서 그이를 슬프게 할까 봐 몹시 겁나요."

"겁내지도, 불안해하지도 마세요." 니콜라이 프세볼로도비치는 입을 일그러뜨렸다.

"하긴 그이가 저 때문에 좀 수치스러워해도 저는 아무렇지 않아요. 여기에는 언제나 수치심보다는 동정이 더 많이 있으니까요. 물론 사람 나름이겠지만. 그이는 그들이 나를 불쌍히 여길 것이 아니라 내가 그들을 불쌍히 여겨야 한다는 걸 알거든요."

"그들에게 몹시 화가 났던 것 같군요, 마리야 티모페예브나?"

"누구, 제가요? 아니에요." 그녀는 순박하게 웃었다. "전혀 아니에요. 그때 당신들을 전부 쳐다보았어요. 모두 화가 났고 모두 말다툼을 했지요. 함께 만나면 흉금을 털어놓고 웃을 줄을 모르는 거예요. 그렇게 부자인데도 별로 안 즐겁다니, 저로서는 이 모든 것이 역겨워요. 하긴 지금은 저 자신을 제외하면 아무도 불쌍하지 않아요."

"내가 듣기론, 내가 없을 때 당신과 오빠는 사는 게 형편없었다던데요?"

"누가 그런 말을 했죠? 헛소리예요. 지금이 훨씬 더 형편없어요. 지금은 꿈도 안 좋고, 꿈이 안 좋은 건 공작님이 왔기 때문이에요. 정말이지 공작님은 왜 나타난 거죠, 말해 주지 않을래요?"

"다시 수녀원에 들어가고 싶은 건 아니겠죠?"

"뭐, 그런 예감이 들었어요, 그들이 다시 나에게 수녀원을 권할 거라는! 당신네 수녀원에서 별별 꼴을 다 봤어요! 내가 대체 왜 수녀원에 가야 해, 이제 와서 무엇 때문에 들어가요? 지금도 혼자서 외롭게 사는걸요! 세 번째 인생을 시작하기에는 너무 늦었어요."

"뭔가 몹시 화가 났군요, 설마 당신에 대한 제 사랑이 식었을까 봐 두려워하는 건 아니겠죠?"

"공작님에 관해서라면 전혀 염려하지 않아요. 오히려 누군가에 대한 저의 사랑이 아주 식었을까 봐 두려운걸요."

그녀는 경멸스럽다는 듯 웃었다.

"분명히 내가 그이에게 뭐든 아주 큰 잘못을 저지른 거예요." 그녀는 갑자기 혼잣말처럼 덧붙였다. "그런데 도대체 뭘 잘못했는지 모르겠어, 이게 세세토록 나의 불행의 전부예요. 언제나, 언제나 요 오 년 내도록 밤낮으로 제가 그이에게 무슨 잘못을 저지른 건 아닌가 두려워했어요. 기도도 하고, 기도하면서 줄곧 제가 그에게 범한 큰 잘못에 대해 생각했지요. 어라, 그런데 결국 보니까 그게 진실이었어요."

"결국 뭐가 어떻게 됐다고요?"

"제가 두려운 건 오직, 그이 쪽에 뭐가 있는 건가 해서예요." 그녀는 질문에 대답하지도 않고, 숫제 그의 말을 아예 알아듣지도 못한 채 계속했다. "어쨌거나 그이는 그런 유의 인간들과는 어울릴 수 없었어요. 백작 부인은 마차에서 저를 자기 곁에 앉혔음에도 저를 잡아먹게 되자 기뻐했어요. 모두 음모를 꾸미는데 정말 그이도 그럴까요? 정말 그이도 변심한 걸까요? (그녀의 턱과 입술이 파르르 떨렸다.) 들어 보세요, 혹시 그리시카 오트레피예프[24] 얘기, 그가 일곱 개의 성당에서 저주받았다는 얘기를 읽으셨나요?"

니콜라이 프세볼로도비치는 줄기차게 침묵을 지켰다.

"그건 그렇고, 저는 이제 공작님 쪽으로 고개를 돌려 공작님을 보겠어요." 그녀는 갑자기 결단을 내린 듯했다. "공작님도 제 쪽으로 고개를 돌려 저를 봐 주세요, 단 더 유심히요. 마지막으로 확인하고 싶거든요."

"저는 이미 오래전부터 당신을 보고 있었어요."

"음." 마리야 티모페예브나는 그를 열렬하게 들여다보며 말했다. "공작님, 아주 뚱뚱해졌네요……."

그녀는 뭔가 더 말하고 싶은 눈치였지만 갑자기 다시, 세

---

24) 수도사 출신으로 동란의 시대(1604~1613)에 나타나 1604년부터 1606년까지 드미트리 1세를 참칭한 그리고리 오트레피예프의 비칭.

번째로 아까처럼 소스라치게 놀라며 일순간 얼굴을 일그러뜨리더니 자기 앞으로 손을 들어 올리며 다시 몸을 움찔 뒤로 뺐다.

"아니, 왜 그러세요?" 니콜라이 프세볼로도비치는 거의 미친 듯이 소리쳤다.

하지만 경악은 겨우 한순간만 지속했다. 그녀의 얼굴은 어떤 이상하고도 미심쩍고 불쾌한 미소로 일그러졌다.

"부탁이에요, 공작님, 일어나서 들어와 주세요." 그녀는 갑자기 확고하고 고집스러운 목소리로 말했다.

"아니, '들어와 주세요.'라뇨? 어디로 들어오란 말입니까?"

"저는 오 년 내내 그이가 들어오는 장면을 그려 왔을 따름이에요. 지금 일어나서 문 뒤로, 저 방으로 가 버리세요. 저는 아무것도 기대하지 않은 듯 손에 책을 들고 앉아 있을 테고, 그러다 갑자기 공작님이 오 년 동안 여행을 마치고 갑자기 들어오시는 거예요. 전 그렇게 되는 장면을 보고 싶어요."

니콜라이 프세볼로도비치는 속으로 이를 갈며 알아들을 수 없는 뭔가를 웅얼거렸다.

"됐어요." 그는 손바닥으로 탁자를 치면서 말했다. "마리야 티모페예브나, 부디 제 얘기를 끝까지 들어 주세요. 제발, 가능하다면, 당신의 모든 주의를 모아 주세요. 정말이지 완전히 미친 건 아니잖습니까!" 초조한 나머지 벌떡 일어날 기세였다. "내일 우리의 결혼 사실을 알릴 겁니다. 당신이 살게 될 곳은 결코 궁전이 아닙니다, 그런 믿음은 버려요. 저와 평생을 함께 하고 싶은가요, 단, 여기서 매우 멀리 떨어진 곳인데요? 스위스의 산인데, 거기에 어떤 곳이 있어요……. 염려 말아요, 저는 절대 당신을 버리지도, 정신 병원에 보내지도 않을 겁니다. 구걸하지 않고 살 만큼 돈도 충분히 있어요. 하녀가 있을 테니 당신은 어떤 일도 할 필요가 없어요. 가능하기만 하면 당신은 원하는 걸 모두 얻을 수 있어요. 기도도 하고, 원하는 곳은 어디든 가고, 하고 싶은 일은 뭐든지 하고요. 저는 당신을 건드리지 않겠어요. 저 역시 제자리에서 평생 아무 데도 가지 않을 겁니다. 원한다면 평생 당신과 말을 하지 않을 것이고, 원한다면 그때 페테르부르크의 뒷골목 시절처럼 매일 밤 당신의 이야기를 들려줘요. 당신이 좋다면, 당신에게 책을 읽어 주겠어요. 그러나 대신 평생 그렇게 한곳에서만 사는 겁니다, 아주 음울한 곳이죠. 좋습니까? 결단이 서나요? 후회하거나 눈물을 흘리고 저주하면서 저를 못살게 굴지는 않겠어요?"

그녀는 굉장히 흥미진진하게 이야기를 듣더니 오랫동안 말없이 생각에 잠겼다.

"이 모든 게 믿어지지 않아요." 그녀는 드디어 꺼림칙한 듯 냉소적으로 말했다. "그럼 저는 사십 년 동안 그 산에서 사는 거잖아요." 그녀는 깔깔대고 웃었다.

"그럼 사십 년 동안 살아 봅시다." 니콜라이 프세볼로도비치는 얼굴을 심하게 찌푸렸다.

"음. 어떤 일이 있어도 안 갈 거예요."

"나와 함께 가는데도?"

"아니, 공작님이 누구라고 내가 공작님과 함께 가야 하죠? 사십 년 동안 줄곧 이런 양반과 함께 살라고요? 경사 났군. 정말이지 요즘 사람들은 끈기도 대단해! 아니야, 매가 부엉이로 변할 리는 없지. 나의 공작님은 이런 사람이 아니야!" 그녀는 오만하고 의기양양하게 고개를 들었다.

그의 몸 위로 그늘이 드리워지는 것 같았다.

"왜 저를 공작님이라고 부르죠…… 누구로 생각하기에?" 그가 급히 물었다.

"뭐라고요? 그럼 공작님이 아닌가요?"

"공작이었던 적은 없습니다."

"그럼 직접, 직접 제 얼굴을 똑바로 바라보면서 공작님이 아니라고 고백하세요!"

"분명히 얘기하건대, 공작이었던 적이 없습니다."

"맙소사!" 그녀는 손뼉을 쳤다. "난 그이의 적들이 뭐든 할 수 있다고 예상했지만 이렇게 뻔뻔한 짓을 하리라곤 정말 생각도 못 했어요! 그이는 살아 있나요?" 그녀는 광분하며 소리쳤고 니콜라이 프세볼로도비치에게 달려들었다. "네놈이 그이를 죽였지, 어서 자백해!"

"나를 누구로 생각하는 거야?" 그가 얼굴을 일그러뜨리며 자리에서 벌떡 일어났다. 그러나 이미 놀라게 하기도 힘들 만큼 그녀는 기고만장했다.

"누가 네놈을 알겠어, 대체 어떤 놈인지, 어디서 튀어나왔는지! 오직 내 가슴이, 이 가슴이 모든 음모의 냄새를 맡았을 뿐이야, 오 년 내내! 그런데도 이렇게 앉아서 놀라기만 하다니. 웬 눈먼 부엉이가 날아왔나 하면서. 아니, 이봐, 네놈은 형편없는 배우야, 심지어 레뱌드킨보다 더 형편없어. 백작 부인에게는 내가 좀 더 고개를 숙여 안부 전하더라고 하고 네놈보다 깨끗한 놈을 보내라고 말해 줘. 말해 봐, 그 여자가 네놈을 키웠지? 그 여자의 부엌에서 빌어먹고 사는 거지? 네놈의 거짓말 훤히 보인다, 네놈들 하나에서 열까지 죄다 알아!"

그는 그녀의 팔을 힘껏 움켜쥐었다. 그녀는 그의 얼굴에다 대고 깔깔댔다.

"닮기는 몹시 닮았네. 그이의 친척인지도 모르겠군, 간사한 족속들! 단, 내 님은 용맹한 매[25]에 공작님이고 네놈은 부엉이 새끼에 장사치일 뿐이야! 내 님은 내킬 때는 신에게 경배하지만 싫을 때는 그러지 않는데, 네놈은 샤투시카(얼마나 귀여운지, 혈육이나 다름없지!)한테 따귀나 찰싹 얻어맞았어, 나의 레뱌드킨이 얘기해 주었거든. 그때 왜 겁을 먹고 들어온 거지? 그때 누가 네놈을 놀라게 했더라? 내가 네놈의 저열한 얼굴을 보자마자 넘어지고 네놈이 나를 부축했을 땐 꼭 벌레가 가슴속으로 기어드는 것 같았어. 그이가 아니야, 하는 생각이 들었지, 그이가 아니야! 나의 매라면 절대 사교계 아가씨 앞에서 나를 수치스러워하지 않았을 거야! 오 맙소사! 난 오 년 내내 나의 매가 저기 어딘가 산 너머에 살며 날아다니고 태양을 바라보고 있다는 것만으로도 행복했는데……. 말해, 이 참칭자야, 많이 받았어? 엄청난 돈을 받고서 동의했겠지? 나라면 네놈한테 한 푼도 안 줄 거야. 하-하-하! 하-하-하……!"

"휴, 등신 같은 넌!" 니콜라이 프세볼로도비치는 여전히 그

25) 러시아 민담에 나오는 상투적인 표현.

녀의 팔을 꽉 쥔 채 계속 이를 갈았다.

"꺼져, 이 참칭자!" 그녀가 위압적으로 소리쳤다. "난 내 공작님의 아내야, 네놈의 칼은 두렵지 않아!"

"칼이라고?"

"그래, 칼이다! 네놈 호주머니에 칼이 들어 있지. 내가 자고 있다고 생각했겠지만 나는 방금 네놈이 들어올 때 칼을 꺼내는 거 다 봤어!"

"무슨 말을 하는 거야, 이 불쌍한 여자야, 무슨 꿈을 꾸고 있는 거냐고!" 그가 울부짖으며 있는 힘을 다해 그녀를 자기 쪽에서 밀쳐 냈기 때문에 그녀는 심지어 아플 정도로 세게 어깨와 머리를 소파에 부딪쳤다. 그는 도망치기 시작했다. 그러나 그녀가 당장 벌떡 일어났고 그를 따라잡기 위해 다리를 절름절름 뒤뚱뒤뚱 뛰었으며, 이미 깜짝 놀라 있는 힘껏 그녀를 저지하는 레뱌드킨에게 붙들린 채 째지는 소리에 깔깔 웃으면서 어둠 속의 그를 향해 이렇게 외칠 수 있었다.

"그리시카 오트-레피-예프 파-문!"

4

"칼, 칼!" 그는 분을 못 이겨 이 말을 되뇌며 길을 찾으려 하지도 않고 진흙탕과 웅덩이 위를 성큼성큼 걸어갔다. 사실, 순간순간 껄껄대며 큰 소리로 미친 듯 웃고 싶어 죽을 지경이었다. 하지만 왠지 몸을 다잡고 웃음을 자제했다. 다리에 이르러서야, 마침 아까 페디카와 마주친 그 장소에 이르러서야 정신이 번쩍 들었다. 바로 그 페디카가 지금도 이곳에서 그를 기다리고 있었기 때문인데, 그를 발견하자 모자를 벗고 즐겁게 이를 드러내더니 당장에 뭐라고 날렵하고 즐겁게 나불대기 시작했다. 니콜라이 프세볼로도비치는 처음에는 멈추지도 않고 그냥 지나쳤고 다시 자기 뒤에 찰싹 달라붙는 이 부랑자의 소리마저 얼마간은 전혀 듣지 않았다. 갑자기, 자기가 그를 완전히 잊고 있었다는, 더욱이 매 순간 혼자서 "칼, 칼!" 하고 되뇌던 그때도 그랬다는 생각에 충격을 받았다. 그는 부랑자의 옷깃을 거머쥐고 지금껏 쌓인 모든 적의와 함께 그를 다리 위로 있는 힘껏 내동댕이쳤다. 한순간 상대편은 맞서 싸울 생각을 했지만 거의 동시에 적수, 그것도 느닷없이 덮친 적수 앞에서 자기는 한낱 지푸라기에 불과하다는 것을 깨닫고는 곧 잠잠해지고 입을 다물었으며 심지어 저항할 생각조차 하지 않았다. 땅바닥에 찰싹 붙은 간교한 부랑자는 무릎을 꿇은 채 몸을 일으켜 팔꿈치를 비틀어 뒷짐을 지고 조용히 대단원의 막을 기다렸는데, 자신이 위험하다는 생각은 전혀 하지 않는 것 같았다.

그의 생각은 틀리지 않았다. 니콜라이 프세볼로도비치는 포로의 두 손을 묶기 위해서 벌써 왼손으로 자신의 따뜻한 목도리를 벗으려 했다. 그러나 갑자기 왠지 그것을 집어 던지고 그를 자기 몸에서 밀쳐 냈다. 상대편은 순식간에 벌떡 일어나 똑바로 서더니 몸을 돌렸는데, 어디서 튀어나왔는지 순식간에 손에서는 짧고 넓적한 갖바치용 칼이 번쩍였다.

"칼 저리로 치워, 당장 치우란 말이야, 치워!" 니콜라이 프세볼로도비치가 초조한 몸짓으로 명령하자 칼은 나타났을 때와 마찬가지로 순식간에 사라졌다.

니콜라이 프세볼로도비치는 다시 말없이, 몸을 돌리지도 않고 제 갈 길을 갔다. 그러나 끈질긴 불한당은 그럼에도 그에게서 뒤처지지 않았는데, 사실 이제는 이미 나불대지도 않고 심지어 공손하게 꼬박 한 걸음 뒤라는 거리를 유지했다. 두 사람은 이런 식으로 다리를 건너 강둑으로 나왔고, 이번에는 왼쪽, 즉 역시 인적이 드물고 긴 골목이지만 도시 중심으로 들어가기에는 아까 지나온 보고야블렌스카야 거리 쪽보다 더 지름길인 쪽으로 방향을 틀었다.

"네놈이 요즈음 여기 군(郡) 어디 교회를 털었다던데, 정말이냐?" 니콜라이 프세볼로도비치가 갑자기 물었다.

"저는, 그러니까 원래는 처음부터 기도하려고 들렀어요." 부랑자는 아무 일도 없었다는 듯 차분하고 정중하게 대답했다. 심지어 차분함을 넘어 거의 거드름까지 피웠다. 아까처럼 '우정 어린' 태도로 친한 척 구는 일도 전혀 없었다. 정말로 괜히 모욕을 당해도 그 모욕조차 잊어버릴 줄 아는, 실무적이고 진지한 사람이 분명했다.

"예, 주님께서 저를 그리로 인도하셨거든요." 그는 말을 이어갔다. "에휴, 이거야말로 하늘의 은총이구나 생각했죠! 그것도 제가 고아라는 것을 생각해서 일어난 일인데, 우리네 운명으론 물질적 도움 없이는 아무것도 안 되잖습니까. 그런데 나리, 저는 진짜로 손해를 본 꼴이랍니다, 주님께서 죄에 대한 벌을 내리셨거든요. 향로, 성경, 부제의 복대값으로 겨우 12루블을 받았거든요. 순은으로 된 니콜라이 성자의 아래턱도 아무 소용이 없었어요. 도금한 거라던데요."

"문지기는 찔러 죽였지?"

"그러니까 그 문지기와 함께 해치운 건데 그다음, 그러니까 아침 무렵에 강가에서 누가 자루를 차지할지를 두고 서로 말다툼을 한 거죠. 죄를 지었답니다, 그의 짐을 덜어 준 셈이지만요."

"더 찔러 죽이고 더 훔치지 그래."

"표트르 스테파니치[26]도 똑같은 말씀, 똑같은 충고를 하시던데, 그분은 물질적 원조에 관한 한 굉장한 노랑이인 데다가 인정머리가 없는 위인이거든요. 그것 말고도 흙먼지로 우리를 창조하신 하늘의 조물주를 손톱만큼도 믿지 않고, 최후의 짐승 한 마리까지 모든 것을 오직 자연이 조직한 것이라고 말하면서 더욱이 우리네 같은 운명을 타고난 사람들은 물질적 은총이 없으면 도저히 안 된다는 것을 이해하려 들지 않아요. 그분에게 설명해 주려고 들면 숫양이 물 쳐다보듯 놀랄 뿐이죠. 믿으실지 모르겠지만, 방금 나리가 방문하신 레뱌드킨 대위 집에서는요, 그러니까 나리가 오기 전, 아직 필리포프 집에 살 때부터 밤새도록 문을 활짝 열어 놓는 일이 더러 있었는데 대위는 고주망태가 돼서 죽은 사람처럼 자고 있고 온갖 호주머니에서 튀어나온 그의 돈이 마룻바닥에서 뒹굴곤 했어요. 이

26) '스테파노비치'의 약칭.

두 눈으로 똑똑히 봐 두어야 했지요, 우리네 형편상 물질적 원조가 없으면 도무지 안 되니까요……."

"이 두 눈? 그럼 이 밤에 다녀왔다는 소리냐?"

"다녀왔다고 할 수도 있지만, 단, 쥐도 새도 모르게요."

"설마 찔러 죽이진 않았겠지?"

"주판알을 튕기며 자신을 단련했죠. 왜냐하면, 언제든지 150루블을 꺼낼 수 있다는 것을 진짜로 알게 된 이상, 좀 기다리기만 하면 언제든지 1500루블도 꺼낼 수 있는데 굳이 왜 달려들겠어요? 레뱌드킨 대위는(이 두 귀로 직접 들었죠.) 술에 취하기만 하면 언제나 나리한테 무진장 희망을 걸었고, 이곳에서 그 사람이 바로 그런 몰골로 그 얘기를 떠벌리지 않은 술집은 코딱지만 한 선술집에 이르기까지 단 한 군데도 없습니다. 많은 입을 통해 이런 말을 들었기 때문에 저도 각하 나리께 저의 모든 희망을 걸게 되었습니다. 저는 나리, 나리를 아버지처럼, 친형제처럼 여기고, 그러니 표트르 스테파니치는 절대로 저한테서 이것을 알아내지 못할 테고요, 아니, 단 한 놈도 못 알아낼걸요. 그러니까, 각하, 3루블만 적선해 주세요, 예? 나리, 부디 저를 풀어 주시고 진정한 진실을 알게 해 주세요, 우리네 같은 놈들은 아무래도 물질적 원조가 없으면 도저히 안 되거든요."

니콜라이 프세볼로도비치는 큰 소리로 껄껄 웃더니 호주머니에서 소액 지폐가 50루블쯤 들어 있는 지갑을 꺼냈고 지폐 뭉치에서 한 장을 던지더니 이어 두 번째 장, 세 번째, 네 번째 장을 던져 주었다. 페디카는 흩날리는 돈을 잡으려고 몸을 날렸는데 지폐가 진흙탕 속으로 흩어지자 그것을 주우며 "에휴, 에휴!"를 연발했다. 니콜라이 프세볼로도비치는 마침내 지폐 뭉치를 전부 그에게 던져 주고 계속 껄껄대면서 골목길을 걷기 시작했는데, 이번에는 완전히 혼자였다. 부랑자는 진흙탕 속에 쪼그리고 앉아 바람 따라 이리저리 날리다가 웅덩이에 빠진 지폐들을 찾고 있었는데, 꼬박 한 시간이나 더 어둠 속에서 "에휴, 에휴!" 하는 단속적인 외침을 들을 수 있었다.

3장

결투

1

다음 날 오후 2시, 예정된 결투가 벌어졌다. 일이 빨리 진척된 것은 어떤 일이 있어도 결투를 하려는 아르테미 파블로비치 가가노프의 불굴의 욕망 때문이었다. 그는 적수의 행동을 이해하지 못하고 발광 상태에 이르렀다. 벌써 한 달 동안 벌을 받지 않는 선에서 적수를 모욕했지만 도저히 그의 인내심을 바닥낼 수 없었다. 그로서는 결투를 신청할 직접적인 구실이 없었기 때문에 꼭 니콜라이 프세볼로도비치 쪽에서 신청해야만 했다. 자신의 내밀한 동기, 즉 그저 사 년 전 집안의 모욕 때문에 생긴 스타브로긴에 대한 병적인 증오에 관한 한, 왠지 인정하기가 창피했던 모양이다. 게다가 니콜라이 프세볼로도비치가 벌써 두 번이나 겸손한 사과를 해 왔기 때문에 더더욱 그런 것을 구실로 내세울 수 없다고 생각했다. 속으로 상대편을 후안무치한 겁쟁이라고 단정했기 때문에 그가 어떻게 샤토프의 따귀를 참을 수 있었는지도 이해할 수 없었다. 그리하여 이례적으로 무례한 편지를 보내기로 결심했고 그로써 결국 니콜라이 프세볼로도비치를 부추겨 만남을 제안하도록 했다. 전날 밤 그 편지를 보내 놓고서 열병에 걸린 듯 초조하게 결투 신청을 기다리는 동안 그는 병적으로 승산을 점쳐 보며 희망과 절망 사이를 오갔고, 만일의 경우에 대비하여 벌써 저녁에 결투 입회인을 확보해 두었는데, 바로 그가 각별히 존경하는, 동창이자 벗인 마브리키 니콜라예비치 드로즈도프였다. 그리하여 키릴로프가 다음 날 아침 9시에 위임받은 일을 들고 나타났을 때는 모든 토양이 단단히 다져져 있었다. 니콜라이 프세볼로도비치의 모든 사과와 전대미문의 양보에 관한 한, 첫 마디부터 당장 비범한 열의를 보이며 거부했다. 전날 밤에야 사태의 흐름을 알게 된 마브리키 니콜라예비치는 이런 전대미문의 제안을 듣고 너무 놀라 입을 쩍 벌리고 당장 화해하라고 고집을 부리고 싶었지만 그의 의도를 미리 짐작하고 있던 아르테미 파블로비치가 의자에 앉아 거의 부들부들 떠는 것을 보고는 입을 다물고 아무 말도 하지 않았다. 만약 동창에게 약속까지 한 것이 아니라면 당장 떠났을 것이다. 하지만 혹시 뭐든 도움이 될까 하는 실낱같은 희망 하나를 갖고 일이 진행되는 자리에 남았다. 키릴로프가 결투 신청을 전했다. 스타브로긴이 지정한 만남의 조건은 모두, 문자 그대로 일말의 반박도 없이 즉각 받아들여졌다. 단, 한 가지 조항이 첨가되었는데 다음과 같은 아주 잔인한 것이었다. 처음 총을 쏘아서 어떤 결정적인 일도 일어나지 않으면 두 번째로 겨룬다, 두 번째도 아무런 결말이 나지 않으면 세 번째로 겨룬다는 것. 키릴로프는 얼굴을 찌푸리고 세 번째 건에 대해 협상을 시도했다. 그럼에도 아무런 성과도 거두지 못하자 동의했지만 '세 번까지는 괜찮지만 네 번은 절대 안 된다'라는 조건을 달았다. 이 조항에 대해서는 양보를 얻어 낸 것이다. 그리하여 오후 2시에 브리코보, 즉 한쪽에는 스크보레시니키가, 다른 쪽에는 시피굴린 공장이 있는 도시 근교의 조그만 숲에서 만남이 이루어졌다. 어제의 비는 완전히 그쳤지만 축축하고 습하고 바람까지 불었다. 갈기갈기 찢긴 채 낮게 드리워진 흐릿한 구름이 싸늘한 하늘을 따라 빠르게 흘러가고 있었다. 나무 우듬지가 둔탁하게, 넘실대듯 출렁이고 뿌리 쪽에서는 삐거덕 소리가 났다. 매우 구슬픈 아침이었다.

가가노프는 마브리키 니콜라예비치와 함께 멋진 무개 쌍두마차를 타고 약속 장소에 왔는데, 마차는 아르테미 파블로비치가 직접 몰았다. 그들에게는 하인도 한 명 딸려 있었다. 거의 동시에 니콜라이 프세볼로도비치와 키릴로프도 도착했지만 마차가 아니라 말을 타고 있었고 역시 하인을 동반했으되 말을 탄 채였다. 말을 타 본 적이 없는 키릴로프는 등을 곧게 편 자세로 용감하게 안장 위에 앉아 오른손에는, 하인에게 맡기고 싶지 않았는지, 무거운 총기 상자를 들고 왼손으로는 고삐를 잡고 있었는데, 솜씨가 서툴러 끊임없이 고삐를 꼬면서 잡아당겼고 그 때문에 말이 머리를 흔들며 뒷발로 설 기세였음에도 기사는 조금도 놀라지 않았다. 작은 일에도 곧잘 트집을 잡고 빠르고 심하게 모욕감을 느끼는 가가노프는 저들이 말을 타고 온 것을 새로운 모욕으로 생각했는데, 그 근거인즉, 적들이 부상자를 옮겨야 할 경우에 대비해 마차의 필요성마저 느끼지 않았다면 그건 승리를 너무나 확신하기 때문이라는 것이었다. 그는 너무 분한 나머지 얼굴이 완전히 샛노랗게 질려서 자신의 무개 마차에서 내렸고 손이 부들부들 떨리는 것을 느끼고는 마브리키 니콜라예비치에게도 그 사실을 알렸다. 니콜라이 프세볼로도비치의 공손한 인사에는 아예 답례도 하지 않고 몸을 돌려 버렸다. 제비뽑기로 입회인들을 정했다. 키릴로프의 권총으로 결정되었다. 결투선을 재고 적수들을 갈라 세우고 하인이 딸린 마차와 말들은 뒤쪽으로 300걸음쯤 떨어진 곳에 세웠다. 무기가 장전되어 적수들에게 넘겨졌다.

슬프게도, 이야기를 더 빨리 진행해야 해서 상세히 묘사할 시간은 없다. 그러나 몇 가지는 꼭 지적해야겠다. 마브리키 니콜라예비치는 슬픔과 근심에 차 있었다. 반면 키릴로프는 완전히 평온하고 무심한 표정이었으며 자기가 맡은 책임의 세부 사항에서도 매우 정확했으되 조금도 부산스럽지 않았고 이토록 임박한 숙명적 사태의 시발점에 대해서도 거의 호기심을 내비치지 않았다. 니콜라이 프세볼로도비치는 평소보다 더 창백했고 상당히 가벼운 차림에 외투를 입고 하얀 깃털 모자를 쓰고 있었다. 매우 피곤해 보였으며 간간이 인상도 썼는데 불편한 심기를 굳이 감출 필요가 전혀 없다고 생각했다. 하지만 이 순간 제일 눈에 띈 사람은 아르테미 파블로비치였고 따라서 그에 대해 아주 특별히 몇 마디 해야 하겠다.

2

우리는 지금까지 그의 외모에 대해 언급한 적이 없다. 그는 큰 키, 하얀 피부에 평민들이 하는 말로 거의 기름기가 흐른다고 할 수 있을 정도로 살집이 있었다. 성긴 금발에 나이는 서른세 살 정도였고 이목구비는 심지어 아름답다고 할 수 있었다. 대령으로 퇴역했지만 장군이 될 때까지 복무했다면 장군이라는 지위 덕분에 좀 더 위엄 있는 모습이었을 것이고 결국 매우 훌륭한 전투 장군이 되었을 것이다.

이 인물을 묘사함에 있어 빠뜨리지 말아야 할 사실인즉, 퇴역의 주된 동기가 된 것은 사 년 전 클럽에서 그의 아버지가 니콜라이 프세볼로도비치에게서 모욕을 당한 이후 그토록 오랫동안 고통스럽게 그를 쫓아다닌 가족의 치욕에 대한 생각이었다. 그는 군 복무를 지속하는 것이 양심상 불명예스럽다고 생각하고, 비록 아무도 이 사건을 몰랐음에도, 자신이 군대와 동료들의 얼굴에 먹칠을 하고 있다고 혼자서 확신했다. 사실 이전에도 한 번, 그 모욕이 있기 훨씬 전, 벌써 진작부터 완전히 다른 동기로 군 복무를 그만두고 싶었지만 그때까지 주저하던 터였다. 이상하게 들릴지 모르겠지만, 퇴역을 부추긴 근본적인 동기, 더 정확히, 그런 욕구는 2월 19일에 있었던 농노 해방 선언[27]이었다. 우리 도에서 가장 부유한 지주인 아르테미 파블로비치는 그 선언 이후에 별로 많은 것을 잃지 않았음에도, 더욱이 그 자신이 이 조치의 인도주의적 측면을 확신하고 이 개혁의 경제적인 이득도 거의 이해할 수 있는 능력을 갖추었음에도, 선언이 나오자 갑자기 개인적인 모욕을 받은 것 같은 느낌이 들었다. 이것은 어떤 감각처럼 무의식적인 뭔가였지만 불명료할수록 더더욱 강렬해졌다. 그래도 아버지가 죽기 전까지는 뭐든 단호한 행동을 취할 결단을 내리지 못했다. 한편 페테르부르크에서는 그의 사상이 '고결'했던 덕분에 많은 저명인사 사이에서 유명해졌고 그들과 줄기차게 관계를 맺었다. 원래 그는 자기 속으로 들어가 침잠하는 사람이었다. 한 가지 특징이 더 있다. 그는 가문의 유구하고 순수한 귀족적 혈통을 굉장히 소중히 여기며 이 점에 너무나 진지한 흥미를 갖는, 이상하긴 하되 여전히 루시[28]에 남아 있는 그런 부류의 귀족에 속했다. 이와 더불어, 러시아의 역사를 참을 수 없었으며, 아니 대체로 러시아의 관습 전체를 다소 돼지 같다고 생각했다. 어린 시절, 즉 영광스럽게도 명망 있고 부유한 자제들을 위한 특수 군사 학교에 입학해 학업을 마칠 때까지도 그의 내부에서는 어떤 시적인 관점이 뿌리내렸다. 즉, 그는 성(城), 중세의 삶, 그 삶의 오페라적인 모든 측면, 기사도

27) 알렉산드르 2세 치하, 1861년에 선포되었다.
28) 러시아의 고대 명칭.

가 마음에 들었다. 그때도 이미 모스크바 공국 시대의 황제가 러시아의 귀족에게 체형을 가할 수 있었다는 사실이 수치스러워 거의 눈물까지 흘렸으며 서로 비교해 보고는 얼굴을 붉히기도 했다. 앞뒤가 꽉 막히고 굉장히 엄격한 이 사람은 업무를 뛰어날 정도로 잘 알고 의무도 훌륭히 수행했으되 본디 몽상가였다. 그가 모임에서도 발언할 수 있으리라고, 언변이 뛰어나다고 주장하는 사람도 있었다. 하지만 어떻든 정작 당사자는 삼십오 년을 사는 내내 입을 꾹 다물고 있었다. 최근에 출입했던, 예의 그 영향력 있는 페테르부르크의 사교계에서도 이례적으로 교만하게 굴었다. 외국에서 돌아온 니콜라이 프세볼로도비치를 페테르부르크에서 만나자 거의 정신이 나갈 지경이었다. 이 순간, 결투선에 선 그는 무섭도록 불안한 상태였다. 왠지 줄곧 일이 잘 진행되지 않는 것 같아서 손톱만큼이라도 지체되면 안절부절못했다. 키릴로프가 결전의 신호를 주는 대신 갑자기 말을 하기 시작하자 그의 얼굴에는 병적인 표정이 역력해졌는데, 사실 키릴로프가 누구나 듣도록 공언했거니와 형식적 절차에 불과한 얘기였다.

"오직 형식적 절차의 차원에서 말씀드립니다. 이미 총을 손에 쥐고 있고 발사 신호를 해야 하는 지금, 마지막으로 화해하시는 것이 어떻겠습니까? 입회인의 의무입니다."

지금까지 침묵했지만 자기가 양보한 것 때문에 어제부터 속으로 괴로워해 온 마브리키 니콜라예비치도, 일부러인 양, 갑자기 키릴로프의 생각을 지지하며 말을 꺼냈다.

"저도 키릴로프 씨의 말씀에 전적으로 동의하는 바이

며…… 결투선 앞에서 화해할 수 없다는 생각은 프랑스인들에게나 유용한 편견에 불과합니다……. 게다가 뭐가 모욕인지도 이해가 안 되고요, 물론 당신의 뜻이지만, 오래전부터 하고 싶었던 말이라…… 왜냐하면 온갖 사과를 하고 있지 않습니까, 예?"

그는 완전히 새빨개졌다. 이토록 많은 말을 하는 것, 이토록 흥분하는 것은 좀처럼 드문 일이었다.

"저는 제가 할 수 있는 모든 사과를 하겠노라 다시 확증하는 바입니다." 니콜라이 프세볼로도비치는 굉장히 서둘러 말을 받았다.

"아니, 이게 가능하기는 합니까?" 가가노프는 마브리키 니콜라예비치를 향해 광포하게 소리치고 광란 상태에서 한 발을 쾅쾅 굴렀다. "당신이 나의 적이 아니라 결투 입회인이라면 저 사람한테 설명해 주시오, 마브리키 니콜라예비치(그는 니콜라이 프세볼로도비치 쪽으로 권총을 겨누었다.), 그따위 양보는 모욕을 배가시킬 뿐이라고! 저 사람은 나 때문에 모욕을 느낄 수 있으리라는 생각조차 하지 않거든요! 결투선 앞에서 나를 떠나는 것을 치욕이라고 생각하지도 않고요! 이러니 대체 나를 어떤 사람으로 여기는 것 같습니까, 당신이 보기에는…… 그런데도 당신이 나의 결투 입회인이란 말입니까! 내가 명중시키지 못하도록 내 신경을 자극할 뿐이군요." 그는 다시 한 발을 쾅쾅 구르고 입가에 게거품을 물었다.

"협상은 끝났습니다. 발사 신호를 들어 주십시오!" 키릴로프가 힘껏 소리쳤다. "하나! 둘! 셋!"

셋이라는 말과 함께 적수들은 서로를 향해 다가갔다. 가가노프는 당장 권총을 들어 올렸고 대여섯 번째 걸음에서 발사했다. 한순간 정지하고 헛방이었음을 확인하자 빨리 결투선으로 다가갔다. 니콜라이 프세볼로도비치도 다가와서 권총을 들어 올렸지만 왠지 몹시 높게, 숫제 거의 조준도 하지 않고 발사했다. 그다음에는 손수건을 꺼내 오른쪽 새끼손가락을 동여 맸다. 이제 보니 아르테미 파블로비치가 완전히 헛방을 쏜 것은 아니어서, 총알이 뼈는 건드리지 않은 채 손가락을, 관절을 스쳤던 것이다. 시시한 상처였다. 키릴로프는 적수들이 만족하지 않는다면 결투는 계속된다고 선언했다.

"선언하거니와," 하고 가가노프는 다시 마브리키 니콜라예비치를 향해 쉰 목소리로 으르렁거렸다.(그는 목이 바싹 말라 버렸다.) "저 사람은(그는 다시 스타브로긴 쪽을 겨냥했다.) 고의로 허공에다 발사했어요……. 고의로……. 이것도 모욕입니다! 저 사람은 결투를 아예 불가능한 것으로 만들려 하고 있습니다!"

"저는 규칙에 어긋나지 않는 한 원하는 대로 쏠 권리가 있습니다." 니콜라이 프세볼로도비치가 단호하게 선언했다.

"아니, 그럴 권리는 없어! 저 사람에게 설명, 설명해 주시오!" 가가노프가 소리쳤다.

"니콜라이 프세볼로도비치의 견해에 전적으로 동의하는 바입니다." 키릴로프가 소리 높여 외쳤다.

"무엇 때문에 저 사람은 나를 봐주는 거요?" 가가노프는 말을 듣지도 않고 미친 듯이 날뛰었다. "저 사람의 자비를 경멸합니다……. 침을 뱉어 주겠어…… 난……."

"분명히 말씀드리지만, 당신을 모욕하고 싶은 마음은 조금도 없었습니다." 니콜라이 프세볼로도비치가 초조하게 말했다. "제가 위로 발사한 건 당신이든 다른 누구든 더 이상 아무도 죽이고 싶지 않기 때문이지, 당신에게 개인적인 감정은 없습니다. 사실 제가 모욕을 받았다고 생각지도 않는데, 이 문제에 그렇게 화를 내시니 유감이군요. 하지만 누구든 제 권리를 침해하는 것은 용납하지 못하겠습니다."

"저 사람이 피를 그토록 두려워한다면, 물어보시오, 도대체 왜 결투 신청을 했죠?" 가가노프는 여전히 마브리키 니콜라예비치를 향해 부르짖었다.

"어떻게 결투 신청을 하지 않을 수 있었겠습니까?" 키릴로프가 끼어들었다. "아무 말도 들으려 하지 않는데 어떻게 당신을 떼 낼 수 있겠어요!"

"한 가지만 지적하겠습니다." 마브리키 니콜라예비치가 말했는데, 일의 시시비비를 따지느라 힘들고 괴로운 모양이었다. "적수가 위로 쏠 것이라고 미리 선언한다면 결투는 정말로 계속될 수 없습니다……. 아주 미묘하면서도…… 분명한 이유로……."

"저는 매번 위로 쏘겠다고 선언한 적은 전혀 없습니다!" 이제는 스타브로긴이 완전히 이성을 잃고 소리쳤다. "제가 무슨 생각을 하는지, 이번에는 어떻게 쏠지 전혀 모르잖습니까……. 저로서는 결투를 사양할 이유가 전혀 없습니다."

"그렇다면 결투는 계속될 수 있습니다." 마브리키 니콜라예비치가 가가노프 쪽으로 몸을 돌렸다.

"여러분, 자신의 자리로 돌아가 주십시오!" 키릴로프가 지시했다.

그들은 다시 맞붙었으며, 가가노프는 다시 헛방을 쏘고 스타브로긴은 다시 위로 쏘았다. 이렇게 위로 발사한 것에 대해선 논쟁의 여지가 있을 수 있었다. 즉, 니콜라이 프세볼로도비치는 스스로 고의로 헛방을 쏘았음을 인정하지 않으려면 제대로 발사한다고 단도직입적으로 주장할 수 있었으리라. 총부리를 하늘이나 나무로 곧장 겨눈 것이 아니라 어쨌든, 적수의 모자에서 1아르신쯤 떨어진 위쪽을 조준하긴 했어도, 적수를 겨냥한 것 같았기 때문이다. 이 두 번째 조준은 훨씬 더 낮고 훨씬 더 그럴듯했다. 그래도 이미 가가노프는 원래의 믿음을 버리려 하지 않았다.

"또!" 그는 이를 갈았다. "무슨 상관이람! 결투 신청을 받았으니 그 권리를 누리겠어. 세 번째로 발사하고 싶습니다……. 어떤 일이 있든."

"그럴 권리가 충분히 있습니다." 키릴로프가 딱 잘라 말했다. 마브리키 니콜라예비치는 아무 말도 하지 않았다. 세 번째로 각자 자리에 세워졌고 신호가 떨어졌다. 이번에 가가노프는 결투선 끝까지 갔고 그 결투선에서, 즉 열두 걸음 떨어진 곳에서 조준하기 시작했다. 정확한 발사를 기대하기에는 두 손이 너무 떨렸다. 스타브로긴은 권총을 아래로 늘어뜨린 채 꼼짝도 하지 않고 그의 발사를 기다렸다.

"너무 오래, 너무 오랫동안 조준하는군요!" 키릴로프가 격렬하게 소리쳤다. "쏘십시오! 쏘-시-라고요!" 그러나 총성이 울렸고 이번에는 니콜라이 프세볼로도비치의 하얀 깃털 모자가 날아갔다. 일격이 상당히 정확했다. 모자의 정수리가 아주 낮은 부분까지 뚫렸다. 4분의 1베르쇼크만 더 낮았어도 모든 것이 끝났을 것이다. 키릴로프는 모자를 받아 니콜라이 프세볼로도비치에게 건네주었다.

"쏘십시오, 적수를 붙들어 두지 마시고요!" 마브리키 니콜라예비치는 스타브로긴이 키릴로프와 함께 모자를 살펴보느라 발사 자체를 아예 잊은 것처럼 보이자 굉장히 흥분해서 소리쳤다. 스타브로긴은 흠칫 몸을 떨더니 가가노프를 쳐다보며 몸을 돌렸고 이번에는 더 이상 어떤 미묘한 수작도 없이 저쪽 숲을 향해 발사했다. 결투는 끝났다. 가가노프는 압사당한 듯 서 있었다. 마브리키 니콜라예비치가 다가가 뭐라고 말하기 시작했지만 그는 알아듣지도 못하는 것 같았다. 키릴로프는 떠나면서 모자를 벗고 마브리키 니콜라예비치에게 고개를 끄덕였다. 그러나 스타브로긴은 좀 전의 정중함을 잊어버렸다. 숲을 향해 발사한 다음 결투선은 돌아보지도 않고 권총을 키릴로프에게 쑤셔 넣고 서둘러 말을 향해 걸어갔다. 얼굴에는 분노의 빛이 역력했고, 침묵을 고수했다. 키릴로프도 침묵했다. 그들은 말을 탔고 힘차게 달렸다.

3

"왜 아무 말도 없습니까?" 벌써 집 가까이에 이르자 그는 초조하게 키릴로프를 불렀다.

"뭐가 필요한 거죠?" 상대방은 이렇게 대답했지만 말이 뒷발로 펄쩍 뛰어올랐기 때문에 하마터면 말에서 떨어질 뻔했다.

스타브로긴은 자제력을 발휘했다.

"나는 그…… 바보 녀석을 모욕하고 싶지 않았는데 또 모욕하고 말았어요." 그는 조용히 말했다.

"예, 다시 모욕했지요." 키릴로프가 딱 잘라 말했다. "게다가 그는 바보가 아닙니다."

"하지만 내가 할 수 있는 건 다 했어요."

"아닙니다."

"그럼 뭘 해야 했단 말이죠?"

"결투 신청을 하지 말았어야죠."

"그럼 따귀 한 대를 더 감수하란 말인가요?"

"예, 그렇게 감수했어야죠."

"도대체 아무것도 못 알아듣겠군!" 스타브로긴은 악에 받쳐 말했다. "왜 모두, 다른 사람에게는 기대하지 않는 뭔가를 나에게서 기대하는 겁니까? 왜 아무도 참지 않는 것을 나는 참아야 한단 말입니까, 왜 아무도 견딜 수 없는 그런 짐을 기꺼이 짊어져야 합니까?"

"나는 당신 스스로 짐을 구하고 있다고 생각했어요."

"내가 짐을 구하고 있다고요?"

"예."

"당신이…… 그걸 봤습니까?"

"예."

"그게 그렇게 눈에 띄던가요?"

"예."

그들은 일 분 정도 침묵했다. 스타브로긴은 몹시 근심에 찬 표정이었는데 거의 충격을 받은 것 같았다.

"죽이고 싶지 않아서 쏘지 않은 것이지, 그 밖에 다른 이유는 하나도 없습니다, 정말입니다." 그는 변명하듯 서둘러 불안하게 말했다.

"그래도 모욕할 필요는 없었죠."

"그럼 어떻게 해야 했죠?"

"죽여야 했지요."

"내가 그를 죽이지 않아서 섭섭한가요?"

"난 아무것도 섭섭하지 않아요. 난 당신이 정말로 살인하고 싶어 한다고 생각했습니다. 당신은 자신이 무엇을 구하고 있는지 아직 몰라요."

"짐을 구하고 있지요." 스타브로긴이 웃었다.

"피를 원하지 않는다면서 왜 그에게 살인할 기회를 준 겁니까?"

"내가 그에게 결투 신청을 하지 않았다면 그는 결투도 하지 않고 나를 죽였을 겁니다."

"그건 당신이 상관할 바 아니죠. 죽이지 않았을지도 모르니까."

"그럼 좀 때리고 말았을까요?"

"그것도 당신이 상관할 바가 아닙니다. 짐을 짊어져요. 안 그러면 공적은 없습니다."

"당신의 공적 따위는 침이나 뱉어 주라지, 나는 누구한테도 그런 걸 구하지 않아요!"

"내 생각으로는 구하고 있는걸요." 키릴로프는 끔찍이도 냉담하게 단정했다.

그들은 집 마당으로 들어왔다.

"제 방에 들렀다 가지 않겠습니까?" 니콜라이 프세볼로도비치가 제안했다.

"됐습니다, 집에 가겠어요, 그럼 이만." 그는 말에서 뛰어내려 자신의 상자를 겨드랑이에 꼈다.

"적어도 당신은 나에게 화내지 않겠죠?" 스타브로긴은 그에게 한 손을 내밀었다.

"전혀!" 키릴로프는 악수하려고 돌아왔다. "만약 나의 짐이 더 가볍고 그게 천성 탓이라면, 아마 당신의 짐은 더 무거운 것이고 그것도 천성 탓입니다. 많이 부끄러워할 건 전혀 없어요, 그냥 약간만."

"나도 내가 시시한 놈이란 건 알지만 구태여 강자들 틈에 끼지도 않으려고요."

"그럼 끼지 말아요. 당신은 강한 인간이 아니니까. 언제 와서 차나 한잔 마셔요."

니콜라이 프세볼로도비치는 심한 혼란을 느끼며 자기 방으로 들어갔다.

4

니콜라이 프세볼로도비치는 알렉세이 예고로비치를 통해서 곧장, 자기가 말을 타고 산책하러 나간 것에 — 여드레 동안 앓고 난 뒤 첫 산책이었다 — 전적으로 만족한 바르바라 페트로브나가 마차를 준비하라고 명령한 다음 '여드레면 맑은 공기를 마신다는 것이 무엇을 의미하는지조차 벌써 잊었을 테니 지난날들의 전례에 따라 맑은 공기를 마시기 위해' 혼자 떠났음을 알게 되었다.

"혼자 가셨나, 다리야 파블로브나와 함께 가셨나?" 니콜라이 프세볼로도비치는 노인의 말을 가로막으면서 급히 질문을 던진 뒤 "다리야 파블로브나께서는 몸이 편찮으셔서 동행을 거절하시고 지금 아가씨 방에 계십니다."라는 대답을 듣자 얼굴을 심하게 찌푸렸다.

"이봐, 할아범." 그는 급히 결심한 듯 말했다. "오늘 하루 종일 아가씨를 좀 감시해 주게나, 혹시 나에게 가는 것이 보이면 즉시 저지시키고 적어도 며칠간은 만날 수 없다고 전해 주게……. 내가 직접 그렇게 부탁하더라고…… 때가 되면 직접 부르겠다고, 듣고 있나?"

"그렇게 전하지요." 알렉세이 예고로비치는 우수가 담긴 목소리로 말하고는 눈을 아래로 내리깔았다.

"그래도 아가씨가 직접 나에게 가는 것을 분명히 보기 전에는 말하지 말고."

"염려하지 마십시오, 실수는 없을 테니까요. 여태껏 저를 통해서 찾아뵈었지요. 언제나 저의 도움을 받으려고 하셨고요."

"알아. 어쨌든 아가씨가 직접 발을 떼기 전에는 말하지 말게. 가능한 한 빨리 차도 한잔 갖다 주고."

노인이 나가자마자 거의 동시에 바로 그 문이 열리더니 다리야 파블로브나가 문지방에 나타났다. 시선은 평온했지만 얼굴은 창백했다.

"어디로 들어온 거죠?" 스타브로긴이 소리쳤다.

"바로 여기에 서서 할아범이 나가길 기다렸어요, 당신 방에 들어오려고. 할아범에게 무슨 지시를 하는지 듣고 있었는데 방금 할아범이 나왔을 때는 오른쪽 돌출부 뒤에 숨어 있었기 때문에 나를 보지 못한 거예요."

"오래전부터 당신과의 관계를 끊고 싶었어요, 다샤……. 당분간…… 잠시만 그렇게. 쪽지까지 보내왔지만 어젯밤에는 당신을 만날 수 없었어요. 나도 편지를 쓰고 싶었지만 통 글재주가 없어서요." 그는 신경질이 난 듯, 심지어 징그러운 듯 덧붙였다.

"나도 관계를 끊어야 한다고 생각했어요. 바르바라 페트로브나께서는 우리의 관계를 의심하고 계세요."

"그야 어머니 사정이고……."

"부인께 심려를 끼쳐 드릴 필요는 없으니까요. 그럼, 이제 끝에 다다른 건가요?"

"여전히 꼭 끝이 있으리라 기대하는 건가요?"

"예, 전 확신해요."

"세상에는 아무것도 끝나지 않아요."

"이 일에는 끝이 있을 거예요. 그때는 저를 불러요, 꼭 올 테니까. 지금은 이만."

"무슨 끝이 있을 거라는 건가요?" 니콜라이 프세볼로도비치가 씩 웃었다.

"다치지는 않았군요……. 설마 피를 흘리게 한 건 아니죠?"

그녀는 끝에 대한 질문에는 대답도 하지 않고 물었다.

"어리석은 짓이었어요. 아무도 죽이지 않았으니 염려 말아요. 하긴 오늘 당장 사람들에게서 모든 얘기를 듣게 되겠지. 몸이 좋지 않군요."

"갈게요. 오늘 결혼 발표는 없는 건가요?" 그녀는 주저하면서 덧붙였다.

"오늘은 없을 겁니다. 내일도 없을 테고. 모레도, 모르겠는데, 아예 우리 모두 죽었으면 더욱 좋겠군요. 그만 혼자 있게 해 줘요, 제발 좀."

"또 다른…… 광기 어린 여인을 파멸시키려는 건 아니죠?"

"광기 어린 인간들은 저 여자든 이 여자든 파멸시키지 않을 테고, 정신이 멀쩡한 여자라면 파멸시킬지도 모르지. 난 그토록 비열하고 추악한 놈이니까. 다샤, 내가 정말로 당신 말대로 '최후의 끝에서' 당신을 부르면, 당신은 정신이 멀쩡함에도 나에게 오겠죠. 왜 스스로 자신을 파멸시키려는 거죠?"

"끝에 가서는 당신 곁에 나만 남으리라는 것을 알아요……. 그때를 기다리는 거죠."

"만약 끝에 가서 당신을 부르지 않고 피해 달아난다면?"

"그럴 리는 없어요, 부를걸요."

"그러니까 나를 많이 경멸한다는 거로군."

"경멸만은 아니라는 걸 알 텐데요."

"그렇다면 어쨌든 경멸이 있기는 하군요?"

"그렇게 표현하지는 않았어요. 하느님이 증인이시고, 나는 당신이 결코 나를 필요로 하지 않기를 간절히 바라는 마음이에요."

"말 한마디는 다른 한마디로 보답해야지. 나도 당신을 파멸시키지 않기를 바라는 마음뿐이오."

"결코, 어떻게 해도 당신은 나를 파멸시킬 수 없고, 이 점은 당신이 제일 잘 알 텐데요." 다리야 파블로브나는 재빨리 단호하게 말했다. "당신이 아니라면, 자선 간호 단체 같은 곳에 간호사로 들어가 환자들을 돌보거나 서적상이 돼서 복음서를 팔러 다닐 거예요. 그렇게 결심했어요. 나는 그 누구의 아내도 될 수 없어요. 이곳과 같은 집에서도 살 수 없고요. 그러고 싶지 않으니까……. 당신은 다 알잖아요."

"아니, 당신이 뭘 원하는지 나는 전혀 알아낼 수 없었어요. 당신이 나에게 관심을 보이는 것이 꼭 관록이 쌓인 어떤 간호사들이 왠지 다른 환자들보다는 어느 한 환자에게만 유달리 관심을 보이는 것처럼, 아니 더 정확히는, 여느 독실한 노파들이 장례식장을 빌빌대고 돌아다니면서 다른 것들보다 좀 더 그럴듯해 보이는 어떤 시체를 선호하는 것처럼 여겨져요. 왜 나를 그렇게 이상한 눈으로 쳐다봐요?"

"당신 많이 아프죠?" 그녀는 왠지 특별히 그를 들여다보며 관심이 가득한 어조로 물었다. "맙소사! 이러고도 이 사람은 나 없이 지내고 싶다니!"

"들어 봐요, 다샤, 요즘 계속 환영이 보여요. 어느 악귀 새끼[29)]가 어제 다리에서 나한테 제안하기를, 자기가 레뱌드킨과 마리야 티모페예브나를 찔러 죽이겠다고, 나의 법적인 결혼 문제를 매듭짓고 실마리는 물속에 빠뜨리겠다고 제안하더군요. 착수금으로 3루블을 구걸했지만 모든 절차가 마무리되면 1500루블은 족히 받으리라고 똑똑히 알려 주더군요. 그러니 얼마나 잇속을 차리는 악귀인지! 회계사가 따로 없어! 하-하!"

"그러나 그게 환영이라고 굳게 믿는 거잖아요?"

"오, 아니오, 절대 환영이 아니라니까! 이놈은 그저 탈옥한 유형수 페디카였을 뿐이거든요. 그러나 문제는 그게 아니야. 당신 생각에는 내가 무엇을 했을까? 그놈에게 돈지갑에 든 돈을 모두 건네주었고, 그놈은 이제 내가 착수금을 주었다고 완전히 믿고 있겠지!"

"밤에 그를 만났고 그가 당신에게 그런 제안을 했다고요? 도대체 사방에서 당신을 잡으려고 올가미를 쳐 놓은 게 안 보이냐고요!"

"그거야 그들 마음이고. 그런데 당신에게 줄곧 한 가지 질문이 맴돌고 있는 거, 당신 눈을 보면 알 수 있어요." 그는 표독스럽고 짜증스러운 미소를 지으며 덧붙였다.

다샤는 경악하고 말았다.

---

29) 이 소설의 제목인 '악령(besy)'의 지소형.

"질문도, 의심도 전혀 없어요, 차라리 입을 다물어요!" 그녀는 질문을 떨치듯 불안하게 소리쳤다.

"즉 당신은 내가 페디카의 소굴에는 가지 않으리라고 확신하는 건가요?"

"아, 맙소사!" 그녀는 손뼉을 탁 쳤다. "도대체 무엇 때문에 나를 이렇게 괴롭혀요?"

"자, 나의 멍청한 장난질을 용서해 줘요, 분명히 저 일당에게서 고약한 방식을 전수받은 모양이야. 그런데 어젯밤부터 웃고 싶어 죽겠어요, 줄곧, 끊임없이, 오랫동안, 실컷 웃고 싶단 말이야. 꼭 웃음을 장전한 것처럼……. 후! 어머니가 오셨군. 어머니의 마차가 현관 앞에 정지하면 소리를 듣고 알 수 있지."

다샤는 그의 손을 잡았다.

"부디 하느님이 당신을 당신의 악마로부터 보호해 주시길……. 나를 불러요, 서둘러 나를 부르라고요!"

"오, 나의 악마란! 그건 그저 조그맣고 징그럽고 종기까지 난 데다 코감기에 걸린 악귀 녀석, 낙오자 중 하나일 거야. 그런데 다샤, 이번에도 뭔가 할 말은 없나요?"

그녀는 고통과 비난이 섞인 시선으로 그를 쳐다보더니 문 쪽으로 몸을 돌렸다.

"들어 봐요!" 그는 표독스럽게 일그러진 미소를 지으며 그녀의 뒤에 대고 외쳤다. "만약…… 어쨌든 거기, 한마디로 '만약'…… 알겠죠, 심지어 소굴에 들어가서 그런 다음 당신을 부른다면 소굴 이후라도 오겠어요?"

그녀는 두 손으로 얼굴을 가린 뒤 몸을 돌리지도, 대답하지도 않고 그냥 나가 버렸다.

"소굴 이후라도 올 거야!" 그는 잠시 생각에 잠겼다가 중얼거렸는데 얼굴에는 꺼림칙한 경멸이 역력히 드러났다. "간호사라고! 음……! 하긴 나한테 저런 존재도 필요할지 모르지."

4장

모두 기대에 들떠

1

급속도로 퍼진 결투 이야기는 우리 사교계 전체에 강한 인상을 남겼는데, 특별히 주목할 점은 모두 서둘러 만장일치로 무조건 니콜라이 프세볼로도비치를 옹호했다는 것이다. 전에 그의 적이었던 사람 중 많은 이들도 자신을 그의 친구라고 단호하게 선언했다. 사교계의 여론이 이렇게 급작스럽게 돌변한 주된 원인은 어느 부인이 이례적으로 적확하게, 큰 소리로 발언한 몇 마디 때문인데, 지금까지 아무 발언도 하지 않던 그 부인은 단번에 우리 대다수의 강력한 관심을 굉장히 끌 만한 의미를 이 사건에 부여했다. 일은 다음과 같이 전개되었다. 그 사건이 있고 난 다음 날이 마침 우리 도(道) 귀족단장 부인의 영명 축일이었기 때문에 온 도시가 그곳에 모였다. 율리야 미하일로브나도 참석했고, 아니 더 정확히, 좌중을 휘어잡았고, 그녀와 함께 온 리자베타 니콜라예브나는 빛나는 아름다움과 유별난 명랑함 때문에 이번에는 당장 우리네 많은 부인에게 특별히 의구심을 불러일으켰다. 겸사겸사 말해 둘 것이 있다. 그녀와 마브리키 니콜라예비치의 약혼 사실에 대해서는 더 이상 의심의 여지가 있을 수 없었다. 좀 있다 얘기하겠지만, 바로 그날 저녁, 이미 퇴역했으되 영향력 있는 어느 장군의 장난스러운 농담에 대해 리자베타 니콜라예브나 스스로가 단도직입적으로, 자기는 약혼한 몸이라고 대답한 것이다. 그런데 어찌 된 일일까? 우리네 부인 중 이 약혼을 믿는 사람은 단 한 명도 없었다. 모두 여전히 집요하게 스위스에서 어떤 로맨스가 있었으리라고, 뭔가 숙명적이고 비밀스러운 가정사가 발생했으리라고, 왠지 꼭 율리야 미하일로브나가 가담했으리라고 추정했다. 왜 그토록 집요하게 이 모든 풍문, 혹은 말하자면 심지어 이런 몽상이 지지를 얻었는지, 왜 하필이면 꼭 율리야 미하일로브나를 연루시켰는지를 말하기는 어렵다. 그녀가 들어오자마자 모두 잔뜩 기대에 부푼 이상한 시선을 보냈다. 여기서 지적해야 할 것이 있는데, 사건이 일어난 지 얼마 지나지 않은 데다가 그것이 몰고 온 어떤 정황 때문에 그날 밤 모임에서는 아직 다소 조심스럽게, 조용조용히 말을 꺼냈다. 게다가 상부의 조치에 대해서는 아직 아무것도 몰랐다. 알려진 바에 따르면, 두 결투자는 성가신 일은 겪지 않았다. 가령, 아르테미 파블로비치가 아무 방해도 받지 않고 아침 일찍 두호보의

자기 집으로 떠났음을 다들 알았다. 그런데도 다들 당연히 누가 먼저 큰 소리로 말을 꺼내 주고 그로써 사교계의 초조함에 문을 열어 주기를 갈망하고 있었다. 앞에서 언급한 그 장군이 바로 그 희망의 대상이었는데, 그들의 짐작이 제대로 맞아떨어졌다.

우리 클럽에서 가장 점잖은 회원 중 하나인 이 장군은 별로 부유하지 않은 지주지만 아주 별난 사상의 소유자로서 귀족 아가씨들의 꽁무니를 따라다니는 구닥다리였지만, 그건 그렇고, 큰 모임이 있을 때마다 모두가 아직까지 조심스럽게 속닥대기만 하는 일에 대해 장군다운 무게를 실어 큰 소리로 말문을 여는 것을 굉장히 좋아했다. 이것이 우리 사교계에서 말하자면 그의 전문적인 역할이었다. 더불어 유달리 말을 질질 끌고 달착지근하게 말했는데, 분명히 그 버릇은 해외여행 중인 러시아인이나 예전에는 부유했지만 농노 개혁 이후 제일 많이 영락한 지주들에게서 배운 버릇이었으리라. 스테판 트로피모비치는 심지어 어느 날 지주가 많이 영락할수록 더 달착지근하게 쉬, 쉬 소리를 내고 말을 질질 끈다고 꼬집기도 했다. 하지만 그러는 그도 달착지근하게 말을 질질 끌고 쉬, 쉬 소리를 내면서도 자신의 이런 점은 전혀 꼬집지 못했다.

장군은 유능한 사람인 양 말을 꺼냈다. 그는 아르테미 파블로비치와 말다툼에 소송까지 진행 중임에도, 더욱이 언젠가는 그 자신도 결투한 적이 두 번이나 있고 그중 한 번은 사병으로 좌천되어 캅카스로 쫓겨난 적이 있음에도 어떻든 그와는 먼 친척 사이였다. 누군가가 바르바라 페트로브나가 '병환 뒤에' 벌써 이틀째 말을 타고 산책하기 시작했다고 언급했는데, 실은 그녀 얘기가 아니라 스타브로긴 집안 소유의 양마장에서 기르는 회색 네 필 말이 끄는 마차의 훌륭한 마구 얘기였다. 장군이 갑자기 오늘 '젊은 스타브로긴'이 말을 타고 다니는 걸 보았다고 지적했다……. 즉시 모두 입을 다물었다. 장군은 입맛을 쩝쩝 다시고 하사받은 황금빛 담뱃갑을 손가락 사이로 빙빙 돌리면서 갑자기 선언했다.

"몇 년 전 내가 여기에 없었던 것이 유감이군……. 즉, 카를스바트[30]에 있었거든요……. 음. 그 청년에게 관심이 많은데, 그 당시 온갖 소문을 많이 접했어요. 음, 그런데 그가 미쳤다는 게 사실이오? 그때 누가 말하더군요. 갑자기 들리는 말로는, 여기서 어떤 대학생이 여자 사촌이 있는 자리에서 그를 모욕하고 그가 그 대학생을 피해 탁자 밑으로 기어들어 갔다던데요. 또 어제 스테판 브이소츠키에게 들은 바로는, 스타브로긴이 저…… 가가노프와 결투했다는군요. 오로지 그를 떨쳐 내려는 일념에서, 몹시 정중한 목적에서 미쳐 날뛰는 사람에게 이마를 갖다 댔다는데요. 음. 이건 1820년대 근위대의 정신이오. 그는 여기 누구의 집에 출입하고 있소?"

장군은 대답을 기다리듯 입을 다물었다. 사교계의 초조함이라는 문의 빗장이 벗겨졌다.

"이보다 더 단순한 것이 어디 있겠습니까?" 율리야 미하일로브나가 갑자기 언성을 높였는데, 모두가 갑자기 꼭 명령을

---

30) 온천으로 유명한 체코의 도시 카를로비바리의 옛 지명.

받은 듯 자신에게 시선을 돌린 상황이 짜증스러웠다. "아니, 스타브로긴이 가가노프와 결투한 것이, 그 대학생에게 보복하지 않은 것이 놀랄 일입니까? 자기 집의 농노였던 사람에게 결투를 신청할 수는 없잖습니까!"

의미심장한 말이었다! 단순하고 명료한 생각인데 지금까지 그 누구의 머릿속에도 떠오르지 않았던 것이다. 비상한 결과를 초래한 말이었다. 온갖 스캔들과 유언비어, 온갖 시시하고 일화적인 것이 일시에 뒷전으로 밀려나고 다른 의미가 대두되었다. 모두의 오해를 샀던 새 인물, 거의 이상적일 정도로 엄격한 개념을 갖춘 인물이 나타났다. 대학생, 즉 더 이상 농노도 아닐뿐더러 교육까지 받은 사람에게서 죽도록 모욕받은 사람인 그는, 모욕을 준 자가 이전에 자신의 농노였기 때문에 그 모욕을 경멸한다. 사교계에는 웅성거림과 유언비어가 난무한다. 경솔한 사교계는 얼굴을 얻어맞은 사람을 경멸 섞인 시선으로 쳐다본다. 정작 당사자는 진짜 개념도 제대로 파악하지 못한 채 입방아를 찧어 대는 사교계의 통념을 경멸한다.

"그런데 이반 알렉산드로비치, 우리는 여기 앉아서 올바른 개념에 대해 논하고 있습니다만." 클럽의 어느 노인이 다른 노인에게 자신을 드러내는 데 점잖은 열의가 보인다.

"예, 표트르 미하일로비치, 그렇습니다." 다른 노인이 쾌감을 느끼며 지지한다. "자, 그 젊은이들 얘기를 해 보시지요."

"이건 젊은이들이 아닙니다, 이반 알렉산드로비치." 새로 끼어든 세 번째 노인이 지적한다. "이건 젊은이들의 문제가 아닙니다. 이건 별개입니다. 그저 젊은이 중 한 명에 불과한 아무

개가 아니라. 바로 이렇게 이해해야지요."

"사실 우리에게는 그런 사람이 필요합니다. 사람이 부족한 형편이니까요."

여기서 핵심은 이 '새로운 사람'이 알고 보니 '의심의 여지 없는 지주 귀족'이고 덧붙여 도(道)에서 아주 부유한 지주이며 고로 조력자이자 활동가가 되지 않을 수 없다는 점이었다. 하긴 앞서도 지나가는 길에 우리네 지주들의 분위기에 대해 언급한 바 있다.

그들은 심지어 열을 올렸다.

"더욱이 그는 결투 신청을 하지 않은 건 물론이거니와 뒷짐만 졌습니다, 이 점을 특별히 유념하십시오, 각하." 어떤 사람이 나섰다.

"그래서 그를 새로운 재판에 끌고 가지는 못했지요." 다른 사람이 덧붙였다.

"새로운 재판에서는 그에게 귀족의 '개인적인' 모욕의 대가로 15루블을 주라고 판결했을 텐데, 헤-헤-헤!"

"아니, 내 새로운 재판의 비밀을 얘기해 드리리다." 세 번째 사람은 격렬하게 흥분했다. "누군가가 도둑질을 했거나 사기를 쳐서 분명히 덜미가 잡혔고 증거도 다 드러났다면, 시간이 조금이라도 있을 때 서둘러 집으로 달려가서 어머니를 죽이는 편이 나을 겁니다. 금세 모든 죄를 없애 줄 것이고, 부인네들은 방청석에서 마직 손수건을 흔들어 댈 테죠. 틀림없는 진리죠!"

"진리, 진리고말고요!"

아무래도 일화 없이는 안 되겠다. 그들은 니콜라이 프세볼로도비치와 K백작의 관계를 상기했다. 최근 개혁에 대한 K백작의 엄격하고 고립된 견해는 널리 알려진 터였다. 최근 들어 다소 주춤하기는 했지만 그의 뛰어난 활동도 알려진 터였다. 그러던 차에 갑자기 니콜라이 프세볼로도비치가 K백작의 딸 중 하나와 약혼했다는 소문이 모두에게 의심의 여지 없이 받아들여졌는데, 아무도 정확한 근거는 제시하지 못했다. 스위스에서의 어떤 경이로운 모험들과 리자베타 니콜라예브나에 관한 한, 심지어 부인네들도 더 이상 언급하지 않았다. 겸사겸사 언급하자면, 드로즈도프 집안이 지금껏 게을리해 온 방문을 모두 마쳤다. 다들 진작부터 리자베타 니콜라예브나를 '병적인 신경이나 '뽐내는' 아주 평범한 처녀로 생각한 것이 틀림없었다. 니콜라이 프세볼로도비치가 도착한 날 기절한 일도 이제는 단순히 대학생의 추악한 행동에 대한 경악으로 설명되었다. 이전에는 어떤 환상적인 색채를 부여하려고 그토록 애쓰던 일에 대해 심지어 산문적인 면을 강화하는 꼴이었다. 어떤 절름발이 여자는 까맣게 잊고 기억하는 것조차 부끄러워했다. '절름발이 여자가 100명이 된다 한들, 누구는 한창때가 없었나!' 니콜라이 프세볼로도비치의 어머니를 향한 공경심도 부각하고 그가 베푼 다양한 선행도 찾아내고 사 년 전 독일 대학들을 돌며 학식을 쌓은 얘기도 기분 좋게 했다. 아르테미 파블로비치의 행동은 최종적으로 졸렬한 짓으로 공언되었다. '자기네 사람도 못 알아본다'는 것이다. 율리야 미하일로브나에 관한 한 그 드높은 통찰력이 최종적으로 인정받았다.

이렇듯, 니콜라이 프세볼로도비치가 마침내 직접 나타났을 때는 모두 가장 순진한 진지함으로 맞이했으며 그에게로 쏠리는 모두의 시선 속에서 아주 초조한 기대감을 읽을 수 있었다. 니콜라이 프세볼로도비치는 곧장 아주 엄격한 침묵 속에 틀어박혔는데, 이 점이 세 통의 말을 쏟아 내는 것보다 모두를 훨씬 만족시켰음은 당연하다. 한마디로, 그는 만사가 순조로웠고 인기 절정이었다. 도(道)의 사교계에서는 일단 누가 나타나면 어떻게 해도 몸을 숨길 수 없다. 니콜라이 프세볼로도비치는 예전처럼 도(道)의 예의범절을 모두 세련되게 지키기 시작했다. 그가 즐거워한다고 생각하지는 않았다. '이 사람은 충분히 참았어, 다른 사람들과는 다른 사람이니까. 뭔가 골똘히 생각하는 게 있는 거야.' 심지어 사 년 전 우리 도시에서 그토록 증오했던 그의 오만함과 사람을 내치는 저 꺼림칙한 태도가 이제는 존경과 애정의 대상이 되었다.

제일 의기양양한 사람은 바르바라 페트로브나였다. 그녀가 리자베타 니콜라예브나에 대한 몽상이 무너진 것 때문에 가슴앓이를 했는지 어떤지는 말할 수 없다. 물론 여기에는 가족적 오만함도 도움이 됐다. 이상한 점이 한 가지 있다. 바르바라 페트로브나는 니콜라가 K백작 댁에서 정말로 '간택'을 했노라고 갑자기 극도로 확신하게 되었지만, 제일 이상한 것은, 모든 사람처럼 그녀 역시 바람 따라 자기 귀로 흘러든 소문을 듣고 확신하게 되었다는 점이다. 자기도 니콜라이 프세볼로도비치에게 단도직입적으로 물어보기가 무서웠던 것이다. 그래도 두세 번 정도는 참다 못해, 자기와 별로 솔직한 얘기를 안 한다고 슬쩍, 명랑하게 꾸짖기도 했다. 니콜라이 프세볼로도비치는 미소를 지으며 계속 침묵했다. 침묵은 동의의 표시로 받아들여졌다. 어쩌랴. 그러고도 그녀는 절름발이 여자를 전혀 잊지 못했다. 그 여자 생각이 돌덩이처럼, 악몽처럼 가슴속에 자리 잡고 이상한 환영이나 점괘처럼 그녀를 괴롭혔으며 이 모든 것이 K백작의 딸들에 대한 몽상과 함께, 동시에 뒤엉켰다. 그러나 이 얘기는 좀 뒤에 하겠다. 당연히 사교계에서는 다시 바르바라 페트로브나에게 굉장한, 또 조심스러운 존경을 보였지만, 그녀는 개의치도 않고 외출하는 일도 굉장히 드물었다.

그녀는 그래도 의기양양하게 도지사 부인 댁을 방문하기는 했다. 당연히 앞서 말한, 율리야 미하일로브나가 귀족단장 부인 댁의 저녁 모임에서 표명한 그 의미심장한 말에 제일 반하고 매료된 사람은 다름 아닌 그녀였다. 그것은 그녀 마음속의 우수를 많이 걷어 주고 저 불행한 일요일부터 그녀를 그토록 괴롭혀 온 많은 것을 일시에 해결해 주었다. '내가 그 여자를 통 몰랐지 뭐예요.' 그녀는 그녀다운 저돌적인 태도로 단도직입적으로 말했고, 율리야 미하일로브나에게 감사드리러 왔노라고 천명했다. 율리야 미하일로브나는 홀딱 반했지만 독립적인 자세를 유지했다. 그때부터 이미 그녀는 자신이 대단한 가치가 있는 사람이라고 느끼기 시작했는데, 도가 좀 지나쳤는지도 모르겠다. 가령, 대화가 한창 진행 중일 때 스테판 트로피모비치의 활동과 학식에 대해서는 결코 들은 바가 전혀 없노라고 천명한 것이다.

"물론 저는 젊은 베르호벤스키를 받아들이고 또 귀여워하기도 합니다. 분별력이 좀 부족하지만 아직은 젊으니까요. 하긴 확고한 지식도 있더라고요. 어쨌든 이쪽은 일선에서 은퇴한 무슨 전직 비평가와는 다르더군요."

바르바라 페트로브나는 당장 서둘러, 스테판 트로피모비치는 결코 비평가였던 적이 없다고, 오히려 평생 그녀의 집에서 살았노라고 지적했다. 그가 학문 활동의 첫발을 내디딜 무렵에 유명해진 것은 '온 세상에 너무 잘 알려진' 정황들 덕분이고 가장 최근에 그런 것은 스페인 역사에 관한 저작들 덕분이라고 말이다. 독일 대학의 현황에 대해, 또 드레스덴의 마돈나에 대해서도 뭔가를 쓰고 싶어 하는 것 같다고 말이다. 한마디로, 바르바라 페트로브나는 스테판 트로피모비치를 율리야 미하일로브나에게 양보하고 싶지 않았던 것이다.

"드레스덴의 마돈나라고요? 시스티나의 마돈나를 말하는 겁니까? 친애하는(Chère) 바르바라 페트로브나, 저는 그 그림 앞에서 두 시간을 앉아 있다가 떠나며 환멸을 느꼈습니다. 아무것도 이해하지 못한 채 대단히 놀라기만 했지요. 카르마지노프 역시 이해하기 힘들다고 하시더군요. 모두가 아무것도 발견하지 못합니다, 러시아인들도, 영국인들도. 늙은이들만 그 모든 영광 어쩌고 하며 떠들어 대는 겁니다."

"그러니까 새로운 유행이겠지요?"

"제 생각으로는 우리 젊은이들을 무시해서는 안 될 것 같습니다. 그들이 공산주의자라고 떠들어 대지만 제 생각으로는 그들을 어여삐, 또 소중히 여겨야 합니다. 저는 지금 모든 것 — 모든 신문, 코뮌, 자연 과학 — 모든 것을 읽고 또 받아들이는데, 결국은 자신이 어디에 살고 있으며 누구와 관계를 맺고 있는지는 알아야 하니까요. 평생 자기 환상의 꼭대기에서 살아서는 안 되잖습니까. 이런 결론을 얻었기에 젊은이들을 총애하고 바로 그로써 그들이 벼랑 끝에서 떨어지지 않도록 지켜 주는 것을 원칙으로 삼게 되었습니다. 분명히 바르바라 페트로브나, 오직 우리만이, 사교계만이 좋은 영향력과 다름없는 총애로써 모든 늙은이가 성급하게 심연 속으로 밀어 넣고 있는 그들을 옆에서 지켜 줄 수 있습니다. 어쨌든 부인을 통해 스테판 트로피모비치에 대해 알게 되어 기쁩니다. 덕분에, 그분이 우리 문학 강연회에 도움을 주실 수도 있겠다는 생각이 드는군요. 아시겠지만, 저는 우리 도(道)의 가난한 여성 가정 교사를 위해 기부를 받으려고 하루를 유흥의 날로 운영하려고 해요. 그들은 러시아 각지에 흩어져 있습니다. 우리 군(郡) 하나만 해도 여섯 명이나 되더군요. 그 밖에 여성 전신 기사가 두 명 있고 두 명의 여성은 아카데미에 다니고 나머지 분들은 마음은 있는데 학비가 없답니다. 러시아 여성의 운명이란 참 끔찍해요, 바르바라 페트로브나! 지금 이것은 대학에서도 문제가 되고 있고 심지어 정부 평의회 차원의 회의까지 열렸습니다. 우리 이상한 러시아에서는 뭐든 원하는 대로 할 수 있지 않습니까. 그러므로 이번에도 우리는 오직 전 사회의 사랑과 직접적이고 따뜻한 관심으로써만 이 위대한 공동의 과업을 참된 길로 이끌 수 있을 겁니다. 오, 맙소사, 우리나라에 뛰어난 인물이 어디 많기나 합니까! 물론 있기야 하지만 뿔뿔이 흩어져 있습니다. 뭉치면 더욱더 강해질 겁니다. 한

마디로, 우선 우리 집에서 문학의 아침을 열고 그다음 가벼운 식사를 하고 그다음 휴식, 그리고 바로 그날 저녁에 무도회를 여는 겁니다. 우리는 저녁 파티를 활인화(活人畵)로 시작하고 싶지만 비용이 만만찮을 것 같아서요. 관객을 위해 어떤 문학적 유파를 묘사해 주는, 특수한 의상과 가면을 쓴 한두 쌍의 카드리유[31]를 선보이려고요. 이런 익살스러운 생각을 제공해 주신 분은 카르마지노프입니다. 저를 많이 도와주시죠. 아시겠지만, 그분은 아직 누구에게도 알리지 않은 최근 작품을 우리 파티에서 낭독하실 겁니다. 절필하고 더 이상은 쓰지 않으시려고 해요. 그러니 이 마지막 글은 대중과의 작별 인사가 되는 거죠. '메르시(Merci)'라는 제목의 아주 매혹적인 작품입니다. 프랑스어 제목이긴 해도 그분은 이쪽이 좀 더 재미있고 심지어 좀 더 세련되었다고 생각하시거든요. 저도 같은 생각이고 심지어 제가 그렇게 권하기도 했어요. 제 생각으로는 스테판 트로피모비치도 낭독하실 수 있을 겁니다, 좀 짧기만 하면, 그리고…… 너무 학문적인 것만 아니면 말이죠. 표트르 스테파노비치와 또 어떤 분도 뭔가 비슷한 것을 낭독하실 것 같습니다. 표트르 스테파노비치가 부인께 달려가 프로그램을 알려줄 겁니다. 아니면, 차라리 괜찮으시다면 제가 직접 부인을 방문해도 좋고요."

"괜찮으시다면 부인의 명단에 제 이름도 기입해 주십시오. 스테판 트로피모비치에게는 제가 말을 전하고 직접 부탁해 보

---

31) 네 쌍의 남녀가 사각형을 이루며 추는 프랑스 춤.

겠습니다."

바르바라 페트로브나는 결정적으로, 완전히 매혹당해서 집에 돌아왔다. 율리야 미하일로브나를 왕창 지지했으나 스테판 트로피모비치에게는 왠지 진작부터 잔뜩 화가 나 있었다. 정작 그는 가엾게도 아무것도 모른 채 집구석에 앉아 있었다.

"나는 그 부인에게 반하고 말았어요, 어떻게 그분을 그렇게 오해할 수 있었는지는 통 모르겠는걸요." 그녀는 니콜라이 프세볼로도비치와, 저녁 무렵에 달려온 표트르 스테파노비치에게 이렇게 말했다.

"어쨌든 부인은 영감과도 화해하셔야 합니다." 표트르 스테파노비치가 말했다. "영감은 절망에 빠져 있습니다. 부인이 영감을 완전히 부엌으로 유형 보내셨잖습니까. 저녁에 영감이 부인의 마차를 맞이하러 나가서 몸을 숙여 인사했는데도 부인은 외면하셨지요. 있잖습니까, 우린 영감을 움직일 겁니다. 저한테도 영감에 관한 모종의 계산이 있으니까요, 영감은 아직 쓸모가 있을지도 몰라요."

"오, 그분은 낭독하게 될 거예요."

"꼭 그 얘기만은 아닙니다. 오늘 저도 영감한테 달려가 볼 생각이었어요. 그렇게 전하면 될까요?"

"좋을 대로 하세요. 그래도 당신이 이 일을 어떻게 처리할지 모르겠군요." 그녀가 주저하면서 말했다. "제가 직접 그분과 얘기를 해 보고 날짜와 장소를 정하고 싶었거든요." 그녀는 얼굴을 심하게 찌푸렸다.

"뭐 그럼 날짜를 정할 필요는 없겠군요. 저는 그냥 전하기만

하겠습니다."

"그럼 좀 전해 주세요. 그래도 제가 꼭 그에게 날짜를 정해 주겠노라고 덧붙여 주세요. 꼭 그래 주세요."

표트르 스테파노비치는 히죽거리며 달려갔다. 대체로 내가 기억하는 한, 그 무렵의 그는 왠지 유달리 심술궂었고 거의 굉장히 성급한 언행도 서슴지 않았다. 이상하게도, 어쩐지 다들 그를 봐주고 있었다. 대체로, 그를 어떻게든 특별히 봐야 한다는 여론이 형성되었다. 그가 니콜라이 프세볼로도비치의 결투에 굉장한 적의를 보였음을 지적해야겠다. 그는 이 일을 느닷없이 접했다. 이야기를 들었을 때는 심지어 새파랗게 질렸다. 아마 그래서 자존심이 상했을 수도 있다. 모두에게 알려진 다음 날에야 비로소 알게 되었으니 말이다.

"어쨌든 당신은 결투할 권리가 없었잖습니까." 닷새째 되는 날 그는 클럽에서 우연히 스타브로긴을 만나게 되자 이렇게 속닥댔다. 요 닷새 동안 표트르 스테파노비치가 거의 매일 바르바라 페트로브나의 집을 들락거렸음에도 그들이 어디서도 만나지 않았다는 것이 의미심장했다.

니콜라이 프세볼로도비치는 무슨 말인지 통 모르겠는 듯 멍한 표정을 지으며 말없이 그를 쳐다보다가 걸음을 멈추지도 않고 지나쳤다. 클럽의 큰 홀을 가로질러 뷔페로 가는 중이었다.

"샤토프에게도 들렀고…… 마리야 티모페예브나를 만천하에 알리려 하시고요." 줄곧 그의 뒤를 좇아가다가 그만 어리바리하게 그의 어깨를 붙잡고 말았다.

•

니콜라이 프세볼로도비치는 갑자기 그의 손을 떨쳐 냈고 재빨리 그를 향해 몸을 돌려 위협적으로 얼굴을 찌푸렸다. 표트르 스테파노비치는 이상하고 긴 미소를 지으며 그를 쳐다보았다. 모든 것이 한순간에 일어난 일이었다. 니콜라이 프세볼로도비치는 가던 길을 계속 갔다.

2

그는 바르바라 페트로브나 집에서 곧장 영감한테 달려갔으며, 그렇게 서둘렀다면 오로지 원한에서, 즉 나로서는 그때까지 영문을 몰랐던 이전의 어떤 모욕에 대해 복수하기 위해서였다. 문제인즉, 바로 지난주 목요일에 그들이 만났는데, 스테판 트로피모비치는 자기가 먼저 싸움을 걸어 놓고는 결국 지팡이로 표트르 스테파노비치를 쫓아냈다. 이 사실을 그는 그 당시 나에게 숨겼다. 하지만 지금 표트르 스테파노비치가 예의 그 순진하고 거만한 조소를 띤 채, 불쾌할 정도로 호기심을 보이며 구석구석 비집어 보는 시선으로 뛰어들자 스테판 트로피모비치는 곧바로 나에게 이 방을 떠나지 말라는 은밀한 신호를 보냈다. 이런 식으로, 이번에는 모든 대화를 들을 수 있었기에 내 앞에 그들의 진짜 관계가 드러난 것이다.

스테판 트로피모비치는 침대 의자에 드러눕다시피 앉아 있었다. 그 목요일 이후 좀 여위고 얼굴도 누렇게 뜬 상태였다. 표트르 스테파노비치는 전혀 거리낌 없는 태도로 그의 옆에 앉더니 스스럼없이 양반다리를 하고 아버지에 대한 존경이 요구하는 것보다 훨씬 더 많은 자리를 차지해 버렸다. 스테판 트로피모비치는 말없이 위엄을 갖고 물러났다.

탁자 위에는 책이 한 권 펼쳐져 있었다. 『무엇을 할 것인가』[32]라는 소설이었다. 슬프게도, 나는 우리 벗의 어떤 이상한 옹졸함에 대해 솔직히 얘기해야겠다. 고립을 벗어나 최후의 전투를 개시해야 한다는 몽상이 유혹적인 상상 속에서 점점 더 거세게 마수를 뻗쳤다. 나는 그가 오로지 '목이 째져라 울부짖는 자들'과 틀림없이 충돌하게 될 경우 그들의 수법과 논쟁을 바로 그들의 '교리 문답서'에 따라 미리 알고 그런 식으로 준비 태세를 갖춘 다음 그녀가 보는 데서 그 모두를 의기양양하게 물리치려는 목적에서 이 소설을 손에 넣어 연구하고 있음을 알아차렸다. 오, 이 책이 그를 얼마나 괴롭혔던가! 그는 절망에 빠져 가끔 책을 집어 던지고 자리에서 벌떡 일어나 거의 미친 듯 방을 이리저리 오갔다.

"이 작가의 근본적인 이념이 그럴듯하다는 데는 동의합니다." 그는 열병에 걸린 듯 나에게 말했다. "그러나 그 때문에 더 끔찍한 거요! 예의 그 우리의 이념, 바로 우리의 이념입니다. 우리, 우리가 처음으로 이런 이념을 심고 키우고 준비시켰거늘. 아니, 우리 이후에 그들이 대체 무슨 새로운 말을 할 수 있겠습니까! 그러나 맙소사, 이 모든 것이 어떻게 표현되고 또

---

32) 사회주의 사상가 니콜라이 체르니셉스키(Nikolay Chernyshevsky, 1828~1889)가 유형지에서 써서 1863년에 발표한 장편 소설.

왜곡되고 뒤틀렸는지!" 그는 손가락으로 책을 톡톡 치면서 소리쳤다. "우리가 이런 결론을 향해 그토록 돌진했단 말입니까? 대체 누가 여기서 태초의 사상을 알아볼 수 있겠습니까?"

"계몽되는 중이신지?" 표트르 스테파노비치는 탁자의 책을 들고 표제를 보면서 싱글댔다. "진작에 그랬어야지. 원한다면 좀 더 좋은 걸 가져오죠."

스테판 트로피모비치는 다시 위엄을 갖추고 침묵했다. 나는 구석의 소파에 앉아 있었다. 표트르 스테파노비치는 자기가 온 이유를 서둘러 설명했다. 스테판 트로피모비치는 응당 도가 지나칠 정도로 충격을 받고는 굉장한 분노와 경악이 뒤섞인 상태로 듣고 있었다.

"그 율리야 미하일로브나는 내가 자기 집에 가서 낭독하리라는 계산인 거냐!"

"즉, 그들이 영감을 그렇게 많이 필요로 하는 건 전혀 아니란 말씀. 오히려 영감을 다독거리고 그것을 통해 바르바라 페트로브나에게 아첨해 볼 요량으로 그러는 거죠. 하지만 당연히 영감은 낭독을 거절할 용기는 없겠죠. 내 생각으론, 자기가 나서서 하고 싶어 하는 것 같은데." 그는 연신 싱글거렸다. "아버지 같은 영감들은 모두 지옥 같은 야망이 있잖아요. 하지만 들어 봐요, 어쨌든 그렇게 지루하게 할 건 없어요. 영감한테는 저기 뭐냐, 스페인 역사가 있지, 그렇죠? 사흘쯤 전에 내가 점검하도록 해 줘요, 안 그러면 다들 꾸벅꾸벅 졸 테니까."

너무 적나라하게, 거칠게 또 서둘러 이렇게 톡 쏘아 댄 것은 명백히 미리 의도한 것이었다. 스테판 트로피모비치와는 보다 섬세한 언어와 개념으로 말해서는 안 된다는 식으로 굴었다. 스테판 트로피모비치는 고집스레, 계속해서 모욕을 알아채지 않으려 했다. 그러나 사건이 조목조목 전해지자 점점 동요하는 기색을 보였다.

"그녀가 직접, 직접 나한테 그 얘기를 전하라고 했다고……? 당신을 통해서?" 그는 새하얗게 질려서 물었다.

"즉, 알겠지만, 부인은 서로 상의하기 위해 영감에게 날짜와 장소를 정해 주고 싶어 하세요. 당신네의 감상적인 행각의 찌꺼기일 테죠. 영감은 이십 년 동안 부인한테 아양을 떨더니 가장 웃긴 수작들을 가르친 꼴이 됐어요. 그러나 염려 말아요, 지금은 완전히 다른 문제니까. 부인이 직접 수시로 이제야 비로소 '꿰뚫어 보게' 되었다고 말씀하시니까요. 나는 부인에게 당신네의 이 모든 우정이란 서로에게 구정물을 토로하는 것에 불과하다고 단도직입적으로 설명해 주었어요. 글쎄,[33] 부인은 나한테 많은 이야기를 했어요. 쳇, 영감은 줄곧 머슴의 의무를 수행한 거예요. 영감 때문에 얼굴이 새빨개졌다니까."

"내가 머슴의 의무를 수행했다고?" 스테판 트로피모비치도 더는 참지 못했다.

"더 나빴죠, 영감은 식객, 즉 자발적인 머슴이었으니까. 일은 하기 싫어도 돈이라면 우리 모두 군침을 흘리잖아요. 이 모든 것을 부인도 이제는 이해한 거죠. 부인이 영감에 대해 하신 이야기는, 적어도, 끔찍했어요. 그나저나 글쎄, 영감이 부인

---

33) 원어는 '형제'인데, 아버지를 대단히 하대하는 것을 알 수 있다.

한테 보낸 편지를 보고 얼마나 웃었는지. 창피하고 흉측하더군요. 하지만 정말이지 당신네는 타락, 타락했어요! 자선 속에는 사람을 영원히 타락시키는 뭔가가 들어 있고, 영감은 명백한 견본이죠!"

"그녀가 너한테 내 편지들을 보여 줬다고!"

"모조리. 다시 말해, 물론 그것들을 어떻게 다 읽겠어요? 쳇, 종이를 얼마나 낭비한 건지, 내 생각으론 2000통은 족히 넘겠던데……. 이봐요, 영감, 당신네도, 그러니까 부인이 영감한테 시집올 태세였던 순간이 한 번은 있었을 거잖아요? 영감은 정말 멍청한 방식으로 그걸 놓쳐 버린 거예요! 물론 난 영감의 관점에서 말하는 것이지만, 어쨌든 기쁨조처럼 광대 취급당하면서 돈 때문에 '타인의 죄업'과 결혼해야 할 형편인 지금보다는 나았을 텐데."

"돈 때문이라니! 그녀가, 그녀가 돈 때문이라고 말하더냐!" 스테판 트로피모비치가 병적으로 울부짖었다.

"아니면 뭐죠? 그래도 나는 영감 편을 들었어요. 사실 그거야말로 영감이 변명할 수 있는 유일한 길이니까. 부인도, 누구나 그렇듯 영감한테 돈이 필요했고 이런 관점에서는 영감이 옳을지도 모른다는 점을 이해했어요. 나는 부인에게 두 사람이 상호적인 이득을 누리며 산다는 점을 2곱하기 2처럼 증명해 주었어요. 부인은 자본가이고 영감은 부인에게 있어 감상적인 광대니까. 하지만 부인은 영감이 암염소 젖을 짜듯이 자기를 쥐어짜도 돈 때문에 화내는 건 아니에요. 부인이 악에 받친 건 오직, 부인은 이십 년 동안 영감을 믿어 왔는데 영감이

고결한 척 부인을 감쪽같이 속이고 부인이 그토록 오랫동안 거짓말하도록 했기 때문이라고요. 부인은 자기가 거짓말했다는 것은 절대 인정하지 않지만, 그 때문에 영감은 두 배나 더 혼쭐이 날 거예요. 언제든 셈을 치러야 할 것을 알아채지 못했다니 이해가 안 되네. 영감한테도 무슨 이성이 있었을 텐데. 난 어제 부인에게 영감을 양로원에 보내라고 충고했어요. 진정해요, 점잖은 곳이니까 화낼 건 없잖아요. 부인은 그렇게 할 것 같아요. 영감이 X도(道)에 있던 나에게 보낸 마지막 편지 기억해요, 삼 주 전인데?"

"그걸 그녀한테 보여 주었단 말이냐?" 스테판 트로피모비치는 공포에 질려 펄쩍 뛰었다.

"아니, 달리 수가 있어야죠! 그게 첫 번째 용건이었는걸요. 부인이 영감의 재능을 질투하고 영감을 착취한다고 알리면서 저기 '타인의 죄업'이니 뭐니 하는 영감의 편지 말이에요. 자, 글쎄, 어쨌든 영감의 자존심하곤! 마냥 껄껄 웃었지. 대체로 영감의 편지는 지루해서 죽을 지경이에요. 문체가 너무 끔찍해. 내가 그놈의 편지를 아예 읽지 않기 일쑤고, 한 통은 뜯지도 않은 채 내 방에서 뒹굴고 있어요. 내일 영감한테 부치죠. 그러나 영감의 그, 그 마지막 편지. 그건 완벽의 극치지 뭐야! 얼마나 웃었는지, 배꼽 빠지는 줄 알았네!"

"망나니, 이 망나니 같은 놈아!" 스테판 트로피모비치가 울부짖었다.

"쳇, 빌어먹을, 영감이랑은 대화가 안 된다니까. 이봐요, 또 지난주 목요일처럼 화낼 건가요?"

스테판 트로피모비치는 위협적으로 몸을 세웠다.

"어떻게 감히 나한테 그런 언어로 말하는 거냐?"

"이게 어떤 언어인데요? 단순하고 명료하잖아요?"

"하지만 마침내 이것만 말해 봐라, 이 망나니야, 도대체 네 놈이 내 아들이냐, 아니냐?"

"그건 영감이 더 잘 알걸요. 물론 이런 경우 아비들은 너나 할 것 없이 눈이 멀게 마련이지만……."

"입 닥쳐, 입 닥치지 못해!" 스테판 트로로피모비치는 온몸을 부들부들 떨었다.

"이것 좀 봐, 또 지난 목요일처럼 소리치고 욕하네, 지팡이를 들고 싶었겠지만, 나는 그때 그놈의 서류를 찾았거든요. 호기심이 동해서 저녁 내내 트렁크를 뒤졌죠. 사실 정확한 건 아무것도 없어서, 영감은 안심해도 되겠어요. 그건 그저 나의 어머니가 그 폴란드인에게 보낸 쪽지더라고요. 그러나 어머니 성격으로 보건대……."

"한마디만 더 하면 따귀를 갈겨 줄 테다."

"이런 족속들하곤!" 표트르 스테파노비치는 갑자기 내 쪽으로 몸을 돌렸다. "보다시피, 바로 이게 벌써 지난 목요일에 여기서 우리 사이에 있었던 일이랍니다. 적어도 지금이라도 당신이 여기 계시니 기쁜데, 좀 판단을 해 주시죠. 우선 이런 사실이 있어요. 영감은 내가 이렇게 어머니 얘기를 하는 것을 나무라지만 나를 그 문제로 떠민 것도 영감 아니겠습니까? 내가 아직 김나지움에 다니던 시절, 페테르부르크에서 영감은 밤중에 두 번씩이나 나를 깨워서 부둥켜안고 아줌마처럼 울었는데, 당신 생각으로는 밤마다 무슨 얘기를 했을 것 같습니까? 바로 어머니에 대한 저 부정한 이야기였습니다! 영감한테 처음으로 들은 것이기도 하고요."

"오, 나는 그때 그 이야길 고귀한 의미로 했는데! 오, 네놈은 나를 이해하지 못했어. 아무것도, 아무것도 이해하지 못했다고."

"하지만 어쨌든 영감 얘기는 내 얘기보다는 더 비열, 비열했다는 점 인정하세요. 사실 그래 본들 나와는 상관없지만. 영감의 관점에서 하는 말이에요. 내 관점에서는, 염려 말아요. 나는 어머니를 탓하지 않아요. 영감은 영감이고 폴란드인은 폴란드인이고, 나와는 아무 상관 없으니까. 당신들이 베를린에서 그렇게 바보처럼 끝낸 것이 내 잘못은 아니니까. 사실 좀 더 영리하게 끝냈을 수도 있지 않았을까 싶지만. 어쨌든 이러고도 당신네가 웃긴 인간이 아니란 말씀이신지! 내가 영감의 아들이든 말든 영감한테는 아무 상관 없는 거잖아요? 들어 보십시오." 그는 다시 내 쪽으로 향했다. "영감은 평생 나한테 땡전 한 푼 쓰지 않았고 열여섯 살이 되도록 나란 놈을 몰랐고 그런 다음 여기서 강도질까지 해 놓고서는 이제는 나 때문에 평생 가슴앓이를 했노라고 소리치며 연극배우처럼 내 앞에서 몸부림치는 겁니다. 아니, 내가 바르바라 페트로브나인 줄 아나, 어림도 없지!"

그는 일어나서 모자를 들었다.

"이제부터 내 이름으로 네놈을 저주하겠다!" 스테판 트로피모비치는 죽음처럼 창백해져서 아들의 머리 위쪽으로 한 손을 뱉었다.

"에헤, 인간이 어쩜 이렇게도 멍청하담!" 표트르 스테파노비치는 심지어 놀라워했다. "어쨌든 잘 있어요, 노인장, 더 이상은 찾아오지 않을 테니. 논문은 좀 일찍 보내 주고, 명심해요, 가능한 한 헛소리는 빼도록 노력하고. 사실들, 사실들과 사실들, 더 짧게. 그럼 이만."

3

하긴 여기에는 부차적인 동기도 영향을 미쳤다. 표트르 스테파노비치는 정말 아버지에게 어떤 꿍꿍이가 있었다. 내 생각으로는 영감을 절망으로 몰아간 다음 그로써 어떤 종류의 명백한 스캔들에 맞닥뜨리게 하려는 속셈이었다. 이건 좀 뒤에 이야기할, 아직은 요원한 부차적인 목적을 위해 필요한 것이었다. 그 무렵 그에게는 이처럼 다양한 속셈과 계략이 굉장히 많이 쌓여 있었지만, 물론 거의 죄다 환상적인 것들이었다. 스테판 트로피모비치 말고 그가 염두에 둔 수난자가 또 있었다. 대체로 훗날 밝혀진 바에 의하면 수난자가 적지 않았다. 그러나 특별히 이 사람에게 희망을 걸었는데, 다름 아니라 폰 렘브케 씨였다.

안드레이 안토노비치 폰 렘브케는 저 (자연의) 총애를 받은 종족에 속하는 사람으로서, 달력[34]에 따르면 러시아에 그 숫자가 몇십만에 달하고 자기들은 모를 수도 있지만 엄격히 조직된 연맹이 그 자체로 거대한 집단을 이룬다. 당연히 미리 의도되고 고안된 연맹도 아닌데 어떤 언약도, 협약도 없이 그저 정신적인 의무를 갖는 뭔가로서 전체 종족 속에 자연스럽게 존재하며 그 종족의 모든 구성원끼리는 어디서나 언제나, 어떤 상황이든 서로 상호적인 지원을 해 준다. 안드레이 안토노비치는 인맥이나 부에 있어 남달리 운이 좋은 집안의 자제들로 가득 찬 러시아의 고등 교육 기관에서 교육받는 영예를 누렸다. 이 기관의 학생들은 학과 과정을 끝내자마자 정부 기관의 어느 부서에 배치되어 상당히 무게 있는 직책을 맡도록 임명되었다. 안드레이 안토노비치에게는 기사이자 중령인 숙부 한 명에 또 제빵사인 숙부가 한 명 있었다. 그러나 용케 고급 학교에 들어가 거기서 자기와 상당히 비슷한 동족들을 만났다. 그는 명랑한 친구였다. 공부는 참 못했지만 모두의 사랑을 받았다. 이미 상급반으로 올라간 많은 젊은이, 특히 러시아인들이 이제 졸업만 하면 당장 모든 문제를 해결하리라 하는 식으로 극히 고상한 동시대적인 문제를 논하고 있을 때 안드레이 안토노비치는 여전히 계속해서 가장 순진무구한 초등학생다운 문제에 골몰했다. 그는 그냥 빈정대는 것만 빼면 사실 재치라곤 전혀 없는 행동거지로 모두를 웃겼지만 이것을 자신의 목표로 생각했다. 선생님이 강의 중에 질문을 던지자 놀라울

34) 일종의 연감을 말하는 듯하다.

정도로 코를 팽 풀고 그로써 급우들과 선생님을 웃겼다. 그런가 하면 공동 침실에서 무슨 빈정대는 활인화를 연출해서 모두의 박수갈채를 받기도 하고 오로지 코 하나로(그것도 상당히 능수능란하게) 「프라 디아볼로」[35]의 서곡을 연주하기도 했다. 또 의도적인 흐트러진 몸가짐으로써 눈에 띄기도 했는데, 이것을 왠지 재치 있는 행동으로 여겼다. 마지막 해에는 시랍시고 러시아어로 몇 줄 끼적거리기 시작했다. 자기 종족의 원래 언어라면, 러시아에 사는 그 종족 대부분이 그렇듯, 문법을 전혀 몰랐다. 시에 대한 이런 취미 때문에 그는 뭣에 얻어맞은 듯 음침한 어느 학우와 어울리게 되었는데, 어느 가난한 장군의 아들이자 러시아인으로서 학교에서는 미래의 문학가라고 여겼다. 이 학우가 그의 후원자 노릇을 해 주었다. 그러나 학교를 졸업하고 삼 년이나 지난 뒤 러시아 문학을 위해 공직을 버리고 그 이후에는 멋을 부리듯 찢어진 신발을 신고 다니고 가을이 깊었음에도 여름용 코트를 입은 채 너무 추워 이를 가는 이 학우가 갑자기, 우연히 아니치코프 다리 옆에서 자신의 옛 피후견인(protégé)을, 그 무렵 학교에서 부르던 이름대로 '렘브카'[36]를 만났다. 그런데 이게 웬일인가? 처음에는 렘브카를 알아보지도 못하고 너무 놀라 걸음을 멈추었다. 그의 앞에는 나무랄 데 없이 차려입은 청년이 서 있었던 것인데, 놀라울 만큼 잘 다듬은 붉은빛이 감도는 구레나룻, 코안경, 광을

35) 프랑스의 작곡가 다니엘 오베르(Daniel Auber, 1782~1871)의 3막짜리 오페라. 1830년 파리에서 초연되었다.

36) 렘브케의 비칭, 애칭.

낸 구두, 아주 폿폿한 장갑, 품이 넉넉한 샤르메르 외투를 입고 겨드랑이에는 서류 가방까지 끼고 있었다. 렘브케는 동창을 어루만져 주고 주소를 말해 주며 언제든 저녁때 놀러 오라고 초대했다. 또한 알고 보니 그는 더 이상 '렘브카'가 아니라 폰 렘브케였다. 그렇지만 동창이 그의 집으로 향한 건 오로지 악의 때문이었는지도 모르겠다. 상당히 볼품없는, 숫제 더 이상 현관 같지도 않지만 아름다운 나사 천을 깔아 놓은 계단에서 수위가 그를 맞이하고 이것저것 캐물었다. 위쪽을 향해 초인종이 요란스럽게 울렸다. 그러나 방문객은 기대했던 부유함 대신에 칙칙하고 낡아 빠진 인상을 주는 몹시 작은 골방에 앉아 있는 '렘브카'를 발견했는데, 짙은 초록색의 큰 커튼을 쳐 두 부분으로 나누어 놓은 골방에는 부드럽지만 몹시 낡아 빠진 짙은 초록색 가구가 있고 좁고 높은 창턱에는 짙은 초록색 커튼이 걸려 있었다. 폰 렘브케는 몹시 먼 친척으로서 그를 후원해 주는 어느 장군의 집에 사는 것이었다. 그는 손님을 반갑게 맞이했으며 진지하고 세련되게 정중했다. 문학 얘기도 나누었지만 예의범절의 한계선은 넘지 않았다. 하얀 넥타이를 맨 하인이 작고 둥글고 마른 쿠키와 함께 약간 멀건 차를 내왔다. 동창은 순전히 악의에서 탄산 광천수를 청했다. 물을 내오긴 했으되 좀 꾸물거린 다음이었고 게다가 렘브케는 하인을 괜히 또 불러 명령하기가 어쩐지 곤혹스러운 것 같았다. 그래도 자기가 먼저 손님에게 혹시 뭘 좀 먹지 않겠느냐고 권했으나, 손님이 거절하고 마침내 떠나자 만족스러워하는 기색이 역력했다. 렘브케는 마냥 그럭저럭 출셋길을 시작했고, 동족이긴 해도 영향력 있는 장군 집에 기식하고 있었다.

그 무렵 그는 장군의 다섯 번째 딸 때문에 속을 태우고 있었는데, 그에게 긍정적인 답을 해 주었던 것 같다. 하지만 그 아말리야를 어쨌든 때가 되자 노장군의 오랜 친구인 어느 늙은 독일인 공장장에게 시집보내고 말았다. 안드레이 안토노비치는 별로 많이 울지도 않고 종이를 오려 붙여서 연극을 만들었다. 막이 오르고 배우들이 나와 손짓 발짓을 하고 관객석에는 관객이 앉아 있고 오케스트라는 장치에 따라 활로 바이올린을 켜고 카펠마이스터는 지휘봉을 휘두르고 관중석에서는 멋쟁이 신사들과 장교들이 박수를 치고 있었다. 모든 것이 종이로 만들어졌고 모든 것이 폰 렘브케가 직접 고안해 다듬은 것이었다. 반년 동안 이 연극에 매달려 있었던 것이다. 장군은 일부러 내밀한 저녁 모임을 마련해 연극을 보여 주었는데 신혼인 아말리야를 포함해서 장군의 다섯 딸 전부, 그리고 아말리야의 공장주, 많은 아가씨와 부인 들이 자신의 독일인들과 함께 이 연극을 주의 깊게 보고 칭찬했다. 그런 다음에는 춤을 추었다. 렘브케는 몹시 만족해서 곧 슬픔을 잊었다.

세월이 지났고 그의 출셋길도 자리가 잡혔다. 그는 줄곧 요직에만 있었으며 줄곧 동족들 밑에 있었고 마침내는 나이에 비해 극히 높은 관직에 오르게 되었다. 진작부터 결혼하고 싶어서 진작부터 신붓감을 물색해 왔다. 상관 몰래 어느 잡지사의 편집부 앞으로 소설을 보내기도 했는데, 발표하지는 못했다. 그 대신 종이를 붙여 철로의 기차 한 대를 통째로 만들었는데 이번에도 아주 성공적인 작품이었다. 승객들은 트렁크와 가방을 들고 아이들과 개를 데리고 역에서 나와 객실로 들어가고 있었다. 차장과 승무원들이 여기저기 오가는 가운데 벨이 울리고 신호음이 떨어지자 기차가 출발했다. 이 익살스러운 장난질에 그는 꼬박 일 년을 매달려 있었다. 하지만 어쨌든 결혼을 해야 했다. 그는 교제 범위가 상당히 넓었으되 주로 독일인 세계에 국한된 것이었다. 그래도 러시아인 사회에도 드나들곤 했는데 물론 상관의 줄을 타고서였다. 어느덧 서른여덟 살에 다다랐을 때는 유산도 받았다. 제빵사 숙부가 죽으면서 1만 3000루블을 유산으로 물려준 것이다. 이제 문제는 자리뿐이었다. 폰 렘브케 씨는 근무 환경이 상당히 고급스러운 분위기였음에도 불구하고 몹시 소박한 사람이었다. 관용 장작 접수 권한을 가진 무슨 독립적인 관청의 조그만 일자리나 그 비슷한 달착지근한 자리만 있어도 평생 만족할 위인이었다. 그러나 그때 학수고대하던 무슨 민나나 에르네스틴 대신 율리야 미하일로브나가 갑자기 나타났다. 그의 출셋길은 일시에 더 눈에 뜨이게 한 계단 올라갔다. 소박하고 착실한 폰 렘브케는 자기도 자존심을 세울 수 있는 존재라는 느낌이 들었다.

율리야 미하일로브나에게는 구식 계산법으로 200명의 농노가 있었고 그 밖에도 거대한 비호 세력이 있었다. 다른 측면에서 보면 폰 렘브케는 미남이었지만 그녀는 벌써 마흔을 넘겼다. 주목할 만한 것이 있는데, 그는 자신이 약혼자라는 사실을 점점 더 강렬하게 느낌에 따라 정말로 조금씩 그녀에게 빠져들었다. 결혼식 날 아침에는 그녀에게 시를 보냈다. 그녀는 이 모든 것이, 심지어 시조차 마음에 들었다. 마흔이란 나이는 장난이 아니었던 것이다. 곧 그는 유명한 관직에 유명한 훈장을 받았고 그다음 우리 도에 임명되었다.

우리 도시로 오면서 율리야 미하일로브나는 남편을 열심히 다듬었다. 그녀의 견해로, 그는 능력이 없지도 않고 자기 스스로 나서서 존재감을 드러낼 줄도 알고 깊은 생각에 잠겨 경청하면서 침묵할 줄도 알고 다소간 극히 점잖고 당당한 태도를 견지하고 심지어 연설도 할 수 있고 심지어 사상들의 파편이나 끄트머리도 갖고 있고 필수적인 최신 자유주의의 광택도 견지했다. 하지만 그럼에도 불안한 점이 있었는데, 그가 어쩐지 감수성이 너무 둔하고 출세를 향한 길고 영원한 추구 이후에 단연코 안정의 욕구를 느끼기 시작한 것이다. 그녀는 그에게 자신의 공명심을 불어넣고 싶었지만 그는 갑자기 종이를 붙여 예배당을 만들기 시작했다. 목사가 설교하러 나오면 기도하는 자들은 두 손을 몸 앞에 경건하게 모아 쥔 채 귀를 기울였는데 어떤 부인은 손수건으로 눈물을 훔치고 어떤 노인은 코를 풀었다. 끝날 무렵에는 작은 오르간이 울려 퍼졌는데, 비용이 좀 들었음에도 일부러 스위스에 주문해서 마련한 것이었다. 율리야 미하일로브나는 이 작업을 알게 되자마자 심지어 어떤 경악마저 느끼며 모조리 거두어들여 자기 방의 상자에 처넣었다. 그 대신에 소설을 쓰는 것만은 허락하되, 몰래 쓴다는 조건을 붙였다. 그때부터 그녀는 곧장 오직 자신에게만 희망을 걸게 되었다. 큰일은, 여기에 경솔함은 상당히 많았으되 절도는 별로 없었다는 점이다. 운명은 벌써 너무 오랫동안 그녀를 노처녀 상태로 내버려 두었다. 이제 생각이 꼬리에

꼬리를 물고, 공명심 많고 다소 초조함에 사로잡힌 그녀의 머릿속에서 번득였다. 그녀는 여러 구상을 품었고 단연코 도(道)를 통치하고 싶었고 당장에 사람들에게 에워싸인 존재가 되리라고 꿈꾸었고 방향을 가늠하는 중이었다. 폰 렘브케는 사실 도지사의 업무를 두려워할 이유가 전혀 없음을 예의 그 관리다운 전술로 곧 깨달았음에도 심지어 다소간 경악했다. 첫 두세 달은 심지어 극히 만족스럽게 흘러갔다. 그러나 바로 그때 표트르 스테파노비치가 나타났고 뭔가 이상한 일이 일어났다.

문제는, 젊은 표트르 베르호벤스키가 첫걸음을 내디딜 때부터 안드레이 안토노비치에 대해 단호한 무례함을 드러내며 그를 장악할 어떤 이상한 권리를 선취했음에도 남편의 의의에 언제나 그토록 열성적이던 율리야 미하일로브나가 아예 이 사실을 직시하려고 하지 않았다는 점이다. 적어도 중요하게 여기지 않았다. 이 청년은 그녀의 총아가 되어 이 집에서 먹고 마시는 것은 물론 거의 잠까지 잤다. 폰 렘브케는 몸을 사리게 되었고 사람들이 있는 데서 그를 '청년'이라고 부르며 후원자라도 되는 양 어깨를 툭툭 쳤지만 그래 본들 아무런 효과도 없었다. 표트르 스테파노비치는 겉으로는 심지어 진지하게 대화를 나누면서도 줄곧 그의 눈을 빤히 쳐다보며 비웃는 듯했고 사람들이 보는 데서는 아주 뜻밖의 말을 하기도 했다. 한 날은 귀가한 다음 이 '청년'이 초대도 받지 않은 상태에서 자신의 서재의 소파에서 자고 있는 것을 발견했다. 상대방은 잠깐 들렀다가 댁에 없으시기에 '그만 깜빡 잠이 들었다'라고 변명했다. 폰 렘브케는 기분이 상해 다시 부인에게 하소연

했다. 그녀는 그의 발끈하는 성미를 조롱한 다음 그야말로 자신의 지위에 맞게 처신하지 못하는 사람이 분명하다고 따끔하게 지적했다. 적어도 '이 아이'는 그녀에겐 결코 마구잡이로 허물없이 굴지 않는다, '사교계의 틀 밖에 있긴 하지만 순진하고 참신한 아이'라고 말이다. 폰 렘브케는 시무룩해졌다. 그때는 그녀가 그들을 화해시켰다. 표트르 스테파노비치는 용서를 빈 것이 아니라 어떤 조잡한 장난질로 마무리했는데, 다른 때 같으면 새로운 모욕으로 받아들여질 법한 일이 이번에는 참회로 받아들여졌다. 맹점은, 안드레이 안토노비치가 아주 처음부터 실책을 범했다는 것, 다름 아니라 그에게 자기 소설을 알려 주었다는 것이다. 그를 시성을 지닌 열정적인 청년으로 상상하고 또 벌써 오래전부터 청자를 꿈꾸어 온 폰 렘브케는 교제가 시작된 초창기의 어느 날 저녁에 두 장(章)을 다 읽어 주었다. 상대방은 지루함을 감추지 않고 무례하게 하품까지 하면서 들어 놓고는 칭찬 한번 하지 않고 그러면서도 떠날 때는 시간이 나면 집에서 생각을 정리해 보겠으니 원고를 달라고 부탁했는데, 안드레이 안토노비치가 그만 건네주고 말았다. 그때 이후 그는 매일 들르면서도 원고를 돌려주지 않고 질문을 하면 대답이랍시고 그냥 웃기만 하더니, 끝에 가서는 원고를 그때 길거리에서 잃어버렸다고 선언한 것이다. 이 사실을 알고 율리야 미하일로브나는 남편에게 끔찍이도 심하게 화를 냈다.

"설마 예배당 얘기도 알려 준 건 아니지?"[37] 그녀는 거의 경

37) 렘브케 부부는 반말과 존댓말을 혼용하고 있다.

악하며 펄쩍 뛰었다.

폰 렘브케는 결정적으로 생각에 잠겼는데, 생각에 잠기는 것이야말로 해롭다는 이유로 의사들이 금지한 것이었다. 좀 더 뒤에 얘기하겠지만 도(道)에 성가신 일이 많았다는 것 외에도, 여기에는 특수한 얘깃거리가 있었으니, 그저 상관으로서의 자존심만 상한 것이 아니라 마음까지 아팠다. 결혼 생활을 시작하면서 안드레이 안토노비치는 앞으로 가정의 불화나 충돌이 있을 수 있으리라고는 결코 생각해 본 적이 없었다. 그렇게 평생을 민나와 에르네스틴을 꿈꾸며 상상의 나래를 펴 왔다. 그는 자신이 가정의 날벼락을 감당해 낼 상태가 아님을 느꼈다. 율리야 미하일로브나는 마침내 그와 탁 터놓고 담판을 지었다.

"이런 일로 화낼 건 없어." 그녀가 말했다. "당신이 그 아이보다 두 배는 더 사려 깊고 사회적인 지위도 한량없이 더 높으니까. 그 아이에게는 아직 예전의 자유분방한 성벽의 잔재들이 많이 남아 있지만 내 생각으론 귀여운 장난일 뿐이야. 하지만 갑자기는 안 되고 차근차근 해야 해. 우리네 젊은이들을 소중히 여겨야 하고. 나는 그들을 다독거려 감화를 주고 벼랑 끝에서 그들을 붙잡고 있는 거야."

"하지만 젠장, 그놈이 뭐라고 지껄이는지 알 수가 있어야지." 폰 렘브케가 반박했다. "그놈이 사람들이 있는 데서, 또 내가 있는 데서 정부는 일부러 민중에게 보드카를 잔뜩 마시게 하여 민중을 짐승처럼 만들고 그로써 폭동을 방지하려 한다고 주장할 때는 도무지 관용을 베풀 수가 없어. 모두가 있는 데서 이런 얘기를 들어야 하다니, 내 역할도 좀 생각해 줘."

이 말을 하면서 폰 렘브케는 최근에 표트르 스테파노비치와 나눈 대화를 상기했다. 그를 자유주의로써 무장해제하기 위한 순진한 목적에서 온갖 종류의 내밀한 격문 컬렉션을 보여 주었는데, 1859년부터 애호가로서가 아니라 그냥 유용한 호기심에서 러시아와 외국에서 열심히 모아 온 것이었다. 표트르 스테파노비치는 그의 목적을 알아채고는 어떤 격문들은 단 한 줄로도 무슨 공문서 한 장보다 더 많은 의미를 담을 수 있다, '당신의 공문서도 예외가 아닐 거다'라는 조잡한 견해를 피력했다.

렘브케는 주눅이 들었다.

"그러나 이건 우리에겐 일러요, 너무 이릅니다." 그는 격문을 가리키며 거의 간청하다시피 말했다.

"아니, 이르지 않아요. 지금 당신이 두려워한다는 것이 이르지 않다는 의미죠."

"하지만 그래도 여기에는 가령, 교회를 파괴하자는 것도 있어요."

"무엇 때문에 안 된다는 거죠? 사실 당신은 현명한 사람이니까, 물론 신앙은 없겠지만 민중을 짐승으로 만들기 위해서 당신에게 신앙이 필요하다는 것은 너무 잘 알잖습니까. 진실은 거짓보다 더 정직한 법입니다."

"동의, 동의합니다, 당신 의견에 전적으로 동의하지만 이건 우리에겐 이릅니다, 일러요……." 폰 렘브케는 이맛살을 찌푸렸다.

"그래 놓고선 당신이 무슨 정부 관리라는 거죠, 교회를 때려 부수고 곤봉을 든 채 페테르부르크에 간다는 건 동의하되 모든 차이를 오직 시기 문제로만 본다면?"

렘브케는 자기가 이토록 조잡하게 매도되자 심한 충격을 받았다.

"그게, 그게 아니라……" 그는 자존심이 상한 나머지 점점 더 짜증을 내며 열을 올렸다. "당신은 젊은이로서, 무엇보다도 우리의 목적을 잘 알지 못하는 사람으로서 방황하는 거요. 이봐요, 친애하는 표트르 스테파노비치, 우리를 정부에서 나온 관리라고 부르는 거요? 그렇지. 독립적인 관리라고요? 그렇지. 하지만 실례지만, 우리가 어떻게 행동합니까? 우리에게 부여된 책임이 있고, 결과적으로 우리는 당신처럼 공동의 과업에 종사하고 있소. 우리는 당신들이 뒤흔들고 있는 것을, 우리가 없다면 사방팔방으로 흩어질 것을 억누를 뿐이오. 우리는 당신들의 적이 아니오, 절대 아니거니와, 우리는 당신들한테 이렇게 말합니다. 앞으로 나가시오, 진보하시오, 심지어 개혁해야 하는 모든 낡은 것을 뒤흔드시오, 라고. 그러나 필요할 때는 당신들을 불가피한 경계선 안에 붙잡아 둘 것이며 그로써 바로 당신들을 바로 자신들로부터 구원할 것이오. 왜냐하면 우리가 없다면 당신들은 러시아의 점잖은 모습을 완전히 박탈해 엉망진창으로 만들 텐데, 우리의 과제란 점잖은 모습에 신경을 쓰는 것이거든요. 우리와 당신들이 서로 상호적으로 불가피한 존재라는 점 명심하시오. 영국에서도 휘그당과 토리당은 서로에게 불가피한 존재요. 어쩌겠소, 우리는 토리당이고 당신들은 휘그당인걸, 나는 바로 그렇게 이해하오."

안드레이 안토노비치는 심지어 격정까지 느꼈다. 그는 페테르부르크에 있을 때부터 영리하게, 자유롭게 말하는 것을 좋아했지만 여기서는 무엇보다도, 아무도 엿듣지 않았다. 표트르 스테파노비치는 침묵했고 어쩐지 여느 때와 달리 진지한 태도를 견지했다. 이것이 웅변가를 더욱 약 올렸다.

"이봐요, 나는 '도(道)의 주인'이오." 그는 서재 안을 오가며 이야기를 계속했다. "이봐요, 난 임무가 너무 많아서 하나도 제대로 수행할 수 없고 다른 한편으론, 여기서 내가 할 일이 아무것도 없다고 해도 틀린 말은 아닐 거요. 모든 비밀은 이곳의 모든 일이 정부의 시각에 달려 있다는 데 있소. 정부가 그곳에서 정치 때문이든 열정을 누그러뜨리기 위해서든 아무튼 그곳에 공화국이라도 건설하고 다른 한편으론 그것과 나란히 도지사들의 권리를 강화한다고 칩시다. 그럼 우리 도지사들은 공화국을 집어삼킬 겁니다. 아니, 공화국이 대수일까, 당신들이 원하는 걸 모조리 집어삼킬 텐데. 나는 적어도 그럴 준비가 되어 있음을 느껴요……. 한마디로, 정부가 전보를 통해 맹렬한 활동(activité dévorante)을 하라고 선언하면 나는 맹렬한 활동(activité dévorante)을 할 거요. 여기서 사람들 눈을 똑바로 바라보면서 '친애하는 여러분, 도(道)의 모든 기관의 균형과 융성을 위해 꼭 필요한 건 단 하나, 바로 도(道)의 권력을 강화하는 것뿐입니다.'라고 말했소. 이 모든 기관이 — 지방자치 기관이든 재판 기관이든 — 말하자면 그 기관들은 이율배반적인 삶을 살아왔던 것인데, 즉 그런 것은 꼭 있어야 하되

(이것이 불가피하다는 데 동의하오.) 다른 한편으로는 없어야 한다는 말이오. 모든 것이 정부의 시각에 달린 거요. 그 기관들이 갑자기 불가피한 것으로 판명되는 풍조가 되면 당장 그것들이 내 앞에 얼굴을 드러낼 거요. 불가피성이 사라지면 아무도 나에게서 그런 것들을 구하지 않을 거요. 나는 맹렬한 활동(activité dévorante)을 이렇게 이해하는데, 도(道)의 권력이 강화되지 않고는 이루어질 수 없는 일이죠. 나는 당신과 눈을 맞대고 말하고 있소. 있잖소, 나는 페테르부르크에 있을 때 이미 도지사 관사의 문 옆에 특수 근위병을 세워야 한다고 선언했다오. 지금 답을 기다리고 있소."

"당신은 두 사람이 필요하군요." 표트르 스테파노비치가 말했다.

"무엇을 위한 두 사람이오?" 폰 렘브케는 그 앞에서 걸음을 멈추었다.

"당신을 존경하려면 한 사람으로는 부족할 겁니다. 반드시 두 명이 필요합니다."

안드레이 안토노비치는 얼굴을 일그러뜨렸다.

"당신은⋯⋯ 왠지 언행이 너무 심한데요, 표트르 스테파노비치. 나의 선량함을 이용해서 가시 박힌 말을 조잘대고 무슨 자선을 베푸는 투덜이(bourru bien faisant)처럼 굴다니⋯⋯."

"그야 당신 좋을 대로 생각하시고요." 표트르 스테파노비치가 중얼거렸다. "어쨌든 당신은 우리에게 길을 놓아 주고 우리의 성공을 준비해 주고 있거든요."

"아니, 우리가 누구에게 길을 놓아 주고 무슨 성공을 준비한다는 거요?" 폰 렘브케는 깜짝 놀라서 그를 뚫어져라 쳐다보았지만 대답은 얻지 못했다.

율리야 미하일로브나는 대화의 전말을 듣고 나자 몹시 불만스러워했다.

"그러나 난 어쩔 수가 없어." 폰 렘브케는 자신을 변호했다. "당신의 총아를 상관처럼 다룰 수도 없고 게다가 눈을 맞대고 있는데도…… 내가 실언을 했을 수도 있고…… 마음이 너무 좋은 탓에."

"마음이 좋아도 너무 좋지. 난 당신한테 격문 컬렉션이 있는 것도 몰랐어, 어디 좀 보여 줘."

"그러나…… 그놈이 하루만 자기 집에 가져가게 해 달라고 부탁하더라고."

"그래서 또 줘 버렸군요!" 율리야 미하일로브나는 화를 냈다. "어쩜 이렇게도 눈치가 없담!"

"지금 사람을 보내 가져오라고 하지."

"내놓지 않을걸요."

"내가 요구하겠어!" 폰 렘브케는 펄펄 끓으며 자리에서 벌떡 일어나기까지 했다. "다들 이렇게도 벌벌 떨다니 대체 그놈이 누구야, 아무것도 할 수 없는 나란 놈은 또 누구야?"

"여기 좀 앉고 진정해요." 율리야 미하일로브나가 제지했다. "자, 당신의 첫 질문에 대답할게요. 난 그를 아주 뛰어난 사람으로 추천받았고, 실제로 능력도 있고 더러 굉장히 영리한 얘기도 많이 해요. 카르마지노프도 내게 그가 거의 곳곳에 인맥이 있고 수도의 젊은 층에게 굉장한 영향력을 갖고 있다고 단언하더군요. 나는, 만약 그를 통해 그들 모두를 끌어들이고 내 주위에 어떤 그룹을 형성하게 되면, 그들의 공명심에 새로운 길을 가르쳐 줌으로써 그들을 파멸로부터 끌어낼 거예요. 그는 온 마음을 기울여 내게 헌신하고 있고, 모든 점에서 내 얘기를 귀담아들어요."

"그러나 그놈들을 어르는 동안 무슨 짓을 할지…… 알게 뭐람. 물론 이건 생각일 뿐이지만……." 폰 렘브케는 당혹스러워하면서 자신을 변호했다. "그러나…… 내가 듣기론 ○○군(郡)에서 무슨 격문들이 나타났다던데."

"그러나 그 소문은 여름에 있었던 얘기고 격문이니 위조 증권이니 많기도 하지만 지금까지 입수된 건 하나도 없잖아요. 그런 얘기를 해 준 사람이 누구예요?"

"폰 블륨에게서 들었소."

"아, 나를 당신의 블륨으로부터 구원해 주시고 그에 관한 말은 절대로 꺼내지도 말아 주세요!"

율리야 미하일로브나는 펄펄 끓었고 심지어 일 분 정도는 말도 하지 못했다. 폰 블륨은 도(道)의 관청에 소속된 관리였는데, 그녀는 그를 유난히 증오했다. 이 얘기는 나중에 하겠다.

"제발, 베르호벤스키 때문에 속 끓이지 말아 줘." 그녀가 대화를 마무리했다. "만약 그가 무슨 장난질에 가담했다면, 이곳에서 모든 사람이나 당신과 지금 같은 태도로 말하진 않았을 거야. 요설가들은 위험하지 않고, 심지어 무슨 일이 터지면 내가 그를 통해서 제일 먼저 알아낼 거라고 장담해. 그는 열광적으로, 열광적일 만큼 나에게 헌신하는 몸인걸."

사건을 미리 일러 두는 차원에서 한 가지 지적하자면, 율리야 미하일로브나의 자만심과 공명심이 아니었더라면 이 고약한 작자들이 우리 도시에서 한바탕 못된 짓을 벌이는 일은 없었을 것이다. 이 일에 관한 한 그녀는 많은 점에서 책임이 있다!

5장

축제를 앞두고

1

율리야 미하일로브나가 우리 도(道)의 여성 가정 교사를 위한 모금 차원에서 기획한 축제의 날짜는 벌써 몇 번이나 미리 정해졌다가 연기되었다. 그녀 주위에서는 표트르 스테파노비치가 끊임없이 졸랑대고 있었고, 그때 스테판 트로피모비치를 방문했다가 피아노 연주 덕분에 갑자기 도지사 집의 자비를 얻게 된 심부름 담당인 말단 관리 랴신도 있었다. 부분적으론 리푸틴도 있었는데, 율리야 미하일로브나는 그를 미래에 발간될 도(道) 독립 신문의 편집국장으로 내정해 놓았다. 부인과 아가씨도 몇 명 있고, 끝으로 카르마지노프도 — 비록 주위에서 졸랑댄 건 아니지만 — 문학의 카드리유가 시작되면 모두를 유쾌하게 놀래 주리라고 흡족한 표정으로 호언장담했다. 서명자와 기부자가 굉장히 많고 모두 도시에서 선별된 축에 들었다. 그러나 돈만 있다면 가장 선별 안 된 축들도 허용되었다. 율리야 미하일로브나는 가끔은 계급 혼합도 허용할 수 있다, '그러지 않으면 대체 누가 그들을 계몽하겠는가?'라고 일침을 가했다. 비공식 가정 위원회가 소집되어, 민주적인 축제가 되도록 하자는 결정을 내렸다. 상당히 많은 기금액이 지출에 대한 유혹을 불렀다. 뭔가 경이로운 것을 해 보자는 것이었고 바로 그 때문에 자꾸만 연기되었다. 저녁 무도회를 어디서 개최할지부터 여전히 결정하지 못한 상태였다. 그날을 위해 귀족단장 부인이 내놓겠다는 거대한 집으로 할까, 스크보레시니키의 바르바라 페트로브나의 집으로 할까? 스크보레시니키는 좀 멀어도 위원회의 많은 사람이 그곳이 '좀 더 자유로우리라'고 고집을 부렸다. 바르바라 페트로브나도 자기 집으로 정해지길 몹시 바랐다. 이 오만한 여인이 왜 율리야 미하일로브나에게 거의 알랑방귀를 뀌다시피 하는지 참 단정 짓기 힘들었다. 그녀로서는 상대방이 니콜라이 프세볼로도비치에게 거의 굴욕적으로 몸을 낮추며 아무에게도 보이지 않던 친절을 베푸는 것이 마음에 들었는지도 모른다. 다시 한번 반복하고자 한다. 표트르 스테파노비치는 훨씬 이전에 도지사의 집에 퍼뜨린 생각, 즉 니콜라이 프세볼로도비치는 아주 비밀스러운 세계에 아주 비밀스러운 인맥이 있는 사람으로서 분명히 무슨 위임을 받고 여기에 와 있는 것이라는 생각을 줄곧 꾸준히, 속닥속닥 계속해서 뿌리내리게 했다.

그때는 다들 정신 상태가 이상했다. 특히 부인네 사회에서는 어떤 경박함마저 두드러졌는데, 서서히 그렇게 됐다고 말할 수는 없겠다. 굉장히 방만한 몇몇 개념이 바람을 따라 흩뿌려진 듯했다. 언제나 유쾌하다고는 말할 수 없는, 뭔가 너무 명랑하고 가벼운 것이 대두되었다. 모종의 정신의 무질서가 유행이었다. 모든 일이 끝난 다음에는 율리야 미하일로브나를, 그녀의 주변과 영향력을 탓했다. 그러나 모든 것이 오직 율리야 미하일로브나 한 사람 때문에 일어난 것은 아니었다. 오히려 처음에는 많은 사람이 앞을 다투어 사회를 단합하는 능력이 있다고, 갑자기 분위기가 더 즐거워졌다고 신임 도지사 부인을 칭찬했다. 율리야 미하일로브나의 잘못이 전혀 없는 어떤 스캔들 같은 사건도 몇 번 일어났다. 그러나 당시에는 모두 그냥 박장대소하며 좋은 위안거리로 삼았을 뿐, 누구 하나 저지하는 사람이 없었다. 한쪽에는 당시 사태의 추이에 대해 나름대로 독특한 시선을 가진 인물도 상당수 있는 것이 사실이었다. 그러나 이 무리도 당시에는 그렇게 투덜대지 않았다. 심지어 미소를 짓기도 했다.

내 기억에, 그 당시 어쩌다 상당히 광범위한 그룹이 저절로 형성되었고, 그 중심지는 실제로 율리야 미하일로브나의 거실이라고 할 수 있었다. 그녀 주변에 빽빽하게 형성된 이 내밀한 그룹에서는, 물론 젊은이들 사이이긴 하지만, 온갖 장난질이 허용되다 못해 원칙으로 받아들여졌고, 가끔은 상당히 방종한 장난질도 있었다. 그룹에는 심지어 몹시 사랑스러운 부인도 몇 명 끼어 있었다. 젊은이들은 소풍과 저녁 모임을 기획

하거나 꾸리기도 하고 때로는 마차를 타거나 직접 말을 탄 채 기마행렬처럼 온 도시를 휘젓고 다니기도 했다. 엽기적인 사건을 찾아다니고 오로지 즐거운 얘깃거리를 만들려고 일부러 그런 사건을 직접 꾸미고 만들어 내기도 했다. 그들은 우리 도시를 무슨 글루포프시(市)[38]처럼 다루었다. 그들은 매사에 거리낌이 별로 없었기 때문에 냉소자들 혹은 조롱꾼들이라고 불렸다. 가령, 이 지방의 어느 중위의 아내가 있었는데, 남편의 봉급이 형편없어 좀 여위긴 했어도 아직은 몹시 젊은 이 금발 여성이 어느 저녁 모임에서, 망토 같은 것을 얻어 낼 희망에 경솔하게도 그만 대규모의 예랄라시 판에 끼어들었다가 따기는커녕 15루블을 잃고 말았다. 남편도 무섭고 어떻게 해도 갚을 길이 없자 그녀는 이전의 대담함을 상기하고는 바로 그 저녁 모임에서 당장, 나이에 비해 닳고 닳은 아주 못돼 먹은 소년인, 우리 도시 수장의 아들에게 몰래 돈을 꿔 달라고 부탁하기로 결심했다. 요 녀석은 딱 잘라 거절했을 뿐만 아니라 큰 소리로 웃어 대면서 그녀의 남편에게 일러 주러 갔다. 정말로 봉급 하나로 근근이 살아가던 중위는 마누라를 집으로 데려와서는 마누라가 무릎 꿇고 울고불고 손이 발이 되도록 비는데도 실컷 혼내 주었다. 이 분통 터지는 사건은 도시 곳곳에서 비웃음을 샀으며, 이 가련한 중위 부인은 율리야 미하일로브나를 둘러싼 사교계에 속한 것이 아니었음에도, 이 '기마행

38) 니콜라이 셰드린(Nikolai Shchedrin, 1826~1889)의 소설 『어느 도시의 역사』에 나오는 도시로서 '바보시'라는 뜻. 『악령』의 배경이 된 도시의 원형은 트베리시(市)다.

렬'의 일원으로서 발랄하고 괴상한 성격에 어쩌다 보니 이 중위 부인을 알던 어느 부인이 그녀를 찾아와 그냥 자기 집으로 데려갔다. 당장 그 자리에서 우리네 개구쟁이들은 그녀를 거머쥔 채 달래고 선물 공세를 퍼붓고 하면서 나흘쯤 남편에게 보내지 않고 잡아 두었다. 그녀는 이 발랄한 부인 집에 살면서 몇 날 며칠을 부인과 함께, 또 마구 까불어 대는 사교계와 함께 온 도시를 휘젓고 다니며 오락이나 춤판에도 끼어들었다. 부인들은 그녀에게 줄곧 남편을 법정으로 끌어내도록, 물의를 일으키도록 부추겼다. 다들 그녀를 지지할 것이며 증언하러 나가겠다고 설득했던 것이다. 남편은 감히 싸울 용기도 못 낸 채 입을 꾹 다물었다. 가엾은 여인은 마침내, 자기가 환란에 빠졌음을 깨닫고 너무 무서운 나머지 거의 초주검이 되어 나흘째 되는 날 황혼 녘에 보호자들에게서 도망쳐 중위에게로 달려갔다. 부부 사이에 무슨 일이 있었는지는 정확히 알려지지 않았다. 그러나 중위가 세 들어 사는 나지막한 목조 건물의 덧문 두 짝은 이 주 동안이나 열리지 않았다. 율리야 미하일로브나는 모든 얘기를 알게 되었을 때 못된 개구쟁이들에게 화를 좀 냈고, 발랄한 부인이 중위 부인을 유괴한 첫날 그녀를 소개시켜 주었음에도, 그녀의 행각도 매우 불만스러워했다. 하긴 그 일은 곧 잊혔다.

또 한번은, 다른 군(郡)에서 온 말단 관리 청년이 겉보기엔 존경받는 가장이되 역시나 말단 관리의 딸이자 온 도시에 소문이 자자할 만큼 몹시 예쁜 열일곱 살 처녀와 결혼하게 되었다. 그런데 갑자기 신혼 첫날밤에 젊은 신랑이 자신의 명예를 욕보였다며 복수를 이유로 예쁜 신부에게 극히 무례하게 대했다는 사실이 알려졌다. 결혼식에서 흥청망청 술을 마시고 그 집에서 밤까지 보냈기 때문에 사실상 사건의 증인이나 다름없는 랴신은 날이 밝자마자 온 동네를 돌며 이 즐거운 소식을 알렸다. 순식간에 열 명쯤 패거리가 형성되어 하나에서 열까지 모두 말에 올라탔고 가령 표트르 스테파노비치와 리푸틴 같은 사람들은 이 일을 위해 카자크 말을 빌리기까지 했는데, 리푸틴은 머리가 허옇게 셌음에도 당시 우리네 바람 든 젊은 층의 거의 모든 스캔들 회동에 동참했다. 젊은 부부가 결혼식 다음 날 어떤 일이 있더라도 반드시 방문 인사를 해야 한다는 불문율에 따라 쌍두마차를 타고 거리에 나타나자 이 모든 기마행렬은 즐겁게 웃어 대며 그들의 마차를 에워싸고 아침 내내 온 도시를 돌며 그들을 따라다녔다. 사실 집 안으로 들어간 것도 아니고 그저 말을 탄 채 대문 옆에서 기다리기만 했다. 신랑 신부에게 특별한 모욕을 주는 것은 꾹 참았지만 어쨌거나 스캔들을 일으킨 셈이었다. 온 도시가 웅성댔다. 응당, 모두 박장대소했다. 그러나 그 자리에서 폰 렘브케가 버럭 화를 내며 율리야 미하일로브나와 함께 또 한바탕 소극을 연출했다. 그녀도 굉장히 화를 내며 개구쟁이들을 절대 집에 들이지 않기로 마음먹었다. 그러나 다음 날에는 표트르 스테파노비치의 조언과 카르마지노프의 몇 마디를 듣고서 전부 용서해 주었다. 카르마지노프는 이 '장난질'을 상당히 재치 있는 것이라고 생각했다.

"이건 이 지방의 풍습에서 보자면," 하고 그가 말했다. "적어도 특징적이고…… 대범하죠. 보세요, 다들 웃고 있는데 부인 한 분만 분개하시잖습니까."

그러나 더는 참을 수 없는, 누구나 알 만한 색채가 가미된 장난질도 있었다.

도시에 소시민 출신임에도 존경받는 복음서를 파는 여자 서적상이 나타났다. 그녀에 대한 말이 돌기 시작했는데, 그때 마침 수도의 신문들에서 서적상들에 대해 흥미진진한 평가가 나왔기 때문이다. 이번에도 예의 그 협잡꾼 럄신이 초등학교 교사 자리를 기다리며 하릴없이 빌빌대던 어느 신학생의 도움을 받아서 책을 사는 척 서적상의 주머니에다 외국에서 들여온 추잡하고 유혹적인 사진 꾸러미 하나를 몰래 집어넣었는데, 나중에 알려진 바로는, 성(姓)은 생략하겠으나 목에 꽤 무게 있는 훈장을 달고 있으며 그 자신의 표현대로 '건강한 웃음과 즐거운 장난'을 사랑하는, 극히 존경받는 어느 노인이 이 일을 위해 일부러 희사한 것이었다. 가엾은 여인이 우리네 고스티니 랴드에서 신성한 책들을 꺼내자 사진들이 여기저기로 흩어졌다. 웃음과 불평이 터져 나왔다. 군중이 빽빽하게 몰려들고 욕설이 오가고, 때마침 경찰이 오지 않았더라면 구타까지 갔을 것이다. 서적상은 유치장에 갇혔다가, 저녁에야 비로소 이 징그러운 사건의 내막을 자세히 알고 분개한 마브리키 니콜라예비치의 노력으로 풀려나 도시를 떠났다. 율리야 미하일로브나는 당장 럄신을 영원히 추방하려고 했지만, 바로 그날 저녁 그 우리 편이 온전한 패거리가 되어 럄신이 독특한 새 피아노 연주곡을 썼다는 소식을 가지고 그를 그녀 집으로 데려와 부디 들어만 달라고 설득했다. 들어 보니 정말 익살스러운 곡이었고 제목도 참 웃기게도 '보불 전쟁'[39]이었다. 그 곡은 「마르세예즈」의 위협적인 소리로 시작되었다.

> 불결한 피가 우리의 들판을 적시게 하라!(Qu'un sang impur abreuve nos sillons!)

잔뜩 허세가 들어간 도전과 미래의 승리에 대한 환희가 들려왔다. 그러나 갑자기 능수능란하게 변주된 찬송가의 박자와 함께 비스듬히 아래쪽 어딘가 구석이지만 몹시 가까이에서 「나의 사랑스러운 아우구스틴(Mein lieber Augustin)」의 징그러운 소리가 들려왔다. 「마르세예즈」는 그 소리를 알아채지 못하고, 「마르세예즈」는 자신들의 위대함에 도취하여 환희의 정점에 다다른다. 그러나 「아우구스틴」은 강화되고 「아우구스틴」은 점점 뻔뻔해지고, 결국엔 「아우구스틴」의 박자가 어쩌다 뜻밖에도 「마르세예즈」의 박자와 일치하기 시작한다. 「마르세예즈」는 슬슬 화를 내는 듯하다. 마침내 「아우구스틴」을 알아채고는 성가시고 하찮은 파리 대하듯 떨쳐 내고 쫓아 버리고 싶지만 「나의 사랑스러운 아우구스틴」은 꽉 달라붙었다. 그녀는 즐겁고 확신에 차 있다. 그녀는 기쁘고 뻔뻔스럽다. 「마르세예즈」는 어쩐지 갑자기 끔찍이도 멍청해진다. 그녀는 짜증 나고 속상하다는 사실을 더는 감추지 않는다. 이건 분노의 울부

---

39) 프로이센-프랑스 전쟁(1870~1871).

짖음이요, 이건 신을 향해 두 팔을 힘껏 뻗은 채 퍼붓는 저주의 말이요, 눈물이다.

> 우리 땅의 한 뙈기라도, 우리 요새의 돌멩이 하나라도 안 돼!(Pas un pouce de notre terrain, pas une pierre de nos forteresses!)

그러나 그녀는 이미 똑같은 박자에 맞춰 「나의 사랑스러운 아우구스틴」을 부를 수밖에 없다. 그녀의 소리는 어쩐지 아주 멍청한 방식으로 「아우구스틴」으로 넘어가 고개를 숙이며 잦아든다. 그저 간간이, 터져 나오듯 또다시 「불결한 피(sang impur)」가 들리는가 싶더니 당장 아주 모욕적이게도 징그러운 왈츠로 건너뛴다. 그녀는 완전히 잠잠해진다. 이건 비스마르크의 가슴에 얼굴을 묻고 흐느끼며 모든 것을, 모든 것을 다 바친 쥘 파브르[40]다……. 그러나 그 순간 이미 「아우구스틴」도 난폭해진다. 목쉰 소리가 들리고 한없이 마셔 대는 맥주, 자화자찬의 광란, 수십억과 가느다란 시가와 샴페인과 인질들에 대한 요구가 감지되고 「아우구스틴」은 광포한 포효로 옮겨 간다……. 보불 전쟁은 끝난다. 일당들은 박수갈채를 보내고 율리야 미하일로브나는 미소를 지으며 말한다. "아니, 어떻게 그를 내쫓을 수 있겠어요?" 평화 조약이 체결되었다. 이 추잡한 놈에게는 정말로 재능이 좀 있었다. 스테판 트로피모비치도

---

40) 쥘 파브르(Jules Favre, 1809~1880). 프랑스의 정치가.

한번은 끔찍이도 추잡한 놈들이 가장 높은 예술적 재능이 있을 수 있다고, 하나가 다른 하나를 방해하지 않는다고 주장하지 않았던가. 나중에는 럄신이 이 소가극을 어느 재능 있고 겸손한 청년에게서 훔쳤다는 소문이 돌았는데, 럄신과 안면이 있는 외지인으로 여전히 미지의 인물로 남아 있었다. 그러나 이 얘기는 접어 두자. 몇 년 동안 스테판 트로피모비치의 저녁 모임에서 강청에 따라 온갖 유대인을, 즉 귀머거리 아낙네의 고백이나 갓난애의 출생 장면 같은 것을 선보이며 스테판 트로피모비치 앞에서 졸랑대던 이 못된 놈이, 이제는 율리야 미하일로브나의 집에서 겸사겸사 바로 스테판 트로피모비치를 '1840년대의 자유주의자'라고 칭하며 혹독하게 희화화했다. 모두 웃느라 배꼽이 빠질 정도였기 때문에 끝에 가서는 아예 그를 쫓아낼 수도 없었다. 너무 필요한 사람이 된 것이다. 게다가 그는 표트르 스테파노비치 앞에서 노예처럼 굽실댔는데, 한편 표트르 스테파노비치는 그 무렵 이미 율리야 미하일로브나에게 이상할 정도로 강한 영향력을 행사하게 되었다…….

이 추잡한 놈에 대해서는 따로 말을 하지도 않겠는데 대체 이놈은 주의를 기울일 가치도 없기 때문이다. 그러나 그때 흉흉한 사건이 하나 일어났고 그도 여기에 가담했다는 주장이 있어서, 이 사건을 내 연대기에서 묘사하지 않을 수 없다.

어느 날 아침, 추하고 흉물스러운 성물 모독 사건 소식이 온 도시로 퍼졌다. 우리의 드넓은 시장 광장으로 들어서면 고색창연한 우리 도시에서 가장 훌륭한 고대 유적인 오래된 성모 탄생 교회가 있다. 울타리 대문 옆, 벽의 격자 속에서는 오래전부터 성모를 새겨 놓은 거대한 성상이 놓여 있었다. 이 성상이 어느 날 밤 약탈당하고 성상 함의 유리는 부서지고 격자는 박살나고 화관과 성직자 가운을 장식한 보석과 진주 몇 알도 떼 갔는데 몹시 값비싼 것인지는 잘 모르겠다. 그러나 문제는 절도 사실 외에도 이것이 전적으로 터무니없고 좌중을 희롱하는 성물 모독이었다는 점이다. 산산조각 난 성상의 유리 뒤에서 아침에 살아 있는 쥐가 발견되었다는 얘기가 있었다. 넉 달이 지난 지금에는 이 범행이 전적으로 유형수 페디카의 소행임이 확실히 알려졌지만 왠지 여기에 럄신도 가담했으리라는 말이 덧붙여졌다. 그때는 누구도 럄신 얘기를 하지도 않고 아예 의심하지도 않았지만 지금은 모두 그 당시 그가 쥐를 집어넣은 것이라고 주장한다. 우리의 당국은 계속 다소 정신이 없었던 것이 기억난다. 범행 현장에는 아침부터 사람들이 북적거렸다. 어떤 부류인지는 알 수 없지만 꾸준히 군중이 밀려들었으며 어쨌거나 100명은 족히 됐다. 한 패거리가 오면 다른 패거리가 떠났다. 도착한 자들은 성호를 긋고 성상에 입을 맞추었다. 헌금을 내기 시작하자 교회의 접시가 나타났고 접시 옆에는 수도사도 있었는데, 오후 3시가 되어서야 관청에서도 무리 지어 서 있지 말고 기도하고 입 맞추고 헌금 냈으면 그만 가도 된다고 명령할 수 있음을 깨달았다. 이 불행한 사건의 영향으로 폰 렘브케는 아주 음울해졌다. 나에게 전해진 바로는, 율리야 미하일로브나가 이 불길한 아침부터 남편에게서 이상한 우울의 조짐을 알아챘노라고 훗날 술회했는데, 그것은 이후 그가 병 때문에 두 달 전 우리 도시를 떠나기 바로 직전까지 사라지지 않았고 우리 도(道)에서의 짧은 이력 이후 스위스에서 계속 휴양 중인 지금도 그를 쫓아다니는 것 같다.

그 당시 정오가 지날 무렵 광장에 나갔던 일이 기억난다. 군중은 말이 없고 얼굴은 무겁고 침울했다. 기름기가 흐르고 얼굴빛이 노르스름한 상인이 수레 같은 마차를 타고 왔고 마차에서 내려 이마가 땅에 닿도록 절을 하고 땅에 입을 맞춘 다음에는 1루블을 헌납하고 탄식하면서 마차를 타고 다시 떠났다. 개구쟁이 둘을 동반한 우리네 부인 두 명이 탄 마차가 도착했다. 젊은이들(그들 중 한 명은 이미 더 이상 젊다고 할 수 없었지만) 역시 마차에서 내려 상당히 천연덕스레 사람들을 밀치면서 성상 쪽으로 비집고 들어갔다. 두 명 다 모자도 벗지 않은 상태였고 한 명은 코안경까지 걸치고 있었다. 사람들 사이에서는 불평불만이 일었는데 사실 먹먹한 소리였지만 불쾌했다. 코안경을 낀 젊은이는 지폐가 빽빽하게 들어 있는 지갑에서 청동으로 된 1코페이카짜리 동전 하나를 꺼내 접시로 던졌다. 두 명은 웃고 큰 목소리로 떠들며 마차 쪽으로 몸을 돌렸다. 그 순간 갑자기 리자베타 니콜라예브나가 마브리키 니콜라예비치를 동반한 채 말을 타고 다가왔다. 그녀는 말에서 내려 동반자에게 고삐를 던져 주며 말에 남아 있으라 명령하고는 1코페이카가 던져진 그 순간 성상 쪽으로 다가갔다. 너무 분노한 나머지 그녀의 두 뺨이 붉게 달아올랐다. 그녀는 둥근 모자와 장갑을 벗고 성상 앞, 진흙투성이 보도에 바로 무릎을 꿇고 엎드려 이마가 땅에 닿도록 경건하게 절을 세 번 올렸다. 그런 다음 지갑을 꺼냈지만 그 안에는 겨우 10코페이카 짜리 은화 몇 닢밖에 없어서, 순식간에 자신의 다이아몬드 귀고리를 풀어 접시에 올렸다.

"괜찮을까요, 괜찮겠습니까? 성직자 가운을 장식하는데 말입니다?"

그녀는 온통 흥분에 휩싸여 수도사에게 물었다.

"물론이지요." 상대편이 대답했다. "모든 헌금은 복이 됩니다."

사람들은 비난도 격려도, 한마디도 하지 않고 침묵했다. 리자베타 니콜라예브나는 진흙이 묻은 드레스를 입은 채 말을 타고 총총 떠나갔다.

2

지금 묘사한 사건이 있고 이틀이 지난 뒤 나는 기수들에 에워싸인 세 대의 마차를 타고 어디론가 출발하려는 다수의 무리 속에서 그녀를 만났다. 그녀는 한 손을 흔들어 나를 부르더니 마차를 정지시켜 놓고 자기들 모임에 합류하라고 고집스레 요구했다. 마차에는 내가 앉을 자리가 있었고 그녀는 웃으며 동행들, 즉 화려한 부인네들에게 나를 소개하고 나에게는 또 모두 굉장히 재미있는 탐험을 떠나는 길이라고 설명했다. 그녀는 깔깔 웃었는데 왠지 도가 지나치도록 행복해 보였다. 아주 최근에는 어쩐지 생기발랄할 정도로 명랑해졌다. 사실 이 계획은 아주 괴상했다. 모두 강 너머, 세보스티야노프 상인 집으로 몰려가는 중이었는데, 그 집 곁채에는 벌써 십 년째 우리 도시뿐만 아니라 이 주변의 모든 도(道), 심지어 수도들[41]에까지 소문이 자자한, 우리 성자이자 예언자인 세묜 야코블레비치가 시중드는 사람을 두고 평온하고도 자족적으로 살고 있었다. 모두, 특히 외지 사람들이 그를 방문해, 유로지브이[42]의 한 말씀을 얻고 절을 올리고 희사를 하곤 했다. 가끔은 엄청난 금액의 희사금이 들어오는 바람에 세묜 야코블레비치가 그 자리에서 직접 처리하지 않으면 성스럽게 하느님의 사원으로, 주로 우리 보고로츠키 수도원으로 보내졌다. 이런 목적으로 수도원에서는 꾸준히 수도사를 보내 세묜 야코블레비치의 당번 노릇을 하게 했다. 모두 큰 즐거움을 기대하고 있었다. 이 모임에서 아직 세묜 야코블레비치를 본 사람은 없었다. 럄신 한 명만 전에 언젠가 그의 집에 가 본 적이 있었는데 이제 와서 단언하는 바에 의하면 그쪽에서 자기를 빗자루로 쫓아 버리라고 명령했을뿐더러 럄신의 등 뒤에다가 커다란 삶은 감자 두 알을 자기 손으로 직접 내던졌다고 한다. 기수들 사이에서 이번에도 빌린 카자크 말 위에 극히 비루한 몸가짐을 한 표트르 스테파노비치와, 역시 말을 탄 니콜라이 프세볼로도비치가 내 눈에 띄었다. 이 사람도 가끔 공동의 오락을 거절하지 못했으며 그 경우에도 대개 말수는 적었지만 언제나 점잖게 즐거운 표정을 지었다. 탐험대가 다리 쪽으로 내려와 도시의 여관까지 왔을 때 지금 막 한 여관방에서 투숙객이 권

41) 19세기 러시아의 수도는 페테르부르크였음에도 모스크바와 페테르부르크를 같이 지칭하고 있다.

42) 도스토옙스키 소설에 자주 나오는 성(聖) 바보(holy fool).

총으로 자살한 채로 발견되어 경찰을 기다리는 중이라는 사실을 누가 갑자기 알려 주었다. 당장 자살한 사람을 보러 가자는 생각이 나왔다. 그 생각은 곧 지지를 받았다. 우리네 부인들은 자살한 사람을 본 적이 전혀 없었던 것이다. 그들 중 한 명이 그 자리에서 바로 "정말 지루해 죽겠는데 신나기만 하면 오락거리를 가릴 건 전혀 없지."라고 큰 소리로 말했던 기억이 난다. 오직 몇 명만 현관 옆에서 계속 기다렸고, 나머지 사람들은 우르르 더러운 복도로 들어갔는데, 이 참에 나는 놀랍게도 그 무리 속에서 리자베타 니콜라예브나도 발견했다. 자살한 사람의 방은 열려 있고 사람들은 당연히 우리를 막을 엄두를 내지 못했다. 그는 줄잡아도 열아홉 살밖엔 안 됐을 법한 아직 앳된, 숱이 많은 금발, 똑바른 계란형 얼굴선에 이마가 깨끗하고 아름다운, 매우 잘생긴 소년이었다. 이미 굳은 상태였기 때문에 작고 새하얀 얼굴은 대리석으로 깎은 것처럼 보였다. 탁자 위에는 자신의 죽음에 관한 한 아무도 탓하지 말라, 400루블을 '탕진'했기 때문에 자살을 한 것이다, 라는 내용의 자필 쪽지가 놓여 있었다. '탕진'이라는 단어는 쪽지에 쓰인 그대로다. 이 네 줄에서는 문법 실수가 세 개나 발견되었다. 그때, 특히 그의 이웃으로 보이는, 자기 일 때문에 다른 방에 묵고 있던 어느 뚱뚱한 지주가 그를 보며 아이고 소리를 내며 탄식했다. 그의 말을 통해 밝혀진 바로는, 이 소년은 가족, 즉 미망인인 어머니와 누이들, 그리고 숙모들의 심부름으로, 도시에 사는 친척 아주머니의 지도를 받아 시집갈 큰누나의 혼수품인 여러 물건을 사서 집으로 가져가기 위해 시골 마을에서 도시로 떠나온 길이었다. 수십 년 동안 차곡차곡 모아 온 400루블을 소년에게 맡기면서 다들 불안한 마음에 연신 탄식하며 끊임없이 훈계와 기도에 성호를 그어 주고 소년을 보냈다. 소년은 지금까지 겸손하고 전도유망했다. 사흘 전 도시에 도착한 소년은 친척 아주머니에게는 가지도 않고 여관에 방을 잡은 다음 곧장 클럽으로 갔는데, 어디 뒷방에서 무슨 떠돌이 물주나 적어도 스투콜카[43]라도 찾으려는 희망에서였다. 그러나 그날 저녁에는 스투콜카도, 물주도 없었다. 이미 자정 무렵에야 방으로 돌아온 소년은 샴페인과 하바나산(産) 시가를 달라고 하고 예닐곱 개의 요리로 구성된 저녁을 주문했다. 그러나 샴페인 때문에 취해 버리고 시가 때문에 헛구역질이 났기 때문에 들여온 음식에는 손도 대지 못하고 거의 인사불성이 되어 곯아떨어졌다. 다음 날 잠에서 깬 소년은 사과처럼 싱싱해져서 당장 강 건너 마을에 자리를 잡은, 어제 클럽에서 들은 집시 진영으로 떠났고 이틀 동안 여관에는 코빼기도 보이지 않았다. 드디어 어제 오후 5시 무렵, 술에 흠뻑 취한 채 돌아와 당장 잠자리에 들었고 저녁 10시까지 곯아떨어졌다. 잠에서 깬 다음에는 커틀릿, 샤토 디켐 한 병, 포도, 종이, 잉크, 계산서를 내오라고 했다. 아무도 소년에게서 무슨 특별한 점을 발견하지 못했다. 소년은 평온하고 차분하고 상냥했다. 아무도 총소리를 듣지는 못했지만 소년은 자정 무렵에 이미 자살했음이 분명하고, 오늘 오후 1시에야 비로소 무슨

43) 카드놀이의 일종.

낌새를 채고 열심히 노크해도 대답이 없자 문을 부수어 버렸다. 샤토 디켐 병은 반쯤 비운 상태였고 포도도 반 접시쯤 남아 있었다. 조그만 3연발 권총은 곧바로 심장을 쏘았다. 피는 아주 조금만 흘렀다. 권총은 손을 떠나 양탄자에 떨어져 있었다. 청년 자신은 구석 소파에 몸을 반쯤 누이고 있었다. 얼굴에 죽음의 고통이 전혀 나타나지 않은 것으로 보아 죽음은 순간적으로 일어난 게 분명했다. 표정은 평온하다 못해 거의 행복했는데, 그저 살아 있기만 하다면 말이다. 우리 일행 모두는 탐욕스러운 호기심을 드러내며 요리조리 뜯어보았다. 대체로 가까운 자의 불행에는 어느 것이든 언제나 제삼자의 눈을 즐겁게 만드는 뭔가가 있는 법인데, 심지어 여러분이 누구든 말이다. 우리네 부인들은 말없이 요모조모 뜯어보았지만 남성 동반자들은 눈에 뜨일 만큼 기지와 드높은 기상을 발휘했다. 어떤 사람은 이것이 가장 훌륭한 출구라고, 소년으로선 이보다 더 현명한 건 생각해 낼 수 없었으리라고 지적했다. 또 다른 사람은 비록 찰나지만 잘 살다 갔다고 결론지었다. 세 번째 사람은 갑자기 이렇게 지껄여 댔다. 우리 나라에 목을 매달거나 권총 자살을 하는 일이 왜 이렇게 잦아졌는가, 꼭 뿌리째 뽑혀 올라온 것처럼, 꼭 모두의 발밑에서 마룻바닥이 꺼진 것처럼, 하고. 이렇게 조목조목 이치를 따지는 사람을 다들 떨떠름하게 쳐다보았다. 대신 럄신이 기꺼이 광대역을 자처하며 접시에서 포도 한 송이를 슬쩍했고 그 뒤를 따라 다른 놈이 웃고 세 번째 놈이 샤토 디켐을 향해 손을 뻗었다. 그러나 마침 도착한 경찰서장이 제지를 하고 심지어 '방을 정돈하라'고 부탁했다. 다들 벌써 질리도록 구경했기 때문에 당장 토를 달지도 않고 밖으로 나갔으나 람신은 무슨 용건이 남았는지 경찰서장에게 추근댔다. 모두의 공통된 즐거움, 웃음, 그리고 발랄한 웅성거림은 반쯤 남은 여정에 거의 갑절의 생기를 더해 주었다.

세묜 야코블레비치의 집에 도착한 것은 오후 1시 정각이었다. 상당히 큰 상인 저택의 대문이 활짝 열려 있어 곁채를 자유롭게 드나들 수 있었다. 곧, 세묜 야코블레비치가 식사 중임에도 손님을 접대한다는 사실을 알게 되었다. 우리 무리는 모두 한꺼번에 들어갔다. 성자가 손님을 접대하며 식사하고 있는 방은 상당히 넓은 데다가 창문이 세 개였고 허리 높이까지 오는 나무 격자문으로 벽에서 벽까지 두 부분으로 나뉘어 있었다. 보통 방문객들은 격자 뒤에 머물렀고 행운아들은 성자의 지시에 따라 격자문 너머 다른 방에 들어갈 수 있었는데, 그는 자기가 원할 때 그들을 자신의 낡은 가죽 의자와 소파에 앉히곤 했다. 정작 그는 변함없이 다 해진 고풍스러운 볼테르 의자에 앉아 있었다. 상당한 거구에 얼굴이 노르스름하게 부어오른 쉰다섯 살쯤 되는 사람이었는데, 벗겨진 이마에는 금발의 머리카락이 듬성듬성 나 있고 턱수염은 밀고 오른쪽 뺨은 잔뜩 부풀어 오르고 입은 좀 비뚤어진 것 같고 왼쪽 콧구멍 근처에는 큰 사마귀가 있고 두 눈은 가느다랗고 얼굴에는 평온하고 엄격하지만 졸린 듯한 표정이 역력했다. 독일식 옷차림에 검은 재킷을 걸쳤지만 조끼도 입지 않고 넥타이도 매지 않은 차림이었다. 재킷 밑으로 상당히 두껍지만 새하얀 셔츠가 삐죽이 보였다. 발이 편치 않은지 슬리퍼를 신고 있었다. 나는 그가 언젠가는 관리였고 직위도 있었다는 얘기를 들은 적이 있다. 그는 막 작은 생선으로 만든 수프를 다 먹고 두 번째 음식으로 껍질째 삶은 감자를 소금에 찍어 먹고 있었다. 다른 음식은 절대, 아무것도 먹지 않았다. 그저 차를 좋아해서 많이 마시는 정도였다. 상인에게서 봉급을 받는 하인 셋이 그의 주변을 부산하게 맴돌았다. 한 하인은 연미복 차림이었고 다른 하인은 협동조합원 같았고 또 다른 하인은 시종 수도사 같았다. 열여섯 살 정도밖에 안 되어 보이는 앳된 소년으로 극히 생기발랄했다. 하인 말고도 백발에 살이 좀 많이 찐 공경받는 수도사가 자선 함을 든 채 배석해 있었다. 탁자 중 하나에서는 아주 거대한 사모바르가 끓고, 거의 두 다스나 되는 컵이 담긴 쟁반이 놓여 있었다. 반대편의 다른 탁자에는 커다란 설탕 몇 푼트[44]와 덩어리 몇 개, 2푼트가량의 차, 자수를 놓은 슬리퍼 한 켤레, 얇은 비단 손수건, 포플린 천 조각, 마직 한 필 등의 공양물이 놓여 있었다. 돈으로 낸 헌금은 거의 다 수도사의 자선 함으로 들어갔다. 방 안에는 사람이 많았는데, 한 다스쯤 되는 방문객 중 두 명만 격자문 뒤 세묜 야코블레비치의 방에 앉아 있었다. 바로 '평민' 출신의 백발 노인 신도, 그리고 점잖게 앉아 두 눈을 내리깔고 있는, 작고 좀 여윈 외지인 수도사였다. 나머지 방문객들은 모두 격자문 이쪽 편에서 있었고 역시나 대부분이 평민 출신이었는데, 러시아식 옷

44) 1푼트는 407.7그램.

차림을 하고 있으되 백만장자로 알려진 군(郡)의 도시에서 온 뚱뚱한 털보 상인, 어느 초라한 중년 귀족 부인, 어느 지주만이 예외였다. 모두 행운을 기다리면서도 자기 쪽에서는 감히 한마디도 꺼내지 못했다. 네 명 정도는 무릎을 꿇은 채 몸을 세우고 있었지만 가장 주의를 끈 사람은 마흔다섯 살쯤 된 뚱뚱한 지주였는데, 격자문 바로 옆, 눈에 잘 띄는 제일 가까운 곳에서 무릎을 꿇고 몸을 세운 채 경건하게 세묜 야코블레비치의 성스러운 시선이나 말씀을 기다리고 있었다. 벌써 한 시간쯤 서 있었지만 상대편은 여전히 눈길도 주지 않았다.

우리네 부인들은 격자문 바로 옆으로 몰려들어 명랑하게 낄낄대고 웅성거렸다. 심지어, 두 손으로 격자문을 잡고 집요하게 눈에 잘 띄는 곳에 계속 남아 있으려는 지주를 제외하면, 무릎을 꿇고 있던 다른 모든 방문객도 밀어내거나 가릴 정도였다. 호기심에 굶주린 명랑한 시선들이 오페라글라스나 코안경, 심지어 쌍안경처럼 세묜 야코블레비치 쪽으로 향했다. 럄신은 적어도 진짜 쌍안경으로 살펴보고 있었다. 세묜 야코블레비치는 평온하게 느릿느릿 작은 두 눈으로 모두를 둘러보았다.

"잘난 구경꾼들이야! 잘난 구경꾼들!" 그는 목이 쉰 저음으로 가벼운 탄식까지 가미해 말을 꺼냈다.

우리 일행은 모두 웃음을 터뜨렸다. "잘난 구경꾼이라니, 대체 무슨 소리야?" 그러나 세묜 야코블레비치는 침묵에 잠겼고 감자를 마저 다 먹었다. 드디어 냅킨으로 입을 닦고 나자 차가 나왔다.

그는 보통 차를 혼자 마시지 않고 방문객들에게도 차를 따라 주었으되 결코 모두에게 주지 않고 보통 그들 중 누가 그런 행운을 누릴지를 직접 지시했다. 이런 조치는 언제나 너무 뜻밖이라 충격을 주었다. 가끔은 부자들과 고관들을 제치고 농부나 무슨 늙어 빠진 노파에게 차를 내주라고 명령했다. 한 번은 헐벗은 패거리들을 제쳐 두고 어느 기름진 부자 상인 같은 사람에게 내주기도 했다. 차를 따르는 방식도 다양해서 어떤 사람에게는 설탕을 넣어 주고 다른 사람에게는 설탕 조각을 핥아 먹으라고 하고 또 다른 사람에게는 아예 설탕을 주지 않았다. 이번에 행운을 누린 사람은 찻잔 속에 설탕을 받은 외지인 수도사와 아예 설탕 없는 차를 받은 늙은 신도였다. 수도원에서 온 기부 함을 들고 있던 뚱뚱한 수도사에게는, 지금까지 매일 찻잔을 내주었지만, 웬지 오늘은 아무것도 내주지 않았다.

"세묜 야코블레비치, 무슨 말씀이든 좀 해 주세요. 정말 오랫동안 인사를 나누고 싶었어요." 우리 마차를 타고 온 저 화려한 부인이 생글생글 눈을 찡긋하며 노래하듯 말했는데, 방금 신나기만 하면 오락거리는 가릴 게 없다고 했던 바로 그 부인이었다. 세묜 야코블레비치는 숫제 그녀를 쳐다보지도 않았다. 상체를 세운 채 무릎을 꿇고 있던 지주는 큰 풀무를 들어 올렸다가 내리듯 땅이 꺼져라 깊게 한숨을 내쉬었다.

"설탕을 넣어서!" 세묜 야코블레비치가 갑자기 백만장자를 가리켰다. 그는 앞으로 나아가 지주와 나란히 섰다.

"설탕을 더 주어라!" 벌써 잔에 가득 따랐음에도 세묜 야코블레비치가 명령하자 한 번을 더 넣었다. “더, 좀 더!” 세 번째로 더 넣었다가 마침내 네 번째로 더 넣었다. 상인은 아무런 불평불만 없이 시럽을 마시기 시작했다.

“주여!” 사람들이 중얼대며 성호를 그었다. 지주는 다시 땅이 꺼져라 깊게 한숨을 쉬었다.

“신부님! 세폰 야코블레비치!” 갑자기 고통으로 가득 찼으되 날카로운 목소리가 울려 퍼졌는데, 우리 일행이 벽에다 붙여 버린 저 초라한 부인의 것이라 생각하기 힘들 정도였다. “아버지나 다름없는 분이시여, 꼬박 한 시간 동안 은총을 기다리고 있습니다. 성자님, 제 말씀을 들어 주시고 이 고아를 살펴 주십시오.”

“물어보거라.” 세폰 야코블레비치가 시중드는 수도사를 가리켰다. 그는 격자문 쪽으로 다가갔다.

“지난번 세폰 야코블레비치께서 명령하신 것을 이행하셨습니까?”

그가 미망인에게 차분하고 고른 목소리로 물었다.

“세폰 야코블레비치 신부님, 무슨 일을 행했겠습니까, 그놈들에게 뭘 할 수 있겠습니까!” 미망인은 울부짖었다. “식인종입니다. 재판소에다 저에 대한 소송을 낸다느니, 원로원에 보낸다느니 협박하고 있습니다. 이게 친어미한테 하는 짓입니다……!”

“저 여자에게 주도록……!” 세폰 야코블레비치는 설탕 조각을 가리켰다. 소년이 쪼르르 뛰어와 설탕 한 덩어리를 쥐어 미망인에게 갖다 주었다.

“오, 신부님, 참으로 크나큰 자비입니다. 이 많은 걸 제가 어디다 쓰겠습니까?" 미망인은 거의 울부짖었다.

"더, 좀 더!" 세픈 야코블레비치는 상을 내렸다.

설탕 덩어리가 하나 더 나왔다. "더, 좀더." 하고 성자가 명령했다. 세 번째, 드디어 네 번째로 설탕이 나왔다. 설탕들이 사방에서 미망인을 에워쌌다. 수도원에서 온 수도사는 한숨을 쉬었다. 이 모든 것이 전례를 따른다면 오늘 바로 수도원으로 들어갈 수 있었으리라.

"이 많은 걸 제가 어디다 쓰겠습니까?" 미망인은 황송하다는 듯 탄식했다. "혼자 먹다가 구역질이 날걸요……! 대체 이게 무슨 예언은 아닌지요, 신부님?"

"그럴 줄 알았어, 예언이야." 군중 속에서 누군가가 말했다.

"1푼트 더, 좀 더!" 세픈 야코블레비치는 수그러들지 않았다.

탁자 위에는 아직 온전한 덩어리가 하나 더 남아 있었지만 세픈 야코블레비치는 1푼트만 내주라고 지시했고 미망인에게는 1푼트가 주어졌다.

"주여, 주여!" 사람들은 한숨을 쉬며 성호를 그었다. "분명히 예언이야."

"앞으로 당신의 마음을 선량함과 자비로 달콤하게 한 다음 그때 비로소 당신 자신의 뼈에서 나온 뼈인 친자식들을 불평하러 오시오, 바로 이것이 분명히 이 상징의 의미일 겁니다." 뚱뚱하되 차 대접을 받은 수도원에서 온 수도사가 손수 해석을 떠맡고 싶은 초조한 자존심의 발작에 사로잡혀 조용히, 그러나 자신만만하게 말했다.

"세상에, 신부님." 미망인이 갑자기 화를 냈다. "베르히시닌의 집에 불이 났을 때 그놈들이 나를 올가미로 묶어서 불 속으로 끌고 갔어요. 그놈들은 내 짐 꾸러미에 죽은 고양이를 집어넣는가 하면, 즉 어떤 버르장머리 없는 짓도 서슴지 않을 기세예요…….”

“쫓아내라, 쫓아내라!” 세묜 야코블레비치가 갑자기 두 손을 내저었다. 시중드는 수도사와 소년은 튕겨 나가듯 격자문에서 뛰어나갔다. 시중드는 수도사가 미망인의 팔을 잡았고, 좀 진정한 그녀는 소년이 뒤따라 갖고 나온 희사받은 설탕 덩어리를 살펴보며 문 쪽으로 끌려나갔다.

“하나를 빼앗아라, 빼앗도록!” 세묜 야코블레비치는 자기 옆에 남아 있는 협동조합원에게 지시했다. 그가 막 방을 나가고 있는 자들에게로 돌진했고 잠시 뒤에는 하인 세 명이 모두 미망인에게 한번 희사했다가 이제는 빼앗아 온 설탕 덩어리 하나를 도로 들고 돌아왔다. 그래도 그녀는 세 덩어리나 들고 갔다.

“세묜 야코블레비치.” 뒤쪽, 문 바로 옆에서 누군가의 목소리가 울려 퍼졌다. “저는 꿈속에서 새를, 그것도 갈가마귀를 보았습니다. 갈가마귀가 물에서 날아올라 불 속으로 날아들더군요. 이 꿈은 무슨 의미일까요?”

“혹한을 향해 가는 거야.” 세묜 야코블레비치가 말했다.

“세묜 야코블레비치, 왜 저에게는 아무 대답도 해 주지 않으십니까, 이토록 오랫동안 신부님께 관심을 가져왔는데요.” 우리네 부인이 다시 말을 꺼냈다.

“물어보거라!” 그녀의 얘기는 듣지도 않고 세묜 야코블레비치가 갑자기 상체를 세운 채 무릎을 꿇고 있던 지주를 가리켰다.

질문을 던지라는 지시를 받은 수도원에서 온 수도사는 한 걸음씩 지주에게 다가갔다.

"무슨 죄를 지으셨습니까? 무슨 일을 행하라는 명령을 받지는 않으셨습니까?"

"싸움질하지 말라고, 두 손에 자유를 주지 말라고 하셨습니다."

목쉰 소리로 지주가 대답했다.

"그대로 이행하셨습니까?" 수도사가 물었다.

"제대로 이행할 수가 없습니다, 저 자신의 힘이 이기거든요."

"쫓아내라, 쫓아내! 저자를 빗자루로, 빗자루로!" 세묜 야코블레비치가 두 손을 내저었다. 지주는 징벌의 이행이 다 끝나기도 전에 벌떡 일어나 방에서 후딱 달아났다.

"금화를 자리에 두고 갔습니다." 수도사가 마룻바닥에서 황제의 옆얼굴[45]을 집어 올리면서 말했다.

"저자에게!" 세묜 야코블레비치는 백만장자 상인을 손가락으로 가리켰다. 백만장자는 거절할 엄두를 내지 못하고 받았다.

"황금에 황금을 보태는군." 수도원에서 온 수도사가 참지 못하고 말했다.

"그리고 이자에게는 설탕 넣은 차를." 세묜 야코블레비치는 갑자기 마브리키 니콜라예비치를 가리켰다. 하인은 차를 가득

45) 황제의 옆얼굴이 새겨진 5루블짜리 금화의 별칭.

따른 다음 그만 실수로 코안경을 쓴 멋쟁이에게 가지고 갔다.

"키가 큰, 큰 자에게!" 세묜 야코블레비치가 바로잡았다.

마브리키 니콜라예비치는 찻잔을 받고 군대식으로 몸을 반쯤 굽히며 인사한 다음 마시기 시작했다. 나로서는 왠지 모르겠지만 우리 일행이 모두 배꼽이 빠져라 웃어 댔다.

"마브리키 니콜라예비치!" 리자가 갑자기 그를 불렀다. "무릎을 꿇고 있던 분이 떠났으니 그 자리로 가서 무릎을 꿇으세요."

마브리키 니콜라예비치는 망설이면서 그녀를 쳐다보았다.

"제발요, 저에게 큰 만족을 주세요. 이봐요, 마브리키 니콜라예비치." 그녀는 갑자기 고집스럽고 집요하고 열렬하게 빠른 말씨로 시작했다. "꼭 그래 주세요, 무릎을 꿇고 상체를 세운 모습을 꼭 보고 싶거든요. 그러지 않을 거면 나한테 오지도 마세요. 꼭 보고 싶어요, 꼭……!"

그녀가 이로써 무엇을 말하고자 했는지는 알 수 없다. 그러나 그녀는 고집을 굽히지 않고 발작이라도 일으키듯 요구했다. 우리가 뒤에 보겠지만, 마브리키 니콜라예비치는 특히 최근 들어 빈번해진 그녀의 이런 변덕스러운 충동을 자신을 향한 맹목적인 증오의 점화로 해석했는데, 적의가 아니라 — 오히려 그녀는 그를 공경하고 사랑하고 존경했으며 이 점은 그 자신도 알고 있었다 — 순간순간 그녀 자신도 도저히 감당할 수 없는 어떤 특별한 무의식적 증오에서 비롯된 것이었다.

그는 자기 뒤에 서 있는 어느 노파에게 말없이 찻잔을 건넨 다음 격자문을 열고 초대받지도 않은 세묜 야코블레비치의 내실로 성큼성큼 걸어가서 모두가 볼 수 있는 방 한가운데서 무릎을 꿇었다. 사교계 전체가 보는 데서 리자가 거칠고 조소 어린 행동을 했기 때문에 가뜩이나 섬세하고 순박한 영혼이 너무 심한 충격을 받았으리라 생각된다. 어쩌면 그녀가 그토록 고집을 부린 끝에 그의 굴욕을 보게 되면 스스로 부끄러워지리라고 생각했는지도 모른다. 물론 그를 제외하면 그 누구도 이토록 순진하고 모험적인 방법으로 여자를 바로잡을 결심은 하지 못했으리라. 그는 얼굴에 확고부동한 육중함까지 띠고서 길고 어색하고 우스꽝스러운 몸을 굽혀 무릎을 꿇고 상체를 세웠다. 그러나 우리 일행은 웃지 않았다. 이 예기치 못한 행동이 병적인 효과를 낳은 것이다. 모두 리자를 쳐다보았다.

"올리브 기름, 올리브 기름을!" 세묜 야코블레비치가 중얼거렸다.

리자는 갑자기 창백해지면서 비명을 지르더니 탄식하며 격자문 뒤로 달려들었다. 그 순간 급속하고 히스테릭한 장면이 연출되었다. 그녀는 있는 힘껏 마브리키 니콜라예비치의 팔꿈치를 두 손으로 잡아당기면서 무릎을 꿇은 그를 일으켜 세우려고 했다.

"일어나세요, 일어나요!" 그녀는 정신 나간 사람처럼 비명을 질렀다. "당장 일어나라니까요, 당장! 어떻게 감히 무릎을 꿇을 수가!"

마브리키 니콜라예비치가 무릎을 펴고 일어섰다. 그녀는 손으로 그의 팔을 꽉 잡은 채 얼굴을 주의 깊게 들여다보았다.

그녀의 시선 속에는 공포가 깃들어 있었다.

"잘난 구경꾼들, 잘난 구경꾼들!" 세묜 야코블레비치가 한 번 더 반복했다.

그녀는 마침내 마브리키 니콜라예비치를 다시 격자문 뒤로 끌어냈다. 우리 무리 사이에서 심한 동요가 일었다. 우리 마차를 탔던 부인은 분명히 이 분위기를 깨뜨리려는 마음에서 세 번째로, 아까처럼 거만한 미소를 지으며 카랑카랑 찢어지는 목소리로 세묜 야코블레비치에게 물었다.

"아니, 세묜 야코블레비치, 정말이지 저에겐 뭐든 '한 말씀 해 주시지' 않는 겁니까? 신부님께 이토록 많은 것을 걸고 있는걸요."

"네년을…… 속으로, 네년을…… 속으로……!" 세묜 야코블레비치는 그녀를 쳐다보면서 갑자기 극도로 상스러운 낱말을 내뱉었다. 낱말들은 또 맹렬하게, 소름 돋을 만큼 또렷하게 발음되었다. 우리네 부인들은 째지는 소리를 지르며 부리나케 저쪽으로 줄행랑쳤고 멋쟁이 신사들은 호메로스식[46]으로 웃어 댔다. 우리의 세묜 야코블레비치 탐방은 이렇게 끝났다.

하지만 그 순간 굉장히 수수께끼 같은 사건이 하나 더 발생했다는 소리가 있는데, 솔직히 내가 이 탐방을 이토록 상세하게 언급한 것은 그 때문이다.

모두 우르르 저쪽으로 줄행랑칠 때 마브리키 니콜라예비치의 부축을 받고 있던 리자가 사람들이 북적대는 문간에서 갑

---

46) '호탕하게'라는 의미인 듯하다.

자기 니콜라이 프세볼로도비치와 마주쳤다는 소리가 있다. 일요일 아침, 그녀의 기절 이후 그들은 여러 번 마주치기는 했지만 서로 다가가지도 않고 둘이 말을 섞는 일도 없었다는 점을 말해 두어야겠다. 나는 그들이 문간에서 마주치는 장면을 보았다. 둘 다 순간적으로 걸음을 멈추고 어쩐지 이상한 시선으로 서로를 쳐다보았던 것 같다. 그러나 군중 속이라 제대로 볼 수가 없었다. 정반대로, 완전히 진지하게 주장들 하는 바로는, 리자가 니콜라이 프세볼로도비치를 보자 급히 손을 들어 올렸고 그런 식으로 그의 얼굴과 나란히 되는 높이까지 가져갔으며 그가 제때 몸을 피하지 않았더라면 분명히 그를 때렸으리라는 것이다. 어쩌면 그녀로서는 그의 얼굴 표정이나 얄궂은 조소가 못마땅했는지도 모르고 특히 마브리키 니콜라예비치와 그런 에피소드가 있고 난 지금은 특히 더 그랬으리라. 솔직히 나는 아무것도 직접 보지는 못했지만, 어쨌든 몇 명이라면 모를까, 그런 북새통 속에서 모두가 그런 것을 볼 수는 도저히 없었을 텐데도 모두 직접 보았다고 주장했다. 다만, 나는 당시 이 얘기를 믿지 않았다. 하지만 니콜라이 프세볼로도비치가 돌아오는 길 내내 다소 창백했던 것은 기억난다.

3

거의 그 무렵, 그리고 바로 그날 드디어 스테판 트로피모비치와 바르바라 페트로브나의 만남이 성사되었는데, 그녀 쪽에서는 벌써 오래전부터 염두에 두고 있었고 벌써 오래전에 자신의 옛 친구에게 알려 주었지만 왠지 지금까지 줄곧 연기해 온 일이었다. 만남은 스크보레시니키에서 있었다. 바르바라 페트로브나는 아주 부산을 떨며 교외의 집에 도착했다. 임박한 축제는 귀족단장 부인 댁에서 치르기로 전날 최종적으로 결정되었다. 그러나 바르바라 페트로브나는 당장 예의 그 재빠른 머리로, 축제가 끝나면 자기만의 특별한 축제를, 그것도 스크보레시니키에서 열어 다시 도시 전체를 불러 모으기로, 아무도 그걸 방해하지 못하리라고 생각했다. 그러면 모두 누구의 집이 더 좋은지, 어디서 손님맞이를 더 잘하고 더 훌륭한 취향의 무도회를 열 줄 아는지 실제로 확인할 수 있으리라. 대체로 그녀는 알아볼 수 없을 정도였다. 꼭 갱생한 것처럼 접근하기도 힘든 이전의 '높은 부인'(스테판 트로피모비치의 표현이다.)에서 아주 평범하고도 별스러운 사교계 여자로 변한 것 같았다. 하긴 그렇게 보였을 뿐인지도 모르겠다.

텅 빈 집에 도착한 다음 그녀는 충직하고 연로한 하인 알렉세이 예고로비치, 그리고 산전수전 다 겪은 사람인 장식 전문가 포무시카를 대동한 채 방들을 쭉 둘러보았다. 서로 의논하며 생각을 모았다. 시내의 집에서 어떤 가구를 가져올지, 물과 그림은 또 어떤 것으로 가져올지, 그것을 어디에 둘지, 온실과 꽃을 어떻게 하면 제일 편리하게 배치할지, 새 커튼은 어디에 달지, 뷔페는 어디에 마련할지, 뷔페는 하나면 될지, 두 개는 되어야 할지 등등 생각을 모았다. 그렇게 아주 열렬하게 부산을 떨던 중 스테판 트로피모비치를 부르러 마차를 보내자는 생각이 갑자기 그녀의 뇌리를 스치고 지나갔다.

그는 벌써 오래전부터 소식을 듣고 준비하고 있었는데, 매일 바로 이처럼 돌발적인 초대를 기다린 것이었다. 마차에 앉아서는 성호를 그었다. 그의 운명이 결정되는 중이었다. 그는 커다란 홀에서 손에 연필과 종이를 든 채 조그만 대리석 탁자 앞, 벽장 속에 파묻힌 듯 조그만 소파에 앉아 있는 벗을 보았다. 포무시카는 합창단과 창문의 높이를 아르신으로 측정했고, 바르바라 페트로브나는 직접 숫자를 기입하며 마룻바닥에 표시하고 있었다. 그녀는 일에서 손을 떼지 않은 채 스테판 트로피모비치 쪽으로 고개를 까딱했으며 이쪽에서 어떤 인사말 같은 것을 중얼거리자 서둘러 그에게 한 손을 내밀며 쳐다보지도 않고 자기 옆의 자리를 가리켰다.

"나는 오 분 동안 '가슴을 억누르며' 앉아서 기다렸어요." 그가 뒤에 나에게 해 준 이야기다. "내가 본 건 이십 년 동안 알아 온 그 여자가 아니었어요. 모든 일에는 끝이 있다는 완전한 확신이 나에게 힘을 주고 심지어 그녀를 놀랬지요. 맹세코, 그녀는 이 최후의 순간 나의 인내에 놀랐던 겁니다."

바르바라 페트로브나는 갑자기 연필을 탁자 위에 놓더니 급히 스테판 트로피모비치 쪽으로 몸을 돌렸다.

"스테판 트로피모비치, 우리 일 얘기를 좀 해야겠어요. 당신이 예의 그 온갖 화려한 말과 다양한 단어들을 준비해 뒀으리라 확신하지만 곧장 본론으로 들어가는 편이 낫겠어요, 안 그래요?"

그는 찌그러졌다. 그녀가 너무 서둘러 입장을 천명했으니 그다음에 어쩔 수 있었겠는가?

“잠깐만요, 입 다물어요, 우선 내가 말을 하게 해 주고 그다음에 당신이 하든가 하는데, 사실 당신이 무슨 대답을 할 수 있겠어요?” 그녀는 빠른 속도로 말을 이어 갔다. “당신의 인생이 끝나는 날까지 1200루블의 연금을 지급하는 것을 나의 신성한 의무라고 생각해요. 즉, 신성한 의무랄 건 없고 단지 계약일 뿐이니까 이쪽이 훨씬 실제적이지 않나요, 안 그래요? 당신이 원한다면, 씁시다. 내가 죽을 경우에 대비해 특별 조처를 해 놓았어요. 그러나 지금 그 밖에도 나에게서 집과 하인과 모든 생활비를 받잖아요. 그걸 돈으로 환산하면 1500루블은 될걸요, 안 그래요? 여기다가 예외적인 비용 300루블을 더하면 총 3000루블은 족히 돼요. 일 년 치로는 충분하지 않나요? 적은 것 같진 않은데요? 아주 예외적인 경우에는 그래도 좀 더 보태 주겠어요. 결론적으로, 돈은 가져가고 내 사람들은 나에게 돌려보내고 페테르부르크든 모스크바든 여기든 외국이든 당신이 원하는 곳에서 당신 혼자 알아서 살아요. 단, 내 집은 안 돼요. 듣고 있죠?”

“얼마 전 바로 그 입에서 다른 요구가 그토록 고집스럽게, 그토록 성급하게 나에게 전해진 적이 있었지요.” 스테판 트로피모비치는 천천히, 슬프되 또박또박 말했다. “난 마음을 접고…… 당신 마음에 들려고 조그만 카자크 춤을 추었지요. 그래요, 이런 비유는 괜찮겠지요. 이건 마치 자기 무덤 위에서 춤을 춘 돈강의 카자크 녀석 같았어요.(Oui, la comparaison peut être permise. C’était comme un petit cozak du Don, qui sautait sur sa propre tombe.) 이제는…….”

“그만해요, 스테판 트로피모비치. 어쩜 이렇게 수다스러울까. 춤을 추기는커녕 새 넥타이와 셔츠, 장갑에 포마드까지 바르고 향수까지 뿌린 다음 나한테 왔으면서. 분명히 말해 두지만, 당신 쪽에서 결혼하고 싶어 안달이었죠. 얼굴에 그렇게 쓰여 있던걸요, 거봐요, 그 어눌한 표정 말이에요. 그때 내가 당신의 그 점을 지적하지 않았다면, 그건 오로지 워낙 민감한 문제였기 때문이에요. 그러나 당신은 분명히 원했는데, 나와 당신의 약혼녀에 대해 은밀한 얘기를 써 보내는 추잡한 짓을 하면서도 결혼하길 원했던 거죠. 이제는 사정이 아주 달라졌어요. 아니, 뭣 때문에 여기서 무슨 무덤 위의 돈강의 카자크(cozak du Don)가 튀어나오는 거죠? 무슨 비유인지 통 모르겠네요. 정반대로, 죽지 말고 살아요. 당신이 가능한 한 오래 살면 나는 얼씨구나 하고 기뻐할 테니까.”

“양로원에서요?”

“양로원이라고요? 3000루블의 소득 갖고는 양로원도 못 가요. 아, 생각나네요.” 그녀가 씩 웃었다. “사실, 표트르 스테파노비치가 어쩌다 한번은 양로원 어쩌고저쩌고 농담했거든요. 어라, 그곳은 정말로 특수한 양로원이라니, 생각해 볼 가치는 있겠네요. 그곳은 가장 공경받는 인사들을 위한 곳이라 대령들도 있고 심지어 어느 장군도 가고 싶어 한다더군요. 당신의 돈을 모조리 갖고 들어가면 평안과 만족에 간병인들까지 구할 거예요. 거기서 학문에 종사하며 언제든 프레페랑스를 둘 수도 있겠죠…….”

"그만합시다.(Passons.)"

"그만하라고요?(Passons?)" 바르바라 페트로브나의 얼굴이 일그러졌다. "어쨌든 그렇다면 이게 전부예요. 이미 들었겠지만, 우리는 이 시간 이후로 완전히 따로따로 사는 거예요."

"이게 전부라고? 이십 년에서 남은 전부란 말이오? 우리의 마지막 작별 인사는?"

"탄식이 없이는 못 배기는군요, 스테판 트로피모비치. 요즘 그런 건 완전히 유행도 지났다고요. 그들은 거칠지만 단순하게 말해요. 당신은 그놈의 우리 이십 년에 홀딱 빠졌군요! 서로의 자존심으로 얼룩진 이십 년이었을 뿐, 더 이상 아무것도 아니었어요. 나에게 보낸 당신의 편지는 모조리 내가 아니라 후손을 위한 거예요. 당신은 친구가 아니라 문체주의자일 뿐이고 우정이란 이것도 기껏해야 영예스러운 단어에 지나지 않을 뿐, 본질적으론 자기 속에 든 구정물을 서로에게 퍼부은 거죠……."

"맙소사, 온통 남의 말을 해 대는군! 아예 달달 외웠군요! 그놈들이 벌써 당신에게 자기들의 제복을 입힌 거요! 당신도 태양을 보고 기뻐 날뛰는군요. 친애하는, 친애하는 이여(chère, chère), 그 잘난 렌틸콩 수프 한 그릇을 얻으려고 그놈들에게 자유를 팔아 버렸군요!"

"난 남의 말이나 따라 하는 앵무새가 아니에요." 바르바라 페트로브나가 펄펄 뛰었다. "나에게는 나 자신의 말이 쌓여 있었다는 점, 분명히 알아 둬요. 이 이십 년 동안 당신이 날 위해서 해 준 게 뭐예요? 내가 당신을 위해서 주문해 준 책도 거절하고 제본업자가 아니었더라면 아예 뜯지도 않았겠죠.[47] 초창기에 나를 지도해 달라고 부탁했을 때 당신은 나에게 무엇을 읽게 했나요? 모조리 캅피그, 캅피그[48]였어요. 심지어 나의 발전을 질투한 나머지 그런 조치를 취했던 거죠. 하지만 다들 당신을 비웃어요. 고백하건대, 난 당신을 기껏 비평가쯤으로 생각해 왔어요. 당신은 문학 비평가일 뿐, 더 이상은 아무것도 아니에요. 페테르부르크로 가는 도중 내가 잡지를 출간하고 그 잡지에 전 생애를 바칠 생각이라고 했을 때 당신은 대뜸 나를 비꼬듯 쳐다보았고 갑자기 끔찍이도 교만하게 굴기 시작했어요."

"그건 그게 아니었는데, 그게 아니라…… 우리는 그때 감시가 두려워서……."

"그건 바로 그거였고, 페테르부르크에서 당신은 감시 따위는 결코 두려워할 수도 없었어요. 기억할지 모르겠지만, 나중에 그 소식이 퍼진 2월에 대경실색한 채 갑자기 나에게 달려와 기획 중인 잡지는 당신과 아무 상관이 없다, 젊은 사람들은 당신이 아닌 나를 찾아오는 거다, 당신은 아직 봉급을 다 받지 못한 탓에 이 집에 사는 가정 교사에 지나지 않는다, 하는 식의 증명서를 서류 형식으로 달라고 나한테 요구했잖아요, 안 그래요? 이건 기억나요? 당신은 평생 아주 탁월했어요, 스테판 트로피모비치."

---

47) 당시의 책은 전지 형태였다.

48) 장밥티스트 캅피그(Jean-Baptiste Capefigue, 1801~1872). 프랑스의 역사가, 전기 작가.

"그건 소심했던 한순간의 일에 지나지 않아요. 눈을 맞대고 있던 그 순간에." 그는 괴로운 듯 탄식했다. "그러나 정녕, 정녕 그토록 하찮은 인상들 때문에 모든 것을 끊어 버려야 한다고요? 그 오랜 세월 동안 정녕 우리 사이에는 더 이상 아무것도 남아 있지 않다는 건가요?"

"끔찍이도 이해타산적이군요. 계속 내 몫으로 떠넘기려고 온갖 짓을 하려는 거잖아요. 당신은 외국에서 돌아왔을 때는 나를 위에서 내려다보고 나에게 말 한마디 제대로 하게 해 주지 않았고, 그다음에 내가 직접 두 발로 당신을 찾아가서 마돈나[49]를 본 인상을 이야기하자 다 듣지도 않고 자기 넥타이를 보며 오만불손한 미소를 지었는데, 나는 당신과 같은 감수성을 지닐 수 없다는 투였어요."

"그건 그게 아니라, 틀림없이 그게 아니라……. 잊어버렸군.(J'ai oublié.)"

"아니, 그건 바로 그것이었고, 게다가 내 앞에서 자화자찬할 생각은 말아요, 죄다 헛소리고 모조리 당신이 꾸며낸 것일 테니까. 지금은 케케묵은 노인들 말고는 아무도, 누구도 마돈나에 열광하지 않고 그따위 것에 시간을 낭비하지도 않아요. 이건 증명된 일이에요."

"증명됐다고요?"

"마돈나는 아무짝에도 못 써요. 이 머그잔이 유용하다면

---

49) 라파엘로 산치오(Raffaello Sanzio, 1483~1520)의 「시스티나의 마돈나」(1512)로 드레스덴 미술관에 있다.

그건 여기에 물을 부을 수 있기 때문이에요. 이 연필이 유용하다면 이걸로 모든 것을 쓸 수 있기 때문인데, 저기 그 여인의 얼굴은 자연의 다른 어떤 얼굴보다 훨씬 못생겼어요. 사과를 그려 보고 그 자리에 당장 진짜 사과를 나란히 놓아 보면 어떤 걸 선택하겠어요? 아마 실수하지는 않겠죠. 자유로운 연구의 첫 광선을 받자마자 당신의 모든 이론은 바로 여기로 귀결되더라고요."

"그래요, 그렇겠죠."

"비꼬듯 웃는군요. 그래서 나한테 가령 자선에 대해 말한 건가요? 하긴 자선의 쾌감은 교만하고 부도덕한 쾌감이며, 부자가 가난뱅이의 의의와 자신의 의의를 비교함으로써 자신의 부와 권력에 탐닉하는 쾌감이에요. 자선은 베푸는 자도, 받는 자도 모두 타락시키고 더욱이 목표에 이르지도 못하는데, 가난을 배가시킬 뿐이거든요. 일을 싫어하는 게으름뱅이들은 도박판의 노름꾼들처럼 돈을 따려는 희망에서 시혜자 주위로 몰려들어요. 그렇지만 자선가들이 그들에게 던져 주는 아쉬운 푼돈들은 100분의 1에도 미치지 못하잖아요. 당신은 살아오면서 많이 나누어 주었나요? 10코페이카짜리 은화 여덟닢, 더는 아닐 테죠, 어디 한번 더듬어 봐요. 당신이 마지막으로 적선한 것이 언제인지 기억하려고 노력해 봐요. 이 년 전인가, 아니면 사 년 전인가. 당신은 소리나 지르고 일에 방해가 될 뿐이에요. 지금의 사회에서도 자선은 법으로 금지되어야 해요. 새로운 체제에서는 가난한 사람들이 아예 없어질 테니까요."

"오, 남의 말을 마구잡이로 쏟아 내는군! 그러니까 새로운 체제까지 간 거요? 불행한 여인이여, 하느님이 도와주시길!"

"그래요, 거기까지 갔어요, 스테판 트로피모비치. 당신은 벌써 모두에게 알려진 모든 새로운 이념을 나에게는 교묘하게 감추었고, 또 오로지 나에게 많은 권력을 행사하려는 질투심 때문에 그렇게 한 거예요. 지금은 심지어 저 율리야조차 나보다 100베르스타는 앞서 있어요. 그러나 이제는 나도 눈을 떴어요. 나는 할 수 있는 한, 스테판 트로피모비치, 당신을 변호했어요. 모두 단연코 당신을 비난하더군요."

"됐어요!" 그는 자리에서 일어나려고 했다. "됐다고요! 그럼 내가 당신을 위해 무엇을 빌어 주면 되는 거요, 참회라도?"

"잠깐 앉아요, 스테판 트로피모비치, 물어볼 게 더 있어요. 문학의 아침에서 낭독하도록 초대받았다는 얘기는 전해 들었을 거예요. 내가 그러도록 했거든요. 말해 봐요, 정확히 뭘 낭독할 건가요?"

"저 황후 중의 황후, 인류의 저 이상, 당신 생각으로는 컵이나 연필만 한 가치도 없는 시스티나의 마돈나에 대해서요."

"그럼 역사 얘기가 아니라요?" 바르바라 페트로브나는 괴로울 정도로 깜짝 놀랐다. "그러나 당신 얘기는 듣지 않을 텐데. 그놈의 마돈나에게 홀딱 빠졌군요! 모두를 재우는 게 취미인가요? 분명히 알아 둬요, 스테판 트로피모비치, 오로지 당신의 이익을 생각해서 말해 주는 거예요. 스페인 역사에서 발췌한 뭐든 짧지만 재미있는 중세 궁정의 역사, 아니, 일화라고 하는 편이 낫겠는데, 어쨌든 그런 걸 고르고 거기에 당신 자신의 일화들, 재치 있는 말들을 보충하면 좋을 거예요. 거기에는 화려한 궁전도 있었고 거기에는 그런 부인들도, 독살 사건도 있었잖아요. 카르마지노프는 스페인 역사에서 발췌하면서 재미있는 뭔가를 낭독하지 못한다면 그게 이상한 거라고 말하더군요."

"카르마지노프, 붓이 녹슬어 버린 그 멍청이가 나를 위해 주제를 찾아 주는군!"

"카르마지노프 이 사람은 거의 국가적인 지성이에요! 혀를 너무 함부로 놀리네요, 스테판 트로피모비치."

"당신의 그 카르마지노프라면 — 이 작자는 붓도 녹슬어 버렸고 늙어 빠진 데다가 심술만 가득한 아줌마라니까요! 친애, 친애하는 이여(Chère, chère), 정녕 그들의 노예가 됐군요, 맙소사!"

"난 지금도 그가 무게를 잡는 건 참을 수 없지만 그 지성만은 정당하게 평가하고 싶어요. 반복하건대, 할 수 있는 한 힘껏 당신을 변호해 왔어요. 뭐 하러 자신을 웃기고 지루한 인간으로 내세우려는 거예요? 오히려 지난 세기의 대변자로서 공경할 만한 미소를 띠고 연단에 나와 이야기할 때 가끔 보이는 예의 그 모든 기지를 곁들여서 일화 세 편을 이야기하는 거예요. 당신이 늙은이고 볼 장 다 본 구닥다리라고, 결국에는 뒤처졌다고 쳐요. 그러나 당신 스스로 서문에서 미소를 지으며 이 점을 인정하면 모두 당신이 사랑스럽고 선량하고 재기발랄한 유물이라고 생각할 테고……. 한마디로, 오래된 소금 같은 인물이자, 지금까지 자기가 추종해 온 어떤 개념들의 온갖 추함을 스스로 제대로 평가할 수 있을 만큼 충분히 진보적인 인물이라는 거죠. 부디 나를 만족시켜 줘요, 부탁이에요."

"이봐요(Chère), 됐어요! 부탁하지 말아요, 나는 할 수 없으니까. 난 마돈나에 대해 낭독하되 폭풍우를 일으킬 것이고, 그로써 그들을 모두 압도하든지 나 한 사람만 충격을 받든지 할 거요!"

"분명히 당신 한 사람만일 거예요, 스테판 트로피모비치."

"내 운명이 그렇소. 나는 저 비열한 노예에 대해, 맨 먼저 양손에 가위를 들고 계단으로 올라가 평등과 질투와…… 소화(消化)의 이름으로 위대한 이상의 성스러운 얼굴을 찢어 놓을 저 악취 풍기는 방탕한 머슴에 대해 이야기할 거요. 내 저주가 쩌렁쩌렁 울리도록 할 것이고 그때는, 그때는……."

"정신 병원행이겠죠?"

"아마도. 그러나 내가 패배자가 되든 승리자가 되든 어쨌든 바로 그날 저녁에 내 전 재산, 저 빈한한 재산만을 취하고 나의 모든 세간과 당신의 모든 선물과 미래에 약속된 모든 연금과 재산은 남겨 둔 채, 상인 집에서 가정 교사로 생을 마감하든지 어디 담장 밑에서 굶어 죽든지 아무튼 걸어서 떠나겠소. 분명히 말해 두는 바요. 운명의 주사위는 던져졌도다.(Alea jacta est.)"

그는 다시 일어섰다.

"그렇게 확신했어요." 바르바라 페트로브나가 눈을 번득이며 일어났다. "벌써 몇 년째 당신이 결국에는 나와 내 집을 중상모략으로 욕되게 하려는 일념 하나로 살고 있노라고 확신했다고요! 상인 집의 가정 교사라느니 담장 밑에서 죽는다느니, 대체 뭘 말하고 싶은 거죠? 심술, 중상모략, 그 밖에는 더 이상 아무것도 아니에요!"

"당신은 언제나 나를 경멸해 왔어요. 그러나 나는 자신의 부인에게 충실한 기사로서 생을 마감할 거요, 당신의 견해는 나에게 언제나 그 무엇보다도 소중했으니까. 이 순간부터 아무것도 받지 않되 사리사욕 없이 존경합니다."

"정말 멍청하게 이럴 거예요!"

"당신은 언제나 나를 존경하지 않았어요. 나에게 수없이 많은 약점이 있었을 수도 있어요. 그래요, 나는 당신을 갉아먹었어요. 지금 허무주의의 언어로 말하는 거요. 그러나 갉아먹는다는 것은 절대 내 행동들의 드높은 원칙은 아니었어요. 이건 저절로 그렇게 된 것인데, 어떤 식인지는 나는 몰라요……. 우리 사이에는 언제나 뭔가 드높은 음식이 남아 있다고 생각했고, 내가 비열한이었던 적은 결코, 결코 없었소! 그래서 일을 바로 잡기 위해 길을 떠난다는 거요! 뒤늦은 길을, 바깥은 벌써 늦가을이고 들판 위로 안개가 자욱하고 늙은이처럼 차디찬 성에가 내 미래의 길을 덮고 있고 바람도 무덤이 가까워졌음을 전하듯 윙윙대지만……. 그러나 길을, 길을 떠나야 해요, 새로운 길을.

순결한 사랑으로 가득 차
달콤한 몽상에 충실하노라…….[50]

50) 푸시킨의 시 「세상에 가난한 기사가 살았네」(1829)에서 인용.

오, 나의 몽상들이여, 안녕! 이십 년이라니! 운명의 주사위는 던져졌도다.(Alea jacta est.)"

그의 얼굴은 갑자기 배어난 눈물로 뒤범벅되었다. 그는 모자를 들었다.

"라틴어는 전혀 몰라요." 바르바라 페트로브나는 힘껏 자신을 다독거리면서 말했다.

어쩌면 그녀도 울고 싶은 지경이었는지 누가 알랴마는 분노와 변덕이 다시 한번 우위를 점했다.

"나는 단 하나, 바로 이 모든 것이 장난질이라는 것만은 알아요. 당신은 이기주의로 가득 찬 이런 협박 따위를 실행할 위인이 절대 못 되거든요. 그 어떤 상인한테도, 아니, 아무 데도 못 갈 거고, 내 연금이나 받고 화요일마다 뭐 같지도 않은 그 친구들을 모아 놓은 채 아주 평온하게 내 품에서 생을 마감할 걸요. 그럼 잘 가요, 스테판 트로피모비치."

"운명의 주사위는 던져졌도다!(Alea jacta est!)" 그는 몸을 깊숙이 숙여 인사를 하고 너무 흥분한 나머지 거의 초주검이 되어 집으로 돌아왔다.

6장

분주한 표트르 스테파노비치

1

축제 날짜가 최종적으로 확정되었지만 폰 렘브케는 점점 더 서글퍼지고 자기만의 생각에 잠겼다. 이상하고 불길한 예감이 가득했는데, 그 때문에 율리야 미하일로브나는 심히 불안해졌다. 사실 만사가 순조로운 것은 아니었다. 성격이 물러터진 우리의 전(前) 도지사가 그렇게 질서 정연한 통치를 한 것도 아니었다. 지금은 콜레라도 창궐했다. 어떤 곳에서는 가축들이 대거 폐사했다. 여름 내내 도시와 마을마다 화재가 기승을 부렸으며 민중들 사이에서는 방화에 대한 터무니없는 불평불만이 점점 더 강하게 뿌리내렸다. 약탈 건수도 이전에 비해 갑절이나 증가했다. 그러나 이 모든 것도, 여기에 지금까지 행복했던 안드레이 안토노비치의 평온을 파괴한 더 무거운 다른 원인이 가세하지 않았더라면, 응당 더없이 평범한 것에 불과했으리라.

율리야 미하일로브나가 제일 충격을 받은 것은 그가 나날이 말수도 줄고, 실로 이상한 일인데, 감추는 것이 많아졌기 때문이다. 사실 그가 감출 게 뭐가 있겠는가? 사실 그녀에게 대드는 일도 좀체 없이 대부분 완전히 고분고분했다. 가령, 그녀의 고집에 따라 도지사 권력 강화라는 미명하에 굉장히 위험천만한, 거의 위법에 가까운 조치 두세 가지를 취했다. 역시나 같은 목적을 갖고 불길하게 묵과한 일이 몇 가지 더 있었다. 가령, 재판을 통해 시베리아행에 처해져야 마땅한 사람들이 오로지 그녀의 고집에 따라 상을 받도록 추천되었다. 어떤 청원과 심문에 대해서는 체계적으로 대답하지 않아도 되게끔 해 놓았다. 이 모든 것이 나중에야 밝혀졌다. 렘브케는 모든 것에 서명했을 뿐만 아니라 자신의 부인이 자신의 의무 수행에 어느 정도까지 개입하느냐에 대한 문제는 논의하지도 않았다. 그 대신 갑자기 '완전히 쓸데없는 것들' 때문에 말처럼 뒷발로 서려는 일[51]이 더러 있어 율리야 미하일로브나를 놀라게 했다. 물론 그렇게 복종하는 와중에도 그는 짧은 순간들이나마 반역을 통해 스스로에게 보상을 해 줄 필요성을 느꼈다. 유감스럽게도, 율리야 미하일로브나는 그 모든 통찰력에도 불구하고 이 귀족적인 성품에 깃들인 귀족적인 섬세함을 이해

51) 아내한테 대드는 일을 말한다.

하지 못한 것이다. 슬프도다! 그런 것은 안중에도 없었고 그 때문에 많은 의혹이 생겨났다.

어떤 일은 내가 말할 것도 아니거니와 이야기할 재주도 없다. 행정적인 실수를 판단하는 것은 내 몫이 아니니 이런 행정적인 측면은 모조리, 아예 제쳐 놓겠다. 연대기를 시작했을 때는 내 나름 다른 과제에 매달렸다. 그 밖에도, 이제 우리 도(道)에 임명된 예심 위원회에서 많은 것이 드러날 것이기에, 그저 조금만 기다리면 된다. 그래도 어쨌든 어떤 해명만은 꼭 하고 넘어가야겠다.

그러나 율리야 미하일로브나 얘기는 계속하기로 한다. 가엾은 부인(나는 그녀가 몹시 안쓰럽다.)은 우리 도(道)에 첫발을 내딛던 순간부터 그녀가 매달린 저 강력하고 기괴한 운동이 전혀 없었더라도 그토록 그녀를 끌어당기고 매혹한 모든 것(명예 같은 것들)을 얻을 수 있었으리라. 그러나 시적인 성향이 지나쳤던 탓인지, 한창때의 서글픈 실패가 오랫동안 지속한 탓인지 운명의 변화와 더불어 갑자기 자신이 어쩌다 너무 특별한 소명을 타고났다고, '그녀 위에서 혓바닥을 활활 뿜어내는'[52] 그런 성유를 바른 여자라고 느꼈던 것인데, 그 혓바닥 속에 환란이 들어 있던 것이다. 어쨌든 그 혓바닥이 모든 여성의 머리를 가려 줄 올림머리는 아니지 않은가. 그러나 이런 진리를 여자에게 납득시키기가 제일 어렵다. 오히려 그녀한테 맞장구를 쳐 주려는 사람이 승승장구하니까 앞을 다투어 맞

52) 푸시킨의 시 「영웅」(1830)에서 인용, 변형한 일절.

장구를 쳐 주었다. 가엾은 여인은 단번에 아주 다양한 권력들의 노리개가 되었지만 동시에 자기가 전적으로 독창적인 여자라고 상상했다. 많은 거장이 그녀 주변에서 손을 싹싹 비볐고 그녀가 도(道)에서 섭정한 그 짧은 기간 동안 그녀의 순진무구함을 십분 이용했다. 이러니 자립성의 미명하에 얼마나 난잡한 상황이 연출되었겠는가! 그녀는 대토지 소유제도, 귀족적인 요소도, 도(道) 권력의 강화도, 민주주의적인 요소도, 새 기관들도, 질서도, 자유주의도, 사회주의 이념도, 귀족 살롱의 엄격한 분위기도, 그녀를 에워싼 청년층의 거의 선술집 같은 방종함도 다 마음에 들었다. 그녀는 행복을 주려는, 화해할 수 없는 것을 화해시키려는, 더 정확히, 모든 사람과 모든 것을 그녀라는 존재를 향한 숭배 속에서 결합시키려는 꿈을 꾸었던 것이다. 그녀에게는 총신들도 있었다. 표트르 스테파노비치는 아주 조잡한 아첨을 해 댔기 때문에 그녀의 마음에 쏙 들었다. 그러나 그가 그녀의 마음에 든 데는 다른 이유도 있는데, 아주 해괴망측한 것이면서도 저 가엾은 부인의 특징을 아주 잘 보여 주는 것이다. 즉, 그녀는 줄곧 그가 자기에게 정부의 음모를 가르쳐 주길 바랐던 것이다! 도무지 상상하기도 힘든 일이지만 정말로 그랬다. 그녀는 왠지 틀림없이 도(道) 안에 정부 차원의 음모가 숨어 있는 것 같았다. 표트르 스테파노비치는 어느 때는 침묵으로, 또 어느 때는 암시로 그녀에게 이상한 생각이 뿌리내리도록 만들었다. 그녀는 그가 러시아에 존재하는 모든 혁명적인 것과 관계가 있으되 동시에 숭배에 가까울 만큼 자기한테 헌신적이라고 상상했다. 음모의 발각, 페테르부르크로부터의 사의 표명, 앞으로의 출세, 청년층을 벼랑 끝에서 붙잡기 위해 '애무'를 퍼부은 효과, 이 모든 것이 그녀의 환상적인 머릿속에서 온전히 자리를 잡아 갔다. 정말이지 자기는 표트르 스테파노비치를 구원하고 그를 복종시켰고(이 점을 왠지 반박하기 힘들 만큼 철석같이 믿었다.) 다른 사람도 모두 구원할 것이다. 그들 중 누구도 파멸하지 않고 자기가 모두를 구원할 것이다. 그들을 일일이 분류할 것이다. 그렇게 그들에 대해 보고할 것이다. 드높은 정의에 걸맞게 행동할 것이고 심지어 역사와 러시아의 모든 자유주의가 그녀의 이름을 찬미할 것이다. 어쨌든 음모는 발각될 것이다. 모든 이익이 한번에 들어올 것이다.

하지만 그럼에도 안드레이 안토노비치는 축제가 다가올 즈음에라도 좀 더 밝아질 필요가 있었다. 반드시 그를 즐겁게 하고 안정시켜야 했다. 이런 목적에서 그녀는 표트르 스테파노비치를 출장 보냈는데, 그쪽에서 자기가 아는 진정제 같은 방법을 죄다 동원해 그의 우울함에 영향을 끼쳐 보려는 희망에서였다. 말하자면 그가 입을 열자마자 곧바로 튀어나올 무슨 전언도 그럴 수 있었다. 그녀는 그의 기민함에 전적으로 기대를 걸었다. 표트르 스테파노비치는 벌써 오래전부터 폰 렘브케의 서재에 들어간 적이 없었다. 그는 환자가 유달리 더 뚱한 기분일 때, 하필 그런 순간에 날듯이 들어갔다.

2

폰 렘브케로서는 도저히 해결할 수 없을 만큼 뒤얽힌 사건이 하나 발생했다. 군(郡)에서(표트르 스테파노비치가 최근에 주연을 벌였던 바로 그곳이다.) 어느 소위가 직속 상관에게서 구두로 질책을 받았다. 온 중대가 보는 앞에서 일어난 일이었다. 소위는 얼마 전에 페테르부르크에서 온 젊은이로서 언제나 과묵하고 침울하고 언뜻 보기에는 무게를 잡지만 동시에 키가 작고 뚱뚱하고 뺨이 불그스름했다. 그는 질책을 참지 못하고 갑자기 전 중대를 놀라게 할 정도로 뜻밖의 어떤 째지는 소리를 지르면서 상관에게 달려들어 괴상망측하게 머리를 숙였다. 그러고는 상관을 때리고 죽을힘을 다해 그의 어깨를 꽉 깨물었다. 사람들이 그를 간신히 떼 놓았다. 정신이 나간 것은 의심의 여지가 없는 사실이었고, 적어도 최근에 그가 도저히 있을 수 없는 이상한 짓들을 해서 눈에 띄었다는 사실이 드러났다. 가령 자신의 아파트에서 주인의 성상 두 개를 밖으로 던져 버렸고 그중 하나는 도끼로 깨부수었다. 자기 방의 선반을 세 개의 독경대처럼 만들어 포크트, 몰레스홋, 뷔히너[53]의 저작을 배치하고 각각의 독경대 앞에는 교회용 밀랍 양초를 밝혀 두기도 했다. 방에서 발견된 책의 양으로 보건대, 그가 책을 굉장히 많이 읽는 사람이라는 결론을 내릴 수 있었다. 혹시 5만

---

53) 카를 포크트(Carl Vogt, 1817~1895)는 독일 출신 스위스의 과학자. 야코프 몰레스홋(Jacob Moleschott, 1882~1893)는 네덜란드의 과학자. 게오르크 뷔히너(Georg Büchner, 1813~1837)는 독일의 시인.

프랑이 있다면 그는 아마 게르첸[54] 씨가 자신의 어느 저작에서 그토록 즐거운 유머를 곁들어 언급하는 저 '사관생도'처럼 마르키즈스키예섬으로 떠나 버렸을 것이다. 체포되었을 때 그의 호주머니와 아파트에서는 아주 절망적인 격문 꾸러미가 통째로 발견되었다.

격문은 그 자체로 쓸데도 없거니와 내 생각으론 부산 떨 일도 전혀 아니었다. 우리가 그런 것을 어지간히 많이 봐 왔는가. 게다가 이건 새로운 격문도 아니었다. 나중에 사람들 말대로 그런 것들이 X도에도 뿌려졌고 보름쯤 전 군과 이웃 도를 다녀온 리푸틴도 그때 거기서 이미 그와 똑같은 종잇장들을 보았다고 주장했다. 그러나 안드레이 안토노비치가 충격을 받은 주된 사건인즉, 시피굴린 공장의 지배인이 마침 바로 그때 소위의 집에 있던 것과 똑같은, 한밤중에 공장에 던져진 종이 뭉치 두세 개를 경찰에 넘긴 것이다. 아직 포장도 뜯지 않은 뭉치였고 노동자 중 아무도, 단 한 장도 읽을 틈이 없었다. 멍청한 사건에 불과했지만 안드레이 안토노비치는 열심히 생각에 잠겼다. 이 사건이 그에게는 불쾌할 만큼 복잡한 양상을 띤 것 같았다.

이 시피굴린 공장에서는 바로 그 '시피굴린 소동'이 막 시작되었을 뿐이지만 우리 도시에서는 이 일이 수없이 입에 오르내렸고, 그것이 이런저런 방식으로 변형되어 수도의 신문들

54) 알렉산드르 이바노비치 게르첸(Aleksandr Ivanovich Gertsen, 1812~1870). 러시아의 사회주의 사상가, 작가.

에까지 전해졌다. 삼 주쯤 전, 그곳에서는 한 노동자가 아시아 콜레라에 걸려 사망했다. 그 뒤에도 몇 명이 더 발병했다. 콜레라가 창궐한 것이 이웃 도(道)였기 때문에 도시의 모두가 겁을 먹었다. 우리 도시에서는 이 불청객을 맞이하느라 만족할 만한 위생 조치를 가능한 한 다 취했음을 지적해야겠다. 그러나 시피굴린 공장주는 백만장자인 데다가 인맥이 든든한 집안인 까닭에 어찌어찌 눈감아 주었다. 그러던 차에 갑자기 모두, 저기가 원흉이요 병의 온상이다, 저 공장 안, 특히 노동자들의 거처는 속속들이 불결하다, 콜레라라는 것이 아예 없었더라도 분명히 저기서 저절로 발생했을 것이라고 울부짖기 시작했다. 응당 당장에 조치가 취해졌으며 안드레이 안토노비치는 그것을 급히 실행에 옮기라고 강력하게 주장했다. 약 삼 주 동안 공장을 소독했지만 무슨 이유에서인지 시피굴린 집안은 공장을 폐쇄했다. 시피굴린 집안의 한 형제는 쭉 페테르부르크에 살았고 다른 형제는 당국의 소독 지시가 있은 직후 모스크바로 떠났다. 지배인은 노동자의 임금 결산에 들어갔는데, 지금 밝혀지는 바에 따르면, 뻔뻔스러울 만큼 사기를 쳤다. 노동자들은 불평하며 공정한 결산을 원했고 어리석게도 경찰서까지 다녀왔지만 큰 소리로 고함을 치거나 그렇게 흥분한 것은 전혀 아니었다. 바로 이럴 때, 안드레이 안토노비치가 지배인에게서 격문을 넘겨받은 것이다.

표트르 스테파노비치는 미리 알리지도 않은 채 선량한 친구이자 집안사람처럼 곧장 서재로 날아 들어갔는데, 율리야 미하일로브나의 부탁까지 있었으니 더했다. 그를 보자 폰 렘브케는 무뚝뚝하게 얼굴을 찌푸리며 달갑지 않은 듯 책상 옆에서 걸음을 멈추었다. 그 전에는 서재를 오가며, 율리야 미하일로브나의 아주 거센 반대에도 불구하고 자신이 직접 페테르부르크에서 데려온, 동작이 굉장히 굼뜨고 무뚝뚝한 독일인이자 자기 관청의 관리인 블륨과 서로 눈을 맞댄 채 무슨 논의를 하고 있었다. 표트르 스테파노비치가 들어오자 관리는 문 쪽으로 물러났지만 나가지는 않았다. 표트르 스테파노비치는 그가 어째 상관과 의미심장한 눈짓을 교환하는 것 같은 느낌마저 들었다.

"아이고, 드디어 붙잡았네요, 내성적인 시장님!" 표트르 스테파노비치는 웃으면서 이렇게 외치더니 손바닥으로 탁자 위에 놓인 격문을 덮었다. "이걸로 시장님의 컬렉션을 늘리는 겁니까, 예?"

안드레이 안토노비치는 얼굴이 화끈 달아올랐다. 갑자기 그의 얼굴이 왠지 일그러졌다.

"가만히 둬요, 지금 당장 가만히 두란 말이오!" 그는 격분한 나머지 몸을 부르르 떨면서 소리쳤다. "어디 감히…… 당신이……."

"아니, 왜 그러십니까? 혹시 화나신 건가요?"

"실례지만 말입니다, 지금부터 당신의 그 거침없는 태도(sans façon)를 참을 생각이 전혀 없고 부디 상기시키고 싶은 것이……."

"칫, 젠장, 이 양반이 정말!"

"입 다무시오, 입 다물어요!" 폰 렘브케는 양탄자 위로 두

발을 쾅쾅 굴렀다. "어디, 감히……."

이러다 어디까지 갈지 누가 알겠는가. 슬프게도, 여기에는 모든 것을 차치하더라도 표트르 스테파노비치도, 심지어 율리야 미하일로브나도 전혀 모르는 어떤 정황이 하나 더 있었다. 불행한 안드레이 안토노비치는 최근에 속으로 표트르 스테파노비치에 대한 부인의 태도 때문에 질투심을 느낄 만큼 마음이 상해 있었다. 혼자 있을 때면 몹시 불쾌한 순간들을 견뎌야 했는데, 밤에는 특히 더 그랬다.

"제 생각으로는, 어떤 사람이 이틀을 연달아 밤새도록 단둘이 앉아 누구에게 자작 소설을 읽어 주고 그 견해를 듣고 싶어 한다면, 그는 적어도 이런 공식적인 것들에서는 벗어난 셈이고요……. 율리야 미하일로브나는 저를 아주 허물없이 맞아 줍니다. 이러니 다들 시장님을 어떻게 생각하겠어요?" 표트르 스테파노비치는 심지어 거드름까지 피우며 말했다. "참, 겸사겸사 시장님의 소설도 있습니다." 그는 푸른 종이로 빈틈없이 싸서 통 속에 말아 넣어 둔 크고 육중한 공책을 책상 위에 올려놓았다.

렘브케는 얼굴을 붉히며 우물거렸다.

"어디서 찾은 거요?" 이렇게 조심스럽게 묻는 그는 기쁨의 물결이 밀려드는 것을 억누를 수 없었지만 그래도 죽을힘을 다해 힘껏 억누르는 중이었다.

"상상해 보세요, 통 속에 든 채로 이렇게 서랍장 뒤에서 뒹굴었던 거예요. 그때 방에 들어가자마자 아무렇게나 서랍장 쪽으로 던졌던 모양입니다. 그저께가 되어서야 마루를 닦다가 찾은 건데, 어쨌든 시장님이 저한테 일거리를 하나 만들어 주신 셈이죠!"

렘브케는 근엄하게 눈을 떨구었다.

"시장님의 그 자비 덕분에 이틀 밤을 연달아 못 잤어요. 그저께 원고를 찾았고 참고 있다가 결국 다 읽었는데, 낮에는 시간이 통 없어서 밤에만 읽었죠. 자, 그런데 불만스럽더군요. 저와는 생각이 달라서요. 그냥 무시하면 되지만, 비평가 노릇을 해 본 적도 전혀 없거니와 어쨌든 불만스럽지만 벗어날 수가 없더군요. 4장과 5장, 이것은…… 이것은…… 이것이…… 제기랄, 무슨 소리냐는 거죠! 소설에 유머가 얼마나 풍부하던지, 껄껄 웃었어요. 그나저나, 어떻게 그렇게 은근슬쩍(sans que cela paraisse) 사람을 웃기는 재주가 있는 거죠! 뭐, 저기 9장과 10장은 온통 사랑 얘기라, 저와는 상관없고요. 어쨌든 인상적이긴 하더라고요. 이그레뇨프의 편지 때문에 징징 짤 뻔했어요, 묘사가 너무 섬세하긴 했지만요……. 그런데 편지는 감상적이지만 동시에 그것을 가짜의 측면에서 묘사하려고 한 것 같은데, 그렇죠? 제 짐작이 맞죠, 아닌가요? 자, 하지만 결말에 가서는 시장님을 막 때려 주고 싶었어요. 대체 뭘 끌어내시려고 하신 거죠? 이건 가정의 행복에 줄줄이 애들 낳고 재산 모으고 하는 것을 옛날처럼 신성화하려는 것, 잘 먹고 잘살게 되었습니다, 뭐 이런 식이잖아요, 세상에! 시장님은 독자를 매료시키고 있어요. 저까지도 떨어질 수가 없던데, 그래서 더더욱 추악한 거예요. 독자는 예전처럼 멍청하니까 현명한 사람들이 자극을 주어야 할 텐데, 시장님은……. 뭐, 됐습니다. 그럼 안녕히 계세요. 다음번에는 화내지 마십시오. 시장님께 꼭 필요한 두 마디를 하려고 온 건데 시장님이 좀 그러신 것 같으니까……."

안드레이 안토노비치는 그러는 사이에 자신의 소설을 집어서 참나무 책장에 넣고 열쇠로 잠갔는데, 그 틈에 블륨에게 그만 물러가라고 눈짓도 할 수 있었다. 그는 슬픈 얼굴을 축 늘어뜨린 채 사라졌다.

"나는 좀 그런 것 같은 것이 아니라 그저…… 계속 불미스러운 일들만 일어나니까." 그는 얼굴을 찡그린 채 더 이상 격노한 기색도 없이 이렇게 중얼거리면서 탁자 쪽으로 다가가 앉았다. "앉아서 당신의 그 두 마디를 해 보시오. 당신을 오랫동안 못 봤으니까, 표트르 스테파노비치. 단, 앞으로는 예의 그 당신의 방식대로 날듯이 들어오는 것만은 삼가 주시오, 가끔은 일을 보고 있는데 그러면……."

"제 방식은 한결같은걸요……."

"알고 있고, 또 당신에게 별 의도가 없다는 것도 믿지만, 어떨 때는 신경 쓸 일이 많으니까……. 어쨌든 앉으시오."

표트르 스테파노비치는 소파에 털썩 주저앉더니 순식간에 양반다리를 했다.

3

"무슨 일에 그렇게 신경이 쓰이실까. 설마 이 쓸데없는 것들 때문인가요?" 그는 격문을 향해 고갯짓했다. "이런 종잇장이라면 얼마든지 갖다 드릴 수 있는데. X도에서도 본걸요."

"그러니까 거기 살 때 말이오?"

"뭐, 당연히 제가 없을 때는 아니죠. 그림 장식에 위쪽에는 도끼가 그려져 있었어요. 실례지만(그는 격문을 집었다), 여기에도 도끼가 있군요. 똑같은 도끼예요, 정확해요."

"그래요, 도끼요. 봐요, 도끼잖습니까."

"아니, 그래서 도끼한테 놀라신 건가요?"

"나는 도끼가 아니라…… 놀란 건 아니지만 이 일은…… 그런 일이라, 여기에는 어떤 정황이 있어요."

"어떤 정황요? 공장에서 날아왔다는 거 말입니까? 헤-헤. 하지만 아시겠지만, 시장님의 이 공장에서는 조만간 노동자들이 직접 이런 격문들을 쓸걸요."

"아니, 뭐라고요?" 폰 렘브케는 엄격한 눈초리로 그를 응시했다.

"그렇죠, 뭐. 그러니까 그들을 눈여겨보셔야지요. 시장님은 사람이 너무 물러 터지셨어요. 안드레이 안토노비치, 소설 같은 거나 쓰고 계시니. 하지만 이런 경우에는 옛날식으로 해야 하거든요."

"옛날식이 뭐요, 그게 무슨 충고요? 공장을 소독했소. 내가 명령했고 그래서 소독한 거요."

"하지만 노동자들 사이에서 폭동[55]이 일어나는걸요. 그놈

55) 같은 단어가 『카라마조프가의 형제들』에서는 '반역'으로 번역되었다.

들을 모조리 두들겨 패야지 일이 끝난다니까요."

"폭동이라니? 그건 헛소리야. 내가 명령했고 그래서 소독했는데."

"에잇, 안드레이 안토노비치, 시장님은 사람이 너무 물러 터졌어요!"

"나는, 첫째, 결코 그렇게 물러 터진 사람이 아니고, 둘째……." 폰 렘브케는 다시 뜨끔했다. 억지로 젊은 사람과 대화를 나누는 것이었는데, 이 사람이 혹시나 뭔가 새로운 것을 말해 주지나 않을까 하는 호기심에서였다.

"아-아, 눈에 익은 녀석이 또 있군요!" 표트르 스테파노비치는 말을 가로막으며, 문진 밑에 있는, 역시나 무슨 격문 같은데 외국에서 인쇄된 것이 분명하되 운문으로 쓰인 또 다른 종이 한 장을 겨냥했다. "뭐, 이거라면 달달 외울 정도로 잘 알아요. 「빛나는 인물」! 어디 좀 봅시다. 그래요, 정말로 「빛나는 인물」이군요. 외국에 있을 때부터 이 인물과는 아는 사이입니다. 어디서 발굴한 거죠?"

"외국에서 봤다는 말이오?" 폰 렘브케는 소스라치게 놀랐다.

"그야 물론이죠, 넉 달, 심지어 다섯 달 전인가."

"어쨌든 외국에서 참 많이도 봤구려." 폰 렘브케는 미묘한 시선으로 쳐다보았다. 표트르 스테파노비치는 들은 체 만 체 하며 종잇장을 펼치더니 큰 소리로 시를 읽었다.

"빛나는 인물

그는 보잘것없는 혈통을 타고났고,
그는 민중들 사이에서 자랐지만,
그러나 황제의 복수와
사악한 귀족의 질투에 쫓기며
고통, 형벌, 고문, 학대를
운명으로 받아들이고
민중에게 박애, 평등, 자유를
알리기 위해 나섰다.

그리고 반란을 선동하여,
채찍, 주리 틀리는 고통, 망나니의 칼을 피해
황제의 감옥에서
타향으로 도망쳤다.
한편 민중은 가혹한 운명을 견디다 못해
반란을 일으킬 태세를 갖추고
스몰렌스크에서 타슈켄트에 이르기까지
초조하게 그 대학생을 기다려 왔다.

민중은 하나에서 열까지 그를 기다려 왔으니,
묵묵히 앞으로 나아가
귀족 제도의 종말을 고하고
왕정의 완전한 종말을 고하고
사유 재산을 공동 재산으로 만들기 위함,
그리고 교회, 결혼, 가족을 —

이 낡은 세계의 악행을

영원토록 복수에 내맡기기 위함이라![56]

분명히 그 장교한테서 입수한 거죠, 예?" 표트르 스테파노비치가 물었다.

"아니, 그 장교를 안다는 거요?"

"여부가 있을까. 그곳에서 그들과 이틀이나 떠들썩한 술판을 벌였는걸요. 그가 정신이 나갈 만했죠."

"혹시 정신이 나가지 않았을 수도 있지."

"깨물기 시작했기 때문은 아니죠?"

"그러나 실례지만, 이 시를 외국에서 보았고 또 그 이후에 이곳의 그 장교의 집에서 발견되었다면……."

"그래서요? 의미심장하다는 거로군요! 안드레이 안토노비치, 보아하니 저를 시험하고 있는 것 같은데요? 이것 보십시오." 그는 갑자기 이례적으로 거들먹거리며 말을 시작했다. "저는 외국에서 본 것에 대해서는 귀국할 때 벌써 누구에게 해명했고 저의 그 해명은 만족스러운 것으로 생각되었는데, 그렇지 않았더라면 제가 이 도시에 있는 행운을 누릴 리 없었겠죠. 그런 의미에서 제 일은 다 끝났고 그 누구에게도 보고의 의무는 없다고 생각해요. 제가 밀고자라서가 아니라 달리 어떻게 행동할 도리가 없었기 때문에 끝났다는 거예요. 율리야

56) '젊은 친구 네차예프'에게 바치는 오가료프의 시 「대학생」의 패러디. 네차예프는 베르호벤스키의 원형이다.

미하일로브나 앞으로 제 소개장을 써 준 사람들은 이런 사정을 알기 때문에 제가 정직한 사람이라고 써 준 것인데요……. 뭐, 이런 건 죄다 쓸데없고, 제가 온 건 아주 중요한 얘기를 하기 위해서인데요, 시장님의 저 굴뚝 청소부를 내보내셨으니 참 잘하셨습니다. 아주 중대한 일이 있어서요, 안드레이 안토노비치. 실은 시장님에게 한 가지 굉장한 부탁이 있습니다."

"부탁이라고요? 음, 말해 보시오, 솔직히 호기심을 갖고 기다리고 있소. 그리고 대체로 덧붙이자면, 나를 상당히 놀라게 하는군요, 표트르 스테파노비치."

폰 렘브케는 다소 흥분한 상태였다. 표트르 스테파노비치는 한쪽 다리 위에 다른 쪽 다리를 털썩 올렸다.

"페테르부르크에서……." 그가 운을 띄웠다. "저는 많은 점에 있어서 솔직했지만 어떤 것이나, 가령, 바로 이런 것에 대해서는(손가락으로 「빛나는 인물」을 툭툭 쳤다.) 입을 다물었는데, 첫째, 말할 가치가 없었기 때문이고, 둘째, 사람들이 묻는 것만 알려 주었기 때문입니다. 이런 의미에서 먼저 나서서 앞질러 가는 건 좋아하지 않아요. 비열한과, 그저 상황 때문에 현장에서 체포된 정직한 사람의 차이가 바로 여기에 있는 것 같거든요……. 뭐, 한마디로, 이건 제쳐 둡시다. 뭐, 그런데 지금은…… 지금은 이 바보들이…… 뭐, 이것이 겉으로 불거졌고 이미 시장님 손에 달린 만큼 숨길 수 없을 것 같은데요. 왜냐하면 시장님은 형안이 있는 분이시라 앞으로 사람들 눈에 띄지 않을 수도 있겠지만 그사이에도 이 멍청이들은 계속할 테고 저는…… 저는……뭐, 한마디로, 어떤 인간을, 역시나 멍청이고 어쩌면 미치광이일 수도 있는 사람을 그의 젊음과 불행을 명분으로, 또 당신의 저 인도주의를 명분으로 내세워 구해 주십사 부탁하려고 온 건데요……. 설마 자기 손으로 직접 쓴 소설에서만 그렇게 인간적이실까!" 조잡하고 신랄하게, 성마르게 그는 갑자기 말을 탁 끊었다.

한마디로, 직설적이긴 해도 인도주의적인 감정이 넘쳐나고 어쩌면 필요 이상으로 예민한 나머지 어설프고 비정치적이며 무엇보다도 좀 덜떨어진 사람처럼 보였는데, 이는 폰 렘브케가 즉시 굉장히 섬세하게 평가해 온 것, 또 특히 지난주에 서재에 혼자 틀어박혀 있을 때면, 특히 밤이면 이놈이 무슨 재주로 율리야 미하일로브나를 구워삶았을까 속으로 있는 힘껏 욕을 퍼부으면서 벌써 오래전부터 가정해 온 것이기도 했다.

"지금 누구를 두고 부탁하는 것이며 이 모든 게 다 무슨 소리요?" 그는 호기심을 숨기려고 안간힘을 쓰면서 짐짓 점잖게 물었다.

"그건…… 그건…… 빌어먹을……. 시장님을 믿는 것이 제 잘못은 아니잖습니까! 제가 시장님을 극히 고결한 분으로, 무엇보다도 분별 있고…… 즉, 이해력 있는 분으로 여긴다고 해서 제 잘못은 아닌데…… 빌어먹을……."

이 가련한 작자는 자신을 어떻게 수습해야 할지 모르는 것이 분명했다.

"드디어, 이해하실 테죠." 그가 계속했다. "그의 이름을 밝힌다면 그건 내가 시장님에게 그를 팔아넘기는 셈이 된다는 점, 이해하시겠죠. 정말이지 팔아넘기는 거잖습니까, 안 그렇습니까? 안 그러냐고요?"

"하지만 당신이 발설할 결단을 내리지 않는다면 내가 대체 어떻게 짐작할 수 있겠소?"

"거참, 이렇다니까, 즉 언제나 시장님의 이런 논리를 써서 싹둑 잘라 버리시니, 빌어먹을…… 뭐, 빌어먹을…… 이 '빛나는 인물,' 이 '대학생'은 바로 샤토프거든요……. 이게 전부입니다!"

"샤토프? 즉, 이게 어떻게 샤토프라는 거요?"

"샤토프, 이자가 바로 여기서 언급되는 그 '대학생'이라고요. 여기 살죠. 옛날에는 농노였는데, 뭐, 여기서 따귀를 때린 적이 있습니다."

"아, 알겠어요, 알겠소!" 렘브케는 눈을 가늘게 떴다. "그러나 실례지만, 그가 대체 무슨 죄를 지었다는 것이며 당신은 정확히 무엇을 청원하는 거요?"

"그를 구해 달라는 거죠, 아시잖습니까! 전 팔 년 전부터 그를 알아 왔고 그의 친구였다고 할 수 있어요." 표트르 스테파노비치는 거의 제정신이 아니었다. "뭐, 내가 시장님에게 예전의 생활을 보고할 의무는 없지만." 그는 한 손을 내저었다. "이 모든 것이 쓸데없는 짓, 이 모든 것이 세 놈 반의 인간이 하는 일이고요, 외국에 있는 자들까지 보태도 열도 안 될 텐데 무엇보다도 저는 시장님의 인도주의에, 이성에 희망을 걸었습니다. 시장님은 이 일을 이해하고 있는 그대로 보여 주실 텐데, 뭐가 뭔지 알 수 없는 일로서가 아니라, 머리가 돌아 버린 사람의 어리석은 몽상으로서가 아니라…… 이렇게 된 건, 유념해 주세요, 잇따른 불행, 오랜 세월에 걸친 불행 때문이지, 거기에 무슨 귀신도 곡할 노릇인 정부 차원의 전대미문의 음모가 도사리고 있는 건 아니라는 거죠……!"

그는 거의 숨을 헐떡거렸다.

"음. 그가 도끼가 그려진 격문에 죄가 있음을 알겠군요." 폰 렘브케가 거의 장엄하게 결론을 내렸다. "실례지만, 혼자였다면 그가 어떻게 여기서도, 지방에서도, 심지어 X도에서도 그것을 전부 뿌릴 수 있었을 것이며…… 그리고, 끝으로, 무엇보다도, 어디서 입수했다는 거요?"

"그래서 드리는 말씀인데요, 그들은 분명히 겨우 다섯 명에 불과하고, 뭐 열 명일 수도 있지만, 제가 어떻게 알겠어요?"

"모른다고요?"

"아니, 어떻게 알겠어요? 젠장."

"그러나 어쨌든 샤토프가 공범 중 하나라는 건 알잖소?"

"에잇!" 표트르 스테파노비치는 질문자의 억압적인 통찰력을 격퇴하듯 한 손을 내저었다. "자, 들어 보세요, 모두 사실대로 얘기해 드리죠. 격문에 관한 한 아무것도 몰라요, 즉, 정말로 아무것도 모르고, 제기랄, '아무것도'가 뭘 의미하는지 아시겠습니까……? 뭐, 물론 그 소위에다가 뭐 누가 더 있고 뭐 여기에 또 누가 있고…… 뭐 아마 샤토프도 있고 뭐 누가 더 있다고 쳐도 뭐 죄다 걸레 같은 것, 하찮은 것이지만…… 저는 샤토프 때문에 부탁드리러 온 겁니다, 그를 구해야 하는데, 왜냐하면 이 시는 그가 직접 쓴 그의 것으로서 외국에서 그를 통해서 인쇄되었거든요. 제가 분명히 아는 건 이것뿐이고 격문에 관해서는 정말로 아무것도 몰라요."

"시가 그의 것이라면 격문도 분명히 그렇겠군요. 그렇지만 어떤 증거로 샤토프 씨를 의심하지 않을 수 없게 된 거요?"

표트르 스테파노비치는 마침내 인내심이 한계에 다다른 사람 같은 표정을 지으며 호주머니에서 지갑을 꺼냈고 거기서 쪽지 한 장을 꺼냈다.

"바로 이게 증거입니다!" 그는 쪽지를 책상 위로 집어 던지면서 소리쳤다. 렘브케가 펼쳐 보니, 쪽지는 반년 전에 쓰인 것으로 여기에서 어딘가 외국으로 보내진 두 단어의 짤막한 글이었다.

「빛나는 인물」은 여기서 인쇄할 수 없고, 대체로 나는 아무것도 할 수 없소. 외국에서 인쇄하시오.

Iv. 샤토프.

렘브케는 표트르 스테파노비치를 유심히 들여다보았다. 바르바라 페트로브나는 그의 시선이 약간은 숫양 같다고, 가끔은 유달리 그렇다고 했는데, 옳은 지적이었다.

"즉, 바로 이런 얘기입니다." 표트르 스테파노비치가 잽싸게 달려들었다. "그러니까 그는 여기서 반년 전에 이 시를 썼지만 여기서는 — 비밀 인쇄기 같은 것을 갖고 있는데 — 인쇄할 수 없게 되자 외국에서 인쇄해 달라고 부탁한 거죠……. 이제 분명해진 것 같죠?"

"그렇군요, 분명해졌지만, 그가 누구에게 부탁하는 거요? 바로 이 점이 여전히 불분명한데." 렘브케는 아주 간교하게 비꼬며 지적했다.

“그야 키릴로프죠, 결국엔. 쪽지는 외국에 있는 키릴로프 앞으로 쓰였고요……. 아직 모르셨단 말입니까, 예? 지금 내 앞에서 연기를 하시다니, 정말 짜증 납니다. 벌써 옛날 옛적부터 이 시도, 다른 모든 것도 알고 계셨으면서! 이런 것들이 대체 어떻게 시장님 책상 위에 있는 거죠? 재주도 좋으시네요! 만약 그렇다면 무엇 때문에 저를 고문하는 겁니까?”

그는 손을 벌벌 떨면서 손수건으로 이마의 땀을 닦아 냈다.

“나도 뭔가 아는지도 모르겠지만…….” 렘브케는 기민하게 물러섰다. “그런데 그 키릴로프라는 사람은 누구요?”

“뭐, 그러니까 외지에서 온 기사인데, 스타브로긴의 결투 입회인이었고요, 편집광에다가 미치광이입니다. 시장님의 그 소위는 정말로 그냥 섬망 상태일 수도 있지만 뭐, 이 사람은 완전히, 완전히 미치광이인데, 이 점은 제가 보증하죠. 에잇, 안드레이 안토노비치, 설령 이들이 당최 어떤 작자들인지 안다고 해도 정부는 손조차 못 댈 겁니다. 모조리 제7베르스타[57]에 보내야 할걸요. 스위스에 있을 때부터 각종 회의에서 신물 나도록 봐 왔어요.”

“그곳, 이곳의 운동을 지휘하는 그곳에서요?”

“아니, 누가 지휘를 한다는 거죠? 세 놈 반의 인간이라니까요. 그놈들을 바라보자면 지겨워 죽겠거든요. 그런데 대체 이곳의 무슨 운동을 지휘한다는 거죠? 격문 말입니까, 예? 그래,

57) 정신 병동을 뜻한다.

누가 모집됐습니까, 섬망 상태인 소위들에다가 대학생 두세 명이 고작이라고요! 시장님은 현명한 사람이니까 어디 물어봅시다. 무엇 때문에 저들은 좀 더 비중 있는 인물들을 모집하지 않을까요, 무엇 때문에 죄다 대학생에 스물두 살짜리 철부지들뿐일까요? 그나마 많기나 한가요, 어디? 십중팔구 100만 마리의 개가 수색할 텐데, 어지간히도 많이 찾았을까요? 일곱 명이죠. 이런 말을 하는 것도 지긋지긋하군요."

렘브케는 주의를 기울여 들었지만 '우화로 종달새를 키울 순 없다'라고 말하는 듯한 표정을 지었다.

"실례지만, 그런데 이 쪽지가 외국으로 발송된 것이라고 주장하잖소. 그러나 여기에는 주소가 없는걸요. 이 쪽지가 키릴로프 씨에게, 또 결국엔 외국으로 발송된 것이란 걸…… 그리고…… 이 쪽지가 정말로 샤토프 씨에 의해 쓰인 것이란 걸 어떻게 안 거요?"

"지금 당장 샤토프의 필적을 구해 대조해 보세요. 시장님의 관청 안에 틀림없이 뭐든 그의 서명이 있을 테니까요. 그리고 키릴로프에게 보낸 거라는 건 키릴로프가 그 당시 나에게 직접 보여 줘서 알아요."

"그렇다면 당신이 직접……."

"물론, 그렇다면 제가 직접 그런 거죠. 그곳에서는 저한테 별별 걸 다 보여 주었거든요. 한데 이 시구들이 무엇인가 하면, 이건 샤토프가 아직 외국에서 떠돌 무렵 고(故) 게르첸이 샤토프에게 써 준 것 같은데 만남을 기념하듯 찬사인지 추천사인지 뭐, 젠장…… 그런 것을 샤토프가 젊은이들 사이에 퍼뜨린 거죠. 게르첸이 직접 나에 대한 의견을 써 줬다, 하면서요."

"쳇-쳇-쳇." 드디어 렘브케는 완전히 알아차렸다. "그러게. 내 생각은 이렇소. 격문이라면 이해가 되는데 시구들은 뭣 때문이오?"

"아니, 어떻게 모를 수가 있담. 젠장, 나는 또 뭐 하러 이렇게 많은 소리를 지껄였을까! 들어 보세요. 저에게 샤토프를 내주세요. 그곳의 나머지 놈들은 지금 필리포프 집에 틀어박힌 키릴로프까지 함께 귀신이 잡아가라죠, 샤토프도 그 집에 숨어 있긴 하네요. 그놈들은 제가 돌아왔기 때문에 저를 좋아하지 않아요……. 그러나 샤토프를 넘겨준다고 약속해 주시면 그놈들을 죄다 한 접시에 담아서 갖다 바치겠습니다. 이 몸은 쓸모가 있을 겁니다, 안드레이 안토노비치! 이 모든 애처로운 패거리는 아홉 명에서 열 명쯤 되는 걸로 추정됩니다. 제가 직접 놈들을 예의 주시하고 있는데요, 저 나름으로 이유가 있어요. 우리는 벌써 셋이나 알고 있습니다. 샤토프, 키릴로프, 그리고 그 소위죠. 나머지 놈들은 아직도 그저 살펴보고 있는 실정이지만……. 그래도 제가 아주 근시안은 아니니까요. 이건 X도에서 일어난 일과 같습니다. 거기선 격문을 갖고 있던 대학생 두 명, 김나지움 학생 한 명, 스무 살짜리 귀족 두 명, 교사 한 명, 그리고 술 때문에 머리가 둔해진 예순 살쯤 된 퇴역 소령 한 명, 이게 전부, 정말로 이들이 전부였습니다. 겨우 이뿐이냐고 놀랐을 정도라니까요. 그러나 엿새는 필요합니다. 벌써 주판알을 튕겨 봤거든요. 엿새예요, 더 빨리는 안 됩니다. 뭐든 결과를 원하시면 엿새 동안만 놈들을 건드리지 않으시면 제가 놈들을 한 묶음으로 시장님 앞에 대령하겠어요. 그 전에 건드리시면 둥지가 흩어질 겁니다. 그러나 샤토프는 내주세요. 샤토프를 위해서……. 제일 좋은 방법은 그를 친구인 양 은밀하게, 하다못해 이곳 서재로라도 불러서 놈들 앞의 장막을 걷어 올리고 시험해 보는 것일 테죠……. 분명히 그는 직접 시장님 발치에 몸을 던지고 울음을 터뜨릴 겁니다! 신경이 예민한 데다가 불행한 사람이거든요. 그의 아내가 스타브로긴과 놀아나고 있으니. 좀 귀여워해 주시면 그가 직접 모든 것을 털어놓을 테지만, 엿새는 필요한데……. 무엇보다도, 무엇보다도 율리야 미하일로브나에게는 입도 뻥긋해서는 안 됩니다. 비밀이거든요. 비밀을 지키실 수 있겠습니까?"

"뭐라고요?" 렘브케는 눈이 휘둥그레졌다. "아니, 율리야 미하일로브나에게는 아무것도…… 털어놓지 않았다는 거요?"

"부인에게요? 하느님 맙소사, 당치도 않은 말씀을! 에잇, 안드레이 안토노비치! 좀 보세요. 저는 부인의 우정을 너무나 높이 평가하고 또 부인을 우러러보지만…… 뭐, 저기 이 모든 것은…… 그러나 실수할 리야 없죠. 부인에게 반대하지도 않을 텐데, 아시다시피, 부인에게 반대하는 건 위험하니까요. 부인이 이런 걸 좋아하니까 어쩌다 한마디쯤 던졌을지는 모르겠지만, 지금 당신에게 하듯, 이름을 불거나 그 비슷한 짓을 하는 건, 에잇, 맙소사! 제가 지금 왜 시장님에게 이런 얘기를 하겠습니까? 어쨌든 남자이고 오랜 세월 동안 업무 경험을 탄탄히 쌓은 진지한 분이시기 때문입니다. 산전수전 다 겪으셨잖습니까. 제 생각으론, 이런 일이라면 페테르부르크 시절의 선례도 있으니 단계별 조치를 달달 외울 만큼 잘 아실 텐데요. 가령 제가 부인에게 이 두 이름을 말해 주면 부인은 당장 나팔을 불고 다닐 거예요……. 여기서 어떻게든 페테르부르크를 깜짝 놀라게 해 주려고 안달하시니까요. 안 됩니다, 부인은 너무 다혈질이다, 이 말씀입니다."

"그렇소, 집사람한테는 그런 허풍이 좀 있긴 하지." 이렇게 중얼댄 안드레이 안토노비치는 만족감이 없지는 않았지만 동시에 이따위 무식쟁이가 감히 율리야 미하일로브나에 대해 제멋대로 말하는 것 같아 심히 유감스러웠다. 한편 표트르 스테파노비치는 분명히 이것으로는 부족하다고, '렘브카'에게 김을 더 뿜어 살살 달래고 확실히 구워삶아야겠다고 생각했다.

"바로 그런 허풍 말입니다." 그가 맞장구를 쳤다. "여성이라곤 해도 천재적이고 문학적인 분이지만, 참새 떼를 놀래 쫓아 버릴 겁니다. 엿새는커녕 여섯 시간도 못 참을걸요. 에잇, 안드레이 안토노비치, 여자에게 엿새라는 기한을 주지 마십시오! 제가 경험이 다소 부족하다는 점, 즉 이런 일에서는 그렇다는 점을 아시잖습니까. 그러나 저도 뭔가 아는 것이 있고, 제가 뭔가 알 수 있다는 사실은 시장님이 더 잘 아실 겁니다. 엿새를 부탁드리는 것은 놈들의 응석을 받아 주기 위해서가 아니라 일을 위해서입니다."

"내가 듣기론……." 렘브케는 자기 생각을 선뜻 말하지 못했다. "내가 듣기로, 당신은 외국에서 귀국하면서 선서를 해야 하는 곳에서 그렇게 했다던데……. 참회 같은 것 말이오?"

"뭐, 그곳에서 무슨 일인들 없었겠습니까."

"물론, 난 당연히 개입하고 싶진 않지만…… 줄곧 당신이 여기서 지금까지 완전히 다른 스타일로 말하는 것 같은 생각이 들었는데, 가령 기독교랄지, 사회의 시설이랄지, 끝으로는 정부에 대해서도……."

"제가 무슨 얘기인들 안 했겠습니까. 지금도 똑같은 얘기를 하고 있으며, 단, 그 바보들처럼 이런 생각들을 가져서는 안 된다는 것, 바로 이게 핵심입니다. 아니, 어깨를 깨물어 본들 무슨 소용이 있겠습니까? 당신 스스로 제 생각에 동의하셨잖습니까. 단, 아직은 이르다고 말씀하셨지만요."

"내가 동의하고 아직은 이르다고 말한 건 그 점에 대해서가 아니었소."

"그나저나 한마디 한마디를 저울질하셨군요, 헤헤! 용의주도하신 분인걸요!" 표트르 스테파노비치가 갑자기 즐겁게 지적했다. "들어 보세요. 아버지 같은 분이시니, 시장님과 알고 지낼 필요가 있었고 바로 그 때문에 저만의 스타일로 말했던 겁니다. 시장님 한 분뿐만 아니라 많은 사람과 이렇게 안면을 텄거든요. 저로서는 시장님의 성품을 알아 둬야 했지요."

"당신한테 내 성품이 뭣 때문에 필요한 거요?"

"아니, 뭣 때문인지 전들 어떻게 알겠습니까.(그는 다시 웃음을 터뜨렸다.) 아시겠습니까, 친애하고 존경하는 안드레이 안토노비치, 영악하시지만 아직 여기까지는 이르지 못하셨고 아마 앞으로도 그러지 못하실 겁니다, 아시겠습니까? 아마 아시겠죠? 저는 외국에서 귀국할 때 필요한 곳에서 해명하긴 했지만, 사실 어떤 신념을 지닌 사람이 왜 자신의 순수한 신념을 위해 행동할 수 없는지는 모르겠어요……. 그곳의 그 누구도 시장님의 성품을 알아봐 달라고 하지 않았고 그곳으로부터 그 같은 어떤 요구를 받은 적도 없습니다. 꼭 유념해 주셨으면 하는데요, 이 두 이름을 시장님께 제일 먼저 알릴 것이 아니라 곧바로 그곳에, 즉 최초의 해명을 했던 그곳에 흘려 줄 수도 있었습니다. 만약 경제적인 이유나 저기 이익 때문에 애를 썼다면 물론 제 쪽에서는 수지가 맞지 않았을 겁니다. 감사받는 쪽은 시장님이지 제가 아닐 테니까요. 저는 오로지 샤토프를 위해서……." 표트르 스테파노비치는 짐짓 고상하게 덧붙였다. "오직 샤토프 하나를 위해서, 예전의 우정을 생각해…… 저기 그곳에 보고하기 위해 펜을 들 때 뭐, 정 그러시다면, 제 칭찬을 좀 해 주셔도…… 굳이 반대하지는 않겠습니다, 헤헤! 안녕히 계십시오(Adieu), 그나저나 너무 오래 앉아 있었군요. 이렇게까지 수다를 떨 건 없었는데!" 그는 제법 유쾌한 상태로 소파에서 일어났다.

"오히려 저는 일이 말하자면 잡혀서 아주 기뻐요." 마지막 몇 마디가 분명히 영향력을 발휘했는지 폰 렘브케도 상냥한 빛을 띠면서 일어났다. "당신의 수고를 고마운 마음으로 받아들이며, 확신하셔도 좋아요, 당신의 노고에 관한 한, 내 쪽에서 할 수 있는 모든 것을……."

"엿새, 무엇보다도 엿새의 기간인데, 이 기간 동안은 꼼짝도 하지 말아 주십시오, 제게 필요한 건 바로 이겁니다!"

"그럽시다."

"당연히 제가 시장님의 두 손을 묶는 것도 아니고, 물론 그럴 엄두도 못 낼 겁니다. 감시하지 않을 수는 없으실 겁니다. 단, 기일보다 더 빨리 둥지를 놀라게 하지는 마실 것, 이 점에서 시장님의 지성과 경험에 희망을 겁니다. 한데 자기 사냥개를 꽤 많이 비축해 두셨더군요, 그곳에도 온갖 밀정들이 있고요, 헤헤!" 표트르 스테파노비치는 (젊은 사람 아니랄까 봐) 즐겁고 경박하게 지껄였다.

"완전히 그런 건 아니오." 폰 렘브케는 유쾌하게 발뺌했다. "너무 많이 비축했다는 건 젊음의 편견인데…… 겸사겸사 한 마디만 물어봅시다. 그 키릴로프라는 사람이 스타브로긴의 결투 입회인이었다면 그 경우에는 스타브로긴 씨도……."

"스타브로긴이 어쨌다는 겁니까?"

"즉, 그들이 그런 친구라면?"

"에, 아니에요, 전혀, 전혀 아니라고요! 영악하신 분이지만 그건 헛짚으셨군요. 저마저도 깜짝 놀랄 정도입니다. 그 점에 관해서라면 시장님에게 정보가 없지 않았으리라고 생각했거든요……. 음, 스타브로긴이라면, 이 사람은 완전히 정반대되는, 즉 완전히…… 경고했습니다.(Avis au lecteur.)[58]"

"세상에! 그럴 수가 있소?" 렘브케는 믿어지지 않는다는 듯 말했다. "율리야 미하일로브나는 페테르부르크에서 입수한 정보에 따르면 그가 말하자면 어떤 지령을 받은 인물이라고 하던데……."

58) 원래 뜻은 '일러두기'이며, 기존 번역에서는 '요주의 인물'로 번역되었다.

"저는 아무것도, 아무것도 모릅니다, 그야말로 아무것도. 안녕히 계십시오(Adieu). 경고했습니다!(Avis au lecteur!)"

표트르 스테파노비치는 갑자기 너무 속 보이게 발뺌했다.

그는 문 쪽으로 날아갔다.

"죄송하지만, 표트르 스테파노비치, 죄송하지만……." 렘브케가 고함을 쳤다. "아직 사소한 일이 하나 더 있는데, 오래 붙잡지는 않겠소."

그는 책상 서랍에서 편지 봉투를 꺼냈다.

"여기 그런 범주에 속하는 견본이 하나 있는데, 이로써 내가 당신을 극도로 신뢰한다는 점을 증명하는 거요. 바로 이건데, 자, 당신의 견해는 어떻소?"

봉투 속에는 편지가, 그러니까 렘브케에게 온, 바로 어젯밤에 받은 이상한 익명의 편지가 들어 있었다. 표트르 스테파노비치는 짜증이 극에 달한 채 다음과 같은 내용을 읽어 나갔다.

각하!

관직상 이런 분이시지요. 이 편지로 장군님들과 조국의 목숨을 노리는 음모에 대해 알려 드립니다. 곧장 그 지경으로 가고 있거든요. 이 몸은 수많은 세월 동안 제 손으로 끊임없이 뿌려 왔습니다. 무신론도 뿌려 왔지요. 폭동이 준비되고 있는데, 당국에서 미리 손을 쓰지 않는다면, 격문이 수천 장이라 그걸 일일이 찾느라 혀를 쑥 뺀 채 100명씩 쫓아다닐 텐데, 많은 보상이 약속되어 있고 소박한 민중은 멍청해서 보드카만 있으면 되거든요. 민중이란 죄인을 존경하되 쌍방이 다 무서운 나머지 이쪽저쪽 할 것 없이 다 망가뜨리고 가담하지도 않은 일에 대해 참회를 했는데, 저의 상황이 그렇습니다. 각하께서 조국, 마찬가지로 교회와 성상을 구하기 위해 밀고를 원하신다면, 오직 저만이 그 일을 할 수 있습니다. 그러나 모두 중 오직 저 한 사람만은 용서해 준다는 내용을 제3분과[59]에서 전보로 받아야 하는데요, 책임은 다른 사람들이 지겠죠. 그 신호로 7시에 경비실 창문에 매일 저녁 양초를 밝혀 주십시오. 그것을 보면 저는 그렇게 믿고 수도에서 내려 주신 자비로우신 손바닥을 핥으러 가겠습니다만, 단 연금을 주신다는 조건이 붙어야 합니다. 제가 뭘로 먹고살겠습니까? 각하께서는 후회하시지 않을 겁니다, 각하께 별이 날아올 테니까요. 몰래 하셔야지, 아니면 목이 날아가실 겁니다.

각하의 절망적인 인간.

참회한 자유사상가 무명씨(Incognito)가 각하의 발치에 엎드립니다.

폰 렘브케는 이 편지가 어제 경비실에 아무도 없을 때 나타난 것이라고 설명했다.

"그래서 어떻게 생각하시는데요?" 표트르 스테파노비치가 무례하다 싶을 만큼 노골적으로 물었다.

"이것은 조롱조로 쓰인 익명의 비방문으로 보이긴 하는데

---

59) 우리나라의 국가 정보원 같은 곳.

말이오."

"분명히 그럴 테죠. 시장님에게 허풍을 칠 수는 없으니까요."

"무엇보다도 너무 멍청해서 이러는 거요."

"한데 여기서 이런 비방문을 받으신 적이 또 있습니까?"

"두어 번 받았는데 익명이었소."

"뭐 당연히 서명은 하지 않죠. 문체가 다양했습니까? 필체는 다양했고요?"

"다양한 문체에 다양한 필체였소."

"농담조였습니까, 어땠나요?"

"그렇소, 농담조에, 그러니까…… 몹시 징그러웠소."

"그랬다면 분명히 지금 이것과 같은 것이겠죠."

"무엇보다도 너무 멍청했기 때문이오. 저치들은 교육을 받은 자들이고 따라서 분명히 이렇게 멍청하게 쓰지는 않을 거란 말이오."

"그야, 그야 정말 그렇습니다."

"하지만 정말로 누가 진짜로 밀고하려는 거라면?"

"그럴 리가요." 표트르 스테파노비치는 건조하게 딱 잘라 말했다. "제3분과의 전보나 연금이 다 무슨 뜻입니까? 분명히 비방문입니다."

"그래요, 그렇소." 렘브케는 부끄러워졌다.

"그런데 말입니다, 이 일은 저한테 맡겨 두십시오. 분명히 찾아 드리겠습니다. 저치들보다 먼저 찾아 드리죠."

"가져가시오." 폰 렘브케는 동의는 했지만 그래도 약간 주저하는 눈치였다.

"혹시 누구한테 보여 주신 적 있습니까?"

"설마, 그럴 리가요, 아무에게도 안 보여 줬소."

"즉, 율리야 미하일로브나에게도요?"

"아, 하느님 맙소사, 부디 당신이야말로 집사람한테 보여 주지 마시오!" 렘브케는 경악하며 고함을 질렀다. "집사람은 너무 충격을 받아…… 나한테 노발대발할 거요."

"예, 당장 화살은 시장님에게 날아오겠고, 놈들이 이따위 편지를 보내다니 당해도 싸다고 말씀하시겠네요. 여자의 논리라면 우리가 알죠. 그럼 안녕히 계십시오. 심지어 사흘쯤 후에 이 편지를 쓴 자를 시장님 앞에 대령할지도 모르겠습니다. 무엇보다도, 협약요!"

4

표트르 스테파노비치는 멍청하지는 않았지만, 유형수 페디카의 믿을 만한 표현대로, '자기가 스스로 사람을 지어내고 그와 더불어 살아가는' 사람이었다. 그는 적어도 엿새 동안은 폰 렘브케를 진정시켜 놓았다고 전적으로 확신한 채 그의 집을 나왔는데, 이 기한이 그에게는 극도로 필요했다. 그러나 그의 생각은 오산이었으며 그 모든 것은 그저 첫 순간부터 그가 안드레이 안토노비치를 단번에 영원히, 완전히 어수룩한 자로 지어낸 탓이었다.

고통스러울 만큼 의심 많은 사람이라면 누구나 그렇듯, 안드레이 안토노비치는 불확실한 상태에서 빠져나온 첫 순간에는 언제나 굉장히, 또 기쁘게 상대를 믿는 버릇이 있었다. 번잡스럽고 복잡한 사실이 몇 개 새롭게 나타났음에도, 사태의 새로운 전환이 처음에는 상당히 괜찮아 보였다. 적어도 옛 의혹들은 재가되었다. 게다가 그는 요 며칠 동안 너무 지쳤고 자기가 의지할 데 없는 괴로운 신세라는 느낌이 들었기 때문에 그의 영혼은 어쩔 수 없이 안식을 갈망했다. 그러나 슬프게도, 그는 벌써부터 다시 불안해졌다. 오랜 페테르부르크 생활은 그의 영혼에 씻을 수 없는 흔적을 남겼다. '신세대'의 공식적인, 심지어 비밀스러운 사건이라면 그도 상당히 잘 알았지만 — 호기심이 많은 사람으로서 격문을 모으고 있었지만 — 그 첫마디부터 이해하지 못했다. 이제는 숲속에 있는 것 같았다. 그는 자신의 모든 본능을 동원하여 표트르 스테파노비치의 말 속에 온갖 형식과 조건을 떠나 전적으로 모순되는 뭔가가 숨어 있음을 예감했지만 '귀신이 곡할 노릇이군, 이 '신세대'에게 무슨 일이 일어날지, 저놈들 사이에서 그런 일이 어떻게 이루어지는지 알게 뭐람!' 그는 생각을 정리하지 못한 채 머리만 굴렸다.

그런데 그 순간 일부러인 양 블륨이 다시 그에게 고개를 내밀었다. 표트르 스테파노비치가 방문해 있는 동안 줄곧 가까운 곳에서 기다린 것이었다. 블륨이라는 사람은 심지어 안드레이 안토노비치의 먼 친척이기도 했지만 그 사실을 평생 쉬쉬하며 교묘하게 숨겨 왔다. 독자에게 양해를 구하며, 이 하찮은 인물에 대해 여기서 몇 마디라도 해 두려고 한다. 블륨은

'불행한' 독일인이라는 이상한 족속에 속했는데, 극도의 무능함 때문이 아니라 정확히, 그 원인을 모르기 때문이었다. '불행한' 독일인은 신화가 아니라 실제로 존재하며 심지어 러시아에도 있으며, 자기만의 유형도 가지고 있다. 안드레이 안토노비치는 평생 그에게 가장 감동적인 공감을 키워 왔으며 자신의 업무 성과에 따라 가능한 한 어디서든 자기가 담당하는 자리에 부하로 앉혀 주었다. 그러나 이 사람은 어딜 가든 운이 좋지 않았다. 정원 외 자리인가 하면 소속 관청이 바뀌기도 하고 또 한번은 다른 사람들과 함께 재판에 회부될 뻔한 일도 있었다. 그는 착실했지만 굳이 그럴 필요가 없는데도 자신에게 해가 될 정도로 어딘가 너무 무뚝뚝했다. 불그죽죽한 머리카락에 키가 크고 몸은 구부정하고 침울하다 못해 심지어 감상적이었으며, 대단히 굴욕적인 와중에도 황소처럼 드센 고집쟁이였지만 언제나 또 헛다리를 짚었다. 안드레이 안토노비치에 관한 한, 아내, 많은 수의 아이들과 함께 수년 동안 경건한 애착을 품어 왔다. 안드레이 안토노비치를 제외하면 누구 하나 그를 좋아한 적이 결코 없었다. 율리야 미하일로브나는 당장 그를 실격이라며 배척했지만 남편의 고집을 꺾을 수는 없었다. 이것이 그들의 첫 부부 싸움이었는데, 결혼식 직후 꿀처럼 달콤한 신혼 무렵 그때까지 교묘하게 감추어 둔 블륨이 그녀가 몰랐던 친척 관계와 더불어 갑자기 모습을 드러낸 때에 일어난 일이다. 안드레이 안토노비치는 두 손을 모아 간청하고 블륨의 모든 내력과 그들의 유년 시절부터의 우정을 감상적으로 이야기했지만 율리야 미하일로브나는 영원토록 치욕스러운 일을 당했노라고 생각하며 심지어 기절 수법까지 동원했다. 그러나 폰 렘브케가 단 한 발짝도 양보하지 않고 세상에 어떤 일이 있어도 블륨을 버리지 않겠다고, 자기에게서 떼 놓지 않겠다고 선언했기 때문에 결국은 그녀도 깜짝 놀란 채 블륨을 허용하지 않으면 안 됐다. 친척 관계는, 가능한 한, 지금까지보다 훨씬 더 교묘하게 숨기기로, 그리고 마침 블륨도 왠지 안드레이 안토노비치로 불렸기 때문에 심지어 그의 이름과 부칭도 바꾸기로 결정했다. 블륨은 우리 도시에서 어느 독일인 약사를 제외하면 그 누구와도 사귀지 않았고 그 누구의 집도 방문하지 않았으며 자신의 습관대로 인색하고 고독하게 살았다. 안드레이 안토노비치의 문학적인 소소한 죄도 벌써 오래전부터 알고 있었다. 그는 특히 단둘이 갖는 은밀한 독회 자리에 소설 낭독을 듣도록 호출되어 여섯 시간을 연이어 말뚝처럼 앉아 있기도 했다. 진땀이 났지만 잠들지 않도록, 미소를 짓도록 온 힘을 모았다. 집에 돌아온 다음에는 다리가 길고 말라빠진 아내와 함께, 자기들의 은인이 러시아 문학에 대해 가진 불행한 약점을 두고 끙끙 앓곤 했다.

안드레이 안토노비치는 안으로 들어온 블륨을 괴로운 듯 쳐다보았다.

"부탁일세, 블륨, 나를 좀 내버려 두게." 그는 아까 표트르 스테파노비치가 오는 바람에 중단된 대화를 재개하기 싫다는 바람을 역력히 내비치며 초조하고 빠른 어조로 말했다.

"하지만 이건 극히 섬세하게, 전적으로 비밀리에 처리될 수 있습니다. 모든 전권을 갖고 계시니까요." 블륨은 공손하지만 고집스럽게 뭔가를 주장하며 등을 굽힌 채 잔걸음으로 안드레이 안토노비치 쪽으로 점점 더 가까이, 또 가까이 다가섰다.

"블륨, 자네가 나에게 너무 극도로 헌신적이고 열심이라서 자네를 볼 때마다 무서워서 미칠 지경일세."

"말씀도 언제나 재치 있게 하시고 그 말씀에 만족하여 평안히 잠드시지만 바로 그것이 도지사님께 해가 됩니다."

"블륨, 지금 확신하게 됐는데, 절대 그게 아니야, 절대 아니라고."

"도지사님도 반신반의하시는 그 사기꾼처럼 악덕한 청년의 말 때문입니까? 그는 도지사님의 문학적 재능을 갖고 아첨을 해서 도지사님을 압도한 겁니다."

"블륨, 자네는 아무것도 모르는군. 분명히 말해 두지만, 자네의 계획은 엉터리야. 우리는 아무것도 찾지 못할 것이고 끔찍한 비명이 일 것이고 그다음에는 웃음이, 그다음에는 율리야 미하일로브나가……."

"우리는 우리가 찾고 있는 모든 것을 틀림없이 찾아낼 겁니다." 블륨은 그에게 성큼성큼 걸어와서는 오른손을 가슴에 얹고 강경하게 말했다. "아침 일찍 불심검문을 하되 우리는 해당 인물에 대한 민감한 태도와 엄격하게 규정된 법률적 형식도 모두 지키겠습니다. 럄신이나 텔랴트니코프 같은 청년들도 우리가 원하는 것을 모두 찾게 되리라고 아주 호언장담합니다. 그곳을 여러 번 방문했거든요. 아무도 베르호벤스키에게 별다른 호의가 없습니다. 스타브로기나 장군 부인은 더 이상 그에게 친절을 베풀지 않겠노라고 했고 정직한 사람이라면, 이 조잡한 도시에 그런 사람이 있기나 하다면, 그곳에는 언제나 무신론과 사회주의 교리의 근원이 숨어 있었노라고 확신합니다. 그의 집에는 온갖 금서가 보관되어 있습니다, 릴레예프[60]의 『명상록』, 게르첸의 모든 저작들…… 만일에 대비해 저는 대략적인 목록을 갖고 있거든요…….”

“오 맙소사, 그런 책은 누구에게나 있다네. 어쩜 그리 단순한가, 블륨, 이 딱한 사람아!”

“격문도 많습니다.” 블륨은 지적을 듣지도 않고 말을 계속했다. “우리는 반드시, 기어코 이곳의 진짜 격문의 흔적을 덮치고 말 겁니다. 이 젊은 베르호벤스키는 제 눈에는 극히, 극히 의심스러운 인물입니다.”

“그런데 아비와 아들을 혼동하고 있군. 그들은 사이가 좋지 않아. 아들이 대놓고 아비를 비웃거든.”

“그건 가면일 뿐입니다.”

“블륨, 아예 나를 못살게 굴려고 작정했구먼! 생각 좀 해 보게, 그는 어쨌든 여기서는 유력한 인사야. 교수였고 저명한 사람인데 사방팔방에다 소리를 질러 대면 당장 온 도시에 비웃음이 일 테고, 그럼 모든 것을 놓치고 말 것이고…… 또 율리야 미하일로브나는 어떻게 될지 생각 좀 해 보게!”

블륨은 앞으로 걸어 나왔을 뿐, 말을 듣지도 않았다.

“그는 그저 전임 강사, 고작해야 전임 강사에 불과했고, 따

---

60) 콘드라티 표도로비치 릴레예프(Kondraty Fyodorovich Ryleyev, 1795~1826). 낭만주의 시인으로서 12월당 사건에 가담했다.

라서 관등으로 치자면 퇴직한 8등관[61]에 불과합니다." 그는 한 손으로 자기 가슴팍을 쳤다. "훈장도 없고 정부에 반하는 음모를 꾸몄다는 혐의로 교직에서 쫓겨났습니다. 비밀리에 감시를 받았는데 틀림없이 지금도 그렇습니다. 지금 밖으로 드러난 혼란스러운 사건을 고려한다면, 도지사님에게 모종의 의무마저 있습니다. 그런데 오히려 진범을 두둔하느라 공훈을 놓치시다니요."

"율리야 미하일로브나군! 썩 물러가게, 블륨!" 옆방의 아내 목소리를 알아들은 폰 렘브케가 갑자기 소리를 질렀다.

블륨은 몸을 부르르 떨었지만 물러서지 않았다.

"부디 허락, 허락해 주십시오." 그는 두 손을 한층 더 힘껏 가슴팍에 갖다 대며 앞으로 나섰다.

"썩 물러가라니까!" 안드레이 안토노비치는 이를 갈았다. "좋을 대로 하고…… 나중에……. 오, 맙소사!"

커튼이 걷히고 율리야 미하일로브나가 나타났다. 그녀는 블륨의 모습을 보자 위풍당당하게 걸음을 멈추고는, 이 작자가 여기 있다는 것만으로도 자기에게는 모욕이라는 듯 오만불손하고 모욕적인 시선으로 그를 훑어보았다. 블륨은 말없이 공손하게 몸을 낮게 숙여 인사한 뒤 공손함의 표시로 몸을 굽히고 발뒤꿈치를 들고 두 팔을 좀 어정쩡하게 벌린 채로 문 쪽으로 걸어갔다.

---

61) 표트르 대제 이래 러시아 관등은 문관과 무관으로 나뉘며 각각 14관등으로 이루어진다. 19세기 소설에 자주 등장하는 9등 문관은 관청의 말단 서기에 해당하고 8등관은 바로 위다.

그가 안드레이 안토노비치의 마지막 히스테릭한 외침을 정말로, 자기가 여쭈어본 대로 해도 좋다는 직접적인 허락으로 이해했기 때문인지, 아니면 일이 무사히 끝나리라 너무 확신한 채 자신의 은인에게 직접적인 이익을 안겨 주려는 목적에서 이 경우에 마음을 비뚤게 썼기 때문인지 나중에 보게 되겠지만, 상관과 부하 직원의 이 대화 때문에 정녕 뜻밖의 사건, 모두의 조롱을 사고 품평의 대상이 됐으며 율리야 미하일로브나의 끔찍한 분노를 산 사건이 발생했는데, 이 모든 일 때문에 안드레이 안토노비치는 완전히 앞뒤를 잃고 가장 격렬한 때에 실로 통탄할 만한 우유부단함에 빠지고 말았다.

5

표트르 스테파노비치에게는 참 분주한 하루였다. 폰 렘브케의 집에서 나온 다음에는 서둘러 보고야블렌스카야 거리로 뛰어갔지만 브이코바야 거리를 걸으며 카르마지노프가 기거하는 집 옆을 지나가게 되자 갑자기 걸음을 멈추고 씩 웃더니 집 안으로 들어갔다. "기다리고 계십니다."라는 대답이 떨어지자 자신의 방문에 대해 미리 언질을 주지 않았던 터라 그는 몹시 흥미를 느꼈다.

그러나 이 대작가는 심지어 어제, 그제부터 정말로 그를 기다리고 있었다. 사흘 전 그는 표트르 스테파노비치에게 「메르시」(율리야 미하일로브나의 축제일에 문학의 아침에서 읽으려는 것이었다.)의 원고를 맡겼으며 친절을 베풀려는 마음에서 그런 것인데, 걸작을 미리 맛보도록 해 주면 그 사람의 자존심이 유쾌하게 만족하리라고 전적으로 믿었던 것이다. 표트르 스테파노비치는 선택받지 못한 사람은 숫제 접근도 못 하도록 무참하게 구는, 이 허영심 많은 응석받이 신사, 소위 '거의 국가적인 지성'이 그냥 무턱대고 자기한테 아첨하는 것을, 심지어 그런 탐욕마저 내비치는 것을 벌써 오래전부터 알아챘다. 내 생각으론, 이 청년은 마침내, 상대방이 자기를 러시아 전역의 전 비밀 혁명 조직의 두목까지는 아니라도 적어도 젊은 층에게 논란의 여지가 없는 영향력을 행사하는, 러시아 혁명의 비밀 조직에 아주 투신한 인물 중 하나로 여기고 있음을 눈치챘던 것 같다. 표트르 스테파노비치는 이 '러시아의 현자'의 사상적 경향에는 적잖이 흥미가 있었지만 지금까지는 어떤 이유로 그와 얘기하는 것을 피해 왔다.

이 대작가는 시종관의 아내이자 여지주인 누이동생의 집에서 기거하고 있었다. 남편과 아내는 둘 다 저명한 친척 앞에 경의를 표했지만 정작 그가 도착했을 때는 모스크바에 가 있었던 탓에, 대단히 유감스럽게도, 그를 맞이하는 영광을 누린 사람은 시종관의 아주 먼 가난한 친척으로서 오래전부터 이 집에 살면서 모든 살림살이를 도맡아 온 노파였다. 카르마지노프가 도착하자 온 집안이 뒤꿈치를 들고 다녔다. 노파는 그분이 어떻게 주무셨고 무엇을 드셨는지 거의 매일 모스크바에 보고했고 한번은 도시의 수뇌부에 식사 초대를 받아 다녀오신 다음 어떤 약 한 숟가락을 복용하셔야 했다는 내용의 전보를 치기도 했다. 그의 방에 들어갈 엄두를 내는 일도 드물었고, 또 그도 그녀를 대할 때 정중하긴 했지만 건조했고 뭐든 꼭 필요한 몇 마디만 했다. 표트르 스테파노비치가 들어왔을 때 그는 적포도주 반 잔과 함께 아침 커틀릿을 들고 있었다. 표트르 스테파노비치는 벌써 전에도 그의 집에 온 적이 있었고 그때마다 그는 언제나 이 아침 커틀릿을 들고 있었는데, 상대방이 보는 데서 마저 먹으면서도 한 번도 상대방에게 권한 적이 없었다. 커틀릿 다음에는 작은 커피잔이 더 나왔다. 음식을 날라 온 하인은 연미복 차림에 소리 나지 않는 부드러운 신발을 신고 장갑도 끼고 있었다.

"아-아!" 카르마지노프는 냅킨으로 입을 닦으며 소파에서 일어났고 아주 순수하게 반가운 기색을 보이며 입을 맞추려고 했는데 너무나 저명한 러시아인이라면 누구나 갖는 특징적인 습관이었다. 그러나 표트르 스테파노비치는 벌써 지난번의 경험에 따라 그가 입을 맞추려고 하면서 실은 뺨을 들이댈 뿐이라는 것을 기억했기 때문에 이번에는 자기도 똑같은 짓을 했다. 두 뺨이 맞붙고 말았다. 카르마지노프는 이 점을 눈치챈 티는 내지 않고 소파에 앉은 다음 표트르 스테파노비치에게 맞은편의 안락의자를 유쾌하게 가리켰고 상대방은 거기에 털썩 주저앉았다.

"혹시…… 아침을 들지 않으시겠습니까?" 이번에는 주인이 예의 그 습관을 바꾸어 이렇게 물었지만, 응당 정중한 거절의 답이 나와야 한다는 분명한 암시가 담긴 표정이었다. 그러나 표트르 스테파노비치는 대뜸 아침을 먹고 싶다고 했다. 모욕감에 찬 놀라움의 그림자가 주인의 얼굴 위로 음산하게 드리워졌지만 그저 한순간뿐이었다. 그는 신경질적으로 벨을 눌러 하인을 불렀고 아침을 일인분 더 가져오라고 명령하면서 자신의 온갖 교양에도 불구하고 귀찮다는 듯 언성을 높였다.

"뭘 드시겠습니까, 커틀릿, 아니면 커피?" 다시 한번 물었다.

"커틀릿도, 커피도 다 먹고 싶고, 포도주도 가져오라고 해 주십시오. 배고파 죽겠습니다." 표트르 스테파노비치는 주인의 복장을 찬찬히, 주의 깊게 살펴보면서 대답했다. 카르마지노프는 재킷과 비슷한 느낌의 진주 단추가 달린, 실내용 솜조끼를 입고 있었는데 옷이 너무 짧아 상당히 불룩한 배와 푸짐하고 둥그렇게 살이 찐 허벅다리에 전혀 어울리지 않았다. 그러나 취향이란 각양각색이다. 방 안이 따듯한데도 그는 무릎에 체크무늬 비단 담요를 덮은 채 마룻바닥까지 늘어뜨리고 있었다.

"어디 편찮으십니까?" 표트르 스테파노비치가 물었다.

"아니요, 아프지는 않습니다만 기후가 이렇다 보니 아플까 봐 염려되는군요." 작가는 예의 그 찍찍거리는 목소리로 단어마다 부드럽게 힘을 주면서, 그리고 귀족 나리답게 유쾌하게 쉬, 쥐 하면서[62] 대답했다. "어제부터 당신을 기다렸습니다."

"아니, 왜요? 전 약속한 적이 없는데요."

"그야 그렇지만, 제 원고를 갖고 계시니까요. 저기…… 다 읽으셨습니까?"

---

62) 러시아어 'sh, zh'를 강하게, 길게 발음한다는 뜻이다.

"원고라고요? 어떤 거 말씀이시죠?"

카르마지노프는 끔찍이도 놀랐다.

"그러나 어쨌든 원고를 가져오시긴 하셨죠?" 그는 갑자기 화들짝 놀란 나머지 심지어 먹는 것마저 제쳐 두고서 경악을 금치 못하겠다는 듯 표트르 스테파노비치를 쳐다보았다.

"아, 그 「봉주르(Bonjour)」를 말씀하시는 거라면……."

"「메르시」죠."

"아무렴 어떻습니까. 깜빡 잊고 읽지 못했습니다, 읽을 틈이 없었거든요. 사실 모르겠군요, 호주머니 안에는 없고…… 분명히 제 방 책상에 있을 겁니다. 염려하지 마십시오, 찾을 수 있을 테니까요."

"아닙니다, 지금 당장 사람을 보내는 편이 낫겠습니다. 원고가 사라져 버릴 수도 있고 결국에는 도둑맞을 수도 있잖습니까."

"아니, 누가 그러겠습니까! 게다가 왜 그렇게 경악하시는지, 율리야 미하일로브나 말씀으론 언제나 원고를 몇 부씩 준비해 두신다고 하던데, 한 부는 외국의 공증인에게, 한 부는 페테르부르크에, 또 한 부는 모스크바에, 그다음에는 은행에도 보내신다던가."

"그러나 모스크바가 불탈 수도 있고 모스크바와 함께 내 원고도 그럴 수 있지요. 아니, 당장 사람을 보내는 게 낫겠습니다."

"잠깐만요, 여기 있군요!" 표트르 스테파노비치는 뒷주머니에서 우편 용지 한 뭉치를 꺼냈다. "좀 구겨졌네요. 한번 상상해 보십시오. 그때 당신 댁에서 원고를 받자마자 줄곧 손수건과 함께 뒷주머니에 넣어 두었지 뭡니까. 깜박했어요."

카르마지노프는 탐욕스럽게 원고를 움켜쥐더니 대강 훑어 보며 종이 수를 센 다음 존경스러운 마음으로 일단 자기 옆의 특수 책상 위에 올려놓았는데, 어느 순간이든 원고가 보이도록 하기 위해서였다.

"독서를 그리 많이 하시는 것 같지는 않군요?" 그는 더 이상 참지 못하고 씩씩거렸다.

"예, 그리 많이는 읽지 않아요."

"그럼 러시아 문학 쪽도 — 아무것도?"

"러시아 문학 쪽이라고요? 잠깐만요, 뭔가 읽긴 했는데……. 「여로에서」인가 「여로로」인가…… 「교차로에서」인가, 기억이 안 나는군요. 오래전에 읽었습니다, 오 년쯤 전에. 통 시간이 없었거든요."

약간의 침묵이 잇따랐다.

"저는 도착하자마자 저들 모두에게 당신이 굉장히 영리한 사람이라고 주장했는데, 이제는 이곳의 모두가 당신한테 정신이 나간 것 같습니다."

"고맙습니다." 표트르 스테파노비치가 평온하게 응답했다.

아침 식사가 나왔다. 표트르 스테파노비치는 굉장한 식욕을 보이며 커틀릿으로 달려들어 순식간에 먹어 치우고 포도주를 싹 비우고 커피도 다 마셔 버렸다.

'이런 무식쟁이.' 카르마지노프는 생각에 잠긴 채 마지막 조각을 마저 먹고 마지막 모금을 마시면서 그를 비스듬히 째려보았다. '이 무식쟁이는 분명히 지금 내 말의 속뜻을 알아들었고…… 게다가 원고도 물론 열심히 다 읽었지만 그냥 무게 잡느라 거짓말을 하는 것뿐이야. 그러나 어쩌면 거짓말이 아니라 그냥 순전히 멍청한 것인지도 모르지. 나는 천재적인 사람이 약간 멍청하게 구는 것이 좋아. 이 작자도 사실 저 패거리 속에서는 무슨 천재 축에 들지도 모르지, 에잇, 하여튼 빌어먹을 노릇이군.'

그는 소파에서 일어나더니 운동 삼아 방의 이 구석, 저 구석을 걷기 시작했는데, 아침을 먹고 나면 매번 하는 일이었다.

"여기서 곧 떠나실 건가요?" 표트르 스테파노비치는 안락의자에서 이렇게 물으며 담배를 피우기 시작했다.

"원래 영지를 팔러 왔으니까 이제는 저의 관리인에게 달린 셈이지요."

"혹시 그곳에서 전쟁 이후에 전염병이 돌 기미가 보였기 때문에 오신 건 아니고요?"

"아-아니오, 그 때문은 전혀 아닙니다." 카르마지노프 씨는 어구마다 부드럽게 강세를 찍고 이 구석에서 저 구석으로 꺾어질 때마다 아주 약간이긴 하지만 오른발을 기운차게 당기면서 말을 계속했다. "저는 정말로" 하고 웃었는데 독기도 없지 않았다. "가능한 한 오래 살 계획입니다. 러시아 귀족 사회에는 모든 점에서 굉장히 빨리 피폐해지는 뭔가가 있습니다. 그러나 저는 가능한 한 늦게 피폐해지고 싶은 마음에 지금은 아예 그냥 외국으로 넘어가려고 합니다. 그곳은 기후도 좋고 석조 건물이라 한결 단단하지요. 제 한평생을 위해서는 유럽이면 충분하다는 생각입니다. 당신 생각은 어떻습니까?"

"제가 어떻게 알겠습니까."

"음. 정말로 그쪽의 바빌론이 무너지고 그 몰락이 대단한 것이라면(비록 제 한평생을 위해서는 바빌론이면 충분하다고 생각하지만 이 점에 관한 한 전적으로 당신에게 동의합니다.) 우리 러시아에는, 굳이 비교하자면, 무너질 것이 아무것도 없어요. 우리 나라에서 쓰러지는 것은 돌들이 아닐 테고, 모든 것이 진흙 속에서 허우적댈 겁니다. 성스러운 루시는 이 세상의 그 무엇에 저항할 힘이 제일 작을지도 모릅니다. 평범한 민중은 아직은 어떻게든 러시아 신을 붙들고 있습니다. 그러나 최신 정보에 의하면, 러시아 신이란 극히 희망이 없고, 심지어 농노 해방도 거의 버티어 내지 못했거나 적어도 심히 흔들렸습니다. 이런 판에 철도가 생겨나고 이런 판에 당신은…… 어쨌든 러시아의 신이라면 저는 전혀 믿지 않습니다."

"그럼 유럽의 신은요?"

"저는 어떤 신도 믿지 않습니다. 러시아 청년층과 비교하며 사람들은 저를 비난했습니다. 저는 청년층의 행동 하나하나에 언제나 공감해 왔습니다. 이곳의 격문들을 보여 주더군요. 다들 그 형식 때문에 깜짝 놀란 나머지 의혹에 찬 시선으로 바라보는데, 다들 인정은 하지 않을지언정 어쨌든 그 저력을 확신하는 겁니다. 다들 오래전부터 쓰러지고 있고 다들 오래전부터 붙잡을 것이 아무것도 없다는 것을 압니다. 이 비밀스러운 선전이 성공하리라는 확신이 진작부터 있는데, 전 세계를 통틀어 러시아는 모든 것이 일말의 저항도 없이 마음껏 일어날 수 있는 곳이고 특히나 지금은 더 그렇거든요. 저는 재력 있는 러시아인들이 왜 모두 외국으로 밀려갔는지, 왜 매년 그 수가 점점 증가하는지 너무나 잘 이해합니다. 이건 그저 본능이죠. 배가 침몰할라치면 생쥐들이 제일 먼저 떠나는 법이지요. 성스러운 루시 — 이건 목조의 나라인 데다가 헐벗고…… 위험한 나라, 상류층에는 허영심 많고 헐벗은 자들만 가득한데 엄청난 대다수가 닭 다리 같은 토대 위에 지어진 오막살이에 사는 그런 나라입니다. 루시는 그저 논할 가치만 있다면 어떤 출구라도 기뻐할 겁니다. 정부 하나만 여전히 트집을 잡으려 안달이지만 어둠 속에서 곤봉을 휘둘러 봤자 어차피 자기만 때릴 뿐이지요. 이제 모든 것이 결정되고 선고되었습니다. 러시아는 지금 이 상태로는 미래가 없어요. 저는 독일인이 되었으며 이 점을 명예롭게 여깁니다."

"아니, 방금 격문 얘기를 꺼내셨는데, 전부 말씀해 보시죠. 격문을 어떻게 보십니까?"

"다들 두려워하고 있으니, 상당히 강력한 것이죠. 그것은 기만을 대놓고 폭로하고 우리 나라에는 더 이상 붙들 것이 없다, 더 이상 기댈 것이 없다는 것을 증명해 줍니다. 다들 침묵하는데 그것은 큰 소리로 말합니다. 그것이 압도적인 것은 무엇보다도 (형식은 좀 그렇지만) 진실의 얼굴을 직접 들여다보려는 전대미문의 대담성 때문입니다. 진실의 얼굴을 직시하는 능력은 오직 러시아 종족만 지니고 있습니다. 아니, 유럽도 아직까지 그토록 대범하지는 못하거든요. 그곳은 석조 왕국이고 그곳은 아직도 뭔가 기댈 것이 있으니까요. 제가 보고 판단할 수 있는 한, 러시아 혁명 이념의 본질은 모두 명예의 부정 속에 들어 있습니다. 그것이 이토록 대담하게, 겁 없이 표현된 것이 마음에 듭니다. 아니, 유럽에서는 아직 이런 것을 이해하지 못할 테지만 우리 나라에서는 바로 이것을 향해 달려드는 거죠. 러시아인에게 명예란 한낱 잉여적인 짐에 불과합니다. 더욱이 전 역사를 통틀어 언제나 짐이었지요. 공개적인 '불명예의 권리'를 통해 얼마든지 러시아인을 유혹할 수 있어요. 저는 구세대라서, 솔직히, 여전히 명예를 고수하고 있지만 기껏해야 습관 때문입니다. 그저 낡은 형식들이 마음에 들 뿐인데, 소심한 탓이라고 칩시다. 하지만 어떻게든 이 한평생을 살아 내야 하지 않겠습니까."

그는 갑자기 말을 멈추었다.

'그런데 나는 줄곧 말에 말을 거듭하는데 말이야,' 그는 잠깐 생각했다. '이놈은 계속 입을 다물고 뚫어져라 바라보고만 있군. 이놈이 온 건 내가 직설적인 질문을 던져 주었으면 해서일 거야. 그렇다면 던져 주지.'

"율리야 미하일로브나는 하다못해 거짓말을 해서라도 당신에게서 뭘 알아내라고 부탁하셨는데요, 모레 있을 무도회에 대비해 어떤 깜짝 선물을 준비하시는지요?"

갑자기 표트르 스테파노비치가 물었다.

"예, 이건 정말로 깜짝 선물이 될 것이고 저는 정말로 경이로울 정도로……" 카르마지노프는 거드름을 좀 피웠다. "그러나 어디에 비밀이 있는지는 말하지 않겠습니다."

표트르 스테파노비치도 고집을 부리지는 않았다.

"여기에 샤토프라는 사람이 있다던데," 대작가가 물어보았다. “글쎄, 저는 아직 본 적이 없거든요.”

“아주 훌륭한 인물이죠. 그런데 왜요?”

“그냥, 그가 그곳에서 뭔가 말을 하더라고요. 스타브로긴의 뺨을 때린 것이 그 사람 맞지요?”

“예.”

“그럼 스타브로긴에 대해서는 어떻게 생각하십니까?”

“몰라요. 바람둥이 같은 족속이겠죠.”

카르마지노프는 스타브로긴을 증오하게 되었는데, 그가 자기를 아예 거들떠보지 않기로 작정한 탓이었다.

“그 바람둥이 말이죠,” 하고 말하면서 그는 히히거렸다. “격문에서 선전하는 것이 언제든 우리 나라에서 실현된다면 분명히 그 사람을 제일 먼저 나뭇가지에 매달 겁니다.”

“더 이를지도 모르죠.” 표트르 스테파노비치가 갑자기 말했다.

“그래야겠지요.” 카르마지노프는 이미 웃음도 거두고 어쩐지 너무나 진지하게 맞장구를 쳤다.

“그런데 그런 얘기를 하신 적이 한 번 있어서, 제가 그에게 전해 주었어요.”

“아니, 정말로 전했단 말입니까?” 카르마지노프는 다시 웃음을 터뜨렸다.

“그가 말하길, 자기를 나뭇가지에 매단다면 당신은 흠씬 두들겨 패야 한다, 그것도 단지 명예 차원이 아니라 농부를 패듯이 따끔하게 패 줘야 한다더군요.”

표트르 스테파노비치는 모자를 집더니 자리에서 일어났다.

카르마지노프는 작별 인사를 하려고 두 손을 내밀었다.

"그런데……" 그는 여전히 상대방의 손을 쥔 채 갑자기 꿀처럼 달콤한 목소리를 내면서, 또 어쩐지 특수한 억양까지 가미해서 찍찍거렸다. "그러니까 지금 기획되고 있는…… 이 모든 것이 실현될 운명이라면…… 언제쯤 일어나겠습니까?"

"제가 어떻게 알겠어요." 표트르 스테파노비치는 좀 거칠게 대답했다. 두 사람은 서로의 눈을 주의 깊게 쳐다보았다.

"대충이라도? 대략적으로라도 말입니다?" 카르마지노프는 더 달착지근하게 찍찍거렸다.

"영지를 파실 여유는 있을 테고 짐을 쌀 여유도 있을 겁니다." 표트르 스테파노비치는 훨씬 더 거칠게 중얼거렸다. 두 사람은 훨씬 더 주의 깊게 서로를 쳐다보았다.

침묵의 순간이 찾아왔다.

"오는 5월쯤에 시작해서 성모제[63] 무렵이면 전부 끝날 겁니다." 갑자기 표트르 스테파노비치가 말했다.

"진심으로 감사드립니다." 카르마지노프는 그의 두 손을 꽉 쥐면서 꿰뚫는 듯한 목소리로 말했다.

'생쥐 같은 놈, 배에서 떠날 여유는 있다고!' 표트르 스테파노비치는 거리로 나오면서 생각했다. '뭐, 이 소위 '거의 국가적인 지성'이 저렇게 확신에 차 날짜와 시각을 물어보고 또 정보를 얻게 되자 저렇게 깍듯하게 감사한다면, 그렇다면야 우리로서는 우리 자신에 대해 회의를 느낄 필요도 없겠지. (그는

63) 10월 14일(러시아 구력). 러시아에서 특히 중시하는 명절.

씩 웃었다.) 음. 그나저나 이놈은 정말로 저 패 중에서는 멍청한 편도 아니고…… 고작해야 거처를 옮기는 생쥐에 불과해. 저런 놈은 밀고도 못 할 거야!'

그는 보고야블렌스카야 거리의 필리포프 집으로 뛰어갔다.

6

표트르 스테파노비치는 우선 키릴로프에게로 갔다. 그는 평소처럼 혼자 있었고 이번에는 방 한가운데서 맨손 체조 중이었는데, 즉 다리를 벌린 채 어떤 특별한 방법으로 자기 몸 위로 두 팔을 빙빙 돌리고 있었다. 마룻바닥에는 공이 뒹굴고 있었다. 탁자 위에는 아침에 마시던, 이미 싸늘해진 차가 치워지지 않은 채 그대로 있었다. 표트르 스테파노비치는 일 분쯤 문지방에 서 있었다.

"그런데 건강에는 참 신경을 쓰는군요." 그는 방 안으로 들어서면서 큰 소리로 명랑하게 말했다. "그런데 공 한번 멋지군요, 이야, 잘 튀네. 이것도 체조용인가요?"

키릴로프는 프록코트를 입었다.

"예, 역시 건강을 위한 거죠." 그가 건조하게 중얼거렸다. "앉으시오."

"나는 잠깐이면 됩니다. 그래도 앉도록 하죠. 건강은 건강이고, 오늘은 협약을 상기시키려고 왔어요. '어떤 의미에서' 우리의 기한이 다가오고 있잖습니까." 그는 어설프게 말을 돌리며 결론을 내렸다.

"협약이라니, 무슨?"

"무슨 협약이라뇨?" 표트르 스테파노비치는 펄쩍 뛰었고 심지어 경악했다.

"그건 협약도, 의무도 아니고, 나는 당신에게 얽매인 게 전혀 없고, 당신 쪽에서 실수한 거요."

"이봐요, 그럼 어떻게 하겠다는 소리죠?" 표트르 스테파노비치는 숫제 펄쩍 뛰었다.

"내 의지를 행하는 거요."

"무슨 의지?"

"이전의 의지."

"그러니까 그걸 어떻게 이해하라는 소리죠? 이전의 사상에 사로잡혀 있다는 의미인가요?"

"그 의미요. 단, 협약 따위는 없고 있지도 않았고 나는 얽매인 게 전혀 없어요. 나의 의지 하나만 있었고 지금도 내 의지 하나만 있어요."

키릴로프는 날카롭게, 꺼림칙한 듯 설명했다.

"알겠어요, 알겠어. 의지라고 합시다. 그놈의 의지가 변하지만 않는다면." 표트르 스테파노비치는 만족스러운 표정을 지으며 다시 자리에 앉았다. "말끝마다 화를 내는군요. 최근 들어 왠지 화를 많이 내는군요. 그래서 방문을 삼갔죠. 당신이 배반하지는 않으리라고 전적으로 확신했지만."

"난 당신이 아주 싫어요. 그러나 당신이 전적으로 확신할 수는 있겠지요. 배반이니 뭐니 하는 건 인정하지 않지만."

"그런데 말이죠." 표트르 스테파노비치는 또다시 곤혹스러워했다. "오리무중이 되지 않도록 다시 똑똑히 얘기해 둘 필요가 있겠군요. 정확히 해 둬야 하는 일인데, 당신 때문에 내 간이 콩알만 해졌네요. 어디, 얘기를 좀 나눠도 될까요?"

"말해요." 키릴로프는 구석을 쳐다보며 딱 잘라 말했다.

"당신은 벌써 오래전부터 자신의 목숨을 끊기로 결정했고…… 그러니까 그런 생각이 있었습니다. 내 표현이 맞습니까, 예? 무슨 실수는 없고요?"

"지금도 그런 생각이 있소."

"멋지군요. 더불어 그 누구도 당신에게 그것을 강요하지 않았음을 명심하십시오."

"당연하죠. 아주 멍청한 소리를 하는군요."

"그래, 그렇다 칩시다. 내 표현이 아주 멍청했어요. 의심의 여지 없이, 그런 것을 강요한다는 건 아주 멍청한 일일 테죠. 말을 계속하자면, 당신은 아직 구식 조직이었던 '조합'의 회원이었고 당시 조합의 한 회원에게 그 사실을 털어놓았습니다."

"털어놓은 게 아니라 그냥 말했을 뿐이오."

"그렇다고 칩시다. 이런 걸 '털어놓는다'라고 하니, 좀 웃길 법도 한 것이, 고백도 아닌데 말이죠? 당신은 그저 말했을 뿐이다, 멋지군요."

"아니, 멋질 것도 없어요, 당신이 아주 우물쭈물하니까. 나는 당신에게 어떤 해명의 의무도 없으며 당신은 내 사상을 아예 이해할 수도 없소. 내가 목숨을 끊으려는 것은 나에게 그러한 사상이 있기 때문이고 내가 죽음의 공포를 원하지 않기 때문이고…… 당신은 이 문제에 대해 아무것도 알 수 없기 때문인데……. 그런데 뭘 좀? 차를 드시겠소? 식었군. 다른 잔을 내오도록 하겠소."

표트르 스테파노비치는 정말로 찻주전자를 잡는가 싶더니 빈 용기를 찾고 있었다. 키릴로프는 찬장에 가서 깨끗한 컵을 가져왔다.

"방금 카르마지노프 집에서 아침을 먹었어요." 손님이 지적했다. "그다음에는 그의 말을 듣느라 진땀을 뺐고 여기로 뛰어오느라 또 진땀을 뺐더니 목이 말라 죽겠어요."

"마셔요. 식은 차가 좋지."

키릴로프는 다시 의자에 앉아 다시 구석 쪽을 뚫어져라 응시했다.

"조합 쪽에서 그런 생각이 들었던 거요." 그는 예의 그 목소리로 계속했다. "내가 유용한 존재가 될 수 있다는 건데, 만약 내가 자살한다면, 즉 당신들이 여기서 무슨 사고를 치고 범인을 찾고 있을 때 내가 갑자기 권총으로 자살하고 그 모든 짓은 내가 한 것이라고 유서를 남기면 당신들에게는 일 년 내내 혐의를 두지 않을 테니까 말이오."

"며칠이라도, 하루라도 귀중하죠."

"좋아요. 이런 의미에서 저쪽에서는 내가 괜찮다면 좀 기다려 달라고 말했소. 나는 조합에서 기한을 말해 줄 동안 좀 기다리겠노라고 했는데, 어차피 나로서는 아무래도 좋으니까요."

"그렇습니다만, 꼭 상기해야 할 것이, 당신이 유서를 작성할 때 반드시 나와 함께할 의무가 있다는 점인데, 러시아에 왔으므로 나의…… 뭐, 한마디로 나의 지시에 따라야 한다, 즉 오직 이 경우에만 그렇고 당연히 다른 모든 경우에서는 물론 자유의 몸이라는 겁니다." 표트르 스테파노비치는 거의 상냥하게 덧붙였다.

"난 의무 따위는 없지만 동의했어요. 어차피 나로서는 아무래도 좋으니까요."

"멋집니다, 멋지고요, 당신의 자존심을 상하게 할 마음은 조금도 없지만……."

"이건 자존심의 문제가 아니오."

"그러나 당신 여비로 120탈러[64]를 추렴해 주었고 따라서 당신이 돈을 가져갔다는 것을 상기해 줘요."

"전혀 그렇지 않소." 키릴로프가 발끈했다. "돈은 그 때문이 아니오. 그런 일로 돈을 가져가진 않지요."

"가끔은 가져가죠."

"거짓말. 나는 페테르부르크에서 보낸 편지로 선언했고 페테르부르크에 있을 때 당신에게 갚았고 그것도 당신 손에 120탈러를 쥐여 주었으니…… 당신이 슬쩍 먹어 치우지 않았다면 저쪽으로 보내졌겠지요."

"좋아, 좋아요. 이러쿵저러쿵 다투지 않겠어요, 보내졌겠죠. 중요한 건 당신이 예전과 똑같은 사상에 사로잡혀 있다는 사실입니다."

"똑같은 사상이지요. 당신이 와서 '때가 됐다'고 하면 모든

64) 독일의 화폐 단위.

것을 행하겠소. 그래, 매우 급한가요?"

"별로 많은 날이 남은 건 아닌데요……. 그러나 우리가 유서를 함께 작성해야 한다는 걸 기억해 줘요, 그것도 꼭 그날 밤에."

"낮이라도 괜찮지. 내가 격문의 책임을 떠맡아야 한다고 말했지요?"

"그 밖에도 좀 더 있습니다."

"난 모든 걸 다 떠맡지는 않을 거요."

"뭘 떠맡지 않겠다는 거죠?" 표트르 스테파노비치는 다시 펄쩍 뛰었다.

"내가 원하지 않는 것. 그만합시다. 더 이상은 이 문제에 대해 말하고 싶지 않소."

표트르 스테파노비치는 자신을 억누르고 화제를 바꾸었다.

"다른 얘기인데요," 하고 그는 미리 언질을 주었다. "오늘 저녁 우리 편의 모임에 올 겁니까? 비르긴스키의 영명 축일인데, 그 핑계로 모이는 겁니다."

"싫소."

"부탁입니다, 와 줘요. 그래야 하거든요. 숫자와 얼굴로 각인시켜야 하는데……. 당신은 얼굴이…… 뭐, 한마디로, 당신은 얼굴이 치명적이니까요."

"그렇게 생각하시오?" 키릴로프가 웃음을 터뜨렸다. "좋아요, 가리다. 단, 얼굴 때문에 가는 건 아니오. 언제요?"

"오, 좀 이른 시간이죠, 6시 30분입니다. 그러니까 그곳에 사람이 얼마나 있든 들어와서 자리에 앉고 아무하고도 말하지 않아도 됩니다. 단, 종이와 연필을 챙기는 건 잊지 말고요."

"그건 뭣 때문이오?"

"어차피 당신으로서는 아무래도 좋잖습니까. 이건 나의 특별한 부탁입니다. 그냥 앉아서 아무와도 전혀 얘기를 나누지 않고 듣기만 하다가 간간이 뭘 기입하는 시늉만 하면 됩니다. 하다못해 그림을 그리든가."

"그건 무슨 헛소리요?"

"뭐, 아무래도 좋다는 거죠. 언제나 당신은 아무래도 좋다고 말하잖습니까."

"아니, 뭣 때문이오?"

"다름 아니라 저 조합의 회원인 검찰관이 모스크바에 죽치고 있었는데 내가 저곳의 누군가에게 검찰관이 방문할지도 모른다고 알렸기 때문이죠. 그들은 바로 당신이 검찰관이라고 생각할 테고, 당신이 여기 온 지 벌써 삼 주째니까 더더욱 놀랄 겁니다."

"수작하곤. 모스크바의 당신들한테는 검찰관 같은 건 있지도 않잖소."

"뭐 없다고 치더라도, 제기랄, 어차피 당신한테는 아무 상관도 없고 그리 부담스러운 일도 아니잖습니까? 당신도 조합의 회원이니까요."

"그들에게 내가 검찰관이라고 말해요. 난 앉아서 입을 다물고 있겠지만 종이와 연필은 싫소."

"아니, 왜요?"

"싫으니까."

표트르 스테파노비치는 너무 화가 나서 심지어 새파랗게 질렸지만 다시 자신을 억누르고 일어나 모자를 집어 들었다.

"그놈은 당신 집에 있습니까?" 그가 갑자기 목소리를 반쯤 죽이고 속삭였다.

"그렇소."

"그거 잘됐군요. 내 곧 그놈을 끄집어낼 테니 염려 말아요."

"난 염려하지 않소. 그는 그저 밤을 보낼 뿐이니까. 노파는 병원에 있고 며느리는 죽었어요. 난 이틀째 혼자요. 그에게 담장에 판자를 뺄 수 있는 곳을 보여 주었소. 그리로 기어 다니니까 아무도 그를 못 봐요."

"내 곧 그놈을 잡아갈 겁니다."

"잘 데는 많다고 하더군요."

"거짓말입니다, 지금 수배 중이거든요, 여기라면 당분간은 눈에 띄지 않겠죠. 설마 그놈과 대화를 나눕니까?"

"예, 밤새도록 나눠요. 당신 욕을 아주 많이 하더군요. 나는 밤에 그에게 묵시록을 읽어 주었고 차도 주었소. 열심히 듣더군요, 심지어 아주 열심히, 밤새도록."

"제기랄, 그놈을 기독교로 개종시킬 작정인가요?"

"그는 안 그래도 기독교 신자요. 염려 마시오, 찔러 죽일 테니. 누구를 찔러 죽이려는 거요?"

"아니, 그 일 때문에 그놈이 필요한 게 아니라, 다른 일 때문에……. 샤토프는 페디카에 대해 압니까?"

"나는 샤토프와 아무 얘기도 하지 않고 만나지도 않아요."

"그가 성을 냅니까?"

"아니, 우리는 성을 내지는 않고 그저 서로 등을 돌릴 따름이오. 아메리카에서 너무 오랫동안 함께 누워 있었으니까."

"난 지금 그에게 가는 길입니다."

"좋을 대로."

"거기 다녀오는 길에 스타브로긴과 함께 또 들를지도 모르겠습니다, 한 10시쯤."

"오시오."

"난 그와 중대한 얘기를 해야 하거든요……. 저기, 당신의 그 고무공, 나한테 좀 선물해 줘요. 지금 당신한테 그게 필요합니까? 나도 맨손 체조를 해 보려고요. 돈을 드려도 되고요."

"그냥 가져가시오."

표트르 스테파노비치는 공을 뒷주머니에 넣었다.

"스타브로긴에게 해가 되는 일이라면 당신에게 아무것도 주지 않겠소." 키릴로프는 손님을 내보내면서 뒤에다 대고 중얼거렸다. 손님은 깜짝 놀라 그를 쳐다보았지만, 대답은 하지 않았다.

키릴로프의 마지막 말은 표트르 스테파노비치를 굉장히 혼란스럽게 했다. 그는 그 의미를 미처 파악하지 못했지만 샤토프의 집 계단을 내려가면서도 자신의 불만스러운 모습을 부드러운 표정으로 바꾸려고 애썼다. 샤토프는 집에 있었지만 약간 아팠다. 침대에 누워 있었는데, 그래도 옷은 입은 채였다.

"이거 낭패군요!" 표트르 스테파노비치가 문지방에서 소리를 질렀다. "많이 아픕니까?"

그의 얼굴에서 상냥한 표정이 갑자기 사라졌다. 그의 눈에서는 뭔가 표독스러운 것이 번득였다.

"전혀." 샤토프가 신경질적으로 벌떡 일어났다. "전혀 안 아파요, 그냥 머리가 좀……."

그는 심지어 정신을 잃을 지경이었다. 이 손님의 돌발적인 출현에 결정적으로 경악한 것이다.

"난 바로 그 일 때문에, 이렇게 앓아누우면 안 되는 일 때문에," 하고 표트르 스테파노비치는 권위를 행사하듯 재빨리 말을 시작했다. "좀 앉아도 되겠죠. (그는 앉았다.) 당신도 다시 당신의 그 침대 위에 앉아요, 예, 그렇죠. 오늘 비르긴스키의 생일을 구실로 모두 그의 집에 모입니다. 그렇더라도 다른 숨은 뜻이 있는 건 전혀 아니고, 조치는 취해졌어요. 난 니콜라이 스타브로긴과 갈 겁니다. 물론 당신을 그리로 끌고 가지는 않을 텐데요, 당신의 지금 사고방식을 알고 있으니……. 즉, 우리가 당신이 밀고하리라고 생각하기 때문이 아니라 거기서 당신을 괴롭히려는 뜻이 없다는 의미에서 말이죠. 그러나 어쨌든 당신은 가지 않으면 안 되게 됐습니다. 거기서 저 당사자들을 만날 테고 어떤 식으로 조합을 탈퇴할지, 지금 당신이 가진 그것을 누구에게 양도할지 최종적으로 결정합시다. 눈에 띄지 않게 해치웁시다. 난 당신을 어디 구석으로 데리고 가겠어요. 사람들이 많을 텐데 모두에게 알릴 이유는 없잖습니까. 솔직히 당신 때문에 썰을 좀 풀어야 할 처지거든요. 그러나 이제는 그들도 당연히 당신이 인쇄기와 모든 종이를 넘겨주는 것에 동의한 것 같더군요. 그러면 당신은 사방팔방 어디든 가도 됩니다."

샤토프는 얼굴을 찌푸린 채 표독스러운 표정으로 들었다. 방금의 신경질적인 경악은 아예 남아 있지도 않았다.

"난 누구에게든 해명할 의무는 없소, 인정하지 않겠어." 그가 단호하게 말했다. "그 누구도 나를 자유롭게 풀어 주고 말고 할 수 없소."

"전적으로 그런 건 아니죠. 당신에겐 많은 것이 위임됐었어요. 단도직입적으로 손을 끊을 권리가 없는 거죠. 끝으로, 당신이 그 점에 대해 분명히 선언한 적이 결코 없었고, 때문에 그들을 모호한 상태로 몰아넣고 말았어요."

"여기 도착하자마자 문서로 분명하게 선언했는데."

"아니, 분명히는 아니었어요." 표트르 스테파노비치가 차분하게 논박했다. "나는 당신에게, 가령 「빛나는 인물」을 보냈고 여기서 인쇄하고 그 판본들을 요구가 있을 때까지 여기 어디 당신 집에 쌓아 두라고 했어요. 격문 두 개도 마찬가지였고요. 당신은 아무 의미도 없는 모호한 편지와 함께 돌려보냈지만."

"난 단도직입적으로 인쇄를 거절했소."

"그렇긴 하지만, 단도직입적은 아니었어요. '할 수 없다'고 썼지만 어떤 이유 때문인지는 해명하지 않았어요. '할 수 없다'가 '하기 싫다'를 의미하는 건 아니니까. 그저 물리적인 이유로 할 수 없노라고 생각할 수도 있었어요. 다들 그렇게 이해했고, 당신이 어쨌거나 '조합'과의 관계를 지속하는 데 동의한다고 여겼으며, 따라서 당신에게 뭐든 다시 위임하고 그렇기에 타협할 수 있었던 겁니다. 여기서는 당신이 그저 기만하려 했을 뿐, 뭔가 중대한 정보를 얻자마자 밀고하려 했을 뿐이라고 말하기도 합니다. 나는 있는 힘껏 당신을 변호했고 당신에게 이득이 되는 서류로서 당신의 두 줄짜리 답장을 보여 주었어요. 그러나 지금 다시 한번 읽어 봐도, 당신 역시 그 두 줄이 불분명해서 기만처럼 읽힌다는 것을 인정하지 않을 수 없겠죠."

"그럼 그 편지를 그토록 꼼꼼하게 보관했단 말이오?"

"편지를 보관한 건 아무것도 아니죠. 지금도 보관하고 있으니까."

"뭐, 멋대로 해 봐, 빌어먹을……!" 샤토프는 격분해서 고함을 질렀다. "당신의 그 멍청이들이 내가 밀고했다고 생각하든 말든 나랑 무슨 상관이야! 당신들이 나한테 무슨 짓을 할 수 있는지 봤으면 하는 마음이오."

"당신을 점찍어 놨다가 혁명이 성공하자마자 제일 먼저 목 매달겠죠."

"그건 당신들이 최고 권력을 잡고 러시아를 손에 넣었을 때의 일이겠지?"

"비웃지 말아요. 반복하지만, 나는 당신을 옹호했어요. 그야 어떻든 어쨌거나 나는 당신이 오늘 와 줬으면 해요. 사기 같은 오만함 때문에 쓸데없는 말을 해 본들 무슨 소용이 있겠어요? 사이좋게 헤어지는 편이 낫지 않겠습니까? 어쨌든 당신은 기계와 활자판, 옛 서류들을 양도해야 할 것이고, 우리는 바로 그 점에 관해 이야기를 나눌 겁니다."

"가겠소." 샤토프는 머리를 떨군 채 생각에 잠긴 듯 중얼거렸다. 표트르 스테파노비치는 자기 자리에서 비스듬히 그를 뜯어보았다.

"스타브로긴도 올 거요?" 샤토프가 고개를 들면서 갑자기 물었다.

"반드시 올 겁니다."

"헤-헤!"

다시 일 분 정도 침묵이 흘렀다. 샤토프는 꺼림칙하다는 듯 짜증스럽게 히죽거렸다.

"그런데 내가 여기서 인쇄하기 싫어했던 당신들의 그 저열한 「빛나는 인물」은 인쇄했소?"

"예, 했어요."

"게르첸이 몸소 당신의 앨범에다 써 주었노라고 김나지움 학생들을 설득하기 위해서?"

"게르첸이 몸소 썼거든요."

다시 삼 분 정도 침묵이 흘렀다. 마침내 샤토프가 침대에서 일어났다.

"내 집에서 썩 나가시오, 당신과 함께 있고 싶지 않으니까."

"가죠." 표트르 스테파노비치는 즉시 일어나면서 이렇게 말했는데 심지어 왠지 명랑한 기색까지 보였다. "한마디만 더요. 키릴로프는 이제 하녀도 없이 곁채에서 완전히 혼자 사는 모양이죠?"

"완전히 혼자요. 어서 가시오, 당신과 한방에 있을 수가 없으니까."

'뭐, 네놈은 이제 참 좋겠다!' 표트르 스테파노비치는 거리로 나오면서 즐겁게 머리를 굴렸다. '저녁에도 네놈은 참 좋을 테고, 난 지금 바로 네놈 같은 인간이 필요하거든, 이보다 좋

을 수는 없지, 이보다 더 좋을 수는 없다고! 러시아 신이 나서서 도와주는군!'

7

분명히 그는 이날 온갖 일을 하느라 무척 많이 돌아다녔을 것이며 — 필경 애쓴 보람이 있어서 — 저녁 6시 정각 니콜라이 프세볼로도비치 집에 나타났을 때는 자신만만한 표정에서 그 흔적이 배어 나왔다. 그러나 당장은 그의 방에 들어가는 것이 허락되지 않았다. 니콜라이 프세볼로도비치가 지금 막 마브리키 니콜라예비치와 함께 서재에 틀어박혔기 때문이다. 이 소식을 듣자 순식간에 마음이 심란해졌다. 그는 서재 문 바로 옆에 자리를 잡고 손님이 나오길 기다렸다. 대화 소리가 들리긴 했지만 무슨 말인지는 알아들을 수 없었다. 방문 시간은 길지 않았다. 곧 소음이 들리고 굉장히 크고 날카로운 목소리가 울려 퍼지더니, 잇따라 문이 열리면서 마브리키 니콜라예비치가 새하얗게 질린 얼굴로 나왔다. 그는 표트르 스테파노비치가 있는지도 모르고 빠르게 옆을 지나쳤다. 표트르 스테파노비치는 당장 서재로 뛰어 들어갔다.

나는 두 '연적'의 굉장히 짧은 이 밀회, 즉 복잡하게 얽힌 상황 때문에 불가능해 보였음에도 그래도 성사된 이 밀회에 대해 상세히 설명하지 않을 수 없다.

이 일은 이렇게 일어났다. 알렉세이 예고로비치가 예기치 못한 손님의 도착에 대해 아뢰었을 때 니콜라이 프세볼로도비치는 마침 서재에서 식사를 마친 뒤 침대 의자에서 졸고 있었다. 보고된 이름을 듣자마자 그는 자리에서 벌떡 일어났으며, 믿으려고 하지도 않았다. 그러나 곧 그의 입술 위로 미소가, 오만불손한 승리감과 동시에 믿어지지 않는다는 어떤 둔한 놀람이 섞인 미소가 스쳐 갔다. 방으로 들어온 마브리키 니콜라예비치는 이 미소의 표현력에 충격을 받았는지 갑자기 방 한가운데 멈추어 섰는데, 계속 들어갈지, 그냥 돌아갈지 망설이는 눈치였다. 주인은 당장 얼굴빛을 바꾸고 진지한 의혹의 표정을 지으며 그를 맞이하기 위해 성큼성큼 걸어왔다. 상대편은 자기에게 내민 손도 잡지 않은 채 한마디도 하지 않고, 또한 권유의 말도 기다리지 않고 서툴게 의자를 당기더니 주인보다 훨씬 먼저 자리에 앉았다. 니콜라이 프세볼로도비치는 침대 의자에 비스듬히 앉아 마브리키 니콜라예비치의 얼굴을 들여다보며 말없이 기다렸다.

"가능하다면 리자베타 니콜라예브나와 결혼하십시오." 마브리키 니콜라예비치는 갑자기 무슨 선물이라도 내놓듯 말했는데, 목소리의 억양만으로는 이게 대체 무슨 소리인지, 즉 간청인지, 권유인지, 양보인지, 아니면 명령인지 도무지 알아낼 수 없었기 때문에 더욱 흥미진진했다.

니콜라이 프세볼로도비치는 계속 침묵했다. 그러나 손님은 방문할 때 품었던 생각을 벌써 모두 말한 것이 분명했고, 대답을 기대하며 그를 뚫어져라 쳐다보고 있었다.

"제가 잘못 아는 것이 아니라면(하긴 이럴 가능성도 상당히 있으니까요.) 리자베타 니콜라예브나는 이미 당신과 약혼했을 텐데요." 스타브로긴이 드디어 말했다.

"약혼도 했고 약혼식도 올렸습니다." 마브리키 니콜라예비치는 강경하고 분명하게 확증해 주었다.

"그러시면…… 다투기라도 하셨습니까……? 죄송합니다만, 마브리키 니콜라예비치."

"아닙니다, 그녀 자신의 말대로, 그녀는 저를 '사랑하고 존경'합니다. 그녀의 말은 그 무엇보다도 귀중한 것이죠."

"그 말은 의심할 여지가 없습니다."

"그러나 아시잖습니까, 그녀는 독경대 앞에서 결혼식을 올리는 중에도 당신이 부르기만 하면 저와 모두를 버리고 당신에게로 갈 겁니다."

"결혼식을 올리는 중에도요?"

"결혼식을 올리고 나서도요."

"오해하시는 건 아니고요?"

"아닙니다. 당신을 향한 그 끊임없는, 진실하고도 가장 완전한 증오 속에서 매 순간 사랑이 번득이고…… 광기가…… 가장 진실하고 끝없는 사랑이, 바로 광기가! 오히려, 그녀가 저에게 느끼는 그 사랑 때문에 매 순간 역시나 진실하게 증오가 번득입니다. 가장 위대한 증오지요! 예전 같으면 이런…… 메타모르포세스[65]는 상상도 할 수 없었을 겁니다."

"그러나 저는 그저 놀랄 따름인데, 그래도 어떻게 이렇게 찾

65) '변신'이라는 뜻의 그리스어를 복수형으로 사용했다.

아와서 리자베타 니콜라예브나의 손[66]을 마음대로 사용하실 수 있는 겁니까? 이러실 권리가 있는 겁니까? 아니면 그녀가 당신에게 전권을 위임했습니까?"

마브리키 니콜라예비치는 얼굴을 찌푸리더니 잠깐 고개를 떨구었다.

"하지만 당신으로서는 그건 겨우 말일 뿐입니다." 갑자기 그가 말했다. "복수심과 승리감에 가득 찬 말. 제 말의 행간에 숨은 뜻을 이해하시리라고 확신합니다만, 이런 상황에서 하찮은 허영심을 위한 자리가 과연 있습니까? 아직도 더 많은 만족이 필요합니까? 굳이 장광설을 늘어놓아야, 상세히 설명해야 하는 거냐 말입니다. 그래요, 저의 굴욕이 그토록 필요하다면 상세히 설명하겠습니다. 저는 권리도 없거니와 전권이란 불가능하니까요. 리자베타 니콜라예브나는 아무것도 모르는데, 그녀의 약혼자는 최후의 이성마저 잃어버려 정신 병원에 갈 지경이고 그것도 부족해 이 사실을 직접 당신에게 보고하러 온 겁니다. 온 세상에서 오직 당신만이 그녀를 행복하게 해줄 수 있고 오직 저 한 사람만이 그녀를 불행하게 만들 수 있습니다. 당신은 여전히 그녀에게 시비를 걸고 그녀를 추적하면서도, 왠지 모르겠지만 결혼은 하지 않습니다. 이것이 외국에서 있었던 사랑 싸움 탓이고 그것을 중단하기 위해 저라는 제물이 필요하시다면, 가져가십시오. 그녀는 너무도 불행하고, 그걸 저는 참을 수 없습니다. 제 말들은 허락도 명령도 아니고,

66) '손을 내밀다'는 '청혼하다'라는 뜻.

따라서 당신은 자존심 상할 필요도 없습니다. 만약 독경대 옆의 제 자리를 가져가고 싶으시면 제 허락이 전혀 없이도 그렇게 하실 수 있었을 테고, 저는 물론 미친 듯 당신을 찾아올 이유가 없었을 겁니다. 제가 지금 이런 걸음을 했으니 우리의 결혼식은 더더욱, 결코 불가능합니다. 제가 비열한이 되면서까지 그녀를 제단으로 데려갈 수는 없잖습니까? 제가 여기서 하는 짓, 어쩌면 그녀로서는 도저히 화해할 수 없는 적인 당신에게 그녀를 넘겨주려는 짓은, 제 견해로는 제가 응당 절대 참지 못할 비열한 짓이기 때문입니다."

"우리가 결혼식을 올리면 권총으로 자살하시겠습니까?"

"아니, 훨씬 더 이후에요. 제 피로 그녀의 웨딩드레스를 더럽힐 이유는 없지요. 자살 따위는 아예 하지 않을지도 모르겠습니다, 지금도, 이후에도."

"분명히 저를 진정시키려고 그렇게 말씀하시는 거죠?"

"당신을? 쓸모없는 피 한 방울이 당신에게 무슨 의미가 있겠습니까?"

그의 얼굴이 새하얗게 질리고 눈이 번득였다. 일 분 정도 침묵이 이어졌다.

"이런 질문을 해서 죄송합니다만……" 스타브로긴이 다시 말을 시작했다. "그중 어떤 것은 저로서는 당신에게 질문을 던질 권리조차 없지만, 그중 하나에 관한 한 완전한 권리가 있는 것 같습니다. 그러니까 대체 무슨 근거로 리자베타 니콜라예브나를 향한 저의 감정에 대해 그런 결론을 내리게 되셨습니까? 제가 염두에 두는 것은 그 감정의 정도입니다만, 그것에 대한 확신이 있었기에 이렇게 저를 찾아와…… 위험을 무릅쓰고 이런 제안을 하시는 것일 테죠."

"뭐라고요?" 마브리키 니콜라예비치는 심지어 몸을 약간 떨었다. "그럼 구애하지 않으셨단 말입니까? 구애하는 것도 아니고 구애하고 싶지도 않다는 겁니까?"

"이 여자든 저 여자든 대체로 제 감정에 관한 한 저는 오직 당사자인 그 여자 한 명을 제외하고는 그 상대가 누구든 제삼자에게 큰 소리로 말할 수 없습니다. 죄송합니다만, 유기체의 성질이 그렇게 이상하니까요. 그러나 그 대신 나머지는 모두 사실대로 말씀드리겠습니다. 저는 이미 결혼한 상태이고 따라서 결혼하거나 '구애'하는 것이 불가능합니다."

마브리키 니콜라예비치는 너무 놀란 나머지 안락의자의 등받이 쪽으로 몸을 움찔 빼고 잠깐 꼼짝도 하지 않고 스타브로긴의 얼굴을 바라보았다.

"글쎄, 그런 건 전혀 생각하지 못했습니다." 그가 중얼거렸다. "그때, 그날 아침에 결혼하지 않았노라고 말씀하셨고…… 저는 그래서 결혼하지 않은 몸이라고 믿었거든요."

그는 끔찍이도 창백해지더니 갑자기 있는 힘껏 주먹으로 탁자를 쾅 내리쳤다.

"그런 고백을 하고서도 리자베타 니콜라예브나를 가만히 내버려 두지 않고 불행하게 만든다면, 당신을 담장 밑에서 개 패듯 지팡이로 때려죽일 겁니다!"

그는 벌떡 일어나더니 서둘러 방을 나갔다. 표트르 스테파노비치가 방 안으로 뛰어들어왔을 땐 주인의 기분이 전혀 예기치 못한 상태였다.

"아, 당신이군요!" 스타브로긴은 큰 소리로 껄껄 웃었다. 이렇게 껄껄 웃어 댄 이유는 오직, 그토록 저돌적인 호기심을 갖고 뛰어 들어온 표트르 스테파노비치의 몰골 때문인 것 같았다.

"문 옆에서 엿들었습니까? 잠깐만, 지금 무슨 일로 온 거죠? 내가 뭔가 약속했는데……. 아, 아뿔싸! 기억났어요, '우리 편!' 갑시다, 아주 기쁘고, 당신은 지금 이보다 더 적절한 건 생각해 낼 수도 없을 정도입니다."

그는 모자를 집어 들었고 두 사람은 서둘러 집을 나왔다.

"'우리 편!'을 보게 될 거라서 미리 웃는 겁니까?" 표트르 스테파노비치는 즐겁게 살랑거렸고 자신의 동행과 보폭을 나란히 맞추려고 애쓰며 인도의 좁은 벽돌 길을 따라 걷기도 하고 완전히 진흙탕인 길거리로 뛰어 내려가기도 했는데, 저 동행이 혼자 인도의 한가운데를 걷고 있고 그런 식으로 자기 혼자 인도를 독차지하고 있음을 전혀 알아채지 못했기 때문이다.

"전혀 웃지 않고 있는걸요." 스타브로긴이 큰 소리로 즐겁게 대답했다. "오히려 그곳 당신들의 모임에는 아주 진지한 족속들이 있으리라고 확신합니다."

"언젠가 당신이 표현한 대로 '음울한 둔재들'이죠."

"때로는 음울한 둔재보다 즐거운 것도 없지."

"아, 그건 마브리키 니콜라예비치 얘기로군요! 방금 그가 당신에게 약혼녀를 양보하러 왔다고 확신하는데, 어때요? 내가 간접적으로 부추겨 달려들게 했거든요, 당신도 짐작하겠지만. 양보하지 않으면 우리가 그에게서 직접 빼앗겠다, 이런 식인데 어때요?"

표트르 스테파노비치는 물론 이런 잔재주를 부리는 것이 무리수라는 점을 알았지만 흥분 상태에 빠져들 때면 그냥 미지의 상태로 있기보다는 차라리 무리수를 두는 편을 선호했다. 니콜라이 프세볼로도비치는 그저 웃음을 터뜨릴 뿐이었다.

"그런데 계속 나를 도와주려고요?" 그가 물었다.

"휘, 하고 부르기만 해요. 그런데 말입니다, 최상의 길이 하나 있습니다."

"당신의 길이라면 나도 알죠."

"그럴 리가요, 이건 당분간 비밀인걸요. 단, 기억해 둬요, 이 비밀은 돈이 좀 듭니다."

"얼마인지 알지." 스타브로긴은 혼잣말처럼 으르렁댔지만 자제하고 입을 다물었다.

"얼마? 지금 무슨 말을 했죠?" 표트르 스테파노비치가 펄쩍 뛰었다.

"내 말인즉, 당신의 비밀 따위는 엿이나 먹으라는 거요! 차라리 말이죠, 당신들의 그 모임에 누가 올 겁니까? 우리가 영명 축일 모임에 간다는 건 알지만 그쪽은 정확히 누구죠?"

"오, 극도의 어중이떠중이들이죠! 심지어 키릴로프도 올 테고요."

"전부 클럽의 회원들?"

"젠장, 왜 이리 서두르는 겁니까! 클럽이라곤 아직 하나도 결성되지 않은 판에."

"그럼 어떻게 그 많은 격문을 뿌릴 수 있었던 겁니까?"

"지금 우리가 가는 그곳 클럽의 회원은 전부 네 명입니다. 나머지는 기대에 차서 앞다투어 서로를 염탐하고 나한테 보고해요. 전도유망한 족속이죠. 이 모든 것이 조직해야 하는 재료고, 게다가 내빼야 하니까. 그러나 당신이 직접 규약을 썼으니 당신에겐 설명할 게 전혀 없죠."

"어때요, 잘 안 돌아갑니까, 예? 삐걱거립니까?"

"돌아가는 거요? 더할 나위 없이 수월한걸요. 내가 좀 웃겨 드리죠. 끔찍이도 효과가 있는 첫 번째 것은 바로 제복입니다. 제복보다 강한 건 아무것도 없어요. 난 일부러 직급과 직책을 고안해 냅니다. 나에겐 비서, 비밀 정탐꾼, 회계사, 의장, 기록계, 그들의 동료까지 있는데 이게 아주 환심을 사서 훌륭하게 안착했습니다. 이어, 그다음의 힘은 응당 감상성입니다. 알다시피, 우리 나라의 사회주의는 주로 감상성 덕분에 확산하고 있습니다. 그러나 이게 큰일인데, 그 물어뜯기나 하는 소위 같은 작자들이 있거든요. 안 될 일이죠. 그러다가 터지니까요. 그다음은 순전한 사기꾼들이 있습니다. 이 패들은 훌륭한 족속이라서 가끔은 아주 이득이 되지만 쉼 없이 감시해야 하니까 시간이 아주 많이 듭니다. 자, 마지막으로, 가장 중요한 힘은 — 모든 것을 결합하는 시멘트는 — 이것은 자신의 의견에 대한 수치심입니다. 이거야말로 진짜 강한 힘이죠! 그 누구의 머릿속에도 자신의 이념이 하나도 남아 있지 않도록 일한 사람은 대체 누구입니까, 그렇게 되도록 애쓴 저 '사랑스러운' 사람이 누구입니까! 수치가 아닐까 생각합니다."

"그렇다면 무엇 때문에 법석을 떠는 겁니까?"

"그냥 누워서 모두를 향해 입만 벌리고 있다면 그런 자를 어떻게 슬쩍하지 않을 수 있을까요! 성공할 수 있다고 진지하게 믿는 것 같지 않은데요? 에잇, 믿음은 있으니 욕망이 필요합니다. 그래요, 바로 이런 치들이 있어야 성공할 수 있습니다. 분명히 말하지만, 나의 그놈은 그저 그놈에게 충분히 자유론자가 아니라고 외치기만 해도 불구덩이라도 뛰어들 겁니다. 바보들은 내가 여기서 중앙 위원회와 '무수한 지부' 하며 모두에게 허풍을 떤다고 책망합니다. 당신도 이 일로 나를 꾸짖은 적이 한 번 있지만, 여기에 허풍은 무슨. 중앙 위원회라면 나, 그리고 당신이며 지부는 원하는 대로 얼마든지 있을 테죠."

"하나같이 그렇고 그런 부랑자들!"

"재료죠. 이놈들도 쓸모가 있을 겁니다."

"그런데 여전히 나를 염두에 두고 있습니까?"

"당신은 지휘관이고 당신은 힘입니다. 난 그저 당신의 곁에서 있는 비서일 뿐이죠. 알다시피, 우리는 커다란 보트에 올라타는데, 단풍나무로 만든 노와 비단 돛대, 뱃머리에는 아리따운 처녀가, 빛과 같은 리자베타 니콜라예브나가 앉아 있고…… 아니면 저기, 에잇 젠장, 무슨 노래 가사처럼……."

"말이 막혔군요!" 스타브로긴이 껄껄 웃었다. "아니, 차라리 이야기 하나를 들려주죠. 당신은 지금 클럽이 어떤 힘으로 구성되어 있는지 손가락으로 세잖습니까? 이 모든 것이 관리 근성에 감상성이고 이 모든 것이 훌륭한 녹말풀이지만, 훨씬 더 좋은 것이 하나 있습니다. 클럽의 네 회원에게 다섯 번째 회원이 밀고하리라는 핑계를 대서 그자를 처리하자고 슬쩍 찔러 보고, 그럼 즉시 당신은 그렇게 흘린 피로 그들 모두를 한 매듭인 양 묶어 버리는 겁니다. 당신의 노예가 되어 감히 폭동을 일으킬 생각도, 해명을 요구할 생각도 못 할 겁니다. 하-하-하!"

'하지만 네놈은…… 하지만 네놈은 나한테 이런 말을 한 대가를 톡톡히 치러야 할걸.' 표트르 스테파노비치는 속으로 생각했다. '심지어 오늘 저녁에라도. 네놈은 너무나 많이 제멋대로 굴고 있어.'

표트르 스테파노비치는 이런, 아니 거의 이런 생각에 잠겨 있었음이 분명하다. 그나저나, 벌써 비르긴스키의 집에 가까워지고 있었다.

"물론 나를 저쪽에다 무슨 외국에서 온 회원으로, 인터내셔널(Internationale)과 관계를 맺고 있는 검찰관으로 소개해 놓았겠죠?" 갑자기 스타브로긴이 물었다.

"아뇨, 검찰관은 아닙니다. 검찰관 역할을 하는 건 당신이 아닙니다. 당신은 극히 중대한 비밀을 알고 있는, 외국에서 온 창립 회원이 될 겁니다. 바로 이게 당신의 역할이죠. 물론 몇 마디 할 거죠?"

"무슨 근거로 그런 결정을 한 거죠?"

"당신은 지금 말할 의무가 있습니다."

깜짝 놀란 스타브로긴은 심지어 가로등에서 멀지 않은 길 한복판에서 걸음을 멈추었다. 표트르 스테파노비치는 뻔뻔스럽고 차분하게 그의 시선을 참아 냈다. 스타브로긴은 침을 탁 뱉고 계속 걸었다.

"그럼 당신은 말을 할 겁니까?" 갑자기 그가 표트르 스테파노비치에게 물었다.

"아뇨, 나는 당신 얘기를 들을 겁니다."

"에잇, 이 빌어먹을 인간! 정말로 나한테 멋진 생각을 제공해 주시는군!"

"어떤 생각이죠?" 표트르 스테파노비치가 펄쩍 뛰어올랐다.

"저쪽에서 몇 마디 하게 될지는 모르겠지만 그 대신 나중에 당신을 흠씬 때려 주겠어, 그러니까 멋들어지게 때려 주겠다고."

"그러고 보니 방금 카르마지노프에게 당신 얘기를 했어요. 당신이 그를 패야 한다고, 그것도 그저 명예를 위해서가 아니라 농부들 패듯 아주 따끔하게 패 줘야 한다고 말한 것 같다고요."

"그런 얘기는 결코 한 적이 없는걸요, 하-하!"

"괜찮아요. 사실이 아니라면…….(Se non è vero…….)"

"어쨌든 고맙군요, 정말 감사드리는 바요."

"하나 더 있는데, 카르마지노프는 당신의 가르침이 본질적으로 명예의 부정이다, 불명예에 대한 노골적인 권리야말로 러시아 사람을 유혹하기에 가장 쉬운 수단이라고 말하더군요."

"훌륭한 말이로군! 금언이야!" 스타브로긴이 외쳤다. "정곡을 찔렀어! 불명예의 권리라니, 이것만 있으면 모두 우리에게 달려오고 저쪽에는 단 한 명도 남지 않을 거요! 이봐요, 베르호벤스키, 혹시 고등 경찰 소속은 아니죠, 예?"

"머릿속에 그런 질문을 담고 있는 자라면 밖으로 내뱉지는 않죠."

"알 만하지만, 사실 우리는 집에 있는 셈이니까."

"아뇨, 당분간은 고등 경찰 소속은 아닙니다. 그만하죠, 다 왔군요. 표정 관리 좀 해요, 스타브로긴. 나는 그들 집에 들어갈 때면 언제나 그렇게 관리합니다. 좀 음산한 척하면 돼요, 그뿐, 더 이상은 아무것도 필요 없어요. 아주 간단하죠."

7장

우리 편의 모임에서

1

비르긴스키는 자기 집, 즉 무라빈나야 거리에 있는 아내의 집에 살고 있었다. 목조 단층집이었고 다른 거주자는 없었다. 주인의 생일이라는 명목으로 손님이 열다섯 명쯤 모였다. 그러나 이 저녁 모임은 지방의 여느 영명 축일 모임 같은 구석은 전혀 없었다. 같이 살기 시작한 초창기부터 비르긴스키 내외는 서로 영명 축일에 손님을 모으는 것은 완전히 바보짓이며 게다가 '기뻐할 것도 전혀 없다'고 단번에 영원토록 못 박았다. 어쩌다 보니 그들은 몇 년 동안 사교계와는 아예 담쌓고 살게 되었다. 그는 다재다능한 사람이었고 결코 '무슨 가난뱅이'도 아니었음에도 모두 왠지 그를 고독을 좋아할뿐더러 말투가 '교만'한 괴짜로 여겼다. 산파라는 직업에 종사하는 마담 비르긴스카야는 그 사실만으로도 이미 사회적 사다리에서 모두보다 낮았다. 남편이 장교의 직위였음에도 승려의 아내보다도 낮은 것이었다. 그런데도 그녀의 신분에 맞는 비하된 겸손이라곤 조금도 찾아볼 수 없었다. 그녀가 사기꾼 같은 레뱌드킨 대위와 아주 멍청하고 원칙상 도저히 용서할 수 없을 만큼 노골적인 관계를 맺은 후부터는 우리네 부인 중 가장 관대한 부류조차 대단한 경멸을 보이며 그녀를 외면했다. 그러나 마담 비르긴스카야는 이 모든 것을, 그것이야말로 그녀에게 꼭 필요한 것이라는 듯 받아들였다. 주목할 만한 점은, 바로 그 엄격한 부인네들도 정작 임신을 하게 되면 우리 도시의 나머지 세 조산사를 제쳐 두고서 가능한 한 아리나 프로호로브나(즉 비르긴스카야)를 찾아갔다는 사실이다. 심지어 군에서도 사람을 보내 그녀를 지주 부인네들에게로 데려갔다. 모두 그 정도로 결정적인 경우에는 그녀의 지식, 행운, 기민한 수완을 믿었다. 마침내 그녀는 오로지 가장 부유한 집에서만 시술하게 되었다. 돈이라면 탐욕스러울 정도로 좋아했으니까. 자신의 저력을 십분 깨달은 그녀는 결국에는 조금도 거리낌 없이 성질을 부렸다. 가장 명망 있는 집에서 시술할 때도 전대미문의 허무주의자처럼 예의범절을 깡그리 잊는다든가 끝으로 '모든 성스러운 것'을 비웃어서 신경이 약한 산모들을 일부러 깜짝 놀라게 했는데, 그것도 '성스러운 것'이 가장 쓸모 있을 법한 순간에 그러는 것이었다. 역시나 조산원이었던 우리 마을의 의원 로자노프가 확실히 증언한 바에 따르면, 한번은 산모가 고통 속에서 비명을 지르고 전지전능한 신의 이름을 불러 댈 때 '총에서 총알이 발사되는 것처럼' 느닷없이 튀어나온 아리나 프로호로브나의 자유사상 중 하나가 환자에게 경악의 효과를 발휘해서 그녀의 짐을 아주 빨리 덜어 주었다고 한다. 그러나 아리나 프로호로브나는 아무리 허무주의자라도 필요한 경우, 자신에게 이익이 된다면, 사교적인 관습뿐만 아니라 낡아 빠진 데다가 온통 편견투성이인 관습조차 절대 무시하지 않았다. 가령 자신이 받아 낸 갓난애의 세례는 어떤 일이 있어도 놓치지 않으려 했고, 게다가 초록색 비단 드레스 자락을 질질 끌고 머리카락을 몇 갈래로 땋아서 틀어 올린 채 나타났는데, 그와 달리 여느 때라면 언제나 자신의 칠칠치 못한 차림에 나름대로 만족까지 느끼던 그녀였다. 성찬식이 이행되는 동안에는 언제나 '가장 뻔뻔스러운 표정'을 고수해 사제들을 당황하게 했지만, 의식이 끝난 후면 꼭 그녀가 손수 샴페인을 날라 왔는데(그러려고 나타난 것이요, 차려입은 것이다.) 여러분은 혹시 잔을 받았더라도 '팁'을 안 줄 수 있었으리라.

이번에 비르긴스키의 집에 모인 손님들은(거의가 남자였다.) 왠지 꿔다 놓은 보릿자루처럼 기괴한 표정을 짓고 있었다. 먹을 것도, 카드도 없었다. 낡은 푸른 벽지를 멋지게 발라 놓은 큰 거실 한가운데로 식탁 두 개를 갖다 붙이고 별로 깨끗하지 않은 큰 식탁보를 덮어 놓았는데 그 위에서는 두 개의 사모바르가 끓고 있었다. 남녀 귀족 학교 기숙사에서 학생들을 위해 마련한 듯, 스물다섯 개의 컵이 담긴 큰 쟁반과 매우 잘게 자른 프랑스식의 평범한 흰 빵이 담긴 바구니가 식탁의 끝을 차지하고 있었다. 여주인의 언니인, 연한 금발에 눈썹도 없는 서른 살 노처녀가 차를 따랐는데, 과묵하고 독살스럽지만 새로운 시각을 견지한, 집안일에서는 비르긴스키도 끔찍이 무서워하는 존재였다. 방 안에는 부인이 총 세 명 있었는데, 당사자인 여주인, 그녀의 눈썹 없는 언니, 때마침 막 페테르부르크에서 온 비르긴스키가의 아가씨인 비르긴스키의 친누이 등이었다. 아리나 프로호로브나는 스물일곱 살쯤 된, 다소 흐트러졌지만 예쁘장하고 당당한 부인으로서 축일용이 아닌 초록색이 감도는 모직 원피스를 입고 앉아 대범한 시선으로 손님들을 둘러보면서 서둘러 이렇게 말하는 것 같았다. '봐요, 난 아무것도, 전혀 무섭지 않아요.' 막 도착한, 역시나 예쁘장한 비르긴스카야 아가씨도 여대생이자 허무주의자로서 약간 살이 쪄서 몸집이 공처럼 탱탱하고 키는 작달막하고 뺨이 몹시 붉었는데, 여전히 거의 여행용 복장에 한 손에는 무슨 종이 두루마리를 든 채 아리나 프로호로브나 옆에 자리를 잡고서 초조하고 불안한 눈길로 손님들을 뜯어보고 있었다. 정작 비르긴스키는 이날 저녁 몸이 별로 좋지 않았음에도 다탁 앞의 안락의자에 앉아 있으려고 나왔다. 손님들도 모두 앉아 있고 식탁 주위로 이렇게 근엄하게 의자를 배치한 것에서 회의의 분위기마저 감지되었다. 분명히 모두 뭔가를 기다렸고 기대감에 들떠 큰 소리이긴 하지만 부수적인 듯한 말만 나왔다. 스타브로긴과 베르호벤스키가 등장하자 모든 것이 갑자기 잠잠해졌다.

그러나 분명히 해 두기 위해 다소간 설명을 하고자 한다.

나는 이 모든 신사가 그때 정말로 특별히 흥미진진한 뭔가를 들으리라는 유쾌한 희망을 품고 모였노라고, 또 미리 통보받고 모였노라고 생각한다. 그들은 우리 고대 도시에서 아주 선연한 붉은빛의 자유주의를 대표하고 이 '회의'를 위해 비르긴스키가 극히 꼼꼼하게 선별한 사람들이었다. 한 가지 더 지적하자면, 그들 중 몇 명은(극소수이긴 했지만) 이전에는 그를 방문한 적이 아예 없었다. 물론 대부분의 손님은 자기가 무엇 때문에 미리 통보를 받았는지 분명한 개념이 없었다. 사실, 그 당시 그들은 모두 표트르 스테파노비치를 전권을 가진 해외 특사로 간주했다. 이런 생각은 어째서인지 즉시 뿌리를 내렸고 자연스럽게 사람들의 구미를 자극했다. 그런데 이렇게 모인 시민들 무리 속에 끼인 몇 명은 영명 축일 축하의 명문으로 일정한 제안까지 받은 사람들이었다. 표트르 베르호벤스키는 우리 도시에서 '5인조'를 만들 수 있었는데 그 비슷한 것을 벌써 모스크바에서도 운영했고 지금 밝혀진 바론, 우리 군(郡)의 장교들 사이에서도 운영했다. X도(道)에서도 그의 지휘를 받았다는 얘기가 있다. 이 선택된 다섯 명은 지금 공동 식탁 앞에 앉아 아주 교묘하게 가장 평범한 사람인 척할 수 있는 능력이 있었고, 그래서 아무도 그들을 알아볼 수 없었다. 그들이란 — 지금은 이것이 비밀이 아니니까 — 우선 리푸틴, 그다음으로는 비르긴스키 자신, 비르긴스카야 부인의 오빠인 귀가 긴 시갈료프, 럄신, 끝으로, 톨카첸코라는 사람이었는데, 성격이 이상하고 벌써 마흔 살쯤 된 사람으로서 민중, 특히 사기꾼과 강도에 관한 광범위한 연구로 유명하고 일부러 선술집을 전전하고(민중 연구를 위해서만은 아니었지만) 우리 사이에서는 고약한 옷차림, 광을 낸 구두, 눈을 가늘게 뜨는 간사한 표정, 배배 꼬인 민중식 어구들로 멋을 부리곤 했다. 이전에 략신이 그를 표트르 베르호벤스키의 저녁 모임에 데려간 적이 한두 번 있지만, 특별한 효과를 일으키지는 못했다. 그는 간간이 도시에 나타났는데, 특히 일정한 일자리가 없을 때면 그랬고 철도에서 근무하기도 했다. 이 5인조의 활동가들은 모두 자신들의 첫 무리를 결정하면서, 이것이 러시아 전역에 흩어져 있는 그들의 것과 유사한 수백 개, 수천 개의 5인조 중 한 단위에 불과하다, 그 모든 것이 한편으론 전 세계적인 유럽 혁명과 유기적으로 연결된 중심적이고 광대하되 비밀스러운 어떤 곳에 따라 움직인다는 따사로운 믿음을 갖고 있었다. 그러나 유감스럽게도, 나는 심지어 그때 이미 그들 사이에 불화가 생기기 시작했음을 고백해야겠다. 문제는 바로 다음과 같다. 그들은 처음에는 톨카첸코가, 그다음에는 때마침 도착한 시갈료프가 알려 준 대로 봄부터 표트르 베르호벤스키를 기다려 왔다고 해도, 그리고 그에게서 굉장한 기적을 기다려 왔고 그의 첫 부름에 당장 일말의 비판도 없이 모두 클럽에 가입했다고 해도, 5인조를 결성하자마자 모두 그 즉시, 내 생각으로는, 바로 자기들이 너무 빨리 승낙했다는 사실에 화가 났던 것 같다. 그들이 그렇게 한 건 응당 가입할 용기가 없었다는 뒷말이 나지나 않을까 하는 고상한 수치심 탓이었다. 그러나 어쨌든 표트르 베르호벤스키는 그들의 귀족적인 위업을 높이 평가해 주어야 했을 것이며, 적어도 보상 차원에서 그들에게 뭐든 가장 중요한 얘기라도 해 주어야 했을 것이다. 그러나 베르호벤스키는 그들의 합법적인 호기심을 만족시켜 줄 생각도 전혀 하지 않고 잉여적인 어떤 것도 이야기해 주지 않았다. 대체로 그들을 굉장히 엄격하게, 심지어는 제멋대로 마구 다루었다. 이 점이 결정적으로 신경을 자극했고 회원 시갈료프는 진작에 '해명을 요구하자'며 나머지 회원들을 부추겼지만, 응당 제삼자가 이토록 많이 모인 지금의 비르긴스키 집에서는 아니었다.

제삼자라고 하니 나도 한 가지 생각이 있다. 즉, 위에 언급한 첫 5인조 회원들은 이날 저녁 비르긴스키의 손님들 가운데 자기들은 모르지만 예의 그 비밀스러운 조직에 따라 바로 베르호벤스키가 운영하는 무슨 그룹의 회원들이 더 있으리라고 의심하는 경향이 있었고, 그래서 결국에는 모인 사람 모두가 서로를 의심하고 서로 앞에서 온갖 거드름을 피우는 바람에 모임 자체가 굉장히 혼란스럽고 일정 부분 소설 같은 모습까지 띠게 되었다. 하긴 여기서도 전혀 의심을 사지 않는 사람은 있었다. 가령, 어느 현역 소령이 그랬는데, 비르긴스키의 가까운 친척으로서 초대받지도 않았건만 자기가 알아서 영명 축일을 맞은 친척을 찾아왔고 그래서 맞아 주지 않을 수 없었다. 하지만 어쨌든 영명 축일을 맞은 당사자가 평온했던 것은 소령이 '절대 밀고할 수 없는' 위인이었기 때문이다. 소령은 아주 멍청했음에도 평생 극단적인 자유주의자들이 득실대는 장소를 일일이 돌아다니는 것을 좋아했다. 또 스스로 공감하지는 못해도 사람들 얘기를 듣는 것을 아주 좋아했다. 뿐더러, 명예 훼손을 당하기도 했다. 젊은 시절《경종》67)의 모든 부수와 격문이 그의 손을 거쳐 간 적이 있는데, 그것을 펼치는 것조차 두려워하면서도 그것의 배포를 거절하는 것은 전적으로 비열한 짓이라고 간주했기 때문이니, 심지어 지금까지도 어떤 러시아인들은 이런 식이다. 나머지 손님들은 배알이 꼬일 만큼 고상한 자존심에 상처를 받은 유형이거나, 열렬한 청춘의 격정을 처음으로 아주 고귀하게 터뜨린 유형이었다. 교사도 두세 명 있었고 그중 한 명은 이미 마흔다섯 살쯤 된 절름발이에 김나지움 선생으로서 몹시 독살스럽고 굉장히 허영심이 많은 사람이었으며, 그 밖에 장교가 두세 명 있었다. 그중 한 명은 몹시 젊은 포병 장교였는데, 겨우 최근에야 어느 사관 학교를 졸업한 데다가 과묵해서 아직 인맥을 쌓을 틈도 없던 소년으로서 갑자기 지금 손에 연필을 든 채 비르긴스키 집에 와 있었고 대화에는 거의 참여하지 않되 수시로 수첩에다가 뭔가를 기록하고 있었다. 모두가 이것을 보았지만 모두 왠지 눈치채지 못한 척하려고 애썼다. 또 여기에는 럄신과 함께 서적상에게 추잡한 사진을 쑤셔 넣은 허랑방탕한 신학생이자 몸집이 큼직한 청년도 있었는데, 거리낌이 없으면서도 미심쩍은 행동거지, 쉼 없이 폭로를 일삼겠다는 미소, 그와 더불어 자신의 내면에 잠재된 의기양양한 완전무결함을 뽐내는 듯한

67) 게르첸이 니콜라이 오가료프(Nikolai Ogaryov, 1813~1877)와 함께 발간한 잡지로 1857년에 런던에서 창간했다가 1870년에 폐간했다.

평온한 표정을 짓고 있었다. 무엇 때문인지는 모르겠지만, 우리 시장의 아들이자 나이에 안 맞게 되바라진 추악한 소년도 있었는데, 조그만 중위 부인의 사건을 얘기하면서 벌써 언급한 적이 있다. 이 소년은 저녁 내내 침묵했다. 드디어 마지막으로, 김나지움 학생이 한 명 있었는데, 몹시 다혈질에 머리카락이 흐트러진 열여덟 살쯤 된 소년으로서 체면에 손상을 입은 젊은이처럼 음울한 표정으로 앉아 있었고 자신이 열여덟 살이라는 것 때문에 괴로워하는 기색이 역력했다. 이 햇병아리는 그때 이미 김나지움의 상급반에서 형성된 자립적 음모자 집단의 우두머리였음이 나중에 밝혀져 모두에게 충격을 주었다. 나는 샤토프에 대해서는 언급하지 않았다. 그는 탁자의 뒤쪽 구석에 자리를 잡은 다음 의자를 그 열에서 조금 뒤로 빼고 땅바닥을 바라보면서 음울하게 침묵했고 차와 빵을 모두 거절한 채 줄곧 손에서 모자를 떼지 않았는데, 그로써 손님이 아니라 용건이 있어서 온 것이니 원할 때 일어나서 나가겠노라고 선언하고 싶은 듯했다. 그에게서 멀지 않은 곳에 키릴로프도 앉아 있었는데, 그도 몹시 과묵했지만 땅바닥을 쳐다보지는 않고 오히려 모든 화자를 예의 그 광채 없는 부동의 시선으로 뚫어져라 뜯어보면서 일말의 흥분이나 놀람도 없이 계속 듣고만 있었다. 손님 중에서 이전에 그를 한 번도 본 적이 없는 몇 명은 뭔가 생각에 잠긴 듯한 표정으로 힐끔힐끔 그를 훔쳐보았다. 잘 모르겠지만, 마담 비르긴스카야도 현존하는 5인조에 대해 뭔가 좀 알고 있었을까? 나는 그녀가 바로 남편을 통해서 모든 것을 알았으리라 생각한다. 여대생은 물론 어디에도 끼지 않았으나 자기만의 근심거리가 있었다. 이삼 일만 머문 다음 '가난한 대학생들의 고통에 동참하고 그들에게 저항심을 불러일으키기 위해' 멀리, 멀리 길을 떠나 모든 대학 도시를 돌아볼 예정이었다. 여대생은 수백 부의 석판 인쇄 격문을 가지고 다녔는데, 직접 제작한 것 같았다. 주목할 만한 점인즉, 바로 그 김나지움 학생은 그녀를 난생처음 봤음에도 첫눈에 거의 피의 복수를 불사할 만큼 증오했고, 그녀도 똑같이 그랬다. 소령은 그녀의 친삼촌이었는데 오늘 십 년 만에 처음으로 만난 것이었다. 스타브로긴과 베르호벤스키가 들어왔을 때 그녀의 뺨은 딸기처럼 빨갰다. 마침 그녀는 여성 문제에 관한 신념 때문에 삼촌과 심하게 다투던 참이었다.

2

베르호벤스키는 거의 아무와도 인사를 나누지 않고 식탁의 위쪽 구석에 놓인 의자에 아무렇게나 털썩 주저앉았다. 표정도 만사 귀찮다는 듯 교만하기까지 했다. 스타브로긴이 정중하게 몸을 숙였지만 모두 그들만을 기다려 왔음에도 모두 구령이라도 떨어진 듯 그들을 거의 알아채지 못한 척했다. 안주인은 스타브로긴이 자리에 앉자마자 준엄하게 물었다.

"스타브로긴, 차를 드시겠습니까?"

"주시죠."

그가 대답했다.

"스타브로긴에게 차를 따라 줘요." 그녀가 차를 따르는 여성에게 명령했다. "드시겠어요?"(이건 베르호벤스키에게 하는 말이다.)

"물론, 줘야지, 누가 손님한테 그런 걸 물어본답니까? 크림도 가져다주고, 당신 집에서는 언제나 차 대신 그따위 추잡한 것만 내오는군요. 더군다나 영명 축일을 맞은 사람이 있는 집에서."

"어쩜, 당신도 영명 축일이라는 걸 인정하시나요?" 갑자기 여대생이 웃었다. "지금 그 얘기를 하고들 있었거든요."

"낡아 빠졌어." 김나지움 학생이 식탁의 다른 쪽 끝에서 투덜거렸다.

"낡아 빠졌다니, 무슨 소리예요? 편견은 아무리 순진한 것이라도 그것을 망각하는 것은 낡아 빠진 게 아니에요. 오히려 모두가 수치스럽게도 지금까지도 여전히 새로운 겁니다." 여대생은 순식간에 이렇게 말하면서 의자에서 몸을 앞으로 당겼다. "게다가 순진한 편견이란 없고요." 그녀가 매몰차게 덧붙였다.

"내가 피력하고 싶었던 것은 그저 이건데요." 김나지움 학생은 끔찍이도 흥분했다. "편견이란 물론 낡아 빠진 것으로서 폐지해야 하지만 영명 축일에 관한 한, 벌써 모두가 이것이 귀중한 시간을 낭비할 가치가 없을 정도로 바보짓에, 아주 낡아 빠졌다는 점을 알고, 안 그래도 벌써 전 세계가 잃어버린 귀중한 시간이거늘 자신의 기지를 좀 더 필요한 대상에 쓸 수도 있을 테고…….”

“너무 장황해서 아무것도 못 알아듣겠어.” 여대생이 소리쳤다.

“누구나 다른 사람과 똑같은 발언권이 있는 것 같은데, 내가 내 견해를 피력하고 싶다면 다른 누구나처럼…….”

“누구도 당신의 그 발언권을 빼앗지 않아요.” 이제는 안주인이 나서서 날카롭게 딱 잘라 말했다. “당신을 초대한 건 우물거리지 말라는 뜻에서예요. 누구도 당신 말을 알아듣지 못하잖아요.”

“그래도 당신이 저를 존경하지 않는다는 점은 지적하고 싶군요. 만약 제가 저의 사상을 끝마칠 수 없었다면 그건 저에게 사상이 없기 때문이 아니라 오히려 사상이 넘치기 때문…….” 김나지움 학생은 거의 절망에 차서 중얼거리다가 결국 말이 꼬였다.

“말할 능력이 없으면 잠자코 있어요.” 여대생이 버럭 소리를 질렀다.

김나지움 학생은 심지어 의자에서 벌떡 일어났다.

“내가 피력하고 싶었던 건 오직 이겁니다.” 그는 너무 부끄러운 나머지 온몸이 달아올라 주위를 둘러보는 것도 두려워하며 이렇게 외쳤다. “당신들이 그 머리를 갖고 그렇게 설치고 싶어 했던 것은 오직 스타브로긴이 들어왔기 때문입니다. 바로 그거라고요!”

“당신의 생각은 지저분하고 비도덕적이며 당신의 발달이 한결같이 무가치하다는 것을 의미합니다. 부탁인데, 더 이상

내게 말 걸지 마세요." 여대생이 찢어지는 듯한 소리로 쏘아붙였다.

"스타브로긴!" 안주인이 말을 시작했다. "당신이 오기 전까지 여기서 가족의 권리에 대해 떠들고들 있었는데 — 바로 이 장교분(그녀는 친척인 소령을 향해 고갯짓했다.)이 말입니다. 물론 저는 오래전에 결정된 이런 낡아 빠진 헛소리로 당신을 귀찮게 하지는 않겠습니다. 아무리 그래도, 지금 인정되는 그 편견의 의미를 지닌 가족의 권리와 의무는 어디서 생겨날 수 있었죠? 이게 제 질문입니다. 당신의 견해는 어떠신지요?"

"어디서 생겨날 수 있었느냐고요?" 스타브로긴이 다시 물었다.

"즉, 우리는 가령, 신에 대한 편견이 천둥과 번개 때문에 생겨났음을 알아요." 갑자기 여대생이 스타브로긴을 향해 거의 눈을 치켜뜨며 다시 설쳐 댔다. "원시 인류가 천둥과 번개에 놀란 나머지 눈에 보이지 않는 적 앞에서 무력함을 통감하고 그 적을 신격화했다는 것은 너무나 잘 알려져 있잖아요. 그러나 가족에 대한 편견은 어디서 생겨난 것일까요? 아니, 가족 자체가 어디서 생겨날 수 있었던 거죠?"

"완전히 그런 얘기는 아닌데……." 안주인은 여대생의 말을 제지하고 싶어 했다.

"그런 질문에 대답하기엔 제가 좀 주제넘은 것 같은 생각이 드는군요." 스타브로긴이 대답했다.

"어째서 그렇죠?" 여대생이 앞으로 튀어나왔다.

그러나 교사 그룹에서 히히 소리가 들려왔고 곧이어 다른 쪽 끝에서 럄신과 김나지움 학생이 당장 그것에 화답했으며 그들 뒤에서는 친척인 소령이 쉰 목소리로 껄껄 웃어 댔다.

"보드빌을 쓰면 좋을 분이군요." 안주인이 스타브로긴에게 일침을 가했다.

"당신의 명예와는 전혀 상관없는 일인걸요, 성함은 잘 모르겠지만." 여대생은 결정적으로 격분하며 딱 잘라 말했다.

"너무 설쳐 대지 좀 마라!" 소령이 지껄였다. "너는 아가씨니까 몸가짐을 조신하게 해야 하는데 꼭 바늘방석에 앉아 있는 것 같구나."

"부디 아무 말도 마시고, 감히 당신의 그 더러운 비유로 나한테 친한 척 굴지 말아 주세요. 나는 당신을 오늘 처음 봤고 당신과 친척 관계인지 어떤지 알고 싶지도 않아요."

"나는 너의 삼촌이란 말이다. 네가 젖먹이였을 때부터 안고 다녔어!"

"당신이 그때 뭘 안고 다녔든 나랑 아무 상관 없어요. 그때 내가 안아 달라고 부탁한 것도 아니었으니, 무례하신 장교 나리, 그건 그때 당신의 만족을 위한 것이었다는 의미죠. 한 가지 더 지적하자면, 혹시 시민주의에서 나온 것이 아니라면 앞으로 절대 나를 너라고 부르지 마세요, 단번에 영원토록 금지하는 거예요."

"이봐, 다들 이 모양이라니까!" 소령은 스타브로긴 맞은편에 앉아 있는 사람에게 말을 걸며 주먹으로 식탁을 쾅 쳤다. "아니, 실례지만 난 자유주의와 현대성을 좋아하고 현명한 대화 듣는 것을 좋아하지만, 남자로서 미리 경고하는 바요. 그러나 여자라면, 그러나 이 거추장스러운 현대의 여자라면 — 아니, 이건 나의 고통이오! 깝죽대지 좀 말아라!" 그는 의자에서 튕기듯 일어나려는 여대생에게 소리쳤다. "아니, 나도 한마디 합시다, 기분이 상했어요."

"다른 사람들을 방해하지나 마세요, 정작 아무 말도 할 줄 모르면서." 안주인이 격분해서 투덜거렸다.

"아니, 나도 말을 하겠소." 소령은 스타브로긴을 쳐다보면서 열을 올렸다. "스타브로긴 씨, 나는 비록 당신을 알게 될 영광을 얻지 못했음에도, 새로 들어온 사람인 당신에게 희망을 걸고 있소. 저들은 남자들이 없으면 파리처럼 사라지고 말 거요. 이게 내 견해올시다. 저들의 모든 여성 문제란 오직 하나, 독창성의 부족일 뿐이오. 단언하건대, 이 모든 여성 문제를 저들에게 고안해 준 것은 남성이니 바보같이 내 손으로 내 목을 휘감는 꼴이고. 내가 결혼하지 않은 것이 그저 천만다행인 거요! 저들은 일말의 다양성은 고사하고 단순한 당초무늬 하나도 고안해 내지 못해요. 당초무늬도 저들을 대신해 남성들이 고안해 줘요! 한데, 내가 이 애를 품에 안고 다니고 열 살 때는 함께 마주르카도 추었는데, 오늘 여기에 왔길래 껴안아 주려고 자연스럽게 달려드니, 글쎄, 두 마디째부터 다짜고짜 한다는 소리가 하느님은 없다, 라는 거요. 두 마디 아니라 세 마디째부터라고 해도 어쨌든 너무 서두르는 거요! 뭐, 영리한 사람들은 믿지 않는다고, 그것도 그 지성 때문에 그런다고 치지만, 요 맹추야, 넌 도대체 하느님에 대해 뭘 안단 말이냐? 분명히 남학생이 가르쳐 주었겠지만, 차라리 램프 켜는 법을 가르쳐 주었으면 불이라도 잘 붙이려만."

"계속 거짓말만 하고 정말 못된 분이네요. 방금 당신의 논리가 얼마나 부실한지 증명해 보였잖아요." 여대생은 이런 사람과 많은 얘기를 하는 것을 경멸하듯 제멋대로 대답했다. "방금 정확히 말했지만, 우리는 모두 교리 문답서에 따라 배워 왔어요. '너의 아버지를, 부모님을 공경한다면 장수할 것이며 부유해질 것이다.' 이건 십계명에도 있어요. 신이 사랑의 대가로 반드시 보상을 주어야 한다고 생각했다면, 당신네 신은 비도덕적인 존재예요. 이런 말을 하면서 방금 내가 증명해주었고, 두 마디째부터가 아니라 당신이 자신의 권리를 선언했기 때문에 그런 거예요. 당신이 둔해서 지금까지 이해를 못 하는데 누구를 탓하겠어요. 모욕감에 성질을 내지만, 그로써 당신네 세대의 수수께끼는 다 풀린 거예요."

"바보 같은 계집!" 소령이 말했다.

"바보는 당신이에요."

"어디 욕을 해 봐라!"

"그러나, 죄송합니다만, 막시모비치 대위, 당신도 신을 믿지 않는다고 말씀하셨잖습니까." 리푸틴이 식탁 끝에서 찍찍거리며 말했다.

"아니, 내가 무슨 소리를 했든, 지금은 다른 얘기를 하는 거요! 어쩌면 믿고는 있지만, 단, 완전히 믿는 건 아닐 수 있어요. 비록 전적으로 믿는 건 아닐지라도, 그래도 신을 총살해야 한다고 말하지는 않겠소. 경기병으로 근무하던 시절에 신에 대해 곰곰이 생각했지요. 모든 시에 경기병은 술이나 마시고 방탕하게 군다고 쓰여 있어요. 그렇소, 나 역시 많이 마셨지만, 믿을지 몰라도 한밤중에 양말만 달랑 신은 채 침대에서 벌떡 일어나 신께서 나에게 믿음을 보내 주십사 하고 성상 앞에서 성호를 긋곤 했는데, 그때도 신이 있느냐 없느냐 하는 문제로 평안할 수가 없었거든요. 그 정도로 괴로웠던 거요! 아침이면 물론 즐겁게 놀고 믿음도 다시 사라지는 듯하지만, 그러니까 대체로 지적하건대, 낮에는 언제나 믿음이 얼마간 사라져요."

"그런데 당신 집에 카드는 없나요?" 베르호벤스키가 입이 찢어져라 하품하며 안주인에게 물었다.

"당신의 질문에 전적, 전적으로 공감해요!" 여대생은 소령의 말에 분개한 나머지 시뻘개진 채 날뛰었다.

"멍청한 얘기를 듣느라 황금 같은 시간만 낭비하는군요." 안주인은 딱 잘라 말하며 탐색하듯 남편을 쳐다보았다.

여대생은 자신을 추슬렀다.

"나는 이 모임에서 대학생들의 고통과 저항에 대해 피력하고 싶었는데, 이렇게 비도덕적인 이야기로 시간을 낭비하니……."

"도덕적인 것도, 비도덕적인 것도 전혀 없습니다!" 여대생이 말을 꺼내기가 무섭게 김나지움 학생은 참지 못하고 나섰다.

"그건, 김나지움 학생님, 당신이 배우기 훨씬 전에 나도 알고 있었답니다."

"내 주장인즉," 하고 상대편은 격분을 토했다. "당신은 페테르부르크에서 온 어린애에 불과한 주제에 우리도 다 아는 것을 갖고 우리 모두를 계몽시키려고 해요. 십계명 중 당신이 읽어 낼 재간도 없었던 그 '너의 아버지와 너의 어머니를 공경하라'라는 십계명에 관한 한, 그게 비도덕적이라는 건 벌써 벨린스키[68] 시절부터 러시아 사람이면 누구나 알고 있는 사실입니다."

"이게 언제쯤 끝날까요?" 마담 비르긴스카야는 남편에게 단호하게 말했다. 대화 내용이 하찮았기 때문에 그녀는 안주인으로서 얼굴을 붉혔고, 새로 초대받은 손님들 사이에서 약간의 미소, 심지어 의혹까지 알아채자 특히 그랬다.

"여러분," 갑자기 비르긴스키가 언성을 높였다. "만약 뭐든 본론에 좀 더 적합한 얘기를 꺼내고 싶거나 피력할 것이 있으신 분은 시간을 낭비하지 마시고 나서 주십사 제안하는 바입니다."

"제가 감히 질문 한 가지 하겠습니다만……." 지금까지 침묵하며 유달리 점잔을 빼고 앉아 있던 절름발이 교사가 부드럽게 말했다. "제가 알고 싶은 것은, 우리가 지금 여기서 무슨 회의를 개최하려는 건가, 아니면 이게 그저 단순히 손님으로서 온 평범한 필멸의 존재의 모임일 뿐인가 하는 겁니다. 좀 더 질서를 유지하기 위해서, 그리고 오리무중이 되지 않도록 물어보는 겁니다."

이 '간교한' 질문은 모종의 인상을 불러일으켰다. 모두 제각기 서로에게 대답을 기대하듯 눈짓을 주고받다가 모두 갑자기 구령이 떨어진 듯 일제히 베르호벤스키와 스타브로긴에게 시선을 돌렸다.

---

68) 비사리온 그리고리예비치 벨린스키(Vissarion Grigoryevich Belinsky, 1811~1848). 러시아의 사상가, 비평가로서 도스토옙스키를 등단시켰다.

"저는 그저 '우리가 회의를 하려는가, 아닌가'라는 질문에 대한 투표를 제의하는 거예요." 마담 비르긴스카야가 말했다.

"그 제안에 전적으로 합류하는 바요." 리푸틴이 응수했다. "다소 불명확한 제안이지만."

"나도 합류해요, 나도." 목소리들이 들렸다.

"정말로 좀 더 질서가 잡힐 것 같군요." 비르긴스키가 확증했다.

"자, 그럼 투표!" 안주인이 알렸다. "럄신, 부탁입니다만, 피아노에 앉아 주세요. 투표가 시작되면 그쪽에서도 표를 던질 수 있어요."

"또!" 럄신이 소리쳤다. "신물이 나도록 땡땡거렸는걸요."

"완강하게 부탁드립니다만, 연주해 주세요. 우리 과업에 유용한 존재가 되고 싶지 않으신가요?"

"아니, 단언하건대, 아리나 프로호로브나, 아무도 엿듣지 않아요. 당신의 환상일 뿐이라니까요. 게다가 창문도 높은데 누가 엿듣는다고 한들 여기서 뭘 알아듣는다는 말입니까."

"우리도 알아듣지 못합니다, 바로 이게 문제죠." 누군가의 목소리가 말했다.

"내 말은, 언제나 미리 조심해야 한다는 거예요. 간첩이 있을 경우에 대비해서." 그녀는 베르호벤스키를 향해 설명했다. "길거리에서 듣더라도 우리 집에서 영명 축일 파티가 열리니까 음악이 울려 퍼진다고 할 테지."

"에잇, 젠장!" 럄신은 욕을 한 다음 피아노 앞에 앉아 거의 주먹질하듯 하릴없이 건반을 때리며 왈츠를 연주하기 시작했다.

"회의를 개최하고 싶은 분은 오른손을 들어 주시기 바랍니다." 마담 비르긴스카야가 제안했다.

어떤 사람들은 들었고 어떤 사람들은 아니었다. 들었다가 다시 내리는 사람도 있었다. 내렸다가 다시 들기도 했다.

"에잇, 젠장! 아무것도 이해하지 못하겠군요." 한 장교가 소리쳤다.

"나도 이해가 안 돼요." 다른 장교가 소리쳤다.

"아니야, 나는 이해가 돼요." 또 다른 장교가 소리쳤다. "그렇다이면 손을 위로 드는 거요."

"그럼 그렇다가 뭘 의미하는 거요?"

"회의라는 걸 의미하죠."

"아니, 회의가 아니라는 소리죠."

"난 회의 쪽에 투표한 건데." 김나지움 학생이 마담 비르긴스카야를 보면서 소리쳤다.

"그럼 대체 왜 손을 안 든 거죠?"

"계속 당신을 바라보았는데, 당신이 손을 안 들길래 나도 안 들었어요."

"참 나, 멍청하기는, 난 제안을 하는 쪽이니까 안 들었던 거죠. 여러분, 처음부터 새로 합시다. 회의를 원하시는 분은 손을 들지 말고 가만 계시고, 원하지 않으시는 분은 오른손을 들어 주세요."

"누가 원하지 않죠?" 김나지움 학생이 다시 물었다.

"일부러 이러는 거죠, 예?" 마담 비르긴스카야가 분개하며 소리쳤다.

"아닙니다, 죄송하지만, 누가 원하고 누가 원하지 않는지, 이걸 좀 더 정확히 규정지어야 하잖습니까?" 두세 개의 목소리가 울려 퍼졌다.

"원하지 않는 사람은 원하지 않는 거예요."

"그렇다고 쳐도 원하지 않는다면 어떻게 해야 하는지, 올려야 합니까, 안 올려야 합니까?" 장교가 소리쳤다.

"에잇, 우리는 아직 이런 체제에 익숙하지 않다니까요!" 소령이 지적했다.

"람신 씨, 제발 부탁인데요, 그렇게 두들기니까 아무도 말을 알아들을 수 없잖습니까." 절름발이 교사가 지적했다.

"정말로, 아리나 프로호로브나, 아무도 엿듣지 않잖아요." 람신이 벌떡 일어났다. "게다가 나도 연주하기 싫고요! 난 당신 집에 손님으로 온 거지, 피아노를 때리러 온 건 아니라고요!"

"여러분." 비르긴스키가 제안했다. "모두 목소리를 내서 대답해 주세요. 회의입니까, 아닙니까?"

"회의, 회의!" 사방에서 이런 말이 울려 퍼졌다.

"그럼 투표하고 자시고 할 것도 없네요, 됐습니다. 여러분, 만족하시죠, 아직도 투표해야 하겠습니까?"

"안 해도, 안 해도 됩니다, 이해했어요!"

"그럼 회의를 원하지 않으시는 분 계십니까?"

"없어요, 없어, 우리 모두 원합니다."

"그런데 회의라는 것이 도대체 뭡니까?" 목소리가 외쳤다. 그 말에는 아무도 대답하지 않았다.

"회장을 선출해야 합니다." 사방팔방에서 외쳤다.

"주인, 당연히 주인이 해야죠!"

"여러분, 그렇다면," 하고 선출된 비르긴스키가 제안했다. "방금 저의 원래 안을 제안하는 바입니다. 혹시 뭐든 과업에 더 적합한 얘기를 꺼내고 싶거나 뭐든 피력할 것이 있는 분은 시간 낭비하지 말고 앞으로 나서 주십시오."

총체적인 침묵. 모두의 시선은 다시 스타브로긴과 베르호벤스키에게로 향했다.

"베르호벤스키, 혹시 피력할 게 없으신가요?" 안주인이 단도직입적으로 물었다.

"전혀 없어요." 그는 의자에서 하품하면서 기지개를 쭉 켰다. "하긴 코냑이나 한잔했으면 싶군요."

"스타브로긴, 한잔하시겠습니까?"

"감사합니다만, 안 마시겠습니다."

"저는 코냑 얘기가 아니라 당신이 말을 하고 싶은지 아닌지 묻는 겁니다."

"말을 하라니, 무슨 얘기를요? 아니, 하고 싶지 않습니다."

"코냑은 갖다줄 겁니다." 그녀가 베르호벤스키에게 대답했다.

여대생이 일어섰다. 그녀는 벌써 몇 번이나 일어나려고 궁둥이를 달싹거리던 터였다.

"나는 불운한 대학생들의 고통에 대해, 그리고 곳곳에서 그들에게 저항을 선동한다는 것에 대해 알리려고 왔어요……"

그러나 그녀는 말을 끊고 말았다. 식탁의 다른 쪽 끝에서 이미 다른 경쟁자가 나타났고, 모든 시선이 그에게로 쏠렸기 때문이다. 귀가 긴 시갈료프가 음산하고 침울한 표정을 지으며 천천히 자리에서 일어나더니 깨알 같은 글씨가 빽빽이 들어찬 공책을 우울하게 식탁 위에 올려놓았다. 그는 앉지도 않은 채 침묵했다. 많은 사람이 얼떨떨해하며 공책을 쳐다보았지만 리푸틴, 비르긴스키 그리고 절름발이 교사는 뭔가 만족하는 눈치였다.

"한마디만 좀……."

시갈료프는 침울하지만 강경하게 말했다.

"하시지요." 비르긴스키가 허락했다.

연사는 자리에 앉아 삼십 초간 침묵하더니 육중한 목소리로 말했다.

"여러분……."

"여기 코냑요!" 차를 따랐다가 코냑을 가지러 나갔던 여성 친척이 성가시고 경멸스러운 듯 말을 끊었는데, 이제는 쟁반도, 접시도 없이 그냥 손가락으로 들고 온 코냑 병을 잔과 함께 베르호벤스키 앞에 갖다 놓았다.

말이 끊긴 연사는 위엄을 갖춘 채 잠깐 멈추었다.

"괜찮으니 계속해요, 어차피 안 듣고 있으니까." 베르호벤스키는 손수 잔에 코냑을 따르면서 소리쳤다.

"여러분, 주목해 주십사 부탁드리면서……" 시갈료프가 다시 시작했다. "앞으로 아시게 되겠지만, 첫 번째 중요한 지점에서 여러분의 도움을 청하면서 서론을 이야기하겠습니다."

"아리나 프로호로브나, 혹시 가위 없나요?" 표트르 스테파노비치가 갑자기 물었다.

"가위가 왜 필요하죠?" 상대편은 그에게 눈알을 부라렸다.

"손톱 깎는 걸 깜박했어요, 사흘째 생각만 하고." 그는 길게 자란 불결한 손톱을 천연덕스레 뜯어보면서 말했다.

아리나 프로호로브나는 발끈했지만, 비르긴스카야 아가씨는 뭔가 마음에 드는 것이 있는 눈치였다.

"여기 창가에서 좀 전에 본 것 같은데." 그녀는 식탁에서 일어나 걸어가더니 가위를 찾아냈고 곧장 들고 왔다. 표트르 스테파노비치는 숫제 그녀를 쳐다보지도 않고 가위만 받아 쥐고 가위질을 시작했다. 아리나 프로호로브나는 이것이 진짜 수법임을 깨달았고, 그 때문에 자기가 발끈한 것이 부끄러워졌다. 좌중은 말없이 눈짓만 주고받았다. 절름발이 교사는 질투가 난다는 듯 표독스럽게 베르호벤스키를 관찰했다. 시갈료프는 말을 계속하게 되었다.

"현재 사회를 대체할 미래 사회의 사회적 조직 문제를 연구하는 것에 에너지를 쏟아부은 다음, 저는 아주 고대로부터 우리 187○년에 이르기까지 사회적 시스템의 창조자들이 모두 인간이라 불리는 이 이상한 동물과 자연 과학에 대해 정말 아무것도 몰랐던 자기모순에 빠진 몽상가이자 옛날 이야기꾼이자 바보였다는 확신에 도달했습니다. 플라톤, 루소, 푸리에, 알루미늄 기둥 등, 이 모든 것이 참새에게나 이로울 뿐, 인류 사회에는 아닙니다. 그러나 우리가 모두 마침내 더 이상은 생각에 잠기지 않기 위해 행동하려고 채비하는 바로 지금은 미래 사회의 형태가 꼭 필요하고 그 때문에 저는 저 자신의 세계 조직 시스템을 제안하는 바입니다. 바로 이겁니다!" 그는 공책을 툭 쳤다. "저는 여기 모인 분들께 저의 책을 가능한 한 요약

된 형태로 설명하고 싶었습니다. 그러나 여기에 많은 구두 설명을 덧붙여야 할 것 같고 전부 서술하려면 적어도 제 책의 장(章) 수에 따라 열흘 저녁이 요구된다는 점을 알겠습니다. (웃음소리가 들렸다.) 그 밖에도 저의 시스템이 완결되지 않았음을 미리 알립니다. (다시 웃음) 저는 저 자신의 자료들 속에서 완전히 길을 잃었으며, 저의 결론은 제가 출발한 태초의 이념에 단적으로 모순되는 것입니다. 무한한 자유에서 출발해서 저는 무한한 전제주의로 결론을 맺습니다. 덧붙이자면, 그래도 사회 공식에 관한 한 저의 해법 외에는 어떤 것도 있을 수 없습니다."

웃음은 더 강하고 강하게 번졌지만, 웃는 쪽은 말하자면 사정을 잘 모르는 좀 더 젊은 손님들이었다. 안주인, 리푸틴, 절름발이 교사의 얼굴에는 다소간의 신경질마저 배어 나왔다.

"당신도 자신의 시스템을 조합할 수 없어서 절망에 다다랐다면, 그럼 우리가 뭘 할 수 있겠어요?" 한 장교가 조심스럽게 지적했다.

"옳은 말씀입니다, 현역 장교 양반." 시갈료프는 그를 향해 날카롭게 말했다 "무엇보다도 '절망'이라는 단어를 사용하셨으니 말입니다. 그렇습니다, 저는 절망에 다다랐습니다. 그럼에도 이 책에 서술된 모든 것은 불변이며 다른 출구는 없습니다. 아무도, 아무것도 고안해 내지 못할 테니까요. 그래서 시간을 낭비하지 않기 위해, 열흘 동안 계속되는 저녁 모임에서 제 책의 내용을 경청하도록 여기 계신 모든 분을 서둘러 초대하여 제 의견을 피력하는 겁니다. 회원 여러분이 듣고 싶지 않으시다면 당장 애초부터 헤어집시다. 남성들은 국가적인 업무에 종사하고 여성들은 부엌으로 가는 건데, 제 책을 거부하고서 다른 출구를 찾을 수는 없을 테니까요. 어-떤-것도! 시기를 놓치면, 나중에는 어차피 그쪽으로 돌아가게 마련이므로, 자신에게 해가 될 뿐이죠."

좌중이 술렁였다. "이건 뭐야, 혹시 정신 나간 놈 아냐?" 목소리들이 울려 퍼졌다.

"모든 문제는 시갈료프의 절망에 있다는 의미입니다." 럄신이 결론을 내렸다. "긴급한 질문은 이겁니다. 즉, 그는 절망에 빠질 것인가, 아닌가?"

"시갈료프와 절망의 근접성은 개인적인 문제입니다." 김나지움 학생이 말했다.

"저는 시갈료프의 절망이 공동의 과업과 얼마나 관련이 있는지, 그와 더불어 그의 얘기를 들을 가치가 있는지 없는지에 대해 투표할 것을 제안합니다." 장교가 명랑하게 결정을 내렸다.

"문제는 그게 아닙니다." 드디어 절름발이가 끼어들었다. 대체로 다소 냉소적인 듯한 미소를 지으며 말했기 때문에, 그의 말이 진담인지 농담인지 판별하기 어려운 면도 있었다. "이건, 여러분, 그게 아닙니다. 시갈료프 씨는 자신의 과제에 너무 진지하게 몰두했고, 게다가 너무 겸손합니다. 저는 이분의 책을 알고 있습니다. 이분은 문제의 최종적인 해결의 형태로서 인류를 불균등한 두 부분으로 나누자고 제안합니다. 10분의 1은 인격의 자유, 그리고 나머지 10분의 9에 대한 무한한 권리를 얻습니다. 한편 저쪽은 인격을 상실하고 양 떼처럼 변해 무한히 복종하는 가운데 그와 나란히, 비록 노동해야겠지만, 원시적인 순진무구함으로 다시 태어나고 원시적인 낙원 같은 것을 획득하게 되는 것입니다. 10분의 9에 해당하는 인류에게서 권리를 박탈하고 그들을 양 떼로 만들기 위한, 전(全) 세대의 재교육을 위한 수단으로써 작가가 제시하는 방법들은 전적으로 주목할 만하며 자연적인 자료에 근거를 두고 있어서 매우 논리적입니다. 어떤 결론에는 동의하지 않을 수도 있지만, 작가의 지성과 지식은 의심하기 어렵습니다. 열흘 저녁이라는 조건이 여러 상황 때문에 전혀 합당하지 않은 게 안타깝군요, 그렇지 않다면 많은 흥미로운 얘기를 들을 수 있을 텐데요."

"진지하게 하는 얘긴가요?" 마담 비르긴스카야는 다소 불안한 기색마저 보이면서 절름발이에게 물었다. "이 사람이 사람들을 어떻게 처리할지 몰라 그 10분의 9를 노예로 만들어 버린다면요? 난 오래전부터 이 사람이 의심스러웠어요."

"즉, 당신의 오빠 얘기를 하는 거죠?" 절름발이가 물었다.

"가족 관계 말입니까? 지금 나를 비웃는 건가요, 예?"

"그 밖에도 귀족들을 위해 노동하고, 신들 대하듯 그들에게 복종한다는 것, 이건 비열한 짓이에요!" 여대생이 분기탱천해서 지적했다.

"저는 비열한 짓이 아니라 낙원을, 지상 낙원을 제안하는 것이며, 이 지상에 다른 낙원이란 있을 수 없습니다." 시갈료프가 권위 있게 말했다.

"나라면 낙원 대신에," 하고 랼신이 소리쳤다. "그 10분의 9의 인류를 어떻게 처치할 도리가 없다면, 그들을 잡아다가 공중으로 폭파하고 교육받은 사람들 한 무리만 남겨 두고 학문적인 삶을 시작하겠어요."

"그런 소리는 광대만 할 수 있어요!" 여대생이 발끈했다.

"그는 광대지만 유용해요." 마담 비르긴스카야가 그녀에게 귀띔해 주었다.

"그것이 가장 훌륭한 해결책일지도 모르겠군요!" 시갈료프는 열을 내며 랼신에게 말했다. "물론, 당신이 얼마나 심오한 것을 말해 주었는지 모르는군요, 이 명랑한 양반. 그러나 당신의 이념은 거의 실현 불가능한 것이기 때문에, 이런 명칭이 있다면, 지상 낙원에 한정해야 한다는 겁니다."

"그나마 질서 정연한 헛소리군!" 베르호벤스키의 입에서 이런 소리가 불쑥 튀어나오는가 싶었다. 완전히 무심하게, 눈도 들지 않고 계속 손톱을 깎고 있긴 했지만 말이다.

"왜 헛소리라는 겁니까?" 절름발이는 그의 입에서 제일 먼저 이런 소리가 나오길 기다린 양 덜미를 잡기 위해 곧장 말을 되받아쳤다. "아니, 왜 헛소리라는 거냐고요? 시갈료프 씨는 일정 부분 인류애 넘치는 광신자입니다. 그러나 기억을 더듬어 보면, 푸리에, 카베는 특히 그렇고, 심지어 프루동[69]도 이 문제를 아주 전제주의적이고 환상적인 방법으로 해결했습

69) 에티엔 카베(Étienne Cabet, 1788~1856)와 피에르 조제프 프루동(Pierre Joseph Proudhon, 1809~1865)은 둘 다 프랑스의 공상적 사회주의자다.

니다. 심지어 시갈료프 씨가 그들보다 훨씬 명징한 정신으로 문제를 해결하는 것인지도 모릅니다. 단언하건대, 이분의 책을 다 읽고 나면 어떤 것들에 대해서는 거의 동의하지 않을 수 없을 겁니다. 이분은 그 누구보다도 리얼리즘에서 벗어나지 않았으며 이분의 지상 낙원이야말로 거의 진정한 것, 그것이 언제든 존재하기만 했더라면, 인류가 상실했다며 한숨을 내쉴 그런 낙원이란 말입니다."

"뭐, 이럴 줄 알았지, 이런 꼴을 보게 될 줄." 베르호벤스키가 다시 중얼거렸다.

"죄송합니다만." 절름발이는 점점 더 펄펄 끓어올랐다. "미래의 사회 조직에 관한 대화와 논의는 생각이 있는 현대인 모두에게 거의 꼭 필요한 것입니다. 게르첸은 평생 오직 이 문제에만 신경을 썼습니다. 벨린스키도, 내가 확실히 아는 바에 따르면, 말하자면 미래의 사회 조직에서 부엌이 어때야 한다는 식의 세부 사항, 이런 가장 하찮은 것을 두고 친구들과 토론하고 미리 결론을 내느라 며칠 저녁을 보냈습니다."

"심지어 미쳐 가는 사람도 더러 있지요." 갑자기 소령이 지적했다.

"어쨌든 독재자인 양 묵묵히 앉아 있느니 뭐든 논의를 통해 합의에 도달할 수 있다는 거죠." 마침내 리푸틴이 공격이라도 감행하겠다는 듯이 씩씩거렸다.

"나는 시갈료프를 두고 헛소리라고 한 것이 아닙니다." 베르호벤스키가 우물거렸다. "여러분, 보십시오." 그는 두 눈을 살짝 치켜떴다. "내 생각에 이 모든 책, 푸리에나 카베 같은 작자들, 이 모든 '노동의 권리', 이 시갈료프시나[70]는 — 이 모든 것은 10만 권은 족히 쓸 수 있는 소설과 비슷해요. 시간을 미학적으로 때우는 셈이죠. 이 소도시의 여러분이 지루한 나머지 뭔가 쓰인 종잇장을 향해 달려드는 것, 이해됩니다."

"죄송합니다만," 절름발이는 의자 위에서 실룩거렸다. "우리가 촌뜨기고 물론 그런 동정을 받을 만하지만 아무리 그래도, 우리가 놓쳐 버렸다고 대성통곡할 만큼 새로운 일은 일단 이 세상에서 전혀 일어나지 않은 것으로 압니다. 그러나 외국의 수법으로 쓰여 슬쩍 던져진 온갖 종잇장들을 통해서 우리에게, 전체적인 파괴라는 유일한 목적을 갖고서 합류하라고, 어떤 무리를 운영해 나가자고 제안하기도 하는데, 이 세계란 아무리 치료해도 완치할 수 없으니까 아예 과격하게 1억 개의 머리를 싹둑 잘라 내고 그로써 자신의 짐을 던다면 더욱더 안전하게 도랑을 건너뛸 수 있다는 그런 구실인 거죠. 사상이야 의심할 바 없이 훌륭하지만, 당신이 지금 그렇게 경멸한 '시갈료프시나'처럼 적어도 현실과는 전혀 맞지 않습니다."

"뭐, 나는 논의하러 온 것이 아니거든요." 베르호벤스키는 아주 중대한 말실수를 했으면서도 자신의 실언을 전혀 알아차리지 못한 듯 불을 좀 더 밝게 하려고 양초를 자기 쪽으로 옮겼다.

"유감이군요, 논의하러 온 것이 아니라니 참 유감이고, 당신

---

70) '-시나'라는 접미사가 붙어 '시갈료프적인 것', '시갈료프의 사상'이라는 뜻이 되었다.

이 지금 이렇게 치장에 몰두하시니 그것도 참 유감입니다."
"내 치장이 당신하고 무슨 상관인지?"
"1억의 머리를 실현하는 것은 선전으로써 세계를 개혁하는 것만큼이나 어렵습니다. 심지어 러시아에서는 특히 더 어려울지도 모르죠." 리푸틴이 다시 모험을 감행했다.
"이제는 러시아에 희망을 걸고 있습니다." 장교가 말했다.
"우리는 그들이 무엇에 희망을 걸고 있는지도 들었습니다." 절름발이가 말을 받았다. "우리 이 훌륭한 조국에, 위대한 과제를 수행할 능력을 가장 많이 갖춘 나라로서 신비스러운 표식(index)을 해 놓았음도 알려졌지요. 문제는 오직 이겁니다. 선전을 통해 과제를 점차 해결해 나갈 경우, 나는 개인적으로 뭐든 승산이 있을 테고, 뭐 하다못해 유쾌하게 수다라도 떨 테고, 당국으로부터는 사회적인 과업에 봉사한 공로로 관직도 하나 받겠지요. 하지만 두 번째, 즉 1억의 머리를 자르는 식의 급속한 해결을 시도할 경우, 나한테 사실상 무슨 보상이 있겠습니까? 선전을 시작하면 혓바닥을 잘라 버릴 수도 있는 걸요."
"반드시 잘라 버릴 테죠." 베르호벤스키가 말했다.
"거봐요. 오십 년, 아니 삼십 년 전이라고 치고, 가장 무난한 상황에서도 그런 목 자르기는 다 끝내지 못할 텐데, 이자들은 숫양들이 아닌 이상 자기 목을 잘라 달라고 내밀지 않을 테니까요. 차라리 세간을 몽땅 싸서 어디 바다 건너 조용한 섬으로 이사 간 다음 그곳에서 저항 없이 두 눈을 감는 편이 낫지 않을까요? 정말입니다." 그는 의미심장하게 손가락으로 식탁을 두드렸다. "선전을 통해 겨우 그런 이민을 선동할 뿐, 더 이상은 아무것도 아닙니다!"

그는 이렇게 끝맺었는데, 대놓고 의기양양했다. 이 사람은 도(道)에서 영향력 있는 인물이었다. 리푸틴은 교활한 미소를 지었고 비르긴스키는 좀 우울하게 귀를 기울였고 나머지는 모두 굉장히 주의를 기울여 논쟁을 좇았는데, 특히 부인들과 장교들이 그랬다. 모두 1억 머리의 대표자가 궁지에 몰렸음을 이해하고 저러다 어떤 결말이 나올지 기다렸다.

"하긴 그 말씀 한번 잘하셨습니다." 아까보다 훨씬 무심하게, 심지어 지루한 듯 베르호벤스키는 우물거렸다. "이민을 보낸다니, 좋은 생각이군요. 하지만 어쨌든 당신이 예감하는 이 명백한 모든 불이익에도 불구하고 날이 갈수록 공동의 과업에 나서는 병사가 점점 더 많아진다면, 당신이 없어도 아마 잘 될 거요. 이제, 있잖습니까, 새 종교가 낡은 종교를 대체하고 그 때문에 많은 병사가 나타나고, 이건 거대한 과업인 거죠. 당신은 이민이나 가시죠! 글쎄, 조용한 섬이 아니라 드레스덴을 권하는 바요. 첫째, 그곳은 어떤 전염병도 본 적이 없는 도시인 까닭인데, 지적 수준이 높은 사람이니까 분명히 죽음을 두려워할 테죠. 둘째, 러시아 국경에서 가까우니까 친절한 조국으로부터 가능한 한 빨리 수입을 받을 수 있겠죠. 셋째, 소위 예술의 보고를 가진 곳인데, 당신은 한때 문학 교사였던 것 같으니 미학적인 인간일 테죠. 그리고 마지막으로, 스위스의 포켓판도 가진 곳이니, 시적인 영감을 위해서도 안성맞춤이고, 당신은 분명히 시를 끼적일 테고요. 한마디로, 담뱃갑

속의 보물이랄까요!"

좌중이 술렁였다. 특히 장교들이 사부작거렸다. 한순간만 더 있었더라면, 모두 일제히 말하기 시작했을 것이다. 그러나 절름발이는 신경질을 내며 미끼를 향해 달려들었다.

"아닙니다, 우리는 아직 공동의 과업에서 떠나지 않을지도 모릅니다! 이 점을 이해하셔야……."

"아니 그럼, 내가 제안하면 5인조에 가입하겠다는 건가요?" 베르호벤스키는 갑자기 이렇게 지껄이면서 가위를 탁자 위에 올려놓았다.

모두가 전율하는 것 같았다. 이 수수께끼 같은 사람이 너무나 갑자기 폭로한 것이었다. 심지어 단도직입적으로 '5인조'라는 말까지 꺼냈다.

"누구나 자신이 성실한 사람이라고 느끼며 공동의 과업을 회피하려고 하지 않습니다." 절름발이는 얼굴을 일그러뜨렸다. "그러나……."

"아니에요, 문제는 그러나에 있는 게 아닙니다." 베르호벤스키는 위압적이고 예리하게 말을 가로막았다. "여러분, 단도직입적인 대답이 필요하다고 선언하는 바입니다. 여기에 와서 직접 여러분을 한자리에 불러 모은 이상 여러분에게 해명해야 할 의무가 있음을 너무나 잘 알지만(이번에도 예기치 못한 폭로였다.) 나는 여러분이 어떤 사상을 가졌는지 알기 전에는 어떤 해명도 할 수 없습니다. 이런 대화는 제쳐 두고 — 지금까지 삼십 년 동안 수다를 떨어 왔는데 삼십 년을 또 수다로 보낼 순 없잖습니까 — 여러분에게 다음 중 어느 쪽이 더 사랑스러운지 묻고 싶군요. 사회 소설을 쓰거나 수천 년 앞을 내다보고 종이 위에다 인간의 운명을 관청식으로 미리 결정하는 것 같은 요원한 길인지, 하는 것인데, 이러면 여러분의 입속으로 날아 들어오다가 그만 당신의 입을 비껴 가는 구운 고기 조각을 전체주의가 꿀쩍 집어삼킬 텐데도, 이쪽입니까, 아니면, 여러분은 어떤 것이든 엄격한 결단을, 마침내 인류의 두 손을 풀어 주고 인류가 광활한 공간 위에 알아서 자리를 잡도록 해 주는, 이미 종이 위가 아니라 실제로 그러도록 해 주는 결단을 견지하겠습니까? '1억의 머리'라고 외치는데, 이건 아직은 은유일지 모르지만, 그걸 두려워할 이유가 어디 있습니까, 종이 위의 요원한 몽상 속에서 전제주의가 수백 년 내에 1억이 아니라 5억의 머리라도 먹어 치운다면? 한 가지 더 일러 둘 것이 있는데, 불치병 환자라면 종이에다 어떤 처방을 써 주어도 어차피 완치되지 않을 것이고, 오히려 시간을 질질 끌면 점점 썩어서 우리마저 감염시키고 지금으로서는 아직 희망을 걸 수 있는 모든 싱싱한 힘마저 못 쓰게 만들고 그리하여 결국 우리 모두를 나뒹굴게 할 것입니다. 전적으로 동의하건대, 자유롭고 화려하게 수다 떠는 건 굉장히 유쾌한 일이지만 정작 행동하는 것은 좀 따끔하죠……. 뭐, 하긴 나는 말재주가 없어서요. 여기 온 것도 보고하기 위해서니까, 모든 존경하는 여러분에게 투표가 아니라 여러분은 어떤 것이 더 즐거운지 단도직입적으로 단순하게 이야기해 주십사 부탁드리는 바입니다. 늪을 거북처럼 느릿느릿 건너겠습니까, 아니면 전속력으로 건너겠습니까?"

"단연코 전속력 쪽에 찬성합니다!" 김나지움 학생이 환희에 들떠 외쳤다.

"나도." 럄신이 맞장구쳤다.

"당연히, 선택의 여지가 없군요." 한 장교가 중얼거리자 그 다음엔 다른 장교가, 그다음엔 또 다른 누군가 중얼거렸다. 무엇보다도, 모두에게 충격을 준 것은 베르호벤스키가 '보고하러' 왔고 방금 제 입으로 말하겠다고 약속했다는 사실이다.

"여러분, 내가 보기엔 거의 모든 분이 격문의 정신으로 결의를 다지시는 것 같군요."

그는 좌중을 둘러보며 말했다.

"모두, 모두 그렇죠." 목소리 대부분이 울려 퍼졌다.

"솔직히, 나는 인도적인 결단 쪽에 좀 더 기울어져 있습니다만," 소령이 말했다. "모두 그렇다고 하니 나도 동의합니다."

"그러니까 당신도 결국 반대하는 건 아니죠?" 베르호벤스키가 절름발이에게 물었다.

"나는 그게 아니라……" 상대방은 얼굴을 좀 붉혔다. "그러나 내가 지금 모두에게 동의한다면 그건 오로지 분위기를 망치지 않으려고……."

"여러분은 모두 이렇다니까요! 자유주의적인 화려한 웅변을 위해서 반년 동안 논쟁할 준비를 하더니만 결국에 가서는 모두와 같은 곳에 표를 던지는군요! 여러분, 하지만 잘 판단해 보십시오, 정말 여러분 모두 준비가 돼 있는 겁니까?"(무엇에 대한 무슨 준비란 말인가? 불분명하긴 해도 끔찍이도 매혹적인 질문이다.)

"물론 모두……." 이런 선언이 울려 퍼졌다. 그러고서도 모두 서로 쳐다보기만 했다.

"하지만 나중에는 빨리 동의해 버렸다고 화를 내시겠죠? 사실 여러분은 거의 언제나 그렇잖습니까."

서로 다른 의미에서 흥분했고 매우 흥분했다. 절름발이가 베르호벤스키를 향해 물었다.

"죄송합니다만, 그래도 이와 같은 질문의 답은 조건이 붙어 있다는 점, 유념하셔야죠. 우리가 결단을 내렸다면, 유념하십시오, 그런 이상한 형태로 제기된 질문은 어쨌든……."

"왜 이상한 형태라는 겁니까?"

"이와 같은 질문은 보통 이렇게 제기되지 않으니까요."

"그럼 가르쳐 주시죠. 그나저나 당신이 제일 먼저 화를 내시리라고 확신했어요."

"우리에게 즉각적인 행동의 준비에 관한 질문의 답을 끌어내셨지만, 당신은 그렇게 행동할 권리가 있는 건가요? 무슨 전권을 갖고 그런 식으로 질문을 던지는 겁니까?"

"그런 것이라면 좀 더 일찍 질문할 생각을 했어야죠! 그럼 대체 왜 대답했습니까? 동의해 놓고 보니 그제야 아차 싶었던 거로군요."

"내 생각으론, 당신의 주된 질문이 너무 경솔하고 노골적이어서, 나는 당신이 어떤 전권도, 권리도 없고 오직 자기 입장에서 호기심이 발동했기 때문이라는 생각이 듭니다."

"그래서 무슨, 무슨 얘기를 하고 싶은 겁니까?" 베르호벤스키는 슬슬 불안해지는지 이렇게 소리쳤다.

"어떤 종류든 어디에 가입한다는 것은 적어도 모르는 사람이 스무 명쯤 있는 모임에서가 아니라 눈과 눈을 맞댄 채 은밀하게 이루어진다, 이 말입니다!" 절름발이가 지껄여 댔다. 그는 속에 든 말을 다 했지만 이미 너무 신경질이 나 있었다. 베르호벤스키는 불안에 찬 표정을 멋들어지게 연출하면서 급히 좌중을 향해 말했다.

"여러분, 이 모든 것이 멍청한 짓이며 우리의 대화가 너무 멀리 왔음을 모든 분께 알리는 것을 의무로 생각합니다. 나는 아직 아무도 전혀 가입시키지 않았고 아무도 나를 두고 내가 가입시킨다고 말할 권리는 없으며, 우리는 그저 의견을 주고받았을 따름입니다. 그렇지 않습니까? 그러나 이러나저러나 여러분은 나를 몹시 불안하게 하는군요." 그는 다시 절름발이 쪽으로 몸을 돌렸다. "나는 절대로, 여기서 거의 순진무구한 이런 일을 두고 눈과 눈을 맞대고 말해야 한다고는 절대 생각하지 않았습니다. 아니면, 밀고가 두려운 겁니까? 정말 지금 우리 사이에 밀고자가 숨어 있을 수 있다는 겁니까?"

굉장한 흥분이 일었다. 모두 말하기 시작했다.

"여러분, 만약 그렇다면," 베르호벤스키가 계속했다. "누구보다도 명예를 훼손당할 사람은 나 자신이니까, 한 가지 질문에 대답해 주십사 부탁드립니다, 당연히 원하신다면요. 전적으로 여러분의 뜻에 달린 겁니다."

"어떤 질문요? 어떤 질문입니까?" 모두 웅성대기 시작했다.

"그 질문을 하고 나면 우리가 함께 머물지, 아니면 말없이 각자 모자를 찾아 들고 제 갈 길로 흩어질 것인지 분명해지는 그런 질문이죠."

"그 질문, 질문이란?"

"만약 우리 각자가 미리 계획된 정치적 살인에 대해 안다면, 모든 결과를 예견하고 밀고하러 갈까요, 아니면 사건을 기다리며 집에 머물까요? 여기엔 다양한 시각이 있을 수 있죠. 그 질문의 대답이 우리가 각자 흩어질지 아니면 함께 머물지 분명하게 말해 줄 것인데, 후자라면 더 이상 오늘 밤에 국한된 건 아니죠. 당신이 제일 먼저 대답해 주시죠." 그는 절름발이를 향해 몸을 돌렸다.

"왜 내가 제일 먼저죠?"

"왜냐하면 당신이 모든 것을 시작했으니까요. 자, 어서요, 발뺌해도 소용없고 이건 잔머리를 굴려서 될 일도 아닙니다. 그래도 어떻든 당신 마음이죠. 전적으로 당신 뜻에 달린 겁니다."

"죄송합니다만, 이와 같은 질문은 심지어 모욕적이군요."

"아니, 더 정확하지 않으면 안 됩니다."

"비밀경찰 요원이었던 적은 절대 없습니다." 상대편은 더욱더 심하게 얼굴을 일그러뜨렸다.

"자, 어서요, 더 정확하게, 꾸물대지 말고요."

절름발이는 너무 분해서 숫제 대답조차 하지 않았다. 그는 말없이 안경 밑에서 독기 어린 시선으로 집요하게 고문자를 쳐다보았다.

"그런가요, 아닌가요? 밀고할까요, 안 할까요?" 베르호벤스키가 소리쳤다.

"당연히, 하지 않을 겁니다!" 절름발이는 두 배는 더 강하게 소리쳤다.

"아무도 밀고하지 않을 겁니다, 당연히 안 할 거예요." 많은 목소리가 들려왔다. "그럼 소령 양반에게 물어봅시다, 밀고할까요, 안 할까요?" 베르호벤스키가 계속했다. "유념하십시오, 일부러 당신에게 묻고 있는 겁니다."

"밀고하지 않을 거요."

"뭐, 그래도 아무개가 다른 사람을, 그것도 평범한 필멸의 인간을 죽이고 강탈하려 한다는 것을 안다면 밀고하겠죠, 미리 알려 주겠죠?"

"물론 그렇지만 그건 민사 사건이고 이건 정치적인 밀고잖소. 비밀경찰 요원이 된 적은 없어요."

"이곳의 누구도 그런 적은 없어요." 다시 목소리들이 들려왔다. "공소한 질문인데. 모두 똑같은 답을 하잖소. 여기는 밀고자 없어요!"

"이 양반은 왜 일어서는 거죠?" 여대생이 소리쳤다.

"저건 샤토프로군요. 샤토프, 왜 일어났죠?" 여주인이 소리쳤다.

샤토프는 정말로 일어났다. 그는 모자를 손에 쥔 채 베르호벤스키를 바라보았다. 뭔가 하고 싶은 말이 있지만 망설이는 것 같았다. 얼굴은 창백하고 분노에 차 있었지만 그는 꾹 참고 한마디도 하지 않은 채 말없이 방에서 저쪽으로 걸어갔다.

"샤토프, 이러면 당신에게 이롭지 않아요!" 베르호벤스키가 그의 뒤에다 수수께끼 같은 말을 외쳤다.

"대신 네놈한테 이롭겠지, 스파이에다가 비열한 놈아!" 샤토프는 문간에서 그에게 소리친 다음 완전히 나가 버렸다.

다시 비명과 탄식.

"이래서 시험이 필요한 거요!" 어느 목소리가 소리쳤다.

"소용이 있었어요!" 다른 목소리가 소리쳤다.

"설마 너무 늦게 소용이 있었던 건 아니겠죠?" 세 번째 목소리가 지적했다.

"누가 그를 초대한 거요?" "누가 받아들인 거요?" "대체 뭐 하는 사람이오?" "샤토프가 대체 뭐 하는 사람이냐고요?" "밀고할까, 하지 않을까?" 질문들이 빗발쳤다.

"밀고자라면 아닌 척했을 텐데, 저 사람은 오히려 침을 뱉고 나가 버렸잖아요." 누군가가 지적했다.

"저기 스타브로긴도 일어나는데, 스타브로긴도 질문에 대답하지 않았어요." 여대생이 외쳤다.

스타브로긴은 정말로 일어섰고 그와 함께 탁자의 다른 쪽 끝에서 키릴로프도 일어났다.

"죄송합니다만, 스타브로긴 씨." 여주인이 그를 향해 날카롭게 말했다. "여기 우리는 모두 질문에 대답했는데 당신은 말없이 떠나시려고요?"

"나는 당신이 흥미를 느끼는 질문에 대답할 필요가 있다고 생각지 않습니다." 스타브로긴이 중얼거렸다.

"그러나 우리는 명예 훼손을 감수했는데 당신은 안 하셨잖아요." 몇몇 목소리가 외쳤다.

"당신이 명예 훼손을 감수했든 말든 나와 무슨 상관입니까?" 스타브로긴은 웃었지만 눈은 번득였다.

"아니, 무슨 상관이라뇨? 무슨 상관이라니?" 탄식이 쏟아졌다. 많은 사람이 의자에서 벌떡 일어났다.

"죄송하지만, 여러분, 죄송하지만," 하고 절름발이가 소리쳤다. "베르호벤스키 씨도 질문에 대답하지 않았잖습니까, 그저 질문을 던졌을 뿐이죠." 절름발이가 소리쳤다.

이 지적은 충격적인 효과를 불러일으켰다. 모두 서로를 쳐다보았다. 스타브로긴은 절름발이의 눈을 쳐다보며 큰 소리로 웃다가 나갔고 키릴로프도 그의 뒤를 따랐다. 베르호벤스키도 그들의 뒤를 따라 현관으로 뛰어나갔다.

"지금 나한테 무슨 짓을 하는 겁니까?" 그는 스타브로긴의 손을 잡더니 있는 힘껏 그의 손을 자기 손안에 움켜쥔 채 중얼거렸다. 상대방은 말없이 손을 뺐다.

"지금 키릴로프 집으로 가십시오, 나도 가겠어요……. 난 꼭 그래야 합니다, 꼭 그래야 해요!"

"나는 그럴 필요가 없는데요." 스타브로긴이 딱 잘라 말했다.

"스타브로긴은 올 거요." 키릴로프가 말을 끝냈다. "스타브로긴, 당신은 그럴 필요가 있습니다. 내가 거기서 당신에게 보여 주겠어요."

그들은 나왔다.

8장

이반 왕자

1

그들은 나왔다. 표트르 스테파노비치는 혼돈을 진정시키려고 '회의장'으로 달려가려고 했지만, 수선 떨 가치도 없다고 판단했는지 그들을 모두 남겨 두고 이 분 뒤에는 벌써 떠난 사람들을 좇아 길 위를 날듯이 뛰고 있었다. 달리는 와중에 필리포프 집에 좀 더 빨리 갈 수 있는 골목길을 기억해 냈다. 무릎까지 진흙탕에 빠지면서도 골목길을 질주했고 정말로 스타브로긴과 키릴로프가 대문을 지나가는 그 순간에 도착했다.

"벌써 여기까지 왔군요?" 키릴로프가 지적했다. "그거 좋군. 들어가죠."

"아니, 혼자 산다고 하지 않았습니까?" 스타브로긴은 현관에서 벌써 지시를 받아 펄펄 끓고 있는 사모바르 옆을 지나면서 물었다.

"이제 볼 겁니다, 내가 누구와 사는지." 키릴로프가 중얼거렸다. "들어가죠."

들어가기가 무섭게 베르호벤스키는 당장 호주머니에서 아까 렘브케 집에서 가져온 익명의 편지를 꺼내 스타브로긴 앞에 내놓았다. 세 명이 전부 자리에 앉았다. 스타브로긴은 말없이 편지를 읽었다.

"그래서요?" 그가 물었다.

"이 못된 놈은 쓴 대로 할 겁니다." 베르호벤스키가 설명했다. "이놈은 당신의 처분에 따를 테니 어떻게 처신해야 할지 가르쳐 주세요. 단언컨대, 이놈은 내일이면 렘브케에게 갈 겁니다."

"그럼 가라죠."

"가라죠, 라니요? 특히나 피해 갈 수 있다면야."

"잘못 아는 모양인데, 이놈은 나한테 매여 있지 않아요. 게다가 나는 아무래도 상관없습니다. 이놈은 나한테 아무런 위협도 하지 않고, 오직 당신을 위협할 뿐이죠."

"그리고 당신도."

"그렇게 생각지 않는데."

"그러나 다른 사람들이 당신을 곱게 봐주지 않을 텐데, 정말 이해가 안 됩니까? 이봐요, 스타브로긴, 이건 단지 말장난일 뿐이에요. 혹시 돈이 아깝습니까?"

"아니, 돈도 필요하단 말입니까?"

"반드시! 2000, 아니면 최소한(minimum) 1500쯤. 내일, 아니, 오늘이라도 나한테 주면 내일 저녁 무렵이면 당신을 위해 그놈을 페테르부르크로 쫓아 버릴게요, 그놈도 원하는 바고요. 원한다면, 마리야 티모페예브나도 함께 보낼 테니 이 점도 유념해요."

그의 내부에서는 뭔가 완전히 뒤죽박죽이 되어 어쩐지 부주의하게 말하고 전혀 생각지도 못한 말들이 튀어나왔다. 스타브로긴은 놀라며 그를 뜯어보았다.

"나로서는 마리야 티모페예브나를 보낼 이유가 전혀 없는 걸요."

"어쩌면 그럴 마음도 없다는 건가요?" 표트르 스테파노비치는 아이러니한 미소를 지었다.

"어쩌면 그럴지도 모르죠."

"한마디로, 돈이 나올지, 안 나올지?" 그는 악에 받쳐 초조하게 위압적인 듯 스타브로긴에게 소리쳤다. 상대편은 진지하게 그를 훑어보았다.

"돈은 없을 거요."

"에잇, 스타브로긴! 뭐를 알거나, 아니면 벌써 뭐를 저질렀죠? 이 양반 놀고 있군!"

얼굴이 일그러지고 입술 끝이 파르르 떨리더니 그는 갑자기 어디에도 어울리지 않는, 완전히 대상 없는 웃음을 터뜨렸다.

"당신이야말로 아버지로부터 영지값을 받았잖습니까." 니콜라이 프세볼로도비치가 차분하게 지적했다. "어머니(Maman)가 스테판 트로피모비치를 대신해서 당신에게 6000이나

8000을 내놓았어요. 그러니 자기 돈에서 1500을 지불하시지. 끝으로, 나는 다른 사람을 위해 돈을 쓰기 싫은데, 안 그래도 너무 많이 썼고 나도 이건 화나는군요……." 자기 말에 그 자신도 히죽 웃었다.

"아, 농담을 하려나 봐요……."

스타브로긴이 의자에서 일어나자 베르호벤스키도 바로 벌떡 일어났고 출구를 막으려는 듯 기계적으로 등을 문 쪽에 대고 섰다. 니콜라이 프세볼로도비치는 그를 문에서 밀쳐 내고 나가려는 몸짓을 취하다가 갑자기 멈추어 섰다.

"나는 당신에게 샤토프를 양보하지 않을 거요." 그가 말했다. 표트르 스테파노비치는 몸을 부르르 떨었다. 두 사람은 서로를 쳐다보았다.

"나는 아까 당신에게 무엇 때문에 샤토프의 피가 필요한지 말했어요." 스타브로긴이 두 눈을 번득였다. "당신은 그 연고로 당신네 무리를 하나로 뭉치고 싶은 겁니다. 방금 당신은 샤토프를 멋지게 쫓아냈어요. 그가 '밀고하지 않겠다'라고 말하지도 않을 테고 당신들 앞에서 거짓말하는 것을 저열한 짓으로 여긴다는 사실을 너무나 잘 알았으니까요. 그러나 나는, 나는 지금 당신에게 왜 필요했던 겁니까? 당신은 거의 외국에 있을 때부터 나한테 달라붙었죠. 당신이 지금까지 내게 그것에 대해 설명해 준 방식은 오직 미망에 불과해요. 그런데 당신은 내가 레뱌드킨에게 1500을 건네주고 그로써 페디카에게 그를 찔러 죽일 기회를 제공하도록 하고 있습니다. 내가 내 아내도 한꺼번에 찔러 죽이고 싶어 한다고 생각할 테죠, 나도 압니다. 범죄로 나를 옭아맨 다음에는 물론 나에 대한 권력을 행사할 수 있으리라 생각하시겠지, 그렇죠? 무엇을 위해서 권력이 필요합니까? 빌어먹을, 무엇 때문에 내가 당신에게 필요했냐고요? 내가 당신의 사람인지 아닌지 좀 더 가까이서 단번에 영원토록 살펴본 다음 나를 좀 그냥 내버려 두시오."

"페디카가 직접 당신을 찾아왔던가요?" 베르호벤스키는 숨이 막힌다는 듯 말했다.

"그래요, 왔었어요. 그놈의 가격도 1500이라더군……. 게다가 그놈이 직접 그걸 확인해 주던데, 저기 서 있네요……." 스타브로긴이 손을 뻗었다.

표트르 스테파노비치는 급히 몸을 돌렸다. 문지방 위로 새로운 형상이 어둠을 뚫고 나타났는데, 페디카였고 집 안에 있었는지 모자도 쓰지 않고 반코트만 입고 있었다. 그는 예의 그 고르고 하얀 이를 드러내고 씩 웃으면서 서 있었다. 누런색이 감도는 그의 검은 두 눈이 신사들을 관찰하면서 조심스럽게 방 안을 헤집는 중이었다. 뭔가 이해가 안 되는 눈치였다. 지금 그를 데려온 것은 분명히 키릴로프였고, 그 때문에 그의 의문스러운 시선은 그쪽으로 향했다. 그는 문지방에 서 있었으되 방 안으로 들어오려고 하지 않았다.

"분명히 우리 거래를 들려주려고, 심지어 우리 손안의 돈을 보여 주려고 여기에다 이놈을 미리 보관해 두셨군, 그렇죠?" 스타브로긴은 이렇게 물은 다음 대답도 기다리지 않고 아예 집을 나가 버렸다. 베르호벤스키는 대문까지 간 그를 거의 미친 듯 따라잡았다.

"잠깐만! 한 발짝도!" 그는 스타브로긴의 팔꿈치를 움켜쥐며 소리쳤다. 스타브로긴은 손을 뿌리치려고 했지만 빼내지 못했다. 광란이 그를 장악하고 말았다. 그는 베르호벤스키의 머리카락을 왼손으로 움켜쥐고 그를 있는 힘껏 땅바닥으로 내동댕이친 다음 대문을 나갔다. 그러나 서른 걸음도 가기 전에 상대방이 다시 그를 따라잡았다.

"화해합시다, 화해해요." 그는 스타브로긴에게 부르르 떨리는 목소리로 속삭였다.

니콜라이 프세볼로도비치는 어깨를 으쓱 추어올렸지만 걸음을 멈추지도, 몸을 돌리지도 않았다.

"들어 봐요, 내일 당장 리자베타 니콜리예브나를 대령하겠습니다, 어때요? 싫다고요? 아니, 왜 대답이 없죠? 뭘 원하는지 말하면 그대로 해 주겠습니다. 들어 봐요, 샤토프를 넘겨주겠습니다, 어때요?"

"그렇다면 그를 죽이기로 결정한 건 사실이군요?" 니콜라이 프세볼로도비치가 소리쳤다.

"아니, 당신에게 샤토프가 대체 왜 필요합니까? 왜?" 광적으로 흥분한 그는 아마 부지불식간에 시시각각 스타브로긴을 앞지르기도 하고 그의 팔꿈치를 잡기도 하면서 숨이 가쁠 만큼 빠르게 말을 계속했다. "들어 봐요, 샤토프를 넘겨줄 테니, 화해합시다. 당신의 셈은 실로 막대하지만…… 화해합시다!"

마침내 스타브로긴이 그를 쳐다보았고, 충격을 받고 말았다. 이건 언제나, 혹은 지금 저 방 안에 있을 때와 같은 시선도, 그런 목소리도 아니었다. 그가 보는 것은 거의 다른 얼굴이었다. 목소리의 억양도 원래와 달랐다. 베르호벤스키는 애원하고 또 간청하고 있었다. 이건 가장 귀중한 것을 빼앗기기 직전이거나 이미 빼앗겨서 아직 정신을 못 차린 사람의 몰골이었다.

"아니, 왜 이래요?" 스타브로긴이 고함을 질렀다. 상대편은 대답도 하지 않고 그의 뒤를 쫓아 뛰면서 이전처럼 애원하는, 그러나 동시에 불굴의 눈빛으로 그를 쳐다보았다.

"화해하자니까요!" 그는 다시 한번 속삭였다. "들어 봐요, 나도 페디카처럼 신발 속에 칼을 보관하고 있지만 당신과 화해하겠어요."

"아니, 대체 내가 왜 필요한 거냐니까요, 제기랄!" 스타브로긴은 기어코 분노를 터뜨리면서 동시에 놀라움에 사로잡혀 고함을 질렀다. "여기에 무슨 비밀이라도 있는 거요? 당신한테 내가 무슨 부적이라도 되는 거요?"

"들어 봐요, 우리는 혼돈[71]을 만들 겁니다." 상대방은 빠르게, 거의 미망에 빠진 듯 말했다. "우리가 혼돈을 만들 것이라는 점, 믿지 않습니까? 우리는 모든 것을 근본에서부터 뒤집어엎는 혼돈을 만들 겁니다. 붙잡을 것이 하나도 없다는 카르마지노프의 말은 옳습니다. 카르마지노프는 몹시 영리한 작자죠. 러시아를 통틀어 그런 무리가 열 개만 있어도 나는 절대 붙잡히지 않아요."

"그건 모조리 그따위 바보들이나 하는 짓이지." 스타브로긴

71) '동란(혼돈)의 시대'를 염두에 둔 말인 듯하다.

의 입에선 마지못해 이런 소리가 튀어나왔다.

"오, 좀 더 멍청해져요, 스타브로긴, 당신이야말로 좀 더 멍청해지라고요! 알겠습니까, 당신은 그걸 바랄 만큼 영리하지는 못하죠. 오히려 두려워하고 믿지도 못하고 사태의 규모에 경악을 금치 못하고 있습니다. 그자들이 왜 바보란 말입니까? 그자들은 그렇게 바보가 아닙니다. 요즘은 누구든 지성이 자기만의 것이 아니에요. 요즘은 독창적인 지성들이 끔찍이도 적습니다. 비르긴스키라면, 이 사람은 아주 깨끗한 사람, 우리보다 열 배는 더 깨끗한 사람입니다. 어쨌든 그는 내버려 둡시다. 리푸틴은 협잡꾼이지만 그의 맹점을 한 가지 알고 있어요. 맹점이 없는 협잡꾼은 없거든요. 럄신만 어떤 맹점도 없지만, 대신 완전히 내 손아귀에 들어 있죠. 이런 무리가 몇 개만 더 있어도 나는 어딜 가든 여권과 돈을 얻을 수 있는데, 그거라도 어딥니까? 이거 하나라도 어디냐고요? 안전한 근거지가 있고 열심히들 찾아보라죠. 한 무리를 거둬 가면 다른 무리에 안착하겠죠. 우리는 혼돈을 만들 겁니다……. 우리 둘만으로도 완전히 충분하다는 것을 못 믿겠습니까?"

"시갈료프를 가져가고 나는 조용히 내버려 둬요……."

"시갈료프는 천재적인 사람입니다! 있잖습니까, 이 사람은 푸리에 같은 천재예요. 그러나 푸리에보다 용감하고 푸리에보다 강하죠. 난 그에게 착수할 겁니다. 그는 '평등'을 생각해 냈거든요!"

'이 인간은 열병이 나서 미망에 들떠 있는 거야. 뭔가 아주 특별한 일이 일어난 거야.' 스타브로긴은 다시 한번 그를 쳐다보았다. 두 사람은 멈추지도 않고 계속 걸었다.

"그의 노트는 훌륭하더군요." 베르호벤스키가 계속했다. "그에겐 간첩 기질이 있어요. 그의 조합 회원은 각자 서로를 감시하고 밀고할 의무가 있어요. 각자가 모두에게 속해 있고, 또 모두가 각자에게 속해 있죠. 모든 노예가 노예 제도 안에서는 평등합니다. 극단적인 경우에 비방과 살인이 있지만, 핵심은 평등입니다. 첫 번째 과업인즉 교육, 과학, 재능의 수준을 낮추는 겁니다. 높은 수준의 과학과 재능에는 오직 고도의 능력들만 접근할 수 있는데, 그런 고도의 능력들은 필요 없거든요! 고도의 능력들은 언제나 권력을 장악하고 독재자가 되었어요. 고도의 능력들은 독재자가 되지 않을 수 없고 언제나 이익보다는 타락을 가져왔습니다. 그 때문에 추방되거나 벌을 받죠. 키케로는 혀가 잘리고 코페르니쿠스는 눈알이 뽑히고 셰익스피어는 돌팔매질을 당하고 이게 시갈료프시나죠! 노예는 평등해야 합니다. 독재 없이 아직은 자유도, 평등도 없었지만 양 떼 속에는 반드시 평등이 있어야 한다, 바로 이게 시갈료프시나죠! 하-하-하, 이상합니까? 난 시갈료프시나에 찬성합니다!"

스타브로긴은 걸음을 재촉해서 어서 빨리 집에 다다르려고 노력했다. '이 인간이 술에 취한 것이라면, 어디서 이토록 잔뜩 퍼마실 수 있었을까.' 이런 생각이 들었다. '설마 코냑 때문은 아니겠지?'

"들어 봐요, 스타브로긴. 산을 평평하게 만든다는 건 훌륭한 생각입니다, 웃긴 게 아니죠. 난 시갈료프에게 찬성합니다! 교육은 필요도 없고, 과학도 됐어요! 과학이 없어도 천년 동안 쓸 자원은 충분하지만, 복종이 확립되어야 합니다. 세계에는 오직 하나, 복종만 부족하거든요. 교육에 대한 욕망이란 이미 귀족적인 욕망입니다. 가족이니 사랑이니, 이건 이미 사유화에 대한 소망이죠. 우리는 이 소망을 죽일 겁니다. 우리는 음주와 유언비어, 밀고를 퍼뜨릴 겁니다. 우리는 전대미문의 방탕을 퍼뜨릴 겁니다. 우리는 온갖 천재를 구워삶아 갓난애처럼 만들 겁니다. 모든 것이 하나의 분모를 향하면 완전한 평등이 됩니다. '우리는 기술을 배웠고, 우리는 성실한 사람들이며, 다른 것은 그 무엇도 필요하지 않다.' 바로 이게 최근 영국 노동자들의 대답입니다. 오직 불가피한 것만이 불가피한 것인데, 이것이 지금까지 온 지구의 표어가 된 겁니다. 그러나 전율도 필요합니다. 이것을 우리 통치자들이 염려하는 겁니다. 노예들에게는 통치자가 있어야 합니다. 완전한 복종, 완전한 무인격성, 그러나 삼십 년에 한 번 시갈료프가 전율을 퍼뜨리고 갑자기 모두가 권태에 빠지지 않기 위해서는 어느 지점까지 서로를 잡아먹기 시작합니다. 권태는 귀족적인 감각이죠. 시갈료프시나에는 소망이라는 것이 없을 겁니다. 소망과 고통은 우리를 위한 것이고 노예들을 위해서는 시갈료프시나가 있는 거죠."

"당신 자신은 제외하고요?" 스타브로긴의 입에서는 다시 이런 말이 불쑥 튀어나왔다.

"그리고 당신도. 알다시피, 나는 세계를 교황에게 넘겨줄 생각이었습니다. 교황이 맨발로 걸어 나와 천중(天衆) 앞에 모습을 드러내고 '자, 나를 이 지경으로 만들었소!'라고 말하면 모두 우르르 그의 뒤를 쫓을 테죠, 심지어 군대까지도. 교황은 위에 있고 우리는 그 주위를 둘러싸고 우리 밑에는 시갈료프시나가 있는 겁니다. 인터내셔널도 이 교황에 동의하도록 해야 합니다. 그렇게 될 테지만. 늙은이는 얼른 동의할 테니까요. 어차피 그에겐 다른 출구가 없고, 내 말을 꼭 기억해 둬요, 하-하-하, 멍청한 소립니까? 말해 봐요, 멍청한 소린가요, 예?"

"됐어요." 스타브로긴은 짜증스러운 듯 중얼거렸다.

"됐어요, 라니! 들어 봐요, 난 교황을 버렸습니다! 시갈료프시나는 엿이나 먹으라지! 교황도 엿이나 먹으라지! 필요한 건 당면한 문제지, 시갈료프시나가 아닙니다, 시갈료프시나는 보석 세공품에 불과하니까요. 그건 이상이고, 그건 미래의 일입니다. 시갈료프는 보석 세공업자고, 모든 박애주의자가 그렇듯 멍청합니다. 육체노동이 필요한데, 시갈료프는 육체노동을 경멸해요. 들어 봐요. 교황은 서구에나 있는 것이고, 우리, 우리에게는 당신이 있을 겁니다!"

"나한테서 떨어져요, 주정뱅이 같은 인간!" 스타브로긴은 이렇게 중얼거리며 걸음을 재촉했다.

"스타브로긴, 당신은 미남입니다!" 표트르 스테파노비치는 거의 황홀한 듯 소리쳤다. "알다시피, 미남이란 말이죠! 당신이 가끔 이 점을 알지 못한다는 사실이 당신에게는 제일 소중한 겁니다. 오, 나는 당신을 연구해 왔습니다! 자주 당신을 비스듬히, 몰래 살펴보곤 하죠! 당신에겐 심지어 순박함과 순진함마저 깃들어 있는데, 알고 있습니까? 더, 더 있어요! 당신은 분명히 고통스러워하는데, 진정으로 고통스러워하는데, 저 순박한 마음 때문이죠. 난 미를 사랑합니다. 나는 허무주의자지만 미를 사랑합니다. 아니, 허무주의자라고 해서 미를 사랑하지 말라는 법 있습니까? 그들은 그저 우상을 사랑하지 않을 뿐이지만, 뭐 나는 우상을 사랑합니다! 당신은 나의 우상입니다! 당신이 아무도 모욕하지 않아도 모두 당신을 증오합니다. 당신이 모두를 동등한 존재로 쳐다보아도 모두 당신을 두려워하죠. 참 훌륭한 일입니다. 아무도 당신에게 다가가 어깨를 툭 치지 못할 겁니다. 당신은 끔찍한 귀족이에요. 귀족이 민주주의에 투신하다니, 얼마나 매혹적인 인간인가요! 당신에겐 자신의 것이든 타인의 것이든 생명을 희생양으로 삼는다는 것이 어떤 의미도 지니지 않아요. 당신은 꼭 필요한 그런 인물입니다. 나, 바로 나에게는 꼭 당신 같은 인물이 필요해요. 당신 말고는 그 누구도 모릅니다. 당신은 선구자, 당신은 태양, 난 당신의 버러지에……."

그는 갑자기 그의 손에 입을 맞추었다. 스타브로긴은 등줄기가 오싹해져 경악하며 얼른 손을 빼냈다. 그들은 멈추어 섰다.

"정신 나간 놈!" 스타브로긴이 중얼거렸다.

"미망에, 미망에 들뜬 것일 수도 있겠죠." 상대편은 빠르게 말을 받았다. "그러나 나는 첫걸음을 생각해 냈어요. 시갈료프는 결코 첫걸음을 생각해 낼 수 없을 겁니다. 시갈료프 같은 작자는 많아요! 그러나 한 명, 러시아에서 오직 한 명만 첫걸음을 발명했고 그 첫걸음을 어떻게 내디딜지 알고 있습니다. 그 한 명이 나란 말이죠. 나를 왜 그렇게 쳐다보는 거죠? 난 당신이, 당신이 필요합니다. 당신이 없으면 나는 영(零)이거든요. 당신이 없으면 난 파리고 유리병 속의 이념이고 아메리카 없는 콜럼버스입니다."

스타브로긴은 선 채로 그의 광기 어린 두 눈을 주의 깊게 쳐다보았다.

"들어 봐요, 우리는 우선 혼돈을 퍼뜨릴 겁니다." 베르호벤스키는 수시로 스타브로긴의 왼쪽 옷소매를 잡으며 끔찍이도 서둘러 댔다. "벌써 말했지만, 우리는 바로 민중 속으로 침투할 겁니다. 우리가 지금도 끔찍할 정도로 강하다는 점, 알고 있습니까? 우리 편은 기껏해야 사람이나 찔러 죽이고 불이나 지르고 게다가 고전적으로 총을 쏘거나 서로 물어뜯는 인간들만은 아닙니다. 그런 자들은 방해가 될 뿐이죠. 나는 규율 없이는 아무것도 이해하지 못합니다. 사실 나는 사기꾼이긴 해도 사회주의자는 아니거든요, 하-하! 들어 봐요, 그놈들을 죄다 계산해 놨어요. 어린애들과 함께 자기들의 신과 요람을 비웃는 그 교사도 이미 우리 편입니다. 돈을 손에 넣기 위해 살인을 할 수밖에 없었던 교육받은 살인자를, 오직 자기의 희생양들보다 지적으로 더 발달했다는 이유로 변호하는 그 변호사 역시 이미 우리 편이죠. 감각을 경험하기 위해서 농부를 죽이는 초등학생들도 이미 우리 편입니다. 범죄자들을 옹호하는 배심원들도 모조리 우리 편이에요. 재판 중에 자신의 자유주의가 충분하지 않은 것이 아닐까 전전긍긍하는 검사도 우리 편, 우리 편이죠. 행정관들, 문학가들, 오, 우리 편은 너무도 많이, 끔찍이도 많이 있는데, 당신이 그걸 모를 뿐입니다!

다른 한편, 초등학생들과 바보들의 복종이 극에 달했습니다. 교육자들은 쓸개가 꽉 눌려 버렸어요. 곳곳에서 측정할 수 없는 대규모 허영심이, 전대미문의 짐승 같은 식욕이……. 알겠습니까, 우리가 미리 준비해 둔 이념 나부랭이 하나만 갖고서 얼마나 많은 것을 거머쥘 수 있을지 알겠냐고요? 내가 떠날 무렵에는, 범죄는 광기라는 리트레(Littré)[72]의 명제가 맹위를 떨쳤어요. 돌아와 보니 범죄는 더 이상 광기가 아니다, 그야말로 건강한 상식이다, 거의 의무, 적어도 고상한 저항이다, 라는 식이더라고요. '자, 지적으로 더 발달한 살인자가 돈이 필요하다면 어떻게 살인하지 않겠는가!' 그러나 이건 애송이에 지나지 않아요. 러시아 신은 벌써 '싸구려' 앞에서 두 손 두 발 다 들었습니다. 민중도 취했어, 어머니들도 취했어, 아이들도 취했어, 교회는 텅 비어 있는 판에 법정에서는 '곤장 200대 아니면 술통을 끌고 와라'라는 식입니다. 오, 이 세대가 성장할 수 있다면! 기다릴 시간이 없다는 게 애석할 뿐인데, 안 그러면 저 놈들이 더욱더 취하게 됐을 텐데! 아, 프롤레타리아가 없는 게 어찌나 애석한지! 그러나 생길 겁니다, 생길 테죠, 그리로 나아가고 있으니……."

"우리가 멍청해졌다는 것도 애석하군요." 스타브로긴은 이렇게 중얼거린 다음 가던 길을 계속 갔다.

"들어 봐요, 술 취한 어미를 집으로 데리고 가는 여섯 살짜

---

72) 에밀 리트레(Émile Littré, 1801~1881). 프랑스의 저술가이자 철학자. 프리메이슨으로 활동했다.

리 어린애를 내 눈으로 직접 봤는데, 그 어미는 아이에게 온갖 추잡한 욕설을 퍼붓더군요. 내가 이걸 보고 기뻐했다고 생각합니까? 우리네 손에 떨어지기만 하면 완전히 고쳐서…… 필요하다면, 사십 년 동안 황야로 내쫓겠어요……. 그러나 지금은 한 세대나 두 세대의 방탕이 불가피합니다. 인간이 흉측하고 비겁하고 잔혹하고 이기적인 퇴물로 바뀌는 전대미문의 비열한 방탕 — 이런 것이 필요하다고요! 좀 익숙해지려면 여기에다 '신선한 피 한 방울'이 더 필요합니다. 왜 웃죠? 나 자신과 모순되는 얘기를 하는 게 아닙니다. 박애주의자와 시갈료프시나에 모순될 뿐, 나 자신에게 모순되는 건 아닙니다. 나는 사기꾼일 뿐, 사회주의자는 아니거든요. 하-하-하! 시간이 부족한 게 애석할 따름이죠. 카르마지노프에게는 5월에 시작해서 성모제쯤 끝난다고 약속했습니다. 이른가요? 하-하! 내가 무슨 말을 할지 알겠습니까, 스타브로긴. 러시아 민족은 추잡한 말로 욕설을 해 대긴 해도 지금까지 냉소주의는 없었어요. 이 농노가, 카르마지노프가 자신을 존경하는 것보다도 훨씬 더 많이 자신을 존경한다는 것을 걸 알고 있습니까? 그는 자신을 찢어 놔도 자신의 신들을 고수했지만 카르마지노프는 그러지 않았거든요."

"그래, 베르호벤스키. 나는 처음으로 당신 말을 경청하고, 더욱이 경이로워하고 있습니다." 니콜라이 프세볼로도비치가 말했다. "당신은 고로, 전혀 사회주의자가 아니라, 무슨 정치적인…… 야심가로군요?"

"협잡꾼, 협잡꾼이죠. 내가 어떤 놈인지가 당신의 근심거리인가요? 내가 어떤 놈인지 지금 말해 주려고요, 그러려던 참입니다. 괜히 당신의 손에 입을 맞춘 게 아니거든요. 우리는 우리가 뭘 원하는지 아는데 민중은 그저 '몽둥이를 휘둘러 자기편을 두들겨 팰' 뿐임을 민중도 확신하도록 해야 합니다. 에잇, 시간만 있다면! 유일한 문제는 시간이 없다는 거예요. 우리는 소리 높여 파괴를 외칠 겁니다……. 왜냐, 왜냐하면 이번에도 이 이념이 그토록 매혹적이니까! 그러나 반드시, 반드시 뼈마디를 주물러 주어야 합니다. 우리는 방화를 퍼뜨릴 겁니다……. 우리는 전설을 퍼뜨릴 겁니다……. 여기에는 하다못해 옴에 걸린 '무리'라도 쓸모가 있을 겁니다. 나는 바로 이러한 무리 속에서 어떤 총탄을 향해서라도 달려갈뿐더러 그 명예를 고맙게 여길 사냥꾼들을 당신 앞에 색출해 낼 겁니다. 자, 혼돈이 시작될 겁니다! 이 세계가 아직 보지 못한 동요가 시작될 겁니다……. 러시아는 안개에 휩싸이고 대지는 옛 신들을 부르며 통곡하겠죠……. 자, 그때 우리는 퍼뜨리는 겁니다……. 누구를?"

"그래, 누구요?"

"이반 왕자[73]죠."

"누, 누구라고요?"

"이반 왕자요. 당신, 당신 말입니다."

스타브로긴은 잠깐 생각에 잠겼다.

---

73) 러시아 민담에 나오는 신화적 영웅. 뒤에 나오는 이반 필리포비치 사바오프 신도 마찬가지인 듯하다.

"참칭자를?" 그는 심히 놀라며, 미친 듯 흥분한 인간을 바라보면서 갑자기 물었다. "에잇! 바로 그게 당신의 계획이었군."

"우리는 그가 '숨어 있다'고 말할 겁니다." 베르호벤스키는 사랑이라도 속삭이듯 조용히 말했는데, 정말로 술에 취한 것 같았다. "'그는 숨어 있다'라는 말이 무엇을 의미하는지 압니까? 그러나 그는 나타납니다. 나타날 거예요. 우리는 이런 전설을 거세 종파보다 더 멋지게 퍼뜨릴 겁니다. 그는 존재하지만 그를 본 사람은 아무도 없어요. 오, 얼마나 멋진 전설을 퍼뜨릴 수 있을까! 무엇보다도 새로운 힘이 오고 있습니다. 그것이 필요하고, 사람들은 그것을 그리며 통곡하고 있습니다. 자, 사회주의 속에는 뭐가 있느냐 하면, 낡은 힘은 파괴했으되 새로운 힘은 들어오지 않았다는 겁니다. 하지만 여기에는 힘이 있어요, 그것도 전대미문의 대단한 힘이죠! 우리에게 한 번 만에 대지를 들어 올릴 지렛대만 주어진다면야. 모든 것이 일어설 겁니다!"

"그럼 진지하게 나를 계산에 넣은 거요?" 스타브로긴은 악의에 가득 찬 쓴웃음을 지었다.

"왜 웃는 거죠, 그것도 그렇게 악의에 찬 웃음을? 나를 놀라게 하지 말아요. 난 지금 어린애처럼 당신의 그런 미소 하나만으로도 죽도록 놀랄 지경입니다. 들어 봐요, 난 당신을 아무에게도, 아무에게도 보여 주지 않을 겁니다. 그래야 하니까요. 그는 존재하되 아무도 그를 보지 못했다, 숨어 있으니까. 그런데 말이죠, 가령 10만 명 중 한 명에게는 보여 줄 수 있겠죠. 그러면 그는 온 지구를 돌면서 '봤다, 봤다!'라고 외칠 겁니다. 이반 필리포비치 사바오프 신의 경우도, 그가 사람들 앞에서 아름다운 전차를 타고 하늘로 올라가는 모습을 '자기' 두 눈으로 똑똑히 보았다고 하니까요. 하지만 당신은 이반 필리포비치가 아닙니다. 당신은 신처럼 오만한 미남이고 자신을 위해서는 아무것도 추구하지 않는, 희생양의 후광에 둘러싸인 '숨어 있는' 존재입니다. 무엇보다도, 전설을 퍼뜨리는 것! 당신은 그들을 압도할 겁니다, 바라보기만 해도 압도할 테죠. 새로운 진리를 가지고 있되 '숨어 있다', 여기서 우리는 솔로몬의 심판 두세 개를 퍼뜨릴 겁니다. 무리들, 5인조들 — 신문도 필요 없어요! 만 가지 청원 중 한 가지만 만족시켜 주어도 모두 오만가지 청원을 들고 찾아올 겁니다. 모든 면(面)의 모든 농부가 어딘가에 청원을 들어주는 동굴이 있음을 알게 될 겁니다. 그러면 대지는 '새롭고 정의로운 율법이 오고 있다'면서 신음할 테고 바다에서는 파도가 요동치고 가설무대가 무너질 테고, 그러면 우리는 어떻게 석조 건물을 건설할 것인가를 생각할 겁니다. 처음으로! 건설은 '우리'가 할 겁니다, 우리, 오직 우리뿐이죠!"

"미쳐도 단단히 미쳤군!" 스타브로긴이 말했다.

"왜, 왜 싫다는 겁니까? 두려워서요? 내가 당신을 붙잡은 건 당신이 아무것도 두려워하지 않기 때문입니다. 너무 비합리적인가요, 예? 정말이지 나는 일단은 아메리카 없는 콜럼버스라니까요. 아니, 아메리카 없는 콜럼버스가 합리적일 수 있을까요?"

스타브로긴은 침묵했다. 그러는 사이에 집에 도착해 입구에서 걸음을 멈추었다.

"들어 봐요." 베르호벤스키는 그의 귀를 향해 몸을 숙였다. "난 돈을 안 줘도 당신을 위할 겁니다. 내일 마리야 티모페예브나를 끝장낼 테고…… 돈을 안 줘도 말이죠, 그리고 내일 리자를 데려다주겠어요. 리자 좋죠, 내일?"

'뭐야, 이 인간, 정말로 정신 나간 거 아냐?' 스타브로긴은 미소를 지었다. 현관문이 열렸다.

"스타브로긴, 우리의 아메리카?" 베르호벤스키는 마지막으로 그의 손을 잡았다.

"대체 왜요?" 니콜라이 프세볼로도비치는 진지하고 엄격하게 말했다.

"내키지 않는다는 말이군, 내 이럴 줄 알았지!" 상대편은 광포한 분노의 발작에 휩싸여 소리쳤다. "당신은 거짓말을 하고 있어. 여자나 밝히고 아무짝에도 쓸모없는 걸레 같은 도련님, 난 안 믿어요, 당신에겐 늑대 같은 식욕이 있으니까……! 분명히 알아 둬요, 이제 당신의 계산서가 너무 커져서 난 당신을 포기할 수 없어요! 외국에 있을 때부터 당신을 생각해 뒀거든요. 당신을 바라보면서 생각해 뒀다고요. 만약 내가 구석에서 당신을 쳐다보지 않았다면 내 머릿속엔 아무런 생각도 떠오르지 않았을 거예요……."

스타브로긴은 대답도 하지 않고 계단을 올라갔다.

"스타브로긴!" 베르호벤스키는 그의 뒤에다 대고 소리쳤다. "하루…… 뭐, 이틀…… 뭐, 사흘이라도 주겠어요. 사흘 이상은 안 되니까 그때는 당신의 답을!"

9장

스테판 트로피모비치의 집을 압류하다

1

그러는 동안 우리 도시에서 엽기적인 사건이 발생하여 나를 놀라게 하고 스테판 트로피모비치를 전율케 했다. 아침 8시, 나스타샤가 나리 집을 '압류했다'는 소식을 갖고서 그의 심부름으로 나에게 달려왔다. 처음에는 아무것도 이해할 수 없었다. 그저 관리들이 '압류했다,' 즉 와서 서류를 압수했고 군인들이 매듭으로 묶어 '손수레로 싣고 갔다'는 것만 접수했다. 참 해괴망측한 소식이었다. 나는 당장 서둘러 스테판 트로피모비치에게로 달려갔다.

내가 도착했을 때 그는 놀라운 상태, 즉 교란되고 대단히 흥분했으되 동시에 의심할 바 없이 의기양양한 모습이었다.

방 한가운데 식탁 위에서는 사모바르가 끓고, 차를 가득 부어 놓았으나 아직 건드리지도 않은 채 잊힌 찻잔이 놓여 있었다. 스테판 트로피모비치는 식탁 주변을 어슬렁거리고 방의 구석 구석을 왔다 갔다 하고 있었는데, 자신의 움직임이 이해되지 않는다는 투였다. 그는 평소처럼 붉은 스웨터를 입고 있었지만 나를 보자 서둘러 조끼와 프록코트를 입었는데, 예전 같으면 이런 스웨터 차림으로 있을 때 가까운 사람 중 누가 찾아와도 이런 짓을 한 적이 절대 없었다. 그는 당장 열렬하게 내 손을 잡았다.

"드디어 벗이 왔군!(Enfin un ami!) (그는 가슴팍을 들썩거리면서 한숨을 내쉬었다.) 이봐요(Cher), 난 오직 당신 한 명에게만 사람을 보냈고, 아무도, 아무것도 몰라요. 나스타샤에게 문을 잠그고 아무도 들여보내지 말라고 할 텐데, 당연히, 저들은 빼고…… 알겠죠?(Vous comprenez?)"

그는 대답을 기다리듯 불안하게 나를 쳐다보았다. 당연히 나는 이것저것 캐묻기 시작했고 휴지부와 불필요한 삽입구가 들어간, 조리 없는 말 속에서 뭔가를, 즉 아침 7시에 도(道)의 관리가 '갑자기' 그의 집에 왔다는 사실을 알게 되었다…….

"미안하지만 그의 이름을 잊었네요. 그는 이 나라 출신이 아니지만(Pardon, j'ai oublié son nom. Il n'est pas du pays) 렘브케가 데려온 것 같고 용모로 봐서는 왠지 둔하고 독일인 같던데요. 이름은 로젠탈이고요.(quelque chose de bête et d'allemand dans la physionomie. Il s'appelle Rosenthal.)"

"혹시 블륨이 아니고요?"

"블륨. 바로 그 이름이네요. 아는 사람인가요? 외양을 보아하니 왠지 얼빠지고 지나친 자신감에 차 있는 듯하지만 매우 엄격하고 좀 뻣뻣하고 진지한 구석이 있었어요.(Vous le connaissez? Quelque chose d'hébété et de très content dans la figure, pourtant très sévère, roide et sérieux.) 경찰에 속한 인물이라도 밑에서 기는 놈일 테고, 나도 이런 일에는 일가견이 있거든요.(Je m'y connais.) 나는 아직 자고 있었는데, 글쎄, 그 사람이 나의 책과 원고를 좀 '살펴보게' 해 달라고 부탁하더군요. 그래, 기억나는군, 이 단어를 사용했어요.(oui, je m'en souviens, il a employé ce mot.) 그는 나를 체포하지는 않고 그저 책만……. 그가 거리를 유지하면서(Il se tenait à distance) 자신이 온 이유를 설명하기 시작했을 때의 표정이란 내가…… 급기야는 내가 다짜고짜 자기한테 달려들어 회반죽 치듯 사정없이 두들겨 팰 거라고 생각하는 것 같았어요. 점잖은 사람과 일을 처리할 때면 낮은 계층 사람은 다 그런 법이지요.(enfin, il avait l'air de croire que je tomberai sur lui immédiatement et que je commencerai à le battre comrne plâtre. Tous ces gens du bas étage sont comme ça.) 자연히, 난 모든 것을 즉각 이해했어요. 이십 년 동안이나 이런 각오를 해 왔으니까.(Voilà vingt ans que je m'y prépare.) 서랍을 모두 열어 주고 열쇠도 모두 건네줬어요. 내가 직접 내놓았어요, 모든 것을 내놓았어요. 위엄과 평온을 유지했고요.(J'étail digne et calme.) 책 중에서 그는 게르첸의 해외 출판물과 《경종》 합본, 내 극시 복사본 네 부를 그러니까 결국 모든 것을(et enfin tout ça) 가져갔어요. 그다음에는 서류와 편지, 그리고 나의 역사적, 비평적, 정치적 원고 중 몇 편을.(et quelques une de mes ébauches historiques, critiques et politiques.) 이 모든 것을 가져갔다고요. 나스타샤 말로는, 군인들이 손수레에 싣고 앞치마로 덮었다더군요. 그래, 바로 그거야(oui, c' est cela), 앞치마로."

이건 미망이었다. 여기서 누가 무엇을 이해할 수 있었겠는가? 나는 다시금 질문 공세를 퍼부었다. 블륨이 혼자 왔는가, 아닌가? 누구의 명으로? 어떤 권리로? 그는 얼마나 대담했는가? 무엇으로 설명을 하던가?

"혼자, 완전히 혼자였지만(Il était seul, bien seul) 누군가가 한 명 더 현관에, 그래, 기억나는군, 게다가…….(dans l'antichambre, oui, je m'en souviens, et puis…….) 하긴 누군가가 또 있었던 것 같고 현관에는 감시병이 서 있었어요. 나스타샤에게 물어봐야겠군요. 이 모든 걸 더 잘 알 테니까. 난 몹시 흥분했거든요, 알다시피. 그는 말하고 또 말하고…… 산더미처럼 많은 말을 했어요.(J'était surexcité, voyez-vous. Il parlait, il parlait…… un tas de choses.) 하긴 그는 거의 말한 게 없고 말은 내가 다 했군……. 난 나의 생애를, 당연히 어떤 한 관점에서 이야기했어요……. 몹시 흥분했지만, 분명히 말하건대, 위엄을 지켰지요.(J'était surexcité, mais digne, je vous l'assure.) 하긴, 울음을 터뜨린 것도 같아 무섭군요. 그 손수레는 옆에 있는 상점에서 그들이 빌려 온 거예요."

"맙소사, 어떻게 이런 일이 일어날 수 있는지! 그러나 부디 좀 더 정확하게 말씀해 보세요, 스테판 트로피모비치, 설마 당신이 얘기하시는 게 꿈은 아니겠죠!"

"이봐요(Cher), 나 자신도 꼭 꿈을 꾸는 것 같구려……. 그러니까 그가 텔랴트니코프라는 이름을 불렀는데(Savez-vous, il a prononcé le nom de Teliatnikoff) 내 생각으로는 바로 그 사람이 현관에 숨어 있었던 것 같아요. 맞아, 기억났어, 그가 검사를 알선해 주었고, 드미트리 미트리치라던가…… 겸사겸사 이 사람은 나한테 에랄라시에서 15루블을 빚진 게 있어요. 어쨌든 난 완전히 알아듣지는 못한 거요.(에랄라시 qui me doit encore quinze roubles de soit dit en passant. Enfin, je n'ai pas trop compris.) 그러나 나는 그들을 골려 주었는데, 드미트리 미트리치가 나한테 무슨 상관이람. 내가 그를 숨겨 달라고 부탁했던 것 같고 열심히 부탁한 것 같은데, 심지어 너무 굴욕적으로 나간 것이 아닌지 걱정인데, 당신 생각은 어떤가요?(comment croyez-vous?) 어쨌든 그는 동의했어요.(Enfin iI a consenti.) 예, 기억이 났는데, 숨기는 것이 낫겠다고 부탁한 건 그 사람이었고, 왜냐하면 그는 그저 '살펴보러' 왔을 뿐, 그 이상은 아니었기 때문에(et rien de plus) 더 이상 아무것도, 아무것도…… 만약 아무것도 발견하지 못한다면 아무것도 일어나지 않을 것이기 때문이지요. 우리가 모든 것을 우호적으로(en ami) 끝냈으니 나는 전적으로 만족합니다.(je suis tout-à-fait content.)"

"당치도 않을, 그가 이런 경우에 필요한 절차와 보증을 제안했는데 당신이 나서서 거절하다니!" 나는 친구로서 분개하며 소리쳤다.

"아니, 이렇게 보증이 없는 게 더 나아요. 그리고 뭐 하러 굳이 스캔들을? 때가 될 때까지는, 시간이 올 때까지는 우호적으로(en amis)……. 아시다시피, 우리 도시의 내 적들이(mes ennemis)…… 알게 되면…… 게다가 이 검사 놈이 무슨 쓸모가 있어, 저 돼지 같은 검사 놈은 두 번씩이나 나한테 무례하게 굴었을 뿐만 아니라 작년에는 그 매혹적이고 아름다운 나탈리야 파블로브나의 규방에 숨어들었다가 들켜서 사람들한테 신나게 두들겨 맞았잖소.(et puis, à quoi bon ce procureur, ce cochon de notre procureur, qui deux fois m'a manqué de politesse et qu'on a rossé à plaisir l'autre année chez cette charmante et belle 나탈리야 파블로브나, quand il se cacha dans son boudoir.) 게다가, 나의 벗이여(Et puis, mon ami), 나에게 반박하지 말고 부디 내 용기를 빼앗지도 말아요, 왜냐하면 사람이 불행할 때보다 더 참을 순 없는 건 아무것도 없는데 그 상황에서 친구 100명이 입을 모아 그에게 멍청한 짓을 했노라고 손가락질하는 거니까요. 그나저나 앉아서 차를 들도록 하고, 솔직히, 난 너무 피곤해서…… 좀 누워서 머리에 식초를 올려놓을까 하는데, 어때요?"

"반드시," 하고 내가 소리쳤다. "아니면 얼음이라도. 너무 경황이 없으시니까요. 새하얗게 질려서 두 손도 파르르 떠시네요. 누워서 좀 쉬세요, 이야기는 나중에 하시고. 옆에 앉아서 좀 기다릴 테니까요."

그는 누울까 말까 망설였지만 내가 고집을 부렸다. 나스타샤는 찻잔에 식초를 담아 왔고, 나는 식초에 수건을 적셔 그의 머리에 올려놓았다. 그러자 나스타샤가 의자 위로 올라가

구석의 성상 앞 램프에 불을 밝히려고 했다. 그것을 인지하고 나는 깜짝 놀랐다. 게다가 이전에는 램프가 있었던 적이 없는데 지금 갑자기 나타났다.

"이건 아까 그놈들이 떠나자마자 내가 시킨 거요." 스테판 트로피모비치가 나를 간사한 시선으로 쳐다보며 중얼거렸다. "누구 방에 이런 것들이 있으면 그를 체포하러 와도(quand on a de ces choses-là dans sa chambre et qu'on vient vous arrêter) 이게 감화를 줄 테고 틀림없이 이런 것을 보았다고 보고하고……."

램프를 밝힌 다음 나스타샤는 문간에 서서 오른쪽 손바닥을 뺨에 갖다 대고 울먹이는 모습으로 그를 쳐다보기 시작했다.

"뭐든 구실을 대서 그녀를 내보내요.(Eloignez-la.)" 그는 소파에서 나를 향해 고개를 끄덕였다. "이런 러시아식 동정을 참을 수 없고, 게다가 이건 아주 성가시군요.(et puis ça m'embête.)"

그러나 그녀가 알아서 나갔다. 나는 그가 계속 문 쪽을 살피고 현관 쪽에 귀를 기울이는 것을 알아챘다.

"각오해야 해요, 알겠지만.(Il faut être prêt, voyez-vous.)" 그는 의미심장하게 나를 쳐다보았다. "매 순간……(chaque moment……) 그놈들이 와서 잡아가니까, 휙 하면 사람이 사라지는 거죠!"

"맙소사! 누가 온다는 겁니까? 누가 당신을 잡아간다는 거예요?"

"이봐요, 내 벗이여(Voyez-vous, mon cher), 그놈이 떠날 때 단도직입적으로 물어봤어요. '이제 나한테 무슨 짓을 할 거요?'

하고."

"차라리 어디로 보낼 건지 물어보시지!" 나는 아까처럼 분개하며 소리쳤다.

"질문을 던질 때 염두에 둔 것은 그것이지만 그놈은 아무 대답도 하지 않고 가 버렸어. 그런데 말이오(Voyez-vous), 속옷과 의복, 특히 따뜻한 의복에 관한 한, 저들 원하는 대로 가져오라는 명령이 떨어져서 그냥 됐고, 어차피 안 그랬으면 군용 외투를 입혀 보낼 테니까. 그러나 35루블만은(그는 나스타샤가 나간 문 쪽을 살펴보며 갑자기 목소리를 낮추었다.) 살그머니 조끼 호주머니의 터진 구멍 속에 집어넣었는데, 여기 한번 만져 봐요……. 그들이 조끼를 벗기지는 않으리라는 생각에 그냥 본보기로 지갑에서 7루블을 내놓고 '내가 가진 전부'라고 했어요. 있잖소, 여기 탁자 위에 잔돈과 동전을 모두 내놓으니까 내가 돈을 감춘 건 짐작도 하지 못하고 그게 전부라고 생각하더군요. 오늘은 어디서 밤을 보내게 될지 신만이 알겠지요."

나는 이 같은 광기에 고개를 떨구었다. 체포도, 수색도 그가 전해 준 것처럼 하지 못한다는 것은 명백했고, 물론 그가 갈피를 못 잡는 것이었다. 사실 이 모든 것이 그 무렵, 최근에 만들어진 현재의 법안 이전의 일이다. 더 올바른 절차를 제안했음에도(그의 말에 따르면) 그가 잔꾀를 부려 거절한 것도 사실이었다……. 물론 전에도, 즉 얼마 전까지도 극단적인 경우에는 도지사가 그렇게 할 수 있었다……. 그러나 이것이 무슨 그런 극단적인 경우가 될 수 있단 말인가? 그래서 나는 갈피를 못 잡고 있었다.

"이건 분명히 페테르부르크에서 전보가 온 거요." 스테판 트로피모비치가 갑자기 말했다.

"전보라고요! 당신에 대해서요! 게르첸의 저작 때문, 또 당신의 극시 때문인가요, 정신이 나갔군요, 지금 무슨 건수로 체포하겠어요?"

나는 그저 악에 받쳤다. 그는 얼굴을 찌푸렸고 언짢은 기색이 역력했는데 나의 고함 때문이 아니라 체포할 건수가 없다는 생각 때문이었다.

"요즘 세상에 무슨 건수로 사람을 체포할 수 있는지 누가 알겠어요?" 그가 수수께끼처럼 중얼거렸다. 해괴망측한, 아주 터무니없는 생각이 내 머릿속에서 번득였다.

"스테판 트로피모비치, 나를 친구로 여기고 말해 주세요." 내가 소리쳤다. "진정한 친구로 여겨 주시면, 내가 비밀을 누설하는 일은 없을 겁니다. 설마 어디 비밀 단체에 가입하신 건 아니죠, 예?"

그러자 나로서는 깜짝 놀랄 일인데, 그는 이것도, 즉 자기가 어디 비밀 단체에 가입 중인지 어떤지도 확신이 없었다.

"그건 생각하기에 따라, 그러니까…….(voyez-vous…….)"

"'생각하기에 따라'라뇨?"

"온 마음으로 진보에 속해 있다면…… 누가 단언할 수 있을지. 속해 있지 않다고 생각하는데, 어라, 알고 보니 어디에 속한 거잖아, 이럴 수도 있고."

"어떻게 그럴 수 있어요, 기면 기고 아니면 아닌 거죠?"

"이건 페테르부르크 시절(Cela date de Pétersbourg), 나와 그

녀가 그곳에서 잡지를 창간하려던 그때의 일입니다. 바로 거기에 뿌리가 있지요. 그 당시엔 용케 빠져나왔고 그들도 우리를 잊었지만, 이제 와서 기억해 낸 겁니다. 이봐요, 이봐(Cher, cher), 정말 모르다니!" 그는 병적으로 탄식했다. "체포하고 닭장차[74]에 태워 평생 썩으라고 시베리아로 보내거나 독방에서 잊힐 거요……."

그러고는 갑자기 뜨겁고도 뜨거운 눈물을 흘리며 엉엉 울었다. 눈물이 그렇게 솟구친 것이다. 그는 붉은 비단 손수건으로 눈을 가리고 흐느꼈는데, 오 분쯤이나 경련하듯 흐느꼈다. 나는 속이 완전히 뒤집혔다. 이 사람은 이십 년이나 우리의 예언자, 우리의 선지자, 교시자, 족장, 우리 모두 앞에서 그토록 고상하고 당당한 자세를 견지한 쿠콜니크였으며 우리는 정녕 마음에서 우러나와 그 앞에 고개를 숙이며 그걸 영광으로 생각해 왔건만 — 이제 갑자기 그가 흐느꼈고, 그것도 선생님이 매를 가지러 간 사이에 그것을 기다리며 마구 떼쓰는 자그마한 소년처럼 흐느낀 것이다. 나는 그가 끔찍이도 안쓰러웠다. '닭장차'에 관한 한, 그는 흡사 내가 자기 옆에 앉아 있는 것을 믿는 것처럼 확실히 그것을 믿는 것이 분명했으며, 그 마차가 꼭 오늘 아침, 지금 당장, 바로 이 순간 오리라고, 또 이 모든 것이 게르첸의 저작과 자신의 무슨 극시 때문이라고 생각한 것이다! 평범한 현실을 이토록 깜깜하게, 전혀 모르다니, 감동적이고 왠지 역겨웠다.

74) 죄수 호송용 마차.

드디어 그는 울음을 뚝 그치고 소파에서 일어나 나와 계속 대화를 나누며 다시 방 안을 이리저리 걷기 시작했지만, 수시로 쉴 새 없이 창문을 쳐다보고 현관 쪽에 귀를 기울였다. 우리의 대화는 두서없이 이어졌다. 확신시키고 진정시키려는 나의 모든 시도는 달걀로 바위 치기와 같았다. 그는 거의 듣지 않았지만, 그럼에도 내가 그를 진정시키고 이런 의미의 말을 쉴 새 없이 해 주는 것이 필요했다. 나는 그가 지금 나 없이는 안 되기 때문에 어떤 일이 있어도 나를 보내 주지 않으리라는 것을 알았다. 나는 그대로 남았고 우리는 두 시간 남짓 죽치고 앉아 있었다. 얘기를 나누다가 그는 블륨이 그의 집에서 발견한 격문 두 장을 갖고 간 사실을 상기해 냈다.

"격문이라뇨!" 나는 바보같이 깜짝 놀라고 말았다. "아니, 당신은……."

"에, 나한테 열 개나 몰래 던졌더라고요." 그가 짜증스럽게 대답했다.(그는 나와 얘기하면서 신경질적이고 거만하게 굴기도 했지만, 끔찍이도 불쌍하고 비굴하게 나오기도 했다.) "그러나 여덟 부는 벌써 처리했고, 블륨이 가져간 건 겨우 두 부라서……."

그러다 그는 격분한 나머지 갑자기 얼굴이 새빨개졌다.

"나를 그 작자들과 한패로 보는군요!(Vous me mettez avec ces gens-là!) 설마 내가 그 비열한 놈들, 격문이나 몰래 던지는 놈들, 내 아들놈 표트르 스테파노비치와, 비열함 때문에 정신이 나간 저 자유사상가들과(avec ces esprits-forts de la lâcheté!) 한패라고 생각하다니! 오 맙소사!"

"아하, 어쩌다 당신을 누구와 혼동했는지도 모르겠네

요……. 그래도 헛소리예요, 있을 수 없는 일입니다!" 내가 지적했다.

"알겠지만(Savez-vous)," 하고 그의 입에서 갑자기 이런 소리가 튀어나왔다. "난 매 순간 내가 거기서 무슨 소란을 일으킬지도 모른다는(que je ferai là-bas quelque esclandre) 느낌이 들어요. 오, 가지 말아요, 나를 혼자 내버려 두지 말아요! 오늘로 나의 출셋길은 완전히 끝났어, 그런 느낌이 들어요.(Ma carrière est finie aujourd'hui, je le sens.) 나는 그러니까, 저기 누구에게 달려들어 콱 깨물지도 몰라요, 저 소위처럼……."

그는 이상한 시선으로 나를 쳐다보았는데, 자기도 깜짝 놀라고 동시에 남도 깜짝 놀라게 하고 싶은 듯한 시선이었다. 시간은 계속 가는데 '닭장차'는 나타나지 않자 정말로 누군가에게, 무언가에 점점 더 짜증을 냈다. 심지어 발끈 성질을 부렸다. 무슨 일이 있어서 부엌에서 현관으로 잠시 나온 나스타샤가 갑자기 그곳의 옷걸이를 건드려 그만 넘어뜨리고 말았다. 스테판 트로피모비치는 그 자리에서 부들부들 떨고 사색이 되었다. 그러나 진상이 밝혀졌을 때는 나스타샤에게 거의 꽥꽥 소리를 지르고 두 발을 쾅쾅 구르며 다시 부엌으로 쫓아버렸다. 일 분이 지나자 절망에 빠져 나를 쳐다보면서 말했다.

"나는 망했어요! 이봐요(Cher)," 그는 갑자기 내 옆에 앉아 불쌍, 참 불쌍하게 내 눈을 뚫어지라 쳐다보았다. "이봐요(Cher), 나는 시베리아도 두렵지 않아요. 맹세코, 오, 맹세코(je vous jure)(그의 눈에서는 눈물마저 배어 나왔다.) 내가 두려워하는 건 다른 거요……."

나는 그의 표정을 보고서 그가 나에게 드디어 뭔가 굉장한 것을, 그러니까 지금까지 알려 줄까 말까 망설인 뭔가를 알려 주고 싶어 한다는 걸 눈치챘다.

"나는 치욕이 두려운 거요." 그가 은밀하게 속삭였다.

"무슨 치욕을 말하는 겁니까? 오히려 정반대죠! 틀림없이, 스테판 트로피모비치, 이 모든 것이 오늘 당장 해명되어 당신에게 유리한 쪽으로 끝날 거예요……."

"그럼 내가 사면받으리라고 확신한단 말이오?"

"아니, '사면'이라니오! 대체 무슨 말씀을! 당신이 무슨 짓을 저질렀다고요? 단언하건대, 아무 짓도 저지르지 않았는걸요!"

"이건 당신도 알겠지만(Qu'en savez-vous) 내 한평생은, 이봐요(cher)……. 그들은 모든 것을 기억해 내고…… 만약 아무것도 발견하지 못한다면 그렇다면 '그 때문에 더 나쁜' 거라오." 그가 갑자기 터무니없는 소리를 했다.

"그 때문에 더 나쁘다뇨?"

"더 나쁘지."

"모르겠군요."

"내 벗이여, 내 벗이여, 시베리아라도, 아르한겔스크라도 좋고 권리를 모조리 박탈당해도 좋아요. 어차피 망하는 거 망해라! 그러나…… 내가 두려워하는 건 다른 거야."(다시 속삭임, 깜짝 놀란 표정, 비밀스러움)

"그래, 뭐, 뭐냐니까요?"

"두들겨 맞을까 봐서." 이렇게 말하면서 그는 멍한 표정으로 나를 쳐다보았다.

"누가 당신을 두들겨 패요? 어디서? 왜요?" 나는 이렇게 소리쳤는데, 그가 정신이 나간 게 아닌가 깜짝 놀랐다.

"어디서냐고요? 뭐, 거기…… 그런 일을 하는 데가 있잖소."

"아니, 어디서 그런 일을 한다는 건가요?"

"에, 이봐요(cher)," 그는 거의 내 귀에다 대고서 속삭였다. "사람 밑의 마룻바닥이 갑자기 쩍 벌어져 몸이 절반까지 툭 떨어지는 거요……. 누구나 다 알잖소."

"우화예요!" 나는 그제야 알아채고서 소리를 질렀다. "낡아빠진 우화라니까요. 아니, 지금까지 그런 걸 믿으셨어요?" 나는 그만 너털웃음을 터뜨리고 말았다.

"우화라니! 이런 우화라도 뭐든 근거가 있으니 생겨난 게 아니겠소. 채찍질당한 사람은 얘기하지 못하겠지요. 난 만 번이나 상상해 봤어요!"

"아니, 당신을, 당신을 뭣 때문에요? 아무 짓도 하지 않았잖아요?"

"그게 더 나쁘다는 건데, 아무 짓 하지 않았음을 알게 되면 두들겨 팰 거요."

"페테르부르크에서의 일로 당신을 잡아가리라고 확신하는군요!"

"내 벗이여, 나는 아무것도 아까울 게 없다고 벌써 말하지 않았소, 나의 출셋길은 완전히 끝났어.(ma carrière est finie.) 스크보레시니키에서 그녀가 나와 헤어진 그 시간부터 내 목숨도 아깝지 않지만…… 치욕이, 치욕이, 그녀가 알게 되면 그녀가 뭐라고 말할까요?(que dira-t-elle?)"

그는 절망에 차 나를 쳐다보았고 가엾게도 얼굴이 온통 새빨개져 있었다. 나도 눈을 내리깔았다.

"부인은 아무것도 모를 겁니다, 당신에게는 아무 일도 일어나지 않을 테니까요. 당신이 오늘 아침에 나를 얼마나 놀라게 했는지, 스테판 트로피모비치, 내 평생 처음으로 당신과 대화를 나누는 것 같은 기분입니다."

"나의 벗이여, 사실 이건 공포가 아니라오. 하지만 심지어 나를 용서해서 다시 여기로 보내 주고 아무 짓도 하지 않는다고 쳐도 그래도 난 망한 거요. 그녀는 평생 나를 의심할 거요…….(Elle me soupçonnera toute sa vie…….) 나를, 나를, 시인을, 사상가를, 그녀가 이십 년 동안 경배해 온 사람을!"

"부인은 그런 생각조차 떠올리지 않을걸요."

"떠올릴 거요." 그는 깊은 확신에 사로잡혀 속삭였다. "그녀와 나는 페테르부르크에서 몇 번씩 그런 얘기를 했는데, 대제기간이고, 출발을 앞두고 둘 다 겁을 먹었지요……. 그녀는 평생 나를 의심할 거요…….(Elle me soupçonnera toute sa vie…….) 어떻게 그 의심을 버리게 할 수 있겠소? 석연치 않은 결과가 나올 거요. 게다가 이 조그만 도시에서 누가 믿어 줄까, 그건 있을 수 없는 일이야…….(c'est invraisemblable…….) 게다가 여자들이란…….(Et puis les femmes…….) 그녀는 기뻐할 거요. 진정한 친구로서 진정으로, 몹시, 몹시 슬픔에 잠기겠지만 내심 기뻐할 거예요……. 그녀에게 평생 나를 공격할 무기를 준 셈이지. 오, 내 인생은 망했어! 이십 년 동안 그녀와 함께 그토록 완전한 행복을 누려 왔건만…… 이제는!"

그는 두 손으로 얼굴을 가렸다.

"스테판 트로피모비치, 지금 당장 바르바라 페트로브나에게 이 일을 알려야 하지 않을까요?" 내가 제안해 보았다.

"하느님 맙소사!" 그는 부르르 떨더니 자리에서 벌떡 일어났다. "무슨 일이 있어도 절대 안 돼요. 스크보레시니키에서 헤어지며 그런 말을 한 마당에, 절-대!"

그의 눈이 번득였다.

우리는 내 생각으로는 한 시간이나 그 이상을 쭉 앉아 줄곧 뭔가를 기다렸는데, 그런 생각에 사로잡힌 것이다. 그는 다시 좀 누웠고 심지어 눈을 감고 이십 분 정도 한마디도 하지 않고 누워 있었기 때문에 나는 그가 잠들었거나 심지어 정신을 잃었다고 생각했다. 갑자기 그가 저돌적으로 몸을 일으키더니 머리에서 수건을 떼 내고 소파에서 벌떡 일어나 거울로 돌진했고 떨리는 두 손으로 넥타이를 매고 우레 같은 목소리로 나스타샤에게 코트와 새 모자, 지팡이를 내오라고 명령하며 외쳤다.

"더 이상 참을 수가 없소." 그는 탁탁 끊기는 목소리로 말했다. "참을 수 없어, 없다고……! 직접 가겠어."

"어디로요?" 나도 벌떡 일어났다.

"렘브케한테. 이봐요(Cher), 나는 그래야 하오, 그럴 의무가 있어요. 이건 의무라고요. 난 나무토막이 아니라 시민이자 인간이며 권리가 있고 내 권리를 요구하고 싶소……. 이십 년 동안 내 권리를 요구하지 않고 죄스럽게도 평생 그것을 잊고 살았지만…… 이제는 요구하겠어요. 그는 나에게 모든 것을 말해 주어야 해요, 모든 걸. 그는 전보를 받았어요. 감히 나를 괴롭히지 못할 텐데, 안 그러면 체포, 체포, 체포하라고!"

그는 왠지 째지는 소리를 질러 대며 두 발을 쾅쾅 굴렀다.

"옳은 생각입니다." 나는 일부러 가능한 한 침착하게 말했지만, 그가 몹시 걱정되었다. "사실 이렇게 괴로워하며 앉아 있는 것보다야 그게 낫지만, 당신의 그 기분은 옳지 않은 것 같네요. 당신의 몰골이 어떤지, 당신이 어떤 모습으로 거기에 가려는지 한번 보세요. 렘브케를 만나려면 위엄을 갖추고 침착해야 해요.(Il faut être digne et calme avec Lembke.) 정말로 지금 아무한테나 달려들어 깨물 기세잖습니까."

"나 자신을 직접 넘겨줄 거요. 사자의 아가리로 곧장 가서……."

"게다가 나도 같이 가겠어요."

"안 그래도 당신에게서 그 정도는 기대했고, 당신의 희생을, 진정한 친구의 희생을 받아들이겠소. 그러나 집 앞, 오직 집 앞까지만이오. 당신이 나와 공범이 되어 곤욕을 치를 권리는 없고 그래서도 안 되지요. 오, 나를 믿어요, 침착하게 굴 거요!(O, croyez-moi, je serai calme!) 나는 내가 이 순간 극히 성스러운 것의 정상에 있다고 느끼고…….(la hauteur de tout ce qu'il y a de plus sacré…….)"

"집 안까지 나도 같이 들어가겠어요." 내가 그를 가로막았다. "어제 나는 브이소츠키를 통해 그들의 멍청한 위원회에서 나를 점찍어 두고 내일의 저 축제에 초대한다고 알려 왔는데, 그러니까 간사들에 낀다든가 아니면…… 요리 접시를 감시하고 부인네들 시중을 들고 손님들을 자리로 안내하고 왼쪽 어깨에 펀치 색이 섞인 하얀 나비 리본을 달도록 지정된 여섯 명의 청년 사이에 낀다든가 해서 말이죠. 거절하고 싶었지만, 이제는 내가 핑계를 대서 율리야 미하일로브나와 직접 담판을 짓겠다며 그 집 안으로 들어가지 못할 이유가 어디 있습니까……. 이러니, 우리 같이 들어가는 겁니다."

그는 고개를 주억이며 듣고 있었지만 아무것도 이해하지 못한 것 같았다. 우리는 문지방에 서 있었다.

"이봐요(Cher)," 그는 구석의 램프를 향해 손을 뻗었다. "이봐요(cher), 난 절대 이걸 믿지 않았지만, 그러나…… 내버려, 내버려 두라죠! (그는 성호를 그었다.) 갑시다!(Allons!)"

'뭐, 이편이 나을 거야.' 그와 현관으로 나오면서 나는 생각했다. '도중에 신선한 공기를 쐬면 도움이 될 테고, 좀 진정해서 집으로 돌아와 좀 누워 자면…….'

그러나 나의 생각은 오산이었다. 때마침 도중에 엽기적인 사건이 발생하여 스테판 트로피모비치를 더욱 동요시켜 결정적으로 방향을 정해 버렸으니…… 그래서 나는 솔직히, 우리의 벗이 오늘 아침에 갑자기 이런 신속함을 보여 줄 줄은 심지어 꿈에도 생각하지 못했다. 가엾은 벗이여, 선량한 벗이여!

10장

해적들. 숙명적인 아침

1

도중에 우리에게 일어난 사건도 놀라운 일 중의 하나였다. 그러나 모든 것을 순서대로 이야기해야겠다. 나와 스테판 트로피모비치가 거리로 나오기 한 시간쯤 전, 사람들 무리가 도시를 지나가면서 많은 이들의 호기심을 자극했는데, 70여 명, 어쩌면 그보다 더 많은 시피굴린 공장의 노동자였다. 그 무리는 점잖게, 거의 말없이, 일부러 질서 정연하게 지나가고 있었다. 훗날 나온 주장으로는, 이 70명이 900명이나 되는 시피굴린 공장의 모든 노동자 중 도지사를 찾아가도록, 공장장이 없는 까닭에 도지사에게 공장 관리인에 대한 처분을 구하도록 선발된 자들이었는데, 그 관리인이 공장을 닫고 노동자들을 내보내면서 뻔뻔스럽게도 그들 모두의 돈을 떼먹었음은 지금 의심의 여지가 없는 사실이었다. 다른 사람들은, 70명은 선발자의 수로는 너무 많다고 주장하면서 우리 도시의 선발설을 지금까지도 부정하는데, 이 무리는 그저 가장 속상한 자들로 이루어졌을 뿐이고 그들은 오직 자기들을 위해 탄원하러 온 것이기 때문에, 훗날 그토록 떠들썩했던 소란을 피운 공장의 '폭동'은 아예 없었다는 것이다. 또 다른 사람들은 이 70명이 단순한 폭도가 아니라 단연코 정치적인 폭도, 즉 가장 사나운 폭도에 속할뿐더러 더욱이 바로 몰래 던져진 문서들 때문에 흥분했다고 열렬히 단언한다. 한마디로, 여기에 누구의 영향력이나 사주 같은 것이 개입되었을까 하는 것인데 지금까지도 정확히 알려진 바 없다. 나의 개인적인 견해로는, 몰래 던져진 문서에 관한 한 노동자들은 그것을 숫제 읽지도 않았고 설령 읽었다고 해도, 그런 것을 쓰는 작자들이 자기 문체를 노골적으로 드러냄에도 불구하고 극도로 불분명하게 쓴다는 그 이유 하나 때문에라도, 한마디도 이해하지 못했을 것이다. 그러나 직공들은 정말로 갈 데까지 간 상태라 경찰도 찾아갔지만 그들의 모욕에 통 관심을 보이지 않았다. 서로 뭉쳐 '다름 아닌 장군님'을 찾아가자는, 가능하다면 머리에 종이라도 붙이고 그분의 현관 앞에 점잖게 정렬해 있다가 그분이 나타나면 당장 모두 무릎을 꿇고 상대가 신의 섭리인 양 그렇게 읍소하는 것보다 더 자연스러운 생각이 어디 있겠는가? 내 생각으로, 여기에는 폭동도, 심지어 선발자도 필요 없는데, 이것은 역사적이고 유구한 방법이기 때문이다. 러시아 민중은 태곳적부터 이 대화가 어떻게 끝나든 본질적으로 만족감 하나 때문에 '다름 아닌 장군님'과 대화하는 것을 좋아하지 않았던가.

그래서 내가 전적으로 확신하기론, 표트르 스테파노비치와 리푸틴, 그 밖의 누구든, 아마 페디카까지 합세해서 미리 직공들 틈새를 헤집고 다니며 그들과 얘기를 나눴다고 해도(이런 정황에 관한 한 실제로 상당히 확실한 증거들이 있다.) 많아야 두셋, 뭐 다섯을 넘지 않았을 것이며 그것도 고작해야 시험 삼아 그런 것일 테고 그런 대화를 통해 아무것도 얻지 못했을 것이다. 폭동에 관한 한, 직공들이 선전 중 뭐를 알아들었다고 해도, 분명히 전혀 얼토당토않은 멍청한 일이라고 치부하며 당장 한쪽 귀로 흘려 버렸을 것이다. 페디카라면 얘기가 다르다. 이쪽은 표트르 스테파노비치보다 운이 좀 더 좋았던 것 같다. 사흘 뒤에 일어난 도시의 화재에는, 이제야 의심의 여지없이 밝혀진 대로, 실제로 페디카와 직공 두 명이 가담했고, 그다음 한 달 뒤에 이전 직공 세 명도 군(郡)에서 방화와 약탈 혐의로 붙잡혔다. 그러나 페디카가 그들을 꼬여 곧장 직접적인 활동으로 이끌었다고 할지라도 어쨌든 오로지 그 다섯 명에 불과한데, 다른 사람들에 대해서는 그와 같은 얘기도 전혀 들리지 않았기 때문이다.

그건 그렇다 치고, 노동자들은 마침내 큰 무리를 이루어 도지사의 저택 앞 소광장에 도착했고 점잖게 말없이 정렬했다. 그다음에는 현관을 향해 입을 벌린 채 기다리기 시작했다. 내가 들은 바로는, 거의 정렬하자마자, 즉 하필이면 그 순간 저택에 없던 도(道)의 주인이 나타나기 전까지 삼십 분 전에 모자를 벗었다고 한다. 즉시 경찰이 출동했는데, 처음에는 개별적으로 나타났고 나중에는 가능한 한 조를 이루었다. 당연히, 위협적으로 해산을 명령하기 시작했다. 그러나 노동자들은 담장 앞에 다다른 양 떼처럼 고집을 부리며 '다름 아닌 장군님'에게 가겠노라고 간결하게 대답했다. 확고한 결의가 엿보였다. 부자연스러운 외침은 그쳤다. 그것을 대체한 것은 심사숙고, 속삭임에 의한 은밀한 지시, 상관의 미간을 찌푸리게 할 만큼 준엄하고 부산한 잡일이었다. 경찰서장은 폰 렘브케가 직접 올 때까지 기다리는 편이 낫겠다고 생각했다. 그가 트로이카를 타고 전속력으로 날아왔으며 마차에서부터 주먹다짐을 시작한 것 같다는 얘기는 헛소리다. 정말로 그는 우리 도시를 날아다녔고 뒷부분이 노란 자기 마차를 타고 날아다니는 것을 좋아했는데, '방종해진 말들'이 점점 더 미쳐 날뛰며 고스티니랴드의 모든 상인을 황홀경으로 몰아넣을 무렵이면 그는 마차에서 일어나 온몸을 쫙 펴고 일부러 옆에 매달아 둔 가죽끈을 거머쥐고 마치 기념 석상 위에 서 있는 양 오른손을 허공으로 뻗은 채, 그런 식으로 도시를 시찰하는 것이었다. 그러나 이번 경우에는 주먹다짐도 하지 않았고, 비록 마차에서 뛰어내릴 때 강력한 한마디를 하지 않을 수는 없었겠지만, 그건 오로지 인기를 잃지 않기 위해서였다. 총검으로 무장한 병사들이 왔다느니, 어디에 전보를 쳐서 포병대와 카자크들을 파견해 줄지 알아보도록 했다느니 하는 것은 더더욱 헛소리다. 이건 이제 그 얘기를 지어낸 당사자조차 믿지 않는 동화다. 물이 담긴 소방용 물통을 끌고 와 민중에게 퍼부었다는 것도 역시 헛소리다. 그저 일리야 일리치가 너무 흥분한 나머지, 단 한 놈도 젖지 않은 채 물에서 빠져나가지는 못할 것이라고 외쳤을 따름이다. 분명히 이 말에서 물통이 나왔고 그런 식으로 수도 신문의 통신란으로 넘어갔으리라. 추측하건대, 이런저런 소리 중에서 가장 믿을 만한 버전은, 당장 그 자리에 있던 경찰관들에게 우선 무리를 포위하라고 한 다음 제1분과 경관을 급사로 렘브케에게 파견하고 또 그 경관은 폰 렘브케가 삼십 분쯤 전 자기 마차를 타고 스크보레시니키로 갔음을 알고서 경찰용 마차를 타고 그리로 날아갔고…….

그러나 솔직히 나로서는 여전히 해결되지 않은 문제가 남아 있다. 공소한, 즉 평범한 청원자 무리를 — 사실 70명이나 되지만 — 어쩌다 처음 대할 때부터, 즉 첫걸음부터 근본을 뒤집어엎겠다고 위협하는 폭동으로 바꾸어 버렸을까? 이십 분 후 급사에 뒤이어 나타난 렘브케는 또 왜 그런 생각에 사로잡혔을까? 추정하자면(그러나 이번에도 개인적인 견해다.) 공장 관리인과 가까운 사이였던 일리야 일리치는 이 무리를 폰 렘브케에게 그런 의미로 소개하는 것이 자기에게 유리했는데, 바로 사태의 진상을 파악하지 못하도록 하기 위해서였다. 실은 렘브케 자신이 그에게 그렇게 주입한 것이기도 했다. 최근 이틀 동안 그들은 두 번에 걸쳐 은밀하고 괴상한 대화를 나누었는데, 극히 갈피를 잡을 수 없음에도 어쨌든 그때 일리야 일리치는 당국이 시피굴린 공장의 격문과 음모가 누군가에 의해 사회적인 폭동으로 치닫고 있다는 생각에 확고하게 사로잡혔음을, 만약 음모가 헛소리로 판명된다면 당국이 더 애석해

할 정도로 그러함을 간파했다. '어떻든 페테르부르크에서 두각을 나타내고 싶은 거야.' 우리 노회한 일리야 일리치는 폰 렘브케 집을 나오며 생각했다. '뭐 그럼 우리야말로 잘됐지.'

그러나 나는 가련한 안드레이 안토노비치라면 심지어 자신의 두각을 위해서라도 폭동은 바라지 않았으리라고 확신한다. 그는 극도로 성실한 관리이자 결혼식 직전까지도 순결을 지킨 사람이었다. 순결한 관청용 장작과 그토록 순결한 민헨 대신 마흔 살짜리 공작 영애가 그를 자기 수준으로 끌어올렸다고 한들, 그에게 무슨 죄가 있었단 말인가? 내가 거의 확실히 아는바, 바로 이 숙명적인 아침부터 가련한 안드레이 안토노비치를 스위스의 유명한 특수 시설에 보내려 했다는 저 상태의 명백한 첫 징후들이 시작되었는데, 지금은 새롭게 힘을 모아 그리로 떠나려는 형편이다. 그러나 이날 아침부터 뭐든 명백한 사실들이 드러났다고 가정할 수만 있다면, 내 생각으론 이미 그 전날 밤에도 그토록 명백하지는 않더라도 이 같은 사실들이 나타날 수 있었으리라고 가정해 볼 수도 있으리라. 내가 가장 내밀한 소식통을 통해서 알게 된 바로는(뭐 이런 식인데, 율리야 미하일로브나는 이미 의기양양하기는커녕 거의 후회하면서 — 여자란 절대로 전적으로 후회하지는 않으니까 — 나에게 이 사건의 일부분을 알려 주었다.) — 내가 알게 된 바로는, 그 전날 밤, 벌써 밤이 깊어 새벽 2시가 넘었을 무렵, 안드레이 안토노비치가 부인을 찾아와 깨운 다음 '자신의 최후통첩'을 들어 달라고 요구했다. 너무 완강한 요구였기 때문에 그녀는 침상에서 일어나야만 했고, 머리에 헤어롤을 감은 채 격분해서 침대 의자에 앉은 다음 신랄한 경멸이 섞이긴 했지만 어쨌든 끝까지 들어야만 했다. 이 순간 처음으로 그녀는 안드레이 안토노비치가 자기를 전혀 이해하지 못했음을 깨닫고는 내심 오싹한 공포를 느꼈다. 마침내 그녀도 정신을 차리고 좀 수그러들어야 했지만 자신의 공포를 감추고 예전보다 더욱더 집요하게 버텼다. 그녀에게는(다른 모든 부인도 그렇겠지만) 나름대로 안드레이 안토노비치를 다루는 방식이 있었는데, 벌써 한두 번 써 본 것이 아니고 여러 번이나 그를 광란으로 몰고 간 것이다. 율리야 미하일로브나의 방식이란 한 시간, 두 시간, 아니면 온종일, 뭣하면 거의 사흘씩 경멸적인 침묵을 고수하는 것, 무슨 일이 있든, 그때 그가 무슨 말을 하든, 무슨 짓을 하든, 심지어 3층에서 몸을 던지려고 창문으로 기어 올라가든 침묵을 고수하는 것인데, 감수성이 예민한 사람으로서는 도저히 참을 수 없는 방식이었다! 율리야 미하일로브나는 최근에 남편이 몇 가지 실책을 범하고 또 시장인 그가 그녀의 행정적인 능력에 질투 어린 시기심을 보였기 때문에 벌을 준 것일까. 아니면 젊은 층, 우리 모든 사교계와 함께한 그녀의 행태를, 그녀의 섬세하고 원시안적인 정치적 목적을 이해하지 못한 채 비판한 것에 분개한 것일까. 표트르 스테파노비치에 대한 그의 터무니없고 꽉 막힌 질투 때문에 화가 난 탓인지 — 그때 어떤 일이 있었든 어쨌든 새벽 3시임에도, 여태껏 본 적 없는 안드레이 안토노비치의 흥분에도 불구하고 그녀는 마음을 굳히고 이제 와서도 전혀 수그러들지 않았다. 제정신이 아닌 채로 그녀의 규방 양탄자를 앞뒤로, 사방으로 휘젓고 다니며 그는 모든 것, 모든 것을, 사실 두서는 없지만 대신 끓어오르던 모든 것을 설명했는데 — 모든 것이 '한계를 넘어섰기' 때문이다. 그는 모두가 자기를 비웃고 자기 '코를 붙잡고' 끌고 다닐 것이라는 말에서 시작했다. '이따위 표현에는 침이나 뱉으라지!' 그는 그녀의 조소를 눈치채고는 당장 꽥 소리를 질렀다. "'코를 붙잡고'는 아무래도 좋지만, 이건 사실이란 말이오……!" "아니, 부인, 그 순간이 왔소. 이제 웃을 일도 아니고 여자들의 애교가 통할 때도 아니라는 점, 알아 둬요. 우린 젠체하는 부인네의 규방에 있는 것이 아니라 진실을 말하기 위해 기구(氣球) 위에서 만난 두 추상적인 존재와 같아요. (그는 물론 갈팡질팡하고 어떻든 자신의 그럴듯한 생각에 맞는 올바른 형식을 찾지 못하고 있었다.) 이건, 부인, 부인이, 부인이 나를 이전의 상태로부터 끌어냈기 때문이오. 내가 이 자리를 받아들인 건 오직 부인을, 부인의 공명심을 위해서였소. 신랄한 조소를 보내는 거요? 의기양양할 것도 없고 서두를 것도 없소. 알아 둬요, 부인, 내가 할 수 있으리라는 것, 이 자리를 감당할 능력이 있으리라는 것, 꼭 이 자리 하나만이 아니라 이런 자리 열 개는 족히 감당할 수 있으리라는 것, 알아 둬요, 난 능력이 있으니까. 그러나 부인과 함께라면, 부인, 그러나 부인이 있는 데서라면 감당할 수 없어요. 난 부인이 있으면 능력이 없으니까. 두 개의 중심은 존재할 수 없는데, 부인은 중심을 두 개로 만들어 놓았고 — 하나는 나에게, 다른 하나는 당신의 이 규방에 있고 — 말하자면 권력의 중심이 두 개인데, 나는 그것을 용납, 용납하지 않겠소!! 부부 생활처럼 업무도 중심은 하나지, 두 개는 불가능해……. 대체 그 대가로 내게 무엇을 안겨 준 거요?" 그는 계속 탄식했다. "우리네 부부 생활이란 그저 부인 쪽에서는 언제나, 매 시각 나에게 내가 하찮고 멍청하고 심지어 비열하다는 것을 증명하고 내 쪽에서는 언제나 매 시각 나는 하찮지도 않고, 전혀 멍청하지도 않거니와 나 자신의 고결함이 모두에게 충격을 주는 정도라는 것을 굴욕적으로 증명해야 하는 것에 불과한데 — 아니, 이건 쌍방에게 다 굴욕적인 일 아니오?" 그 순간 그는 당장, 마구 양탄자 바닥에 두 발을 쾅쾅 구르기 시작했고 그 때문에 율리야 미하일로브나는 준엄한 위엄을 갖추며 일어나야 했다. 그는 금세 잠잠해졌지만 대신 감상적인 태도로 옮겨 가서 자기 가슴을 쾅쾅 치며 흐느끼기 시작했는데(그렇다, 흐느꼈다.) 율리야 미하일로브나가 아주 깊은 침묵을 고수했기 때문에 거의 꼬박 오 분 동안을 그랬고 점점 더 정신을 잃어 갔다. 마침내 결정적인 실수를 저질렀는데, 그만 그녀 때문에 표트르 스테파노비치를 질투한다는 말이 나와 버린 것이다. 도가 지나칠 만큼 멍청한 짓을 저질렀음을 깨닫고는 분기탱천하여 미쳐 날뛰며 "신을 거부하는 걸 용납하지 않겠소."라고 외쳤다. 그녀의 '믿음 없는 무자비한 살롱'을 쫓아 버리겠다, 시장은 신을 믿을 의무마저 있고 '따라서 시장의 아내도 그러하다', 젊은 놈들을 참아 주지 않겠다, "부인, 부인은, 부인이란 자신의 위신 때문에라도 남편을 신경 써야 하고, 설령 남편의 능력이 형편없다 해도(사실 내가 능력이 형편없는 것도 아니고!) 남편의 지성을 옹호해야 마땅하건만, 실은 부인이야말로 여기 모두가 나를 경멸하게 된 원인이고, 부인이 그들 모두를 그렇게 만들어 놓은 것이다!"라고 말이다. 그는 여성 문제 따위는 없애 버리겠다, 그 냄새도 싹 지워 버리겠다, 여성 가정 교사를 위한(에라잇, 엿이나 먹어라!) 모금 차원의 터무니없는 축제도 내일 당장 금지하고 쫓아 버리겠다, 그와 맨 처음 마주치게 되는 여자 가정 교사는 내일 아침에 당장 '카자크를 동원해!' 도(道)에서 쫓아 버리겠다고 소리쳤다. "일부러, 일부러라도!" 그가 꽥꽥거렸다. "알고, 알고 있는지" 하며 그가 외쳤다. "공장에서는 부인의 그 깡패 놈들이 사람들을 꼬드기고 있음을, 내게 이 사실이 알려졌음을? 일부러 격문을 뿌리고 다니는 걸 아느냔 말이오, 일-부-러! 내게 그 깡패 놈 넷의 이름도 알려졌고 내가 지금 미치기 일보 직전임을, 결정적으로, 결정적으로 그럴 판임을 아느냔 말이오……!!!" 그러나 그 순간 율리야 미하일로브나가 갑자기 침묵을 깨고 엄격하게, 그녀도 오래전부터 범죄 음모에 대해 알고 있다고, 이 모든 것이 멍청한 짓에 불과하다고, 그가 너무 심각하게 받아들인 것이라고, 그 말썽꾸러기들에 관한 한 그녀는 그 넷뿐만 아니라 모두를 안다고(거짓말이었다.) 선언했다. 그러나 이런 일 때문에 미칠 생각은 없고 오히려 더 더욱 자신의 지성을 믿으며 모든 것을 조화롭게 끝내길 희망한다고, 즉 젊은 층을 격려하고 계몽하고 갑자기, 또 뜻밖에 그들의 음모가 알려졌음을 증명한 다음 합리적이고 보다 밝은 활동을 위한 새 목적들을 가르쳐 주길 희망한다고 말이다. 오, 그 순간, 안드레이 안토노비치는 어떻게 되었겠는가! 표트르 스테파노비치가 이번에도 그에게 사기를 쳤음을, 너무나 조잡하게 그를 조롱했음을, 그에게 털어놓은 것보다도 훨씬 더 많은 것을, 또 더 이전에 그녀에게 털어놓았음을, 끝으로 표트르 스테파노비치야말로 이 모든 범죄 음모의 주동자임을 알게 되자 그는 광란에 휩싸였다. "잘 알아 둬, 말귀도 못 알아먹는 주제에 독살스러운 이 계집년." 그는 모든 사슬을 한꺼번에 끊어 버리면서 외쳤다. "잘 알아 두라고, 네년의 그 형편없는 정부 놈을 지금 당장 체포해서 수갑 채우고 감방으로 데려가거나 아니면 내가 직접 당장에 네년의 눈앞에서 저 창문 밑으로 뛰어내리겠어!" 이 장광설에 너무 화가 나 새파랗게 질린 율리야 미하일로브나는 금방 뭔가 구르고 천둥이 울려 퍼지듯 카랑카랑 울리는 소리로 오랫동안 깔깔 웃었는데, 이건 꼭 프랑스의 극장에서 10만 루블에 고용되어 요부로 분한 파리 여배우가 감히 그녀에게 질투심을 갖게 된 남편을 눈앞에서 조롱할 때의 웃음과 똑같았다. 폰 렘브케는 창문으로 몸을 던지려다가 갑자기 못 박힌 듯 우뚝 멈추어 섰고 가슴팍에 두 손을 모으고 시체처럼 창백해진 채, 비웃는 아내를 불길한 시선으로 바라보았다. "알고 있어, 알고 있냐고, 율랴……." 그는 애원하는 목소리로 숨을 헐떡이며 했다. "알고 있냐고, 나도 뭐라도 할 수 있다는 걸." 그러나 그의 마지막 말이 떨어지자마자 훨씬 더 심한 깔깔거림이 새롭게 터져 나왔고, 그는 이를 갈고 신음을 내더니 갑자기 — 창문이 아니라 — 아내에게로 몸을 던져 그 위로 주먹을 치켜들었다! 그 주먹을 내리치지는 못했다. 아니, 죽어도 못 했으리라. 오히려 그 대신에 그 자리에서 당장 사라지고 말았다. 그는 발소리조차 들리지 않을 만큼 빠르게 서재로 달려가 옷을 입은 채 이부자리가 깔린 침대에 엎어져 경련하듯 시트로 머리부터 발끝까지 온몸을 휘감더니 그렇게 두 시간을 엎드려 있는데, 자는 것도, 생각하는 것도 아닌 채 가슴속에는 돌멩이를, 영혼 속에는 꼼짝도 하지 않는 둔한 절망을 안고 있었다. 간간이 괴로운 열병을 앓는 듯 온몸을 벌벌 떨기도 했다. 어디에도 맞지 않는, 뭔가 두서없는 일들이 떠올랐다. 가령, 그는 십오 년쯤 전 페테르부르크의 집에 있던, 분침이 떨어져 나간 낡은 벽시계를 생각했다. 명랑한 관리 밀부아를 생각하기도 했는데, 한번은 그와 함께 알렉산드롭스키 공원에서 참새를 잡다가 다 잡은 다음에야 그중 한 사람이 벌써 8등관임을 상기하곤 온 공원이 떠나가라 웃었다. 내 생각에 그는 스스로 알아채지도 못한 채 아침 7시쯤 잠들었고 매혹적인 꿈들로 가득 찬 달콤한 잠을 잤을 것이다. 10시쯤 잠에서 깨자 갑자기 해괴망측하게 침대에서 벌떡 일어나 모든 것을 한꺼번에 상기하고는 손바닥으로 이마를 탁 쳤다. 아침도, 블륨도, 경찰서장도, ○○ 모임의 회원들이 오늘 오전 그가 주최할 회의를 기다리고 있음을 상기시키려고 찾아온 관리도 다 받지 않았고, 아무것도 들리지 않고 아무것도 이해하지 않으려고 하면서 머리가 돈 사람처럼 율리야 미하일로브나의 방으로 달려갔다. 그곳에서 소피야 안트로포브나, 즉 벌써 오래전부터 율리야 미하일로브나 집에 살고 있는 귀족적인 집안 출신의 노파가 설명해 준 바로는, 부인은 벌써 10시에 큰 무리를 이루어 세 대의 마차를 타고 바르바라 페트로브나 스타브로기나의 스크보레시니키로 떠났다고, 앞으로 이 주 뒤에 있을, 벌써 두 번째가 되는 축제 때 쓸 그곳의 장소를 둘러보기 위해서라고, 사흘 전에 바르바라 페트로브나와 직접 그렇게 약속했노라 했다. 이 소식에 충격을 받은 안드레이 안토노비치는 서재로 돌아와 냉큼 말을 준비하라고 명령했다. 심지어 제대로 기다리지도 못할 정도였다. 그의 영혼은 율리야 미하일로브나를 — 오직 그녀를 볼 수 있기를, 오 분이라도 그녀 곁에 머물기를 갈망했다. 그를 보자마자, 그를 알아보자마자 이전처럼 미소를 지으며 용서해 줄지도 모른다, 오-오! '대체 이놈의 말은 어떻게 된 거야?' 그는 기계적으로 책상에 놓여 있는 두꺼운 책을 기계적으로 펼쳤다.(가끔 그는 이런 식으로 책을 골라 아무 데나 펼치고 오른쪽 페이지를 위쪽부터 석 줄을 읽곤 했다). 이랬다. "모든 것은 가능한 세계 중 최상의 세계 속에서 최상의 것을 위해 존재한다.(Tout est pour le mieux dans le meilleur des mondes possibles.)" 볼테르 『캉디드』.(Voltaire, 'Candide.')[75] 그는 침을 탁 뱉고 달려가 마차에 앉았다. "스크보레시니키로!" 마부의 얘기로는, 나리는 길을 가는 내내 재촉했지만 저택에 다다르자 갑자기 마차를 돌려서 다시 도시로 데려가 달라고 명령했다고 한다. "어서, 어서 빨리." 도시의 성곽에 닿기도 전에 "다시 정지하라고 명령하시더니 마차에서 내려 길을 가로질러 들판으로 가셨습니다. 어디 몸이 좀 안 좋으신가 생각했는데, 걸음을 멈추고 꽃을 뜯어보기 시작하시더

75) 볼테르(Voltaire, 1694~1778)의 철학 소설 『캉디드』(1759)에서 주인공 캉디드의 가정 교사인 팡 글로스의 말.

니 그렇게 한 시간을 꼬박 서 계시는데, 정말이지, 너무 수상해서 아주 진작부터 의심하게 됐어요." 마부는 그렇게 증언했다. 나는 그날 아침의 날씨가 기억난다. 쌀쌀하고 청명하지만 바람이 부는 9월의 날이었다. 길을 벗어난 안드레이 안토노비치 앞에는 벌써 오래전에 밀을 거두어들인 들판의 황량한 풍경이 펼쳐졌다. 휘몰아치는 바람이 죽어 가는 어떤 노란 꽃의 애처로운 잔해를 흔들고 있었다……. 그는 자신과 자신의 운명을 가을과 서리에 짓밟힌 파리한 꽃에 비유하고 싶었던 것일까? 그렇지 않았으리라 생각된다. 분명히 그런 것이 아니라는, 그가 꽃에 대해서는 아무것도 전혀 기억하지 못했으리라는 생각마저 드는데, 마부의 증언에도 불구하고, 또 그 순간 경찰용 마차를 타고 온 제1분과 경관이 나중에 도지사가 정말로 한 손에 노란 꽃다발을 쥐고 있었다고 주장했음에도 말이다. 이 경관, 즉 열렬한 행정적 인간인 바실리 이바노비치 플리부스티에로프는 우리 도시에 온 지 얼마 안 된 손님이었지만, 무한한 투지, 행정부의 모든 일을 후다닥 처리하는 속도, 타고나길 술 한잔 걸친 듯한 상태 덕분에 벌써 떠들썩하게 두각을 드러냈다. 마차에서 뛰어내려 상관이 바쁜 모습임에도 일말의 의심도 없이, 미치광이 같지만 확신에 찬 표정으로 단숨에 "시내가 평온치 못합니다."라고 보고했다.

"어? 뭐라고?" 안드레이 안토노비치는 그에게로 몸을 돌렸는데, 얼굴빛은 엄격하지만 조금도 놀라는 기색 없이 흡사 자기 서재에 있는 양 마차와 마부 따위는 전혀 기억하지 못하는 것 같았다.

"제1분과의 경관 플리부스티예로프입니다, 각하. 시내에서 폭동이 발생했습니다."

"플리부스티예르[76]들이라고?" 안드레이 안토노비치는 생각에 잠긴 듯 되물었다.

"바로 그렇습니다, 각하. 시피굴린 직공들이 폭동을 일으키고 있습니다."

"시피굴린이라……!"

'시피굴린'이라는 이름을 듣자 그는 뭔가 기억난 듯했다. 심지어 몸까지 부르르 떨며 손가락을 이마에 갖다 댔다. '시피굴린!' 말없이, 그러나 더욱더 생각에 잠긴 듯 그는 서두르지도 않고 마차로 걸어가 올라탄 다음 시내로 가라고 명령했다. 경관도 자기 무개 마차를 타고 그의 뒤를 따랐다.

상상해 보건대, 도중에 그는 많은 주제에 대한 극히 흥미진진한 일이 희뿌옇게 떠올랐겠지만 도지사의 관저 앞 광장에 도착할 즈음에는 무슨 확고한 이념이나 무슨 특정한 의도는 거의 갖고 있지 않았으리라. 그러나 굳건히 정렬해 있는 '폭도' 무리, 사슬 같은 시경들, 무기력한(일부러 무기력한 척하고 있는지도 모를) 경찰서장, 그리고 자기에게로 집중된 공통의 기대를 보자마자 모든 피가 심장으로 흘러들었다. 그는 새하얗게 질린 채 마차에서 내렸다.

"모자를 벗어라!" 그는 숨을 헐떡이며 거의 들릴 듯 말 듯

76) 경관의 이름이 '해적'을 뜻하는 '플리부스티예르'라는 단어와 발음이 비슷하다.

한 소리로 말했다. "무릎 꿇어!" 그는 예기치 못하게, 그 자신도 예기치 못하게 째지는 소리를 질렀고, 그 예기치 못함 속에 이 사건의 그 모든 잇따른 대단원이 들어 있었는지도 모르겠다. 이건 흡사 사육제 기간에 눈 덮인 산에서 썰매를 타는 것과 같다. 위에서 내려가는 썰매가 산 한가운데서 정지할 수 있을까? 무슨 마가 끼었는지, 안드레이 안토노비치는 평생 명징한 성격에 누구에게도 절대 소리를 지르지도, 발을 구르지도 않기로 유명했다. 한데 이런 자들이, 어떤 이유로 갑자기 썰매가 산에서 굴러떨어지는 일이 한번 발생하면, 더더욱 위험한 법이다. 그의 앞의 모든 것이 빙빙 돌았다.

"해적들!" 그는 훨씬 더 째지는 듯, 훨씬 더 터무니없이 울부짖다가 목소리가 탁 끊겼다. 그 자리에 선 그는 여전히 자신이 무엇을 할지 몰랐지만 지금 뭔가를 반드시 하리라는 것만은 알았고 또 전 존재로 느꼈다.

"맙소사!" 이런 말이 군중 사이에서 들려왔다. 어떤 청년은 성호를 긋기 시작했다. 서너 명은 정말로 무릎을 꿇으려고 했지만 다른 사람들은 완전히 한 덩어리가 되어 세 걸음쯤 앞으로 움직이더니 갑자기 모두 한꺼번에 웅성대기 시작했다. "각하…… 40을 쳐주기로 했는데…… 관리인이…… 찍소리도 하지 말라고" 어쩌고저쩌고. 하여간 아무것도 알아들을 수 없었다.

아, 슬프도다! 안드레이 안토노비치는 아무것도 알아들을 수 없었다. 꽃들은 여전히 그의 손에 들려 있었다. 그에게 폭동은 방금 스테판 트로피모비치의 포장마차처럼 너무나 명백한 것이었다. 그런데 그를 향해 눈을 부릅뜬 '폭도' 무리 사이, 그의 앞에서 그들을 '선동한' 표트르 스테파노비치가, 어제부터 단 한 순간도 그의 뇌리를 떠나지 않던 그 표트르 스테파노비치가, 증오해 마지않는 표트르 스테파노비치가 그렇게 돌아다니고 있었던 것이다…….

"매질을 해라!" 그는 더욱더 예기치 못하게 소리를 질렀다.

죽음 같은 침묵이 엄습했다.

아주 정확한 정보와 나의 추측으로 판단하건대, 맨 처음엔 바로 이렇게 일어난 일이었다. 그러나 이후의 정보는 내 추측과 마찬가지로 별로 정확하지 않다. 그래도 몇 가지는 사실이다.

첫째, 매질은 왠지 너무 성급하게 나왔다. 눈치 빠른 경찰서장이 기대감에 차 미리 마련해 놓은 것이 분명했다. 하긴 그래 본들 겨우 둘, 많아야 셋만 처벌받았던 것 같다. 이 점은 단언한다. 모두가, 적어도 절반은 족히 되는 사람이 처벌받았다는 것은 순전히 지어낸 얘기이다. 그 옆을 지나가던 가난하지만 귀족적인 어떤 부인이 붙잡혀서 무슨 연유인지 두들겨 맞았다는 것도 헛소리이다. 그런데도 나는 이후에 어느 페테르부르크 신문의 통신란에서 이 부인의 기사를 직접 읽었다. 많은 사람이 우리 도시의 묘지 근처 양로원에 사는 아브도티야 페트로브나 타라피기나라는 어떤 부인 얘기를 했는데, 그녀가 어디를 방문했다가 양로원으로 돌아가는 길에 광장을 지나다가 오로지 호기심에서 구경꾼들 틈새를 비집고 들어가서 "이 무슨 수치람!" 하고 외친 다음 침을 탁 뱉었다는 것이다. 그 때문에 그녀를 붙잡았고 역시 '보고를 올린' 것 같다는 것이다. 이 사건은 활자화됐을 뿐만 아니라 심지어 우리 도시에서 그녀를 위한 서명 운동까지 열렬히 벌어졌다. 나도 20코페이카를 기부했다. 그런데 웬일인가? 이제 와서 알고 보니 우리 도시에는 양로원에 사는 타라피기나는 전혀 있지도 않고 있었던 적도 없었다! 나는 직접 알아보려고 묘지 근처 그들의 양로원까지 다녀왔다. 거기서는 어떤 타라피기나 얘기도 들은 바가 없다고 했다. 더욱이, 내가 항간에 떠도는 소문을 이야기하자 그들은 매우 성질을 냈다. 내가 존재한 적도 없는 이 아브도티야 페트로브나를 언급하는 것은, 원래 스테판 트로피모비치에게도 그녀(그녀가 정말로 존재했다면 말이다.)와 똑같은 일이 일어날 뻔했기 때문이다. 심지어 타라피기나에 대한 이 모든 터무니없는 소문이 어쩌다 스테판 트로피모비치에게서 생겨난 것인지도 모르겠고, 즉 유언비어가 점점 퍼지는 와중에 느닷없이 스테판 트로피모비치가 그냥 무슨 타라피기나로 둔갑했는지도 모른다. 무엇보다도, 우리가 광장으로 들어서기가 무섭게 그가 어떤 식으로 나에게서 싹 빠져나갔는지를 통 모르겠다. 뭔가 매우 좋지 않은 것을 예감한 나는 광장 주위를 빙 돌아 그를 도지사 관저의 현관으로 곧장 데려가려고 했지만, 그 자신이 호기심이 동해 아주 잠깐 누구든 처음으로 마주치는 사람에게 좀 물어보겠다며 걸음을 멈추었고 갑자기 보니까 스테판 트로피모비치가 내 옆에 없는 것이었다. 본능적으로 나는 가장 위험한 장소에서 그를 찾기 위해 돌진했다. 그의 썰매도 왠지 산에서 굴러떨어졌다는 예감이 들었다. 정말로 그는 사건의 한복판에서 발견되었다. 내가 그의 손을 잡았던 것이 기억난다. 그는 조용히, 그리고 오만하게 무한한 권위를 과시하며 나를 쳐다보았다.

"이봐요(Cher)," 그는 끊어진 현이 떨리는 듯한 목소리로 말했다. "그들이 모두 이곳 광장에 있고 우리가 보는 데서 이렇게 거리낌 없이 설친다면 이런 놈…… 한테서 뭘 기대할 수 있겠소, 이놈이 독자적으로 행동한다면."

그리고 그는 분노로 몸을 떨며 도전을 받아들이겠다는 한량없는 소망을 갖고서 두어 걸음 떨어진 채 우리를 향해 눈을 부릅뜬 플리부스티예로프를 향해 위협적인 폭로의 손가락을 가져갔다.

"이런 놈이라니!" 상대방은 물불을 가리지 못하고 외쳤다. "이런 놈이 뭐야? 네놈은 대체 누구야?" 그는 주먹을 움켜쥐면서 다가왔다. "어떤 놈이냐고?" 광포하게, 병적으로, 필사적으로 울부짖었다.(지적하건대, 그는 스테판 트로피모비치의 얼굴을 무척 잘 알았다.) 한순간만 더 있었더라면, 물론, 그의 멱살을 잡았겠지만 다행스럽게도 렘브케가 이 외침을 듣고 고개를 돌렸다. 그는 의혹은 있지만 조심스러운 눈빛으로 스테판 트로피모비치를 쳐다보다가 뭔가 생각이 정리된 듯 갑자기 초조하게 한 손을 내저었다. 플리부스티예로프는 한풀 꺾였다. 나는 스테판 트로피모비치를 군중 속에서 끌고 나왔다. 하긴 그 자신이 벌써 물러나고 싶었는지도 모르겠다.

"집으로, 집으로 갑시다." 내가 고집을 부렸다. "우리가 얻어맞지 않았다면 물론 렘브케 덕분입니다."

"어서 가요, 내 벗이여, 당신을 이 지경에 처하게 하다니 내가 죄인이오. 당신은 앞날이 창창하고 나름대로 출셋길도 있지만 나는, 이제 종친 거요.(mon heure a sonné.)"

그는 도지사 관저의 현관으로 확고하게 걸음을 내디뎠다. 수위가 나를 알았다. 나는 우리 둘 다 율리야 미하일로브나에게 가는 길이라고 알렸다. 우리는 거실에 앉아서 기다렸다. 나는 내 친구를 혼자 두고 싶지 않았지만, 무슨 말을 더 한다는 것이 쓸데없으리라고 생각했다. 그는 조국을 위해 죽을 운명이라도 부여받은 사람 같은 표정을 지었다. 우리는 나란히 앉은 것이 아니라 각기 다른 구석, 즉 나는 출입문 가까이에, 그는 반대편에 멀리 생각에 잠긴 듯 고개를 떨구고 두 손으로 살짝 지팡이를 짚은 채 앉았다. 챙이 넓은 모자는 왼손에 쥐고 있었다. 우리는 그렇게 십 분쯤 앉아 있었다.

2

렘브케는 경찰서장을 대동하고 갑자기 빠른 걸음으로 들어오더니 멍하게 우리를 쳐다보고는 신경도 쓰지 않고 오른쪽 서재로 걸어갔지만, 스테판 트로피모비치가 그의 앞에 서서 길을 가로막았다. 아무와도 닮지 않은, 키가 큰 스테판 트로피모비치의 모습이 강한 인상을 주었다. 렘브케는 걸음을 멈추었다.

"이 사람은 누구요?" 그는 경찰서장에게 질문을 던지듯 의혹에 잠겨 중얼거렸지만, 고개는 그래도 그쪽으로 돌리지 않고 계속 스테판 트로피모비치를 뜯어보고 있었다.

"퇴직 8등관 스테판 트로피모비치 베르호벤스키입니다, 각하." 스테판 트로피모비치는 거들먹거리며 고개를 숙이고 대답했다. 각하는 계속 살펴보았지만 극히 둔한 시선이었다.

"무슨 일로?" 그는 상관다운 간결한 말투로 귀찮은 듯 초조하게 스테판 트로피모비치 쪽으로 귀를 돌렸는데, 마침내 그를 청원서나 들고 온 평범한 청원자로 본 것이다.

"오늘 각하의 이름으로 움직인 관리에게 가택 수색을 당했습니다. 그래서 이렇게……."

"이름? 이름은?" 렘브케는 갑자기 뭔가 짚이는 게 있는 듯 초조하게 물었다. 스테판 트로피모비치는 더욱더 거드름을 피우며 자신의 이름을 반복했다.

"아-아-아! 이 사람이…… 이 사람이 그 온상이군……. 친애하는 선생, 그런 관점에서 자신을 천명했다라……. 교수요? 교수냔 말이오?"

"언젠가 ○○ 대학에서 청년들에게 몇 번 강의할 영광을 가졌습니다."

"청-년-들에게!" 렘브케는 몸을 부르르 떠는 듯했지만, 장담하건대, 무슨 영문인지, 심지어 자기가 누구와 말하고 있는지도 여전히 거의 이해하지 못했다. "친애하는 선생, 그런 건 용납하지 않겠소." 그가 갑자기 끔찍이도 화를 냈다 "난 청년들을 용납하지 않소. 한결같이 격문뿐이거든. 그들은 사회에 대한 기습, 해상 기습에 해적질이나 한단 말이오……. 무슨 청원을 하려는 거요?"

"정반대로, 청원이라면 각하의 부인께서 저에게 내일 부인의 축제에서 강연해 달라고 하셨지요. 저는 청원이 아니라 저의 권리를 찾기 위해 왔습니다…….”

“축제? 축제는 없을 거요. 당신들의 그 축제는 용납하지 않겠소! 강연? 강연이라고?” 그는 광포하게 소리쳤다.

“저에게 보다 정중하게 말씀해 주셨으면 합니다만, 각하, 발도 구르지 마시고 어린애 대하듯 소리도 지르지 마시고요.”

“지금 누구와 말하고 있는지 알기나 하는 거요?” 렘브케의 얼굴이 시뻘개졌다.

“여부가 있겠습니까, 각하.”

“난 온몸으로 사회를 지키고 있는데, 당신들은 그것을 파괴하고 있소. 파괴! 당신은…… 어쨌든 기억나는군. 당신은 그 스타브로기나 장군 부인댁 가정 교사로 있던 사람 아니오?”

“예, 가정 교사로…… 있었지요…… 스타브로기나 장군 부인 댁에서요.”

“그럼 이십 년 동안, 지금 축적된 이 모든 것의 온상이었다는 것이군…… 모든 열매가……. 방금 광장에서 당신을 본 것 같은데. 하지만 두려워해야, 친애하는 선생, 두려워해야 할 거요. 선생의 사상 경향이 알려져 있으니까. 염두에 두고 있다는 것 명심하시오. 친애하는 선생, 선생의 강연은 용납, 용납할 수 없소. 그런 청원이라면 나한테 오지 마시오.”

그는 다시 그냥 지나치려고 했다.

“반복하건대, 잘못 아신 겁니다, 각하. 각하의 부인께서 내일 축제를 위해 부탁하신 것은 강연이 아니라 문학적인 뭔가입니다. 그러나 제가 스스로 그런 강연을 거절하려고 합니다.

저는 아주 공손하게, 가능하면, 설명을 해 주십사 부탁드립니다만, 어떤 식으로, 무엇 때문에, 왜 제가 오늘 가택 수색을 받은 것입니까? 몇 권의 책과 서류, 저에게 소중한 사적인 편지를 압수당했고 죄다 손수레에 실어 시내로 가져갔어요."

"누가 수색했다는 거요?" 렘브케는 소스라치게 놀라 완전히 정신을 차리더니 갑자기 얼굴이 새빨개졌다. 그는 재빨리 경찰서장 쪽으로 몸을 돌렸다. 그 순간, 블륨의 등이 굽고 길쭉하고 굼뜬 형체가 문간에 나타났다.

"바로 저 관리입니다." 스테판 트로피모비치는 그를 가리켰다. 블륨은 죄는 지었으되 절대 물러서지 않겠다는 표정으로 앞으로 나섰다.

"바보짓만 하는군요.(Vous ne faites que des bêtises.)" 렘브케는 그에게 신경질과 성질을 퍼부은 다음 갑자기 완전히 변신한 듯 대번에 정신을 차렸다. "죄송합니다만……" 그는 얼굴을 최대한 붉히면서 굉장히 당혹스러운 듯 버벅거렸다. "이건 모두…… 이건 모두 그저 분명히 서툶에, 오해에 불과…… 오해일 뿐이오."

"각하." 스테판 트로피모비치가 일침을 가했다. "젊은 시절 저는 어느 유별난 사건의 증인이었습니다. 한번은 극장 복도에서 어떤 사람이 급히 누군가에게로 다가가 모두가 보는 앞에서 찰싹 상대편의 따귀를 때렸지요. 수난자의 얼굴이 원래 따귀를 갈겨 주려고 했던 그 사람이 전혀 아니라는 것을, 조금 닮은 데가 있을 뿐 완전히 다른 사람이라는 것을 당장 알아본 다음에는, 지금 각하와 똑같이, 금쪽같은 시간을 낭비할 여유도 없다는 듯 성질을 내며 서둘러 말했습니다. '착각했군요, 죄송합니다만, 이건 오해요, 오해에 불과해요.' 모욕받은 자가 그럼에도 계속 모욕감을 사로잡혀 소리를 지르자 상대편은 굉장히 신경질을 내면서 일침을 가했지요. '이건 오해라고 말하잖소, 왜 아직도 소리를 지르는 거요?'"

"이건…… 이건, 물론 매우 웃기지만……." 렘브케는 일그러진 미소를 지었다. "그러나…… 그러나 나 자신이 얼마나 불운한지 보셨잖소?"

그는 거의 탄식을 토했고…… 두 손으로 얼굴을 가리려고 했다.

이건 거의 흐느낌에 가까운 예기치 못한 병적인 절규로서 도저히 참을 수 없는 것이었다. 이건 분명히 어제부터 눈치를 채다가 모든 사건을 처음으로 완전히, 또렷이 의식한 순간이었으며, 그다음에는 당장 온몸을 앗아가 버리는 굴욕적이고 완전한 절망의 순간이 찾아왔다. 누가 알겠는가, 한순간만 더 있었으면 홀 전체가 떠나가라 흐느꼈을지도 모르겠다. 스테판 트로피모비치는 처음에는 해괴하다는 듯 그를 쳐다보았고 그다음에는 갑자기 고개를 숙이고 깊이 이해한 것 같은 목소리로 말했다.

"각하, 저의 시시콜콜한 불평은 괘념치 마시고 제 책과 편지나 돌려주라고 명령하십시오……."

그의 말이 끊겼다. 바로 그 순간, 율리야 미하일로브나가 동반자들을 모두 대동하고 떠들썩하게 돌아왔다. 그러나 여기서 나는 가능한 한 자세히 묘사했으면 싶다.

3

첫째, 세 대의 마차에서 내린 사람이 모두 한꺼번에 무리 지어 거실로 들어갔다. 율리야 미하일로브나의 내실 입구는 특수하게도 현관에서 곧장 왼쪽에 있었다. 그러나 이번에는 모두 홀을 가로질렀는데, 내 생각으로는 바로 여기에 스테판 트로피모비치가 있었기 때문, 또 그에게 일어난 모든 일이 시피굴린 관련 모든 일과 마찬가지로 시내로 들어오던 율리야 미하일로브나에게 알려졌기 때문인 듯하다. 그렇게 알려 준 사람은 럄신으로서, 어떤 과오 때문에 여행에 참여하지 못하고 집에 있다가 그 덕분에 제일 먼저 모든 것을 알게 된 것이다. 그는 심술궂은 기쁨을 느끼며 임대한 카자크 마차에 몸을 싣고 즐거운 소식을 들고서 귀가하는 기마 일행을 맞이하러 스크보레시니키로 달려갔다. 율리야 미하일로브나는 예의 그 최고의 결단력에도 불구하고 이런 놀라운 소식을 듣자 약간 당황했으리라 생각된다. 그래 본들 분명히 한순간뿐이었을 테지만 말이다. 가령 이 문제의 정치적인 측면에는 신경을 쓸 리 만무했다. 표트르 스테파노비치는 벌써 네 번은 족히 시피굴린의 난폭자는 죄다 두들겨 패야 한다고 주입했고, 실제로 표트르 스테파노비치는 얼마 전부터 그녀에게 굉장한 권위를 행사하고 있었다. '그러나…… 어쨌든 그이는 이 대가를 톡톡히 치를 거야.' 분명히 속으로 이렇게 생각했을 텐데, 덧붙이자면 여기서 그이란 물론 남편을 말하는 것이다. 살짝 지적하자면, 표트르 스테파노비치는 일부러 작정한 듯 이번 공통의 모임에는 참여하지 않고 숫제 아침부터 아무도, 어디서도 그를 보지 못했다. 겸사겸사 한 가지 더 언급할 것은, 자기 집에서 손님을 대접한 바르바라 페트로브나가 (율리야 미하일로브나와 같은 마차를 타고) 그들과 함께 시내로 돌아왔다는 사실인데, 내일 축제를 다루는, 위원회의 마지막 회의에 꼭 참석하려는 목적에서였다. 그녀로선 물론 람신이 알려 준 스테판 트로피모비치 소식에도 관심이 있었음이 분명하고 어쩌면 흥분했는지도 모른다.

안드레이 안토노비치에 대한 보복은 즉시 시작되었다. 슬프게도, 그는 아름다운 부인을 보자마자 첫눈에 이것을 예감했다. 그녀는 환한 표정에 유혹적인 미소를 지으며 재빨리 스테판 트로피모비치에게 다가가더니 장갑 낀 매혹적인 손을 내밀고 대단한 아첨 조의 인사말을 퍼부었는데, 오늘 아침 내내 그녀의 유일한 걱정거리는 어서 빨리 스테판 트로피모비치에게 달려간 다음 마침내 자신의 집에서 그를 만난 것에 대해 그를 얼러 주는 데 있었던 것 같았다. 아침의 수색 건은 입도 벙긋하지 않았다. 꼭 아직 아무것도 모르는 것처럼 말이다. 남편에게는 한마디도 하지 않고 그쪽으로는 시선 한번 주지 않았는데 아예 남편이 홀 안에 없다는 듯한 태도였다. 그것도 부족해 당장 위압적으로 스테판 트로피모비치를 챙겨 거실로 데려갔는데, 렘브케와는 해명할 것이 전혀 없다는, 설령 있다고 해도 그런 걸 계속할 가치가 없다는 투였다. 반복하건대, 율리야 미하일로브나는 예의 그 고상한 방식에도 불구하고 이번만은 다시 한번 큰 실책을 범한 것 같다. 특히 이 일에 있어서 카르마지노프가 그녀를 도왔으니 말이다.(그는 율리야 미하일로브나의 특별 부탁으로 이 여행에 참여했고 간접적이긴 해도 이런 식으로 결국은 간접적으로나마 바르바라 페트로브나를 방문한 셈이고 그 때문에 바르바라 페트로브나는 옹졸하게도 완전히 열광하고 말았다.) 그는 문간에서부터(그는 다른 사람들보다 늦게 들어왔다.) 스테판 트로피모비치를 알아보고 소리를 질렀으며 심지어 율리야 미하일로브나의 말을 끊으며 그를 포옹하려고 했다.

"이게 몇 년 만이오! 드디어……. 멋진 벗이여.(Excellent ami.)"

그는 입을 맞추려고 했고 당연히 뺨을 갖다 댔다. 스테판 트로피모비치는 얼떨결에 그 뺨에 입을 맞추지 않으면 안 되었다.

"이봐요(Cher)," 그는 벌써 저녁이 되자, 그날의 모든 일을 회상하며 말했다. "그 순간 나는 잠깐 생각했어요. 우리 중 누가 더 비열할까? 그때 굴욕감을 주려고 나를 포옹한 그인가, 아니면 그와 그의 뺨을 경멸하고 그 순간 몸을 돌릴 수 있었음에도 입을 맞춘 나인가…… 쳇!"

"자, 전부 얘기, 얘기해 봐요." 카르마지노프는 이십오 년 동안의 인생을 몽땅 꺼내서 이야기할 수 있는 양 우물쭈물, 쉬쉬 소리를 냈다. 그런데 이 어리석고 경박한 것이 '고상한' 방식에 속했다.

"기억나요, 우리가 마지막으로 만난 것이 모스크바에서 그라놉스키[77]를 기리기 위해서였는데 그때 이후로 이십사 년이

---

77) 티모페이 니콜라예비치 그라놉스키(Timofey Nikolaevich Grannovsky,

지났군요…….” 스테판 트로피모비치는 조목조목 열거하며(고로 전혀 고상한 방식이 아니었다.) 말문을 열었다.

“이 소중한 사람을(Ce cher homme),” 하고 카르마지노프는 날카로운 소리로 친한 척 그의 말을 가로막으며 한 손으로 지나치게 우호적으로 그의 어깨를 움켜쥐었다. “우리를 어서 부인의 객실로 안내해 주시면, 율리야 미하일로브나, 이분은 거기 앉아 모든 걸 얘기할 겁니다.”

“그렇지만 난 이 신경질적인 아줌마[78]하고는 가까운 사이였던 적이 절대 없었어요.” 역시 그날 저녁에 너무 분해 몸을 부르르 떨면서 스테판 트로피모비치는 계속 불평했다. “우리가 거의 청년이었는데 그때도 이미 나는 그를 증오하기 시작했고…… 당연히 그도 나를 그렇게 미워했겠지…….”

율리야 미하일로브나의 살롱은 금세 가득 찼다. 바르바라 페트로브나는 무관심한 척 보이려고 무진장 애를 썼음에도 유달리 흥분한 상태였는데, 나는 그녀에게서 카르마지노프를 향한 증오 어린 시선과 스테판 트로피모비치를 향한 격노의 시선을, 즉 질투와 사랑에서 비롯된, 미리 준비된 격노의 시선을 두세 번 포착했다. 이번에 스테판 트로피모비치가 모두가 보는 데서 어쩌다 실수로 카르마지노프에게 흠이라도 잡히면, 그녀는 당장 벌떡 일어나 그를 때릴 것만 같았다. 이 자리에 리자도 있었다는 사실을 말하는 것을 깜박했는데, 나는 그

1813~1855). 모스크바 대학 역사학부 교수. 일정 부분 스테판 베르호벤스키의 원형이다.

78) 카르마지노프를 말한다.

녀가 이보다 더 기뻐하고 무사태평하게 즐거워하고 행복해하는 모습을 본 적이 없다. 마브리키 니콜라예비치도, 당연히, 있었다. 그리고 나는, 평소 율리야 미하일로브나의 수행원 노릇을 하는 젊은 부인들과 반쯤 흐트러진 청년 무리 속에서, 그 흐트러짐을 즐거움으로, 싸구려 냉소주의를 지성으로 받아들이는 그 무리 속에서 새로운 인물을 두세 명 알아보았다. 매우 분주하게 돌아다니는 외지 출신의 어느 폴란드인, 건강한 노인으로 자신의 위트에 만족하여 시도 때도 없이 큰 소리로 웃는 어느 독일인 의사, 끝으로 페테르부르크에서 온 매우 젊은 어느 공작으로서 국가적인 인물인 양 거드름을 피우며 옷깃이 끔찍이도 길고 자동인형처럼 생긴 인물이었다. 그런데 율리야 미하일로브나가 이 손님을 매우 높이 평가하고 있던 터라 자기 살롱 때문에 심지어 염려하는 기색이 역력했다.

"친애하는 무슈 카르마지노프(Cher monsieur Karmazinoff)," 스테판 트로피모비치는 그림처럼 소파에 자리를 잡은 다음 갑자기 카르마지노프 못지않게 쉬쉬거리기 시작했다. "친애하는 무슈 카르마지노프(Cher monsieur Karmazinoff), 유명한 신념을 가진 우리 지난 시대 사람의 인생이란 비록 이십오 년의 간격이 있음에도 단조로워 보이는 법인가 봅니다."

독일인은 큰 소리로, 단속적으로 힝힝대는 것처럼 껄껄 웃었는데, 스테판 트로피모비치가 뭔가 끔찍이도 웃긴 말을 했다고 생각했음이 분명하다. 상대편이 일부러 깜짝 놀란 눈으로 그를 쳐다보긴 했지만 그 독일인에게는 아무런 효과를 발휘하지 못했다. 공작도 잠깐 쳐다보더니 옷깃을 전부 세워 독일인 쪽으로 몸을 돌린 뒤 손톱만큼의 호기심도 없으면서 코안경을 들어 올렸다.

"…… 단조로워 보이는 법인가 봅니다." 스테판 트로피모비치는 각각의 단어를 가능한 한 길게, 스스럼없이 질질 끌며 일부러 반복했다. "나의 인생이란 이 모든 사반세기 동안 그러했으며 곳곳에서 이성보다는 수도사들이 더 많이 발견되니까(et comme on trouve partout plus de moines que de raison), 그리고 내가 이 점에 전적으로 동의하니까 결과적으로 나는 이 모든 사반세기 동안……."

"거참 매력적이군요, 수도사들이라니.(C'est charmant, les moines.)" 율리야 미하일로브나는 옆에 앉아 있는 바르바라 페트로브나에게 몸을 돌리며 속삭였다.

바르바라 페트로브나는 오만한 시선으로 대답했다. 그러나 카르마지노프는 프랑스어 문구의 승승장구를 참지 못하고 재빨리, 째지는 소리로 스테판 트로피모비치의 말을 가로막았다.

"나로 말할 것 같으면, 이 점에 관해서는 안심하고 벌써 칠 년째 카를스루에[79]에 머물고 있습니다. 작년에 시 의회에서 새 수도관을 깔자고 제안했을 때 이 카를스루에의 수도관 문제가 나에게는 내 사랑스러운 조국의 모든 문제보다 더 사랑스럽고 소중하다는 것을 마음속 깊이 느꼈는데…… 이곳이 소위 개혁에 휩싸이던 시기 내내 그랬지요."

79) 독일 남서부에 있는 도시.

"마음은 아프지만 공감하지 않을 수 없군요." 스테판 트로피모비치는 의미심장하게 고개를 기울이며 한숨을 내쉬었다.

율리야 미하일로브나는 대화가 심오해지고 경향성까지 띠자 의기양양해졌다.

"폐수용 하수도관이었나요?" 의사가 큰 소리로 물었다.

"상수도관, 의사 선생, 상수도관이었는데, 그때 나는 그들이 기획안 잡는 것을 도왔습니다."

의사는 쩍쩍 갈라지는 소리를 내며 웃었다. 그를 따라 많은 사람이 이번에는 의사의 눈을 똑바로 바라보며 웃었는데, 의사는 이 사실을 눈치채지도 못하고 그저 모든 사람이 웃는다는 사실에 끔찍이도 만족스러워했다.

"당신과는 좀 생각이 다른데요, 카르마지노프." 율리야 미하일로브나가 서둘러 앞으로 나섰다. "카를스루에 얘기는 또 때가 오겠지만, 당신은 연기하는 것을 좋아하시는데 우리도 이번에는 당신을 믿지 않을 겁니다. 러시아인 중, 작가 중 누가 아주 현대적인 유형을 그토록 많이 제시했으며 저 주된 현대적인 문제를 알아맞혔으며 현대 활동가의 유형을 구성하는 저 주된 현대적 사항을 지적했습니까? 당신, 다름 아닌 오직 당신 한 분뿐입니다. 그런데도 고국에 대해 무심했노라고, 카를스루에의 수도관에 크나큰 관심을 가졌노라고 주장하시다니! 하-하!"

"그래요, 나는 물론……" 카르마지노프는 쉬쉬거리기 시작했다. "포고제프 유형을 통해 슬라브주의자의 모든 찌꺼기를 제시했고 니코디모프 유형을 통해 서구주의자의 모든 찌꺼기를 제시했지요…….”[80]

"진짜 모두인 것 같군." 랍신이 조용히 쑥덕거렸다.

"그러나 난 가벼운 마음에서 그러는데, 그저 이 끈덕진 시간을 어떻게든 죽이기 위해…… 또 동포들의 이런 온갖 끈덕진 요구를 만족시키기 위해서 말이지요."

"분명히 아시겠지만, 스테판 트로피모비치." 율리야 미하일로브나는 환희에 넘쳐 계속했다. "내일 우리는 매혹적인 문장을…… 세묜 예고로비치[81]의 순문학적 영감이 투영된 매우 세련된 최근작 중 한 편을 들을 수 있는 기쁨을 누리게 될 텐데요, 제목은 '메르시'입니다. 이분은 이 희곡에서 앞으로는 더 이상은 쓰지 않으리라고, 즉 하늘에서 천사가 떨어져도, 더 정확히는 상류 사교계가 모두 그에게 결심을 바꾸라고 종용해도, 어떤 일이 있어도 사교계에 나오지 않으리라고 선언하실 겁니다. 한마디로, 평생 펜을 놓으려 하시니 이 우아한 '메르시'는 독자 여러분의 저 꾸준한 열광에 감사를 표하는 것인데, 여러분은 저 오랜 세월 동안 성실한 러시아의 사상에 꾸준히 봉사해 온 이분과 동행하셨으니까요."

율리야 미하일로브나는 지복의 정점에 달해 있었다.

"예, 그만 작별을 고하려 합니다. 나의 '메르시'를 말한 다음 떠날 것이고 그곳에서…… 카를스루에에서…… 눈을 감을 겁니다." 카르마지노프는 조금씩 허파에 바람이 들어갔다.

---

80) 카르마지노프는 투르게네프의 패러디이자 희화이고 포고제프와 니코디모프 역시 『아버지와 아들』의 등장인물의 이름을 바꾼 듯하다.
81) 카르마지노프의 이름과 부칭.

우리네 많은 대작가가 그러하지만(우리 나라에는 매우 많은 대작가가 있다.) 그도 예의 그 기지에도 불구하고 칭찬을 참지 못하고 곧장 약해졌다. 그러나 이건 용서할 만한 일로 생각된다. 듣자 하니, 우리네 셰익스피어 중 한 명은 사적인 자리에서 아주 대놓고 "우리 위인들은 달리 어쩔 도리가 없거든." 어쩌고저쩌고 하는 소리를 뇌까리고도 그것을 의식하지 못했다고 한다.

"그곳, 카를스루에에서 눈을 감을 겁니다. 우리 위인들은 자신의 본분을 다하면 구태여 보상을 구하지 않고 그저 한시바삐 눈 감는 일만 남는 것이지요. 나도 그렇게 하렵니다."

"주소를 주세요, 그러면 내가 카를스루에의 당신 집, 당신 무덤으로 찾아가죠." 독일인은 한량없이 깔깔 웃어 댔다.

"이제는 죽은 자들을 철도로 이송해요." 시시한 청년 중 누가 불쑥 말했다.

람신은 너무 황홀한 나머지 꽥꽥 소리를 질렀다. 율리야 미하일로브나는 얼굴을 찌푸렸다. 니콜라이 스타브로긴이 들어왔다.

"그런데 선생님께서 경찰서에 잡혀가셨다는 말을 들었습니다만?" 그는 제일 먼저 스테판 트로피모비치에게 큰 소리로 말을 걸었다.

"아니, 그건 그저 사적인 사건에 불과했어요." 스테판 트로피모비치는 헛소리를 지껄여 댔다.

"그러나 그 일이 저의 부탁에 어떤 영향도 끼치지 않기를 바랄 뿐입니다." 다시금 율리야 미하일로브나가 말을 받았다.

"저로서는 지금까지 아무것도 이해하지 못하겠는 그 불운하고 불미스러운 일에 개의치 마시고 우리의 훌륭한 기대를 기만하지 마시길, 문학의 아침에 당신의 강연을 들을 수 있는 기쁨을 빼앗지 마시길 바랄 뿐입니다."

"잘 모르겠군요, 저는…… 이제……."

"사실 저는 너무 불행합니다, 바르바라 페트로브나……. 글쎄, 가장 뛰어나고 가장 독립적인 러시아 지성 중 한 분을 한시바삐 개인적으로 알게 되길 그토록 열망한 바로 그때, 이렇게 갑자기 스테판 트로피모비치께서 이렇게 갑자기 우리 곁을 떠나겠다는 의도를 밝히시니 말입니다."

"칭찬이 너무 요란하시니 제가 물론 제대로 알아듣지 못한 것이 아닌가 싶습니다만." 스테판 트로피모비치가 딱 잘라 말했다. "저같이 변변찮은 인물이 내일 부인의 축제에 그토록 필요한 존재라는 사실이 믿어지지 않는군요. 그래도 저는……."

"아니, 여러분은 영감을 오냐오냐하고 있군요!" 표트르 스테파노비치가 급히 방 안으로 뛰어들어 오며 소리쳤다. "내가 영감을 손에 넣자마자 오늘 아침에 경찰에서는 갑자기 수색에 체포에 영감의 멱살을 잡더니 지금 시장댁 살롱에서는 부인들이 영감을 얼러 주고 있군요! 아니, 영감은 너무 황홀한 나머지 뼈마디가 다 쑤실걸요. 이런 대접은 꿈도 못 꾸었을 테니까요. 봐요, 이제는 사회주의자를 밀고하기 시작할 테니!"

"그럴 리가요, 표트르 스테파노비치. 사회주의는 너무 위대한 사상이기 때문에 스테판 트로피모비치도 인정하지 않으실 수 없을걸요." 율리야 미하일로브나는 정력적으로 옹호했다.

"사상이야 위대하지만 그 포교자들이 언제나 거인인 건 아니고, 이제 그만하자꾸나, 얘야.(et brisons là, mon cher.)" 스테판 트로피모비치는 이렇게 끝맺은 뒤 그들을 쳐다보며 자리에서 아름답게 일어났다.

그러나 바로 여기서 뜻밖의 상황이 벌어졌다. 폰 렘브케는 몇 시간 동안 살롱에 와 있었고 모두가 그가 들어오는 것을 보았지만 아무도 신경 쓰지 않는 듯했다. 이전의 생각에 사로잡힌 율리야 미하일로브나는 계속 그를 무시했다. 그는 문간 근처에 자리 잡은 다음 엄격한 표정을 지으며 음울하게 대화에 귀를 기울였다. 아침 사건에 대한 암시를 듣자 어쩐지 불안하게 몸을 비틀기 시작했고, 풀을 잔뜩 먹인, 앞으로 툭 튀어나온 공작의 옷깃에 충격을 받았는지 공작을 빤히 쳐다보았다. 그다음에는 막 뛰어 들어온 표트르 스테파노비치의 목소리를 알아듣자, 또 그를 보게 되자 갑자기 몸을 부르르 떠는 것 같았고, 스테판 트로피모비치가 사회주의자에 대한 경구를 말하자마자 갑자기 그에게 다가갔고, 그 도중에 랴신을 툭 쳤고, 그쪽에서는 당장 억지로 지어낸 몸짓을 통해 깜짝 놀란 척 벌떡 일어나 엄청 아프게 얻어맞은 것처럼 어깨를 문질러 댔다.

"됐소!" 폰 렘브케는 경악한 스테판 트로피모비치의 손을 정력적으로 잡은 다음 자기 손으로 있는 힘껏 쥐며 말했다. "됐소, 우리 시대의 해적이 확인되었소. 한마디도 더 하지 마시오. 조치는 취해졌소……."

그는 방 안이 떠나갈세라 큰 소리로 말하고 정력적으로 끝맺었다. 이건 병적인 인상을 불러일으켰다. 모두 뭔가 심상찮은 것을 예감했다. 나는 율리야 미하일로브나가 창백해지는 것을 보았다. 어리석고 우연한 사건 때문에 효과가 배가되었다. 조치는 취해졌다고 선언한 다음 렘브케는 몸을 획 돌려 급히 방을 나갔지만 두 걸음째 그만 양탄자에 걸려 하마터면 앞으로 코방아를 찧고 넘어질 뻔했다. 그는 잠깐 걸음을 멈추고 걸려 넘어질 뻔한 자리를 바라보더니 큰 소리로 "바꿔야겠군."이라고 말한 다음 문으로 나갔다. 율리야 미하일로브나는 그를 좇아 뛰어갔다. 그녀가 나가자 소란이 일었는데 무슨 소리인지 알아듣기도 힘들었다. "완전히 뒤집어졌어."라는 말도 들렸고 다른 쪽에서는 "한 방 먹었어."라고 하기도 했다. 어떤 사람들은 손가락을 이마 주변에서 돌려 보였다. 랍신은 구석에서 손가락 두 개를 이마보다 높이 갖다 댔다. 뭔가 가정사 얘기를 암시하기도 했는데, 당연히 하나같이 속닥거릴 뿐이었다. 아무도 모자를 들지는 않았고, 모두 기대에 들떠 있었다. 율리야 미하일로브나가 무엇을 했는지 나는 모르지만, 오 분쯤 뒤 그녀는 돌아왔고 평온한 것처럼 보이려고 안간힘을 썼다. 그녀는 안드레이 안토노비치가 다소 흥분했다, 그러나 별일은 아니다, 어린 시절부터 그는 좀 그랬다, 그녀는 이것을 '훨씬 잘' 안다, 내일 축제가 물론 그를 즐겁게 해 줄 것이다, 라고 에둘러서 대답했다. 그런 다음 스테판 트로피모비치에게 순전히 예의상 아첨하는 말을 몇 마디 더 했고 위원회 회원들에게는 이제, 지금 당장 회의를 열자고 큰 소리로 제안했다. 그러자 위원회에 속하지 않은 사람들은 집에 갈 채비를 했다. 그러나 이 숙명적인 날의 병적이고 엽기적인 사건들이 끝나려면 아직 멀었다…….

니콜라이 프세볼로도비치가 들어온 바로 그 순간부터 나는 리자가 재빨리, 유심히 그를 쳐다보았고 그 뒤로도 오랫동안 눈을 떼지 않는 것을 인지했는데, 너무 오랫동안 그래서 결국은 주의를 불러일으키고 말았다. 나는 마브리키 니콜라예비치가 그녀의 뒤쪽에서 몸을 기울이는 것을 보았는데, 그는 뭐라고 속삭이고 싶어 하는 것 같았지만 생각을 바꾸고 죄인처럼 모두를 둘러보면서 재빨리 몸을 바로잡았다. 니콜라이 프세볼로도비치도 호기심을 불러일으켰다. 그의 얼굴은 평소보다 더 창백하고 시선은 예사롭지 않을 정도로 흐트러져 있었다. 들어올 때 스테판 트로피모비치에게 질문을 던졌지만 바로 그의 존재를 잊은 듯했고, 사실 내가 보기에는 이런 식으로 여주인에게 다가가는 것조차 잊은 듯했다. 리자에게는 단 한 번도 눈길을 주지 않았는데 그러고 싶지 않았기 때문이 아니라, 이 점은 단언하건대, 역시 그녀의 존재를 전혀 알아채지 못했기 때문이다. 그러자 갑자기 율리야 미하일로브나가 더 이상 시간을 낭비하지 말고 마지막 회의를 개최하자고 제안하고 약간의 침묵이 잇따른 다음 갑자기 일부러 큰 소리를 낸 리자의 카랑카랑한 목소리가 울려 퍼졌다. 그녀는 니콜라이 프세볼로도비치를 불렀다.

"니콜라이 프세볼로도비치, 자신을 당신의 친척이자 당신 아내의 오빠라고 칭하는 레뱌드킨이라는 성을 가진 어떤 대위가 저에게 계속 점잖지 못한 편지를 써 보내고, 그것을 통해 당신에 대한 불평을 토로하면서 어떤 비밀을 알려 주겠다고 제안합니다. 그 사람이 정말로 당신의 인척이라면 저를 모욕하지 못하게 해 주시고 저를 그 점잖지 못한 일에서 해방시켜 주세요."

이 말 속에서 끔찍한 도전이 들렸고, 다들 이 모든 것을 이해했다. 그녀로서도 느닷없긴 했을 테지만 어쨌든 고발임은 명백했다. 사람이 눈을 질끈 감은 채 지붕에서 몸을 던지는 상황과 비슷했다.

그러나 니콜라이 프세볼로도비치의 대답은 더 가관이었다.

첫째, 그가 전혀 놀라지 않았을뿐더러 아주 평온한 주의를 보이며 리자의 말을 들은 것부터가 벌써 이상한 일이었다. 그의 얼굴에는 당혹도, 격분도 어리지 않았다. 간단히, 확고히 심지어 완전히 준비했다는 표정으로 그는 숙명적인 질문에 대답했다.

"그래요, 나는 불행하게도 그 사람의 친척이 됩니다. 처녀 시절 성이 레뱌드키나인 그의 여동생의 남편인데, 곧 벌써 오 년째죠. 틀림없이 아주 빠른 시일에 그에게 당신의 요구 사항을 전하겠으며 그가 더 이상 당신에게 심려를 끼쳐 드리지 않도록 책임지겠습니다."

나는 바르바라 페트로브나의 얼굴에 표현된 그 공포를 결코 잊지 못할 것이다. 그녀는 광기 어린 표정으로 의자에서 일어나더니 자신을 방어하려는 듯 오른손을 자기 앞으로 들어 올렸다. 니콜라이 프세볼로도비치는 그녀, 즉 리자를, 구경꾼들을 쳐다보다가 갑자기 극도로 오만불손한 미소를 지었다. 그리고 서두르지 않고 천천히 방을 나갔다. 니콜라이 프세볼로도비치가 몸을 돌리기가 무섭게 리자가 소파에서 벌떡 일어나 명백히 그를 뒤쫓아 뛰어갈 듯한 동작을 취했지만 정신이 번쩍 들었는지 뛰지는 않고 역시 아무에게도 한마디도 하지 않고 눈길도 한번 주지 않고서 조용히 걸어 나가는 것을 모두 보았는데, 당연히 그녀를 좇아 돌진한 마브리키 니콜라예비치를 동반한 채였다…….

이날 저녁 도시의 소란과 구설수는 더 이상 언급하지 않겠다. 바르바라 페트로브나는 시내에 있는 자기 집에 틀어박혔고 니콜라이 프세볼로도비치는 어머니를 만나지도 않고 스크보레시니키로 곧장 떠났다고 한다. 저녁에 스테판 트로피모비치는 나를 '이 친애하는 벗(cette chère amie)'에게 보내며 그녀에게 와도 좋다는 허락을 받아 오라고 했지만, 그녀는 나를 만나주지도 않았다. 그는 끔찍이도 충격을 받고 울었다. "그런 결혼이! 그런 결혼이! 가정사에 이런 끔찍한 일이." 수시로 이렇게 되뇌었다. 그렇지만 곧 카르마지노프도 상기해 내고서는 끔찍하게 욕을 해 댔다. 내일 강연도 정력적으로 준비했는데, — 이 예술적인 천성이란! — 거울 앞에 서서 준비했는데, 그가 평생 써 온, 내일 강연에 삽입하기 위해 별도로 공책에 기록해 둔 기지 넘치는 말과 말장난을 죄다 기억해 보는 것이었다.

"내 벗이여, 난 위대한 이념을 위해서 이러는 거요." 나에게 이렇게 말하며 분명히 자신을 변호하려는 것이었다. "친애하는 벗이여(Cher ami), 난 이십오 년 묵은 자리를 떠나 갑자기 출발했고, 어디론가, 그건 모르지만, 일단 출발했어요……."

세계문학전집 385

악령 2

1판 1쇄 펴냄 2021년 6월 30일
1판 4쇄 펴냄 2023년 11월 21일

지은이 표도르 도스토옙스키
옮긴이 김연경
발행인 박근섭, 박상준
펴낸곳 (주)민음사

출판등록 1966. 5. 19. (제 16-490호)
서울특별시 강남구 도산대로1길 62(신사동) 강남출판문화센터 5층 (우편번호 06027)
대표전화 02-515-2000 팩시밀리 02-515-2007
www.minumsa.com

ISBN 978-89-374-6385-3 04800
ISBN 978-89-374-6000-5 (세트)

세계문학전집 목록

1·2 **변신 이야기 오비디우스·이윤기 옮김** 서울대 권장도서 100선
3 **햄릿 셰익스피어·최종철 옮김** 서울대 권장도서 100선 | 미국대학위원회 선정 SAT 추천도서
4 **변신·시골의사 카프카·전영애 옮김** 서울대 권장도서 100선
5 **동물농장 오웰·도정일 옮김** 미국대학위원회 선정 SAT 추천도서 | 《타임》 선정 현대 100대 영문소설
6 **허클베리 핀의 모험 트웨인·김욱동 옮김** 《뉴스위크》 선정 100대 명저
7 **암흑의 핵심 콘래드·이상옥 옮김** 미국대학위원회 선정 SAT 추천도서 | 《뉴스위크》 선정 10대 명저
8 **토니오 크뢰거·트리스탄·베네치아에서의 죽음 토마스 만·안삼환 외 옮김** 노벨 문학상 수상 작가
9 **문학이란 무엇인가 사르트르·정명환 옮김**
10 **한국단편문학선 1 김동인 외·이남호 엮음** 국립중앙도서관 선정 청소년 권장도서
11·12 **인간의 굴레에서 서머싯 몸·송무 옮김**
13 **이반 데니소비치, 수용소의 하루 솔제니친·이영의 옮김** 노벨 문학상 수상 작가
14 **너새니얼 호손 단편선 호손·천승걸 옮김**
15 **나의 미카엘 오즈·최창모 옮김**
16·17 **중국신화전설 위앤커·전인초, 김선자 옮김**
18 **고리오 영감 발자크·박영근 옮김**
19 **파리대왕 골딩·유종호 옮김** 노벨 문학상 수상 작가 | 《타임》 선정 현대 100대 영문소설
20 **한국단편문학선 2 김동리 외·이남호 엮음**
21·22 **파우스트 괴테·정서웅 옮김** 서울대 권장도서 100선 | 미국대학위원회 선정 SAT 추천도서
23·24 **빌헬름 마이스터의 수업시대 괴테·안삼환 옮김**
25 **젊은 베르테르의 슬픔 괴테·박찬기 옮김** 논술 및 수능에 출제된 책(1998~2005)
26 **이피게니에·스텔라 괴테·박찬기 외 옮김**
27 **다섯째 아이 레싱·정덕애 옮김** 노벨 문학상 수상 작가
28 **삶의 한가운데 린저·박찬일 옮김**
29 **농담 쿤데라·방미경 옮김**
30 **야성의 부름 런던·권택영 옮김**
31 **아메리칸 제임스·최경도 옮김**
32·33 **양철북 그라스·장희창 옮김** 노벨 문학상 수상 작가 | 서울대 권장도서 100선
34·35 **백년의 고독 마르케스·조구호 옮김** 노벨 문학상 수상 작가 | 서울대 권장도서 100선
36 **마담 보바리 플로베르·김화영 옮김** 서울대 권장도서 100선
37 **거미여인의 키스 푸익·송병선 옮김**
38 **달과 6펜스 서머싯 몸·송무 옮김**
39 **폴란드의 풍차 지오노·박인철 옮김**
40·41 **독일어 시간 렌츠·정서웅 옮김**
42 **말테의 수기 릴케·문현미 옮김**
43 **고도를 기다리며 베케트·오증자 옮김** 노벨 문학상 수상 작가 | 서울대 권장도서 100선
44 **데미안 헤세·전영애 옮김** 노벨 문학상 수상 작가
45 **젊은 예술가의 초상 조이스·이상옥 옮김** 서울대 권장도서 100선
46 **카탈로니아 찬가 오웰·정영목 옮김**
47 **호밀밭의 파수꾼 샐린저·정영목 옮김** 《타임》 선정 현대 100대 영문소설 | 미국대학위원회 선정 SAT 추천도서 | 《뉴스위크》 선정 100대 명저 | BBC 선정 꼭 읽어야 할 책
48·49 **파르마의 수도원 스탕달·원윤수, 임미경 옮김**
50 **수레바퀴 아래서 헤세·김이섭 옮김** 노벨 문학상 수상 작가 | 국립중앙도서관 선정 청소년 권장도서

51·52 **내 이름은 빨강** 파묵·이난아 옮김 노벨 문학상 수상 작가
53 **오셀로** 셰익스피어·최종철 옮김 서울대 권장도서 100선
54 **조서** 르 클레지오·김윤진 옮김 노벨 문학상 수상 작가
55 **모래의 여자** 아베 코보·김난주 옮김
56·57 **부덴브로크 가의 사람들** 토마스 만·홍성광 옮김 노벨 문학상 수상 작가
58 **싯다르타** 헤세·박병덕 옮김 노벨 문학상 수상 작가
59·60 **아들과 연인** 로렌스·정상준 옮김 《뉴스위크》 선정 100대 명저
61 **설국** 가와바타 야스나리·유숙자 옮김 노벨 문학상 수상 작가 | 서울대 권장도서 100선
62 **벨킨 이야기·스페이드 여왕** 푸슈킨·최선 옮김
63·64 **넙치** 그라스·김재혁 옮김 노벨 문학상 수상 작가
65 **소망 없는 불행** 한트케·윤용호 옮김 노벨 문학상 수상 작가
66 **나르치스와 골드문트** 헤세·임홍배 옮김 노벨 문학상 수상 작가
67 **황야의 이리** 헤세·김누리 옮김 노벨 문학상 수상 작가
68 **페테르부르크 이야기** 고골·조주관 옮김
69 **밤으로의 긴 여로** 오닐·민승남 옮김 노벨 문학상 수상 작가 | 미국대학위원회 선정 SAT 추천도서
70 **체호프 단편선** 체호프·박현섭 옮김
71 **버스 정류장** 가오싱젠·오수경 옮김 노벨 문학상 수상 작가
72 **구운몽** 김만중·송성욱 옮김 서울대 권장도서 100선 | 국립중앙도서관 선정 청소년 권장도서
73 **대머리 여가수** 이오네스코·오세곤 옮김
74 **이솝 우화집** 이솝·유종호 옮김 논술 및 수능에 출제된 책(1998~2005)
75 **위대한 개츠비** 피츠제럴드·김욱동 옮김 《타임》 선정 현대 100대 영문소설
76 **푸른 꽃** 노발리스·김재혁 옮김
77 **1984** 오웰·정회성 옮김 《타임》 선정 현대 100대 영문소설 | 《뉴스위크》 선정 100대 명저
78·79 **영혼의 집** 아옌데·권미선 옮김
80 **첫사랑** 투르게네프·이항재 옮김
81 **내가 죽어 누워 있을 때** 포크너·김명주 옮김 노벨 문학상 수상 작가
82 **런던 스케치** 레싱·서숙 옮김 노벨 문학상 수상 작가
83 **팡세** 파스칼·이환 옮김
84 **질투** 로브그리예·박이문, 박희원 옮김
85·86 **채털리 부인의 연인** 로렌스·이인규 옮김
87 **그 후** 나쓰메 소세키·윤상인 옮김
88 **오만과 편견** 오스틴·윤지관, 전승희 옮김 미국대학위원회 선정 SAT 추천도서
89·90 **부활** 톨스토이·연진희 옮김 논술 및 수능에 출제된 책(1998~2005)
91 **방드르디, 태평양의 끝** 투르니에·김화영 옮김
92 **미겔 스트리트** 나이폴·이상옥 옮김 노벨 문학상 수상 작가
93 **페드로 파라모** 룰포·정창 옮김
94 **차라투스트라는 이렇게 말했다** 니체·장희창 옮김 국립중앙도서관 선정 청소년 권장도서
95·96 **적과 흑** 스탕달·이동렬 옮김 국립중앙도서관 선정 청소년 권장도서
97·98 **콜레라 시대의 사랑** 마르케스·송병선 옮김 노벨 문학상 수상 작가 | BBC 선정 꼭 읽어야 할 책
99 **맥베스** 셰익스피어·최종철 옮김 서울대 권장도서 100선 | 미국대학위원회 선정 SAT 추천도서
100 **춘향전** 작자 미상·송성욱 풀어 옮김 서울대 권장도서 100선
101 **페르디두르케** 곰브로비치·윤진 옮김
102 **포르노그라피아** 곰브로비치·임미경 옮김
103 **인간 실격** 다자이 오사무·김춘미 옮김
104 **네루다의 우편배달부** 스카르메타·우석균 옮김

105·106 이탈리아 기행 괴테·박찬기 외 옮김
107 나무 위의 남작 칼비노·이현경 옮김
108 달콤 쌉싸름한 초콜릿 에스키벨·권미선 옮김
109·110 제인 에어 C. 브론테·유종호 옮김 BBC 선정 꼭 읽어야 할 책
111 크눌프 헤세·이노은 옮김 노벨 문학상 수상 작가
112 시계태엽 오렌지 버지스·박시영 옮김 《타임》 선정 현대 100대 영문소설 | 《뉴스위크》 선정 100대 명저
113·114 파리의 노트르담 위고·정기수 옮김 미국대학위원회 선정 SAT 추천도서
115 새로운 인생 단테·박우수 옮김
116·117 로드 짐 콘래드·이상옥 옮김 《뉴스위크》 선정 100대 명저
118 폭풍의 언덕 E. 브론테·김종길 옮김 미국대학위원회 선정 SAT 추천도서
119 텔크테에서의 만남 그라스·안삼환 옮김 노벨 문학상 수상 작가
120 검찰관 고골·조주관 옮김
121 안개 우나무노·조민현 옮김
122 나사의 회전 제임스·최경도 옮김 미국대학위원회 선정 SAT 추천도서
123 피츠제럴드 단편선 1 피츠제럴드·김욱동 옮김
124 목화밭의 고독 속에서 콜테스·임수현 옮김
125 돼지꿈 황석영
126 라셀라스 존슨·이인규 옮김
127 리어 왕 셰익스피어·최종철 옮김 서울대 권장도서 100선 | 《뉴스위크》 선정 100대 명저
128·129 쿠오 바디스 시엔키에비츠·최성은 옮김 노벨 문학상 수상 작가
130 자기만의 방·3기니 울프·이미애 옮김
131 시르트의 바닷가 그라크·송진석 옮김
132 이성과 감성 오스틴·윤지관 옮김
133 바덴바덴에서의 여름 치프킨·이장욱 옮김
134 새로운 인생 파묵·이난아 옮김 노벨 문학상 수상 작가
135·136 무지개 로렌스·김정매 옮김
137 인생의 베일 서머싯 몸·황소연 옮김
138 보이지 않는 도시들 칼비노·이현경 옮김
139·140·141 연초 도매상 바스·이운경 옮김 《타임》 선정 현대 100대 영문소설
142·143 플로스 강의 물방앗간 엘리엇·한애경, 이봉지 옮김 미국대학위원회 선정 SAT 추천도서
144 연인 뒤라스·김인환 옮김
145·146 이름 없는 주드 하디·정종화 옮김
147 제49호 품목의 경매 핀천·김성곤 옮김 《타임》 선정 현대 100대 영문소설
148 성역 포크너·이진준 옮김 노벨 문학상 수상 작가 | 퓰리처상 수상 작가
149 무진기행 김승옥
150·151·152 신곡(지옥편·연옥편·천국편) 단테·박상진 옮김 《뉴스위크》 선정 100대 명저
153 구덩이 플라토노프·정보라 옮김
154·155·156 카라마조프가의 형제들 도스토옙스키·김연경 옮김
157 지상의 양식 지드·김화영 옮김 노벨 문학상 수상 작가
158 밤의 군대들 메일러·권택영 옮김 퓰리처상 수상 작가
159 주홍 글자 호손·김욱동 옮김 서울대 권장도서 100선 | 미국대학위원회 선정 SAT 추천도서
160 깊은 강 엔도 슈사쿠·유숙자 옮김
161 욕망이라는 이름의 전차 윌리엄스·김소임 옮김
162 마사 퀘스트 레싱·나영균 옮김 노벨 문학상 수상 작가
163·164 운명의 딸 아옌데·권미선 옮김

165 모렐의 발명 비오이 카사레스·송병선 옮김
166 삼국유사 일연·김원중 옮김 서울대 권장도서 100선
167 풀잎은 노래한다 레싱·이태동 옮김 노벨 문학상 수상 작가
168 파리의 우울 보들레르·윤영애 옮김
169 포스트맨은 벨을 두 번 울린다 케인·이만식 옮김
170 썩은 잎 마르케스·송병선 옮김 노벨 문학상 수상 작가
171 모든 것이 산산이 부서지다 아체베·조규형 옮김 《타임》 선정 현대 100대 영문소설
172 한여름 밤의 꿈 셰익스피어·최종철 옮김 미국대학위원회 선정 SAT 추천도서
173 로미오와 줄리엣 셰익스피어·최종철 옮김 미국대학위원회 선정 SAT 추천도서
174·175 분노의 포도 스타인벡·김승욱 옮김 노벨 문학상 수상 작가 | 《타임》 선정 현대 100대 영문소설
176·177 괴테와의 대화 에커만·장희창 옮김
178 그물을 헤치고 머독·유종호 옮김 《타임》 선정 현대 100대 영문소설
179 브람스를 좋아하세요... 사강·김남주 옮김
180 카타리나 블룸의 잃어버린 명예 하인리히 뵐·김연수 옮김 노벨 문학상 수상 작가
181·182 에덴의 동쪽 스타인벡·정회성 옮김 노벨 문학상 수상 작가
183 순수의 시대 워튼·송은주 옮김 《뉴스위크》 선정 100대 명저 | 퓰리처상 수상작
184 도둑 일기 주네·박형섭 옮김
185 나자 브르통·오생근 옮김
186·187 캐치-22 헬러·안정효 옮김 《타임》 선정 현대 100대 영문소설
188 숄로호프 단편선 숄로호프·이항재 옮김 노벨 문학상 수상 작가
189 말 사르트르·정명환 옮김
190·191 보이지 않는 인간 엘리슨·조영환 옮김 《타임》 선정 현대 100대 영문소설
192 왑샷 가문 연대기 치버·김승욱 옮김 퓰리처상 수상 작가
193 왑샷 가문 몰락기 치버·김승욱 옮김 퓰리처상 수상 작가
194 필립과 다른 사람들 노터봄·지명숙 옮김
195·196 하드리아누스 황제의 회상록 유르스나르·곽광수 옮김
197·198 소피의 선택 스타이런·한정아 옮김 퓰리처상 수상 작가
199 피츠제럴드 단편선 2 피츠제럴드·한은경 옮김
200 홍길동전 허균·김탁환 옮김
201 요술 부지깽이 쿠버·양윤희 옮김
202 북호텔 다비·원윤수 옮김
203 톰 소여의 모험 트웨인·김욱동 옮김
204 금오신화 김시습·이지하 옮김
205·206 테스 하디·정종화 옮김 미국대학위원회 선정 SAT 추천도서 | BBC 선정 꼭 읽어야 할 책
207 브루스터플레이스의 여자들 네일러·이소영 옮김
208 더 이상 평안은 없다 아체베·이소영 옮김
209 그레인지 코플랜드의 세 번째 인생 워커·김시현 옮김 퓰리처상 수상 작가
210 어느 시골 신부의 일기 베르나노스·정영란 옮김
211 타라스 불바 고골·조주관 옮김
212·213 위대한 유산 디킨스·이인규 옮김 서울대 권장도서 100선 | BBC 선정 꼭 읽어야 할 책
214 면도날 서머싯 몸·안진환 옮김
215·216 성채 크로닌·이은정 옮김
217 오이디푸스 왕 소포클레스·강대진 옮김 서울대 권장도서 100선
218 세일즈맨의 죽음 밀러·강유나 옮김
219·220·221 안나 카레니나 톨스토이·연진희 옮김 서울대 권장도서 100선

222 오스카 와일드 작품선 와일드 · 정영목 옮김
223 벨아미 모파상 · 송덕호 옮김
224 파스쿠알 두아르테 가족 호세 셀라 · 정동섭 옮김 노벨 문학상 수상 작가
225 시칠리아에서의 대화 비토리니 · 김운찬 옮김
226·227 길 위에서 케루악 · 이만식 옮김 《타임》 선정 현대 100대 영문소설 | 《뉴스위크》 선정 100대 명저
228 우리 시대의 영웅 레르몬토프 · 오정미 옮김
229 아우라 푸엔테스 · 송상기 옮김
230 클링조어의 마지막 여름 헤세 · 황승환 옮김 노벨 문학상 수상 작가
231 리스본의 겨울 무뇨스 몰리나 · 나송주 옮김
232 뻐꾸기 둥지 위로 날아간 새 키지 · 정회성 옮김 《타임》 선정 현대 100대 영문소설
233 페널티킥 앞에 선 골키퍼의 불안 한트케 · 윤용호 옮김 노벨 문학상 수상 작가
234 참을 수 없는 존재의 가벼움 쿤데라 · 이재룡 옮김
235·236 바다여, 바다여 머독 · 최옥영 옮김
237 한 줌의 먼지 에벌린 워 · 안진환 옮김 《타임》 선정 현대 100대 영문소설
238 뜨거운 양철 지붕 위의 고양이 · 유리 동물원 윌리엄스 · 김소임 옮김 퓰리처상 수상작
239 지하로부터의 수기 도스토옙스키 · 김연경 옮김
240 키메라 바스 · 이운경 옮김
241 반쪼가리 자작 칼비노 · 이현경 옮김
242 벌집 호세 셀라 · 남진희 옮김 노벨 문학상 수상 작가
243 불멸 쿤데라 · 김병욱 옮김
244·245 파우스트 박사 토마스 만 · 임홍배, 박병덕 옮김 노벨 문학상 수상 작가
246 사랑할 때와 죽을 때 레마르크 · 장희창 옮김
247 누가 버지니아 울프를 두려워하랴? 올비 · 강유나 옮김
248 인형의 집 입센 · 안미란 옮김
249 위폐범들 지드 · 원윤수 옮김 노벨 문학상 수상 작가
250 무정 이광수 · 정영훈 책임 편집 서울대 권장도서 100선
251·252 의지와 운명 푸엔테스 · 김현철 옮김
253 폭력적인 삶 파솔리니 · 이승수 옮김
254 거장과 마르가리타 불가코프 · 정보라 옮김
255·256 경이로운 도시 멘도사 · 김현철 옮김
257 야콥을 둘러싼 추측들 욘존 · 손대영 옮김
258 왕자와 거지 트웨인 · 김욱동 옮김
259 존재하지 않는 기사 칼비노 · 이현경 옮김
260·261 눈먼 암살자 애트우드 · 차은정 옮김 《타임》 선정 현대 100대 영문소설
262 베니스의 상인 셰익스피어 · 최종철 옮김
263 말리나 바흐만 · 남정애 옮김
264 사볼타 사건의 진실 멘도사 · 권미선 옮김
265 뒤렌마트 희곡선 뒤렌마트 · 김혜숙 옮김
266 이방인 카뮈 · 김화영 옮김 노벨 문학상 수상 작가 | 미국대학위원회 선정 SAT 추천도서
267 페스트 카뮈 · 김화영 옮김 노벨 문학상 수상 작가 | 국립중앙도서관 선정 청소년 권장도서
268 검은 튤립 뒤마 · 송진석 옮김
269·270 베를린 알렉산더 광장 되블린 · 김재혁 옮김
271 하얀 성 파묵 · 이난아 옮김 노벨 문학상 수상 작가
272 푸슈킨 선집 푸슈킨 · 최선 옮김
273·274 유리알 유희 헤세 · 이영임 옮김 노벨 문학상 수상 작가

275 픽션들 보르헤스·송병선 옮김 서울대 권장도서 100선
276 신의 화살 아체베·이소영 옮김
277 빌헬름 텔·간계와 사랑 실러·홍성광 옮김
278 노인과 바다 헤밍웨이·김욱동 옮김 노벨 문학상 수상 작가 | 퓰리처상 수상작
279 무기여 잘 있어라 헤밍웨이·김욱동 옮김 미국대학위원회 선정 SAT 추천도서
280 태양은 다시 떠오른다 헤밍웨이·김욱동 옮김 《타임》 선정 현대 100대 영문 소설
281 알레프 보르헤스·송병선 옮김
282 일곱 박공의 집 호손·정소영 옮김
283 에마 오스틴·윤지관, 김영희 옮김
284·285 죄와 벌 도스토옙스키·김연경 옮김 미국대학위원회 선정 SAT 추천도서
286 시련 밀러·최영 옮김
287 모두가 나의 아들 밀러·최영 옮김
288·289 누구를 위하여 종은 울리나 헤밍웨이·김욱동 옮김 노벨 문학상 수상 작가
290 구르브 연락 없다 멘도사·정창 옮김
291·292·293 데카메론 보카치오·박상진 옮김
294 나누어진 하늘 볼프·전영애 옮김
295·296 제브데트 씨와 아들들 파묵·이난아 옮김 노벨 문학상 수상 작가
297·298 여인의 초상 제임스·최경도 옮김 미국대학위원회 선정 SAT 추천도서
299 압살롬, 압살롬! 포크너·이태동 옮김 노벨 문학상 수상 작가
300 이상 소설 전집 이상·권영민 책임 편집
301·302·303·304·305 레 미제라블 위고·정기수 옮김
306 관객모독 한트케·윤용호 옮김 노벨 문학상 수상 작가
307 더블린 사람들 조이스·이종일 옮김
308 에드거 앨런 포 단편선 앨런 포·전승희 옮김 미국대학위원회 선정 SAT 추천도서
309 보이체크·당통의 죽음 뷔히너·홍성광 옮김
310 노르웨이의 숲 무라카미 하루키·양억관 옮김
311 운명론자 자크와 그의 주인 디드로·김희영 옮김
312·313 헤밍웨이 단편선 헤밍웨이·김욱동 옮김 노벨 문학상 수상 작가
314 피라미드 골딩·안지현 옮김 노벨 문학상 수상 작가
315 닫힌 방·악마와 선한 신 사르트르·지영래 옮김
316 등대로 울프·이미애 옮김 《타임》 선정 현대 100대 영문소설 | 《뉴스위크》 선정 100대 명저
317·318 한국 희곡선 송영 외·양승국 엮음
319 여자의 일생 모파상·이동렬 옮김
320 의식 노터봄·김영중 옮김
321 육체의 악마 라디게·원윤수 옮김
322·323 감정 교육 플로베르·지영화 옮김
324 불타는 평원 룰포·정창 옮김
325 위대한 몬느 알랭푸르니에·박영근 옮김
326 라쇼몬 아쿠타가와 류노스케·서은혜 옮김
327 반바지 당나귀 보스코·정영란 옮김
328 정복자들 말로·최윤주 옮김
329·330 우리 동네 아이들 마흐푸즈·배혜경 옮김 노벨 문학상 수상 작가
331·332 개선문 레마르크·장희창 옮김
333 사바나의 개미 언덕 아체베·이소영 옮김
334 게걸음으로 그라스·장희창 옮김 노벨 문학상 수상 작가

335 코스모스 곰브로비치·최성은 옮김
336 좁은 문·전원교향곡·배덕자 지드·동성식 옮김 노벨 문학상 수상 작가
337·338 암 병동 솔제니친·이영의 옮김 노벨 문학상 수상 작가
339 피의 꽃잎들 응구기 와 시옹오·왕은철 옮김
340 운명 케르테스·유진일 옮김 노벨 문학상 수상 작가
341·342 벌거벗은 자와 죽은 자 메일러·이운경 옮김 퓰리처상 수상 작가
343 시지프 신화 카뮈·김화영 옮김 노벨 문학상 수상 작가
344 뇌우 차오위·오수경 옮김
345 모옌 중단편선 모옌·심규호, 유소영 옮김 노벨 문학상 수상 작가
346 일야서 한사오궁·심규호, 유소영 옮김
347 상속자들 골딩·안지현 옮김 노벨 문학상 수상 작가
348 설득 오스틴·전승희 옮김
349 히로시마 내 사랑 뒤라스·방미경 옮김
350 오 헨리 단편선 오 헨리·김희용 옮김
351·352 올리버 트위스트 디킨스·이인규 옮김
353·354·355·356 전쟁과 평화 톨스토이·연진희 옮김
357 다시 찾은 브라이즈헤드 에벌린 워·백지민 옮김
358 아무도 대령에게 편지하지 않다 마르케스·송병선 옮김
359 사양 다자이 오사무·유숙자 옮김
360 좌절 케르테스·한경민 옮김 노벨 문학상 수상 작가
361·362 닥터 지바고 파스테르나크·김연경 옮김 노벨 문학상 수상 작가
363 노생거 사원 오스틴·윤지관 옮김
364 개구리 모옌·심규호, 유소영 옮김 노벨 문학상 수상 작가
365 마왕 투르니에·이원복 옮김 공쿠르상 수상 작가
366 맨스필드 파크 오스틴·김영희 옮김
367 이선 프롬 이디스 워튼·김욱동 옮김 퓰리처상 수상 작가
368 여름 이디스 워튼·김욱동 옮김 퓰리처상 수상 작가
369·370·371 나는 고백한다 자우메 카브레·권가람 옮김
372·373·374 태엽 감는 새 연대기 무라카미 하루키·김난주 옮김
375·376 대사들 제임스·정소영 옮김
377 족장의 가을 마르케스·송병선 옮김 노벨 문학상 수상 작가
378 핏빛 자오선 매카시·김시현 옮김
379 모두 다 예쁜 말들 매카시·김시현 옮김
380 국경을 넘어 매카시·김시현 옮김
381 평원의 도시들 매카시·김시현 옮김
382 만년 다자이 오사무·유숙자 옮김
383 반항하는 인간 카뮈·김화영 옮김 노벨 문학상 수상 작가
384·385·386 악령 도스토옙스키·김연경 옮김
387 태평양을 막는 제방 뒤라스·윤진 옮김
388 남아 있는 나날 가즈오 이시구로·송은경 옮김
389 앙리 브륄라르의 생애 스탕달·원윤수 옮김
390 찻집 라오서·오수경 옮김
391 태어나지 않은 아이를 위한 기도 케르테스·이상동 옮김 노벨 문학상 수상 작가
392·393 서머싯 몸 단편선 서머싯 몸·황소연 옮김
394 케이크와 맥주 서머싯 몸·황소연 옮김

395 월든 소로 · 정회성 옮김
396 모래 사나이 E. T. A. 호프만 · 신동화 옮김
397·398 검은 책 오르한 파묵 · 이난아 옮김 노벨 문학상 수상 작가
399 방랑자들 올가 토카르추크 · 최성은 옮김 노벨 문학상 수상 작가
400 시여, 침을 뱉어라 김수영 · 이영준 엮음
401·402 환락의 집 이디스 워튼 · 전승희 옮김
403 달려라 메로스 다자이 오사무 · 유숙자 옮김
404 아버지와 자식 투르게네프 · 연진희 옮김
405 청부 살인자의 성모 바예호 · 송병선 옮김
406 세피아빛 초상 아옌데 · 조영실 옮김
407·408·409·410 사기 열전 사마천 · 김원중 옮김 서울대 권장도서 100선
411 이상 시 전집 이상 · 권영민 책임 편집
412 어둠 속의 사건 발자크 · 이동렬 옮김
413 태평천하 채만식 · 권영민 책임 편집
414·415 노스트로모 콘래드 · 이미애 옮김
416·417 제르미날 졸라 · 강충권 옮김
418 명인 가와바타 야스나리 · 유숙자 옮김 노벨 문학상 수상 작가
419 핀처 마틴 골딩 · 백지민 옮김 노벨 문학상 수상 작가
420 사라진 · 샤베르 대령 발자크 · 선영아 옮김
421 빅 서 케루악 · 김재성 옮김
422 코뿔소 이오네스코 · 박형섭 옮김
423 블랙박스 오즈 · 윤성덕, 김영화 옮김
424·425 고양이 눈 애트우드 · 차은정 옮김
426·427 도둑 신부 애트우드 · 이은선 옮김
428 슈니츨러 작품선 슈니츨러 · 신동화 옮김
429·430 세계의 끝과 하드보일드 원더랜드 무라카미 하루키 · 김난주 옮김
431 멜랑콜리아 I–II 욘 포세 · 손화수 옮김 노벨 문학상 수상 작가

세계문학전집은 계속 간행됩니다.